사랑의 고시조 원문으로 읽기

아름다운 사랑이 굽이굽이 맺혔어라

아름다운 사랑이

임형선

사랑의 고시조 원문으로 읽기

굽이굽이 맺혔어라

채륜

이 원고는 참으로 애환이 많은 원고이다. 자칫 세상에 빛을 보지 못할 뻔 했다. 이 원고를 탈고한 시기는 1988년 여름이었다. 지금이 2018년이니 정확히 30년 만에 세상에 빛을 보게 된 것이다. 20대 후반에 이 원고를 탈고하고 50대 후반이 되어서야 출간이 된 것이다. 상업성이 없다는 이유로 그 어느 출판사도 이 원고를 출판해 주지 않았다. 2년여를 출판사를 알아보다가 포기하고 원고를 가지고 있었던 것이다. 처음에는 원고를 버릴까 하다가, 어느 작가가 나와 비슷한 경우가 있었는데, 원고를 버리지 않고 기념으로 보관하고 있다는 글을 읽게 되었다. 그래서 나도 비록 평생 출간이 되지 않는다 해도, 평생 죽을 때까지 이 원고를 가지고 있으리라고 마음먹었다. 물론 또 다른 이유도 있다. 그건 밑에서 밝히기로 하겠다. 사진을 보면 알겠지만 이 원고를 얼마나 꼼꼼히 작성하고 묶었는가를 알 수 있을 것이다.

요즘 젊은이들은 잘 모르겠지만 50대 이후는 알 것이다. 1970년대 학창시절을 보낸 사람이라면 다 잘 알 것이다. 예전에는 천자펜이라는 것이 있었다. 일일이 잉크를 찍어서 글씨를 쓰는 것인데, 몇 자만 써도 잉크가 금방 닳아 수시로 잉크를 찍어야만 했다. 그런데 이 천자펜이라는 것이 글씨를 빠르게 쓸 수 있는 것이 아니었다. 끝이 뾰죽하여 빠르게 써지질 않는다. 그래서 글자를 잘 쓰고 싶은 사람은 천자펜으로 글자 쓰는 연습을 하곤 했다. 천자펜으로 글씨 쓰기 연습하는 책이 나올 정도였다. 중학교에 처음 입학하면 1학년 때는 주로 천자펜으로 노트를 정리했다.

이 원고 역시 처음에는 그렇게 일일이 잉크를 찍어가며 집필했다. 필자가 그 당시엔 아무리 젊었지만 원고지 1,500여 장이나 되는 원고를, 그것도 노트도 아닌 200자 원고지에 일일이 몇 자 쓰고 잉크 찍고 해가며 원고를 쓰기에는 너무 힘이 들었다. 처음 몇 백 장을 썼을까. 필자는 지쳐서 나중에 그나마 천자펜보다는 좀더 부드러운 만년필로 이 원고를 끝까지 다 써나갔다. 그러니 그 많은 분량의 원고를 일일이 천자펜과 만년필로, 그것도 200자 원고지에 1,500여 장을, 글씨도 또박또박 한 자 한 자 썼으니 얼마나 이 원고에 대한 애정이 대단했겠는가. 또한 원고를 쓰느라 얼마나 힘들었겠는가. 말 그대로 중노동이었다. 그래도 나는 힘든 줄 모르고 정성을 다하여 원고 집필을 했다. 지금은 이렇게 컴퓨터로 타이핑을 하여 글을 쓰니 작업 속도도 빠르거니와 얼마나 편리해졌는가. 지금 그런 식으로 원고를 쓰라면 죽어도 못 쓴다. 그만큼 지금은 편리함에 익숙해 있다는 것이다.

이 원고에 대한 정성은 이것으로 끝나지 않았다. 사진에서 보듯 (일부러 독자의 이해를 위해 사진을 싣는다.) 조선시대에나 했을, 고서적을 엮듯 그 많은 원고지를 일일이 구멍을 뚫고, 실로 엮었다는 것이다. 1980년대까지만 해도 각 집집마다 바느질 도구가 대부분 있었다. 당연히 실이 있을 것이다. 그 실을 어머니와 둘이서 짚으로 새끼줄을 꼬듯 그렇게 실을 꼬아, 원고지를 묶을 줄을 만들었다.(원고지 묶은 사진 참조.) 그 줄을 원고지 구멍에 하나하나 넣어가며 사진에서처럼 고서적처럼 묶었다. 두툼한 종이로 표지도 만들고……

내가 이런 말을 하는 것은, 이 원고에 얼마나 정성을 들였는가를 말하고 싶은 것이다. 이렇게 정성을 들여 쓴 원고가 막상 출판을 하려고 보니 상업성이 없다는 이유로 무려 30년이 다 되도록 출판이 되지 못했던 것이다. 정성들인 원고를 버리기 아까워 비록 출판은 되지 못하더라도 내가 죽을 때까지 가지고 가리라고 마음먹고 가지고 있었던 것이다.

그런데 내 정성이 하늘을 감동시킨 것일까? 《이야기로 읽는 고시조》를 출판사 채륜과 계약을 하게 되었다. 그 책 계약을 마친 후 한참 후에 별 기대도 없이 이 원고 샘플을 출판사에 보냈다. 출판해 줄 거라는 기대는 단 1%도 하지 않았다. 그냥 이런 원고도 출판하는가 하는 마음에서 보냈다. 출판은 꿈도 꾸지 못했던 이 원고를 채륜 대표님이 보시고는, 이 원고의 가치를 높게 보고 출판을 해 주시겠다고 했다. 이런 원고는 꼭 세상에 나와야 한다며 높게 평가해 주셨다. 그래서 이 원고가 드디어 세상에 빛을 보게 된 것이다. 영광이며 내 일평생에 가장 값진 일이 될 것이다. 그리고 감회가 깊고 또 깊다.

일반적인 고시조로 원문을 해석하고 공부하려면, 딱딱하고 지루하고 따분하기 그지없다. 쉽게 포기하게 될 것이다. 이에 필자는 그런 따분함을 없애기 위해 사랑을 노래한 고시조를 선택하여 그 원문을 해석하고 풀이하였다. 일반적인 고시조도 이와 같은 방법으로 공부하면 될 것이다. 고전문학을 배우고 싶은, 고시조를 이해하고 싶은 일반인들에게도 도움이 될 것이다.

어구 풀이에 심혈을 기울였다. 이는 저자가 청소년 시절 고시조를 보면서, 어구 풀이가 대충대충 해설이 되었거나(해설이 너무 짧아 어구를 이해하기 어려운 경우), 또는 분명 어려운 어구임에도 그 어구에 대한 해설이 없어 답답함을 느꼈다. 고시조를 이해하는데 어려움을 겪었다.

그래서 필자는 그런 경험을 토대로 어구 풀이의 해설을 상세히 함은 물론, 다른 책에서는 해설을 하지 않고 넘어간 어구까지도 일일이 하나하나 모두 풀이를 했다. 따라서 독자는 어구 풀이만 봐도 시조 원문을 스스로 해석·풀이할 수 있을 것이다. 또한 어구 풀이에 예문이 필요한 경우에는 예문을 넣어 어구를 더욱 쉽게 이해할 수 있게 했다. 작품이 쓰인 배경이 있는 경우 그 배경을 간단하게나마 밝혔으며, 참고할 만한 점이 있다면 참고도 넣었다.

끝으로, 이 원고의 중요성을 인식해 주시고, 그래서 출판까지 서슴지 않고 해 주신 채륜의 대표님께 제일 먼저 감사의 말을 올린다. 대표님이 아니었다면 이 원고는 세상에 빛을 보지 못했으리라. 그리고 이 졸고拙稿를 검토하고, 특별히 관심을 가져주고, 편집하느라 노고가 큰 담당 편집자님께 감사의 말을 올린다.

2018년

林亭善

※ 이 책의 200자 원고지 원고 원본(1988년 당시)

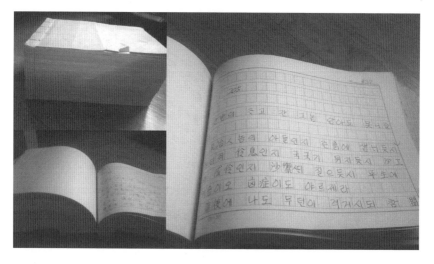

| 차례 |

이 책을 읽는 방법

1. 작품 번호는 275번까지 있으나, 이 책에 실린 총 시조 작품 수는 참고에서 소개한 시조 4수까지 합치면 총 279수이다.

2. 고시조는 한문이 많다. 따라서 한글세대가 읽기에는 무리가 있다. 하여, 시조 원문의 한자를 '어구 풀이'에 일일이 한글로 토를 달아, 한자를 몰라도 '어구 풀이'를 보며 시조 원문을 읽고 직접 감상할 수 있게 했다.
   (예) 出門看(출문간) 含笑相喜(함소상희)는

3. 기존 고시조 해설 책의 '어구 풀이'는 너무 간단하게 풀이되어 있다. 한글세대가 이해하기에 부족함이 많다. 그래서 이 책에서는 한글세대를 위해 '어구 풀이'만 봐도 독자 스스로 시조 원문을 쉽게 이해하고 해석할 수 있도록, 기존의 고시조 해설 책보다 더 상세하고 쉽게 '어구 풀이'를 했다.
   (예) 綠葉(녹엽)이 成陰子滿枝(성음자만지) : 여자가 성인이 되어 출가하여 자식을 많이 낳아 화목함을 비유한 말. 하나씩 나누어 풀이하면, '綠葉(녹엽)'은 푸르는 잎을 말함이니 곧, 젊음을 은유하고, '成陰子滿枝(성음자만지)'는 열매가 가지마다 가득하다는 뜻이니, 자식이 많음을 은유한다.

4. '어구 풀이'에는 그 어구에 맞는 예문을 담아 ¶ 표시를 하여 그 어구의 뜻을 쉽게 이해하게 했다.
   (예) 져는 : 저는. 기본형은 '절다'. ¶다리를 ~.

5. 시조 원문에 나오는 어구 중에서 부차적인 설명이 필요할 경우 '어구 풀이'에 어구해설과 함께 ※ 표시를 하여 그 설명을 따로 해 두었다.
   (예) 西施(서시) : 중국 춘추시대 월나라의 미인. 생몰년 미상. ※월나라의 왕 구천九踐이 오나라에게 패한 뒤에 미인계로 서시西施를 오나라 왕 부차夫差에게 보내니, 부차는 서시에게 혹하여 고소대高蘇臺를 짓고 정사政事를 돌보지 아니하여, 드디어 구천과 범소백范少伯의 침공을 받아 멸망하였음.

6. '참고문헌'의 경우에도 거의 모두가 한자이나 바로 밑에 괄호 ( ) 안에 한글로 토를 달아 누구든지 참고문헌을 읽을 수 있게 했다.

　(예) 沈載完,《校本 歷代詩調全書》, 世宗文化社, 1972.

　(심재완,《교본 역대시조전서》, 세종문화사, 1972.)

7. 고전문학 전공자를 위해 어구에 대한 문법적 설명이 필요한 경우 그 설명도 넣었다.

　(예) 구을거다 : 굴러갔도다. '거다'는 감탄종지형. '거'는 과거시過去時.

8. 작품이 쓰인 배경이 있을 경우 그 배경을 따로 설명했다.

　(예) 해설에서도 언급했거니와, 이 작품은 광해군 때 평양 감사 박엽朴燁이 손님과 함께 장기를 두며, 옆에 있던 기녀 소백주小栢舟에게 시조 한 수 지으라 하여 지어진 시조.

9. 참고가 될 만한 사항이 있는 시조의 경우 참고에 따로 해설했다.

　(예) 안민영의 가집인《금옥총부金玉叢部》에는 각 시조마다 해설이 기록되어 있다. 이 시조 역시 해설이 기록되어 있는데, 여기에 혜란과 7개월을 사귀었다고 되어 있다.(…… 與蕙蘭相隨七箇月(여혜란상수칠개월) 情誼交密而(정의교밀이)……). 또한 혜란에 대해 이렇게 적고 있다. "평양의 혜란은 색태色態만 뛰어난 것이 아니라 난蘭을 잘 치고 노래와 가야금도 잘 해 소문이 성내城內에 자자했다."

10. 작가 소개에서 작가를 소개한 후, 그 작가의 총 수록 작품 수는 몇 수이며, 몇 번에 있는가를 밝혀 그 작가의 작품을 쉽게 찾아 감상할 수 있게 했다. 따라서 작가 색인도 겸한다.

　(예) 김두성(金斗性 ; ?~?) : 일명 두성斗星. 조선 중기의 가객. 숙종 때 김천택, 김수장 등과 함께 '경정산가단'에 들었다. 그의 시조 작품이 1769년(영조 45)에 추가된《해동가요》에 전한다.

　• 수록 작품 : 5수 196, 197, 198, 199, 200

제1부
평시조

유명씨有名氏 시조

任 離別 하올 저긔 져는 나귀 한치마소
가노라 돌쳐셜제 저난 거름 안이런덜
곳 아릭 눈물 격신 얼골을 엇지 仔細 보리요

〈안민영安玟英〉

• 금옥총부金玉叢部 119

임 이별할 적에 다리를 절룩이고 가는 나귀 한恨하지 마시오
가겠다고 돌아설 때 절룩이고 가는 걸음이 아니었던들
꽃 아래 눈물 적신 얼굴을 어찌 자세히 볼 수 있으리오

어구 풀이

- 하올 저긔 : 할 적에.
- 져는 : 저는. 기본형은 '절다'. ¶다
  리를 ~
- 나귀 : '당나귀'의 준말.
- 한치마소 : 한恨하지 마시오. 한탄
  하지 마시오. 원통해 하지 마시오.

- 돌쳐셜제 : 돌아설 때.
- 저난 거름 : 저는 걸음. (다리를)절
  고 가는 걸음.
- 안이런덜 : 아니런들. 아니었던들.

해설

혜란은 작자인 안민영이 매우 아끼던 기녀 중의 한 사람인데, 그가 혜란과 이
별을 하매, 혜란이 먼 곳까지 따라 나와 가지 않고 눈물 흘리는 것을 보고, 이
렇듯 이별의 아픔을 노래한 것이다. 억제할 수 없는 슬픔을 노래하고 있다.

작품이 쓰인 배경

안민영이 평양 기녀 혜란惠蘭과의 이별을 서러워하며 부른 노래.

참고

안민영의 가집인 《금옥총부金玉叢部》에는 각 시조마다 해설이 기록되어 있다. 이 시조 역시 해설이 기록되어 있는데, 여기에 혜란과 7개월을 사귀었다고 되어 있다.(…… 與蕙蘭相隨七箇月(여혜란상수칠개월) 情誼交密而(정의교밀이)……). 또한 혜란에 대해 이렇게 적고 있다. "평양의 혜란은 색태色態만 뛰어난 것이 아니라 난蘭을 잘 치고 노래와 가야금도 잘 해 소문이 성내城內에 자자했다."

玉頰의 구는 눈물 羅巾으로 시쳐닐제

가난 뇌 마음을 네 어이 모르넌다

네 졍녕 웃고 보닉여도 肝腸 슬데 하믈며

〈안민영安玟英〉

• 금옥총부金玉叢部 151

옥처럼 고운 뺨에 흐르는 눈물을 수건으로 씻어 낼 때

떠나는 내 마음을 네가 어이 모르겠는가

　네가 정녕 나를 웃고 보내어도 간장이 타는데, 하물며 나를 떠나보내는 네 마음이야 오죽하겠는가

어구 풀이

- 玉頰(옥협) : 옥처럼 곱고 어여쁜 뺨.
- 羅巾(나건) : 수건.
- 시쳐닐제 : 씻어 낼 때.
- 가난 : 가는. 떠나는.
- 모르넌다 : 모르겠는가.
- 슬데 : 기본형은 '슬다'로 사라지다·스러지다.

해설

안민영은 고종 때 서얼 출신의 가객이다. 가객이란 시조와 창을 하는 사람이다. 따라서 풍류를 즐기는 사람이다. 그런 그에게 어찌 여인이 없었겠는가. 1번 시조 "任 離別 하올 저긔……"에서처럼 평양 기녀 혜란과 헤어지며 그 슬픔을 노래하고 있다.

작품이 쓰인 배경

이 시조 역시 안민영이 혜란惠蘭과의 이별을 서러워하여 부른 노래.

關山千里 머다 마라 구름 아릭 그곳이라

마음은 가건마는 몸은 어이 못 가난고

至今에 心去身不去ᄒ니 그를 셜워 ᄒ노라

〈안민영安玟英〉

• 금옥총부金玉叢部 112

고향이 천리라고 멀다 마라. 구름 아래 그곳이라

마음은 너를 따라 가건마는 몸은 어이 못 가는고(어찌하여 내 마음대로 할 수 없는고)

지금에 마음은 너를 따라 가는데 몸은 못 가고 있으니(내 마음대로 할 수 없으니) 그를 서러워하노라

어구 풀이

- 關山千里(관산천리) : 고향이 멀고 멀다는 뜻. '關山(관산)'은 고향 또는 고향산. '千里(천리)'는 거리가 먼 곳을 표현할 때 사용하는 말.

- 心去身不去(심거신불거) : 마음은 가는데 몸은 못 간다는 뜻. 즉, 마음대로 할 수 없음을 말함.
- 셜워 : 서러워.

해설

작자인 안민영이 기영箕營에 있을 때, 평양 기녀 소홍小紅과 7개월 동안 정情을 나누었다고 한다. 그 후 작자가 고향으로 돌아온 후 그녀를 잊지 못해 부른 노래이다.

작품이 쓰인 배경

안민영이 아끼던 평양 기녀 소홍小紅을 생각하며 부른 노래.

桃花는 훗날니고 綠陰은 퍼져온다
쇠쏘리 싀노릐는 烟雨에 구을거다
마초아 盞드러 勸ᄒ랼제 澹粧佳人 오더라

〈안민영安玟英〉

• 금옥총부金玉叢部 26

복숭아 꽃은 흩날리고 녹음은 퍼져온다
꾀꼬리 새 노래는 안개처럼 뿌옇게 내리는 빗방울과 함께 굴러갔도다
때마침 잔을 들어 권하려고 하는데, 곱게 단장한 미인이 오더라

어구 풀이

- 桃花(도화) : 복숭아 꽃.
- 훗날니고 : 흩날리고. 흩어져 날리고.
- 綠陰(녹음) : 푸른 잎이 우거진 나무나 수풀. 또는 그 나무의 그늘.
- 烟雨(연우) : 안개처럼 뿌옇게 내리는 비.
- 구을거다 : 굴러갔도다. '거다'는 감탄종지형. '거'는 과거시過去時.

- 마초아 : 마침. 때마침.
- 澹粧佳人(담장가인) : 곱게 단장한 미인. '澹粧(담장)'은 요란하지 아니한 담박한 화장. 엷게 화장함. 수수함을 뜻함. '佳人(가인)'은 고운 여자. 이성으로 애정을 느끼게 하는 여인을 뜻함.

해설

평양 기녀 산홍山紅과의 사랑을 노래한 시조.

희기 눈갓트니 西施에 後身인가
곱기 꽃갓트니 太眞의 넉시런가
至今에 雪膚花容은 너를 본가 ᄒ노라

〈안민영安玟英〉

•금옥총부金玉叢部 53

희고 흰 살결은 눈과 같으니 서시의 후신인가
곱고 곱기는 꽃 같으니 양귀비의 넋이런가
지금의 그 눈처럼 흰 살결과 꽃처럼 고운 얼굴은, 마치 서시와 양귀비를 본 듯
하여라

어구 풀이

- 西施(서시) : 중국 춘추시대 월나라의 미인. 생몰년 미상. ※월나라의 왕 구천九踐이 오나라에게 패한 뒤에 미인계로 서시西施를 오나라 왕 부차夫差에게 보내니, 부차는 서시에게 혹하여 고소대高蘇臺를 짓고 정사政事를 돌보지 아니하여, 드디어 구천과 범소백范少伯의 침공을 받아 멸망하였음.

- 太眞(태진) : 태진외전太眞外傳. 양귀비의 일대기를 극화한 중국 당대唐代의 경극.

- 雪膚花容(설부화용) : 눈처럼 흰 살결과 꽃처럼 고운 얼굴.

해설

이 시조는 평안도 해주의 기녀 옥수선玉繡仙과의 로맨스이다. 작품에서도 그녀의 아름다움이 서시西施와 양귀비에 대유代喻되고 있듯, 옥수선은 그 색태色態가 무척 뛰어났다고 한다. 《금옥총부金玉叢部》에 안민영이 적은 해설문의 일부를 옮겨 보면, "……才藝出類(재예출류) 色態非凡(색태비범) 以當世名姬(이당세명희) 爲衆所推許(위중소추허)……"라 기록되어 있다. 이렇듯 그녀는 예술적 재능이 뛰어남은 물론 색태色態의 비범非凡함이 그 시대 이름난 기녀들

의 추종을 불허하였다 한다. 이러하거늘 어찌 풍류 가객인 안민영이 이런 여인에게 혹하지 아니하겠는가.

"周翁(주옹)에게 있어서 가장 잊히지 않는 기녀는 海州(해주)의 '玉繡仙(옥수선)'이었다. 玉繡仙(옥수선)을 두고 읊은 시조만도 무려 9수나 된다. 한 女人(여인), 그것도 흔히 생각하는 일개의 妓女(기녀)를 두고 9수의 시조를 쓰고 있음을 보면 그녀에 대한 애정은 보통을 넘는 사이였다." (朴乙洙,《時調詩話》, 成文閣, 1984, p.167.) 여기서 '周翁(주옹)'은 안민영을 가리킨다. 그의 호이다. 이렇듯 박을수 님의 설명을 보아도 옥수선에 대한 안민영의 애정이 얼마나 깊었는가를 알 수 있다.

또한 흥선대원군의 사랑을 받아 그에게서 '옥수수玉秀秀'란 이름까지 지어받았다고 하니, 그녀의 뛰어난 용모는 짐작하고도 남음이 있다.

그려보고 보니 丁寧헌 긔다만은

불너 對答 업고 손쳐 오지 아니ᄒ니

野俗다 造物의 猜忌허미여 魂을 왜 붓칠 쥴이

〈안민영安玟英〉

• 금옥총부金玉叢部 128

그려 놓고 보니 이것이 바로 임이다마는

불러도 대답이 없고 손을 쳐봐도 오지 아니하니

야속타(야속하다), 조물주의 시기함이여. 어찌하여 그림에 혼(넋)을 집어넣을 줄을 몰랐던가

어구 풀이

- 그려보고 : 그려 놓고. 여기서 '그려'의 기본형은 '그리다畫'.
- 丁寧(정녕) : 정말로. 거짓없이. 조금도 틀림없이. 현대 문장에서 '정녕코' 등으로 쓰임.

- 긔다만은 : 그것이다마는. 여기서는 '임이다마는'의 뜻으로 쓰임.
- 造物(조물) : '조물주'의 준말.

해설

강릉 기녀 홍련紅蓮에 대한 애타는 그리움을 노래한 시조.

글려 사지 말고 찰아리 싀여져셔
閻王쎄 발괄하야 任을 마자 다려다가
死後ㅣ나 魂魄이 雙을 지여 그리던 恨을 풀리라

〈안민영安玟英〉

• 금옥총부金玉叢部 147

그리워하면서 살지 말고 차라리 죽어져서

염라대왕께 청원하여 임을 맞아 데려다가

비록 죽은 후이나 혼백이 서로 쌍을 지어 이승에서의 그리던 한恨을 풀리라

어구 풀이

- 글려 : 그려. 그리어思.

- 싀여져셔 : 세어져서. 늙어져서.

　죽어져서.

- 閻王(염왕) : 염라대왕.

- 발괄하야 : 청원하여.

- 다려다가 : 데려다가.

해설

밀양 기녀 월중선月中仙 역시 안민영이 아끼던 기녀이다. 유세신의 시조 "님
의게셔 오신 片紙……"(49번 시조) 종장을 보면 "죽은後 連理枝되여 이因緣을
이오리라"는 귀절이 있다. 이렇듯 이승에서의 못 다한 사랑을 죽어서라도 저
승에서 그 한恨을 풀겠다는 이들의 간절한 노래가 참으로 애틋하기만 하다.

작품이 쓰인 배경

밀양 기녀 월중선月中仙과의 못다한 사랑을 서러워하여 부른 노래.

어져 내일이야 그릴줄을 모로ᄃ냐

이시랴 ᄒ더면 가랴마ᄂ 제 구틔야

보내고 그리ᄂ 情은 나도 몰라 ᄒ노라

〈황진이黃眞伊〉

• 진본 청구영언珍本 靑丘永言 6

아! 내가 저지른 일이여. 어찌하여 보내 놓고 그리워할 줄을 몰랐더냐

있으라고 붙들었더라면 갔을 리 없건마는 제 구태여

보내 놓고 그리워하는 정情은 나도 몰라 하노라

어구 풀이

- 어져 : 아! 감탄사.

- 내일이야 : 내가 하는 일이여.

- 그릴줄을 : 그리워할 줄을.

- 이시랴 ᄒ더면 : 있으라고 붙들었

  더라면.

- 가랴마는 : 갔을까마는.

- 구틔야 : 구태여. 일부러. 굳이.

해설

이 시조에서 우리는 우리말의 미美를 한껏 맛 볼 수 있다. "가시리 가시리잇고 나는 바리고 가시리잇고……"라고 별리別離의 정한情恨을 노래한 고려가요의 〈가시리〉라든가, 현대시에 와서 "나 보기가 역겨워 가실 때에는……"라고 노래한 김소월의 〈진달래꽃〉에서 보여주고 있듯, 이 시조 역시 여성적이며, 곡선적인 우리말의 특성을 잘 살려 노래하고 있다.

작품이 쓰인 배경

일서생一書生과의 이별을 한恨하여 부른 노래.

冬至ㅅ돌 기나긴 밤을 한 허리를 버혀내여
春風 니불아레 서리서리 너헛다가
어론님 오신날 밤이여든 구뷔구뷔 펴리라

〈황진이黃眞伊〉

• 진본 청구영언珍本 靑丘永言 287

동짓달 그 기나긴 밤의 반을 뚝 베어내어
봄바람처럼 따뜻한 이불 속에 서리서리 넣어 두었다가
정든 임께서 추운 날씨에 꽁꽁 얼어 오시는 날 밤에, 길게 길게 이어 그 밤이 더
디 새게 굽이굽이 펴리라

어구 풀이

- 冬至(동지) : 이십사절기의 하나. 대설大雪과 소한小寒 사이에 들며 태양이 동지점을 통과하는 때인 12월 22일이나 23일경이다. 북반구에서는 일 년 중 낮이 가장 짧고 밤이 가장 길다. 음력으로는 11월.
- 한 허리를 버혀내여 : 한가운데를 베어내어. 동지의 그 긴 밤의 남은 밤을 베어낸다는 뜻.

- 春風(춘풍) 니불 : 봄바람처럼 풍요롭고 따뜻한 이불. '춘풍 이불'이 주는 또 다른 의미는, 정情이 있는 곧, 따뜻한 사랑을 뜻하기도 함.
- 서리서리 : 새끼, 실, 노끈 따위를 헝클어지지 아니하도록 둥그렇게 포개어 감아 놓은 모양.
- 어론님 : 정든 임. 직설적으로 해석하면, 동짓달의 차가운 날씨에 얼은凍 임.

해설

황진이의 대부분의 작품들이 그러하듯, 여성의 특성을 잘 살려 우리말을 유창하게 구사하고 있다. 마치 새가 먹이를 낚아채듯 시상詩想을 잡아 챙기는 것이라든가, 그것을 적절하게 사용하여 제 위치에 정확히 가려 놓는 솜씨가

참으로 일품이다. 황진이의 이러한 시적詩的 재능이 다른 시조에서도 힘차게 발휘되고 있음은, 그녀의 타고난 예술적 기질이라 할 수 있다.

이 시조를 다시 한 번 새겨보자.

동짓달의 밤은 참으로 길고 길다. 그래서 그 기나긴 밤의 절반을 뚝 잘라 떼어 이불 속에 넣어 두었다가, 임께서 오시는 날 그 밤과 서로 길게 길게 이어 그 밤이 더디 새게 하리라. 그래서 오래도록 사랑을 나누리라, 는 애뜻한 사랑의 노래이다. 이는 사랑하는 임과 함께 있는 그 밤이 너무 빨리 새는 것처럼 느껴지기에, 오래도록 함께 있고 싶은 마음에 이처럼 노래하고 있는 것이다.

작품이 쓰인 배경

이사종李士宗과의 사랑을 노래한 시조.

靑山은 내 쯧이오 綠水는 님의 情이

綠水 흘너간들 靑山이야 變홀손가

綠水도 靑山을 못니져 우러예어 가는고

〈황진이黃眞伊〉

• 대동풍아大東風雅 128

푸른 산은 내 뜻이오, 푸르고 맑은 물은 임의 정情이로다

물은 흘러서 내 곁을 떠나더라도, 묵묵히 서 있는 산이야 임을 향한 마음이 변

하겠는가

하지만 흘러가는 물도 자기가 놀던 산(임의 품)을 잊지 못해 울며불며 흘러가는

구나

어구 풀이

- 靑山(청산) : 풀과 나무가 무성한
  푸른 산.
- 綠水(녹수) : 푸르고 맑은 물.

- 우러예어 : 울면서. '예어'는 '녜다'
  에서 온 말로 '가다行'의 뜻이나
  여기서는 동작의 계속을 나타냄.

해설

산을 작자 자신에, 물을 사랑하는 임에 비유하여 임에 대한 일편단심을 노래

하고 있다.

내 언제 無信ᄒ여 님을 언제 소겻관ᄃᆡ

月枕三更에 온 뜻이 전혀업ᄂᆡ

秋風에 지ᄂᆞᆫ 닙소ᄅᆡ야 낸들 어이 ᄒᆞ리오

〈황진이黃眞伊〉

• 진본 청구영언珍本 靑丘永言 288

내가 언제 신의를 저버리고 임을 언제 속였기에

달마저 깊이 잠든(달이 뜨지 않은) 캄캄한 이 한밤중에 임이 오는 기척이 전혀 없네

가을바람에 떨어지는 나뭇잎 소리에, 혹여(행여, 혹시나) 임의 발자국 소리가 아

닌가 하고 속는 안타까운 그리운 심정이야 낸들 어찌 하리오

어구 풀이

- 無信(무신) : 신의가 없음.

- 소겻관ᄃᆡ : 속였기에. '관ᄃᆡ'는 구
   속형 어미.

- 月枕三更(월침삼경) : 달마저 깊이
   잠든 한밤중.

- 온 뜻이 : 오는 뜻이. 찾아오는
   기척이. '온'은 '오는'의 현재관형
   사형이 과거인 '온'으로 잘못 표
   기된 말.

해설

천마산天馬山에서 수도하여 생불生佛(살아있는 부처)이 된 지족선사知足禪師
를 유혹하여, 평생을 수도한 공을 하루 아침에 무너뜨린 그녀였지만, 화담 서
경덕 만큼은 천하의 재색才色인 그녀로서도 어찌할 수 없었다. 화담 서경덕
에 대한 그리움은 사무쳐만 갔다. 그를 더욱더 간절히 원하게 되었다. 화담 서
경덕을 향한 연정戀情과 존경이 황진이의 가슴을 애타게 만들었다. 그리하여
가을바람에 떨어지는 나뭇잎 소리에, 혹시나 임(서경덕)이 오는 소리가 아닌
가하고 기다리는 것이다. 서경덕을 향한 그리움이 애절하게 담겨있다.

靑山裏 碧溪水ㅣ야 수이감을 쟈랑마라

一到滄海ᄒ면 도라오기 어려오니

明月이 滿空山ᄒ니 수여간들 엇더리

〈황진이黃眞伊〉

• 진본 청구영언珍本 靑丘永言 286

(풀이 1) 푸른 산속을 흐르는 골짜기의 맑은 물이여! 쉽게 흘러감을 자랑하지 마라

한 번 푸른 바다에 도달하면 다시 돌아오기 어려우니

밝은 달이 빈산에 가득하니 쉬어간들 어떠리

(풀이 2) 벽계수(-守)야 잘났다고 자랑하지 마라

우리의 인생 한번 가면 그만인데

천하의 재색才色인 내(명월 황진이)가 여기 있으니, 이 한밤 나와 함께 잠시 정情을 나누고 감이 어떠리

어구 풀이

- 靑山裏(청산리) : 푸른 산 속.
- 碧溪水(벽계수) : 골짜기를 흐르는 푸르고 맑은 물. 여기서는 물이 아닌 사람 벽계수(-守)를 가리킴.
- 수이감을 : 쉽게 감을. 쉽게 가는 것을.
- 一到滄海(일도창해)ᄒ면 : 한번 푸른 바다에 도달하면(다다르면).

- 明月(명월) : 밝은 달. 여기서의 '明月(명월)'은 황진이의 기명妓名으로 곧, 자기 자신을 가리킴.
- 滿空山(만공산)ᄒ니 : 빈산에 가득하니.
- 수여간들 : 쉬어간들.

해설

명종 때 황진이가 왕족이었던 벽계수(-守)를 벽계수(-水)로 빗대어 향락으로 유혹하는 노래. 왕족이었던 벽계수(-守)를 푸르고 맑은 물인 벽계수(-水)에, 황진이 자신을 그녀의 기명인 명월明月에 비유하면서 벽계수(-守)를 향락으로 유혹하고 있다. 따라서 이 작품은 벽계수(-水)와 명월明月을 동원하여 인생무상을 노래하면서 그것들을 사람으로 은유하고 있다. 작자의 재치를 살감나게 함은 물론 그 수법이 뛰어나다 하겠다.

작품이 쓰인 배경

이 시조는, 조선 왕족인 이씨 종실宗室에 벽계수碧溪守라는 사람이 있었는데, 평소에 근엄하여 여색女色을 멀리하였다 한다. 그가 친구들에게 진랑眞娘 황진이의 어떠한 유혹에도 뿌리칠 수 있다고 장담함에, 그 소리를 들은 황진이는 개성의 만월대에서 이 시조를 읊었다고 한다. 그녀의 뛰어난 표현력의 시재詩才와 아름다운 용모에 매혹되어 그만 자기가 타고 온 말에서 떨어져 황진이의 웃음거리가 되었다고 한다. 실로 그녀의 타고난 예술적 재능과 용모가 어떠했는가를 짐작할 수 있겠다.

山은 녯山이로되 물은 녯물 안이로다

晝夜에 흘은이 녯물리 이실쏜야

人傑도 물과 궂도다 가고 안이 오노미라

〈황진이 黃眞伊〉

• 교주 해동가요校注 海東歌謠 135

산은 옛날 그대로의 산이로되 물은 옛날의 그 물이 아니로다

밤낮으로 쉬임없이 흐르니 옛날의 그 물이 어찌 남아 있을 것이냐

뛰어난 인재도 물과 같도다! 한번 가고는 다시 돌아오지 않는구나

어구 풀이

- 이실쏜야 : 있을소냐.
- 人傑(인걸) : 빼어난 인재人材.
- 오노미라 : 오는구나. '~미라'는 감탄종지형 어미.

해설

사랑과 존경의 대상인 서경덕을 흐르는 물에 비유하여 삶의 철학으로 승화시키고 있다. 이 작품의 주제는 인생무상이다.

작품이 쓰인 배경

서경덕의 죽음을 한恨하여 부른 노래.

靑草 우거진 골에 자는다 누엇는다
紅顔을 어듸두고 白骨만 무쳣는이
盞 자바 勸ᄒ리 업스니 그를 슬허ᄒ노라

〈임제林悌〉

• 진본 청구영언珍本 靑丘永言 107

푸른 풀만이 우거진 골짜기(무덤)에서, 임이여! 자고있는가, 누워있는가

그 곱고 아름다운 얼굴을 어디에 두고 이렇게 백골만 묻혀 있는가

이제야 이렇게 찾아 왔으나, 이미 임이 떠나고 없어 잔(술잔)을 잡아 권해 줄 임
이 없으니 그것을 슬퍼하노라

어구 풀이

- 靑草(청초) : 푸른 풀.
- 자는다 누엇는다 : 자느냐 누웠느
  냐. '~는다'는 고어에서는 의문형
  어미로 쓰임.
- 紅顔(홍안) : 젊고도 아름다운 얼굴.

- 무쳣는이 : 묻혔느냐. '~는이'는
  의문종지형.
- 勸(권)ᄒ리 : 권할 이人. 권할 사람.
- 슬허 : 슬퍼.

해설

'靑草 우거진 골'이란, 무덤 곧, 황진이의 무덤을 말함이다. 이 시조는 백호 임
제가 황진이의 무덤을 찾아 그녀의 죽음을 애도하며 부른 노래이다. 이 시조
역시 인생무상을 노래하고 있다.

박을수朴乙洙 님은 "山은 녯山이로되……"(13번 시조)라고 부른 노래에서, 서
경덕의 죽음을 한탄하던 그녀가 이제는 임제林悌의 한탄의 대상이 되어 말없
이 누워 있는 것이다." (朴乙洙, 《현대시조》, 〈妓女시조시인伝〉, 1985, 가을호, 242
쪽.)라고 해설하고 있다.

한춘섭韓春燮 님은 "나중에 이 일이 양반의 체통을 떨어뜨렸다고 논란이

되어, 임제林悌는 벼슬에서 물러났지만"(韓春燮,《古時調解説》(弘新文化社, 1982), 142쪽)이라고 말하고 있다. 그 멋스러운 성격과 재주로 시와 풍류를 즐기다가 세상을 떠났다고 하니, 가히 조선의 이태백이라 할 수 있겠다.

北窓이 묽다커늘 雨裝업씨 길을 난이
山에는 눈이 오고 들에는 츤비로다
오늘은 츤비 맛잣시니 얼어잘까 ᄒ노라

〈임제 林悌〉

• 교주 해동가요 校注 海東歌謠 95

북쪽 하늘이 맑다고 하기에 비옷도 없이 길을 나섰더니
산에는 눈이 오고 들에는 찬비가 내리고 있구나
오늘은 찬비를 맞았으니 얼어 잘까 하노라

어구 풀이

- 北窓(북창) : 북쪽으로 난 창. 북
  쪽으로 난 창이니 곧, '북쪽 하늘
  北天'을 의미한다. 따라서 참고에
  소개한 《병와가곡집 瓶窩歌曲集
  197》의 '北天(북천)'과 같은 의미
  이다. 이처럼 다른 이본異本에는
  '北天(북천)'으로 된 데도 있다. 아
  래 참고 참조할 것.

- 雨裝(우장) : 비옷. 비가 올 때 입
  는 옷.
- 난이 : 나니. 나섰더니.
- 츤비 : 차가운 비寒雨. 여기서는
  기녀 한우寒雨를 가리킴.
- 맛잣시니 : 맞았으니. 맞이했으니迎.

해설

이 시조는 임제가 한우寒雨라는 평양 기녀에게 준 일명 〈寒雨歌(한우가)〉이다.
백호 임제는 이렇게 노래하며 기녀 한우寒雨를 꼬시고 있다. 시의 내용상 아
마도 계절이 2월이나 3월초 쯤 되지 않았을까 짐작한다. 눈만 왔다면 한겨울
이겠지만, 비도 내린 걸 보면 아주 추운 한겨울은 아닌 듯하다.
더 주목할 단어가 있다. 바로 시에 나타난 '찬비'라는 단어이다. 찬비…… 잘
생각해 보자. 기녀의 이름이 '차가운 비'라는 뜻을 가진 '한우寒雨'이다. 실제

임제가 차가운 비를 맞은 것과 기녀 한우의 이름과 통한다. 이를 좀 더 어려운 말로, 국문법으로 따지면 '중의법'이라고 한다. 중의법이란, 한 단어에 두가지 이상의 뜻을 가진 것을 말한다. 실제로 맞은 차가운 비와, 기녀 한우寒雨를 동시에 표현하고 있다. 놀라운 기교이다. 더구나 즉흥적으로 이러한 멋진 시를 지었으니. 역시 천재 시인 임제이다. 결국은 임제가 한우에게, 내가 이렇게 '찬비'(차가운 비도 되고, 기녀 한우寒雨도 되고)를 '맞았으니'는 진짜 찬비를 맞은 것도 되지만, 기녀 한우를 맞이했으니, 란 뜻도 된다. 이렇게 찬비를 맞았으니 얼어 자야겠구나, 라며 한우의 의중을 떠 보고 있다. 종장에서 '얼어 잘까 하노라'라고 한 것은, 실제로 찬비를 맞아 추워서 얼어 자야겠구나, 라는 뜻인 듯하지만, 그 속뜻은 임이 없는 이불 속에서 혼자 쓸쓸히 자야겠구나, 라는 뜻이다. 역시 중의법을 사용하여 노래하고 있다.

임제의 이 노래에 기녀 한우寒雨는, "어이 얼어 잘이 므스 일 얼어 잘이……"(18번 시조)라고 화답가를 부른다. 그리고 그들은 동침하게 된다.

이처럼 백호 임제는 시문詩文과 음악에 뛰어난 호방한 선비였다고 《해동가요海東歌謠》에 전해 내려오고 있다.

한편, 박을수朴乙洙 님이 계간 《현대시조》에 기술한 〈妓女시조시인伝〉을 보면, "조선조朝鮮朝의 대표적 멋쟁이요 한량이었다."(同誌, 1985, 가을호, 237쪽)라고 임제에 대해 적고 있다. 이처럼 임제는 앞 작품에서도 설명했듯, 이백李白과 같은 풍류객이었다. 이러한 것은 그의 시조 "靑草 우거진 골에……"(14번 시조)에서도 그의 호방한 풍류를 한껏 느낄 수 있다.

참고

이 시조는 《병와가곡집瓶窩歌曲集 197》에는 다음과 같이 나와 있다. 원문에서 소개한 《교주 해동가요校注 海東歌謠 95》에서의 '北窓(북창)'이 여기서는 '北天(북천)'으로 되어 있음을 알 수 있다. 이처럼 여러 다른 이본異本에는 '北天(북천)'으로 된 데도 있다. 표현도 원문에 소개한 것과 조금 다르다.

北天이 묽다커늘 우장 업시 길을 나니

산의는 눈이 오고 들에는 챤비 온다

오늘은 춘비 마즈시니 얼어 즐가 ㅎ노라

〈임제林悌〉

• 병와가곡집瓶窩歌曲集 197

마음이 어린 後ㅣ니 ㅎ는 일이 다 어리다
萬重雲山에 어늬 님 오리마는
지는 닙 부는 ㅂ람에 힝혀 귄가 ㅎ노라

〈서경덕徐敬德〉

• 진본 청구영언珍本 靑丘永言 23

마음이 어리석으니 하는 일이 다 어리석다
구름이 겹겹으로 둘러 쌓인 이 깊은 첩첩산중에 어느 임이 올까마는
떨어지는 낙엽과 바람 소리에 행여 임(황진이)이 왔는가 하노라

어구 풀이

- 어린 : 어리석은愚. 기본형은 '어
  리다'.
- 萬重雲山(만중운산) : 첩첩산중疊
  疊山中. 구름이 겹겹으로 둘러 쌓
  인 아주 깊은 산속.

- 어늬 님 : 어느 님. 여기서의 '님'은
  명월 황진이明月·黃眞伊를 가리킴.
- 힝혀 귄가 : 행여 그이인가. 행여
  그 사람인가. 혹시 그 사람인가.
  '귄가'는 '그이인가'.

해설

황진이에 대한 그리움이 구구절절이 잘 나타나 있는 시조이다. 사모하는 여
인을 기다리는 마음이 얼마나 절실한가. 개성 땅 화담이라는 곳에 초막을 짓
고 홀로 밤을 지새우며, 혹시 사랑하는 사람(황진이)의 발자국 소리가 아닌가
하고 상사병에 젖어 있다. 황진이는 거문고와 술과 안주를 가지고 화담이 거
처하는 초막에 종종 들르곤 했다. 그러하니 혹시나 또 황진이가 찾아오지 않
았는지 기다리는 애절한 마음은 이루 말할 수 없을 것이다.
이 시조는 불제자佛弟子로서의 냄새가 풍기는 작품이다. 특히 초장 전체가 그
러하다. '마음'이니 '어리다'니 하는 표현 등이 수도자修道者로서의 자세가 역
력히 드러나 있다.

무음아 너는 어이 미양에 져멋는다
내 늘글적이면 넨들 아니 늘글소냐
아마도 너 좃녀 든니다가 늚우일가 하노라

〈서경덕徐敬德〉

• 진본 청구영언珍本 靑丘永言 394

마음아 너는 어찌하여 마냥 젊을 줄 아느냐
내가 늙을 때면 너인들 안 늙을 줄 아느냐
하지만 이렇게 너를 그리워하여 쫓아다니다가 남들에게 들키면, 아마도 남들
이 비웃을까 그게 걱정이로구나

어구 풀이

- 미양에 : 마냥. 늘. '~에'는 부사성
  접미사로 '미양'을 강조.
- 져멋는다 : 젊었느냐. '~는다'는
  의문종지형.

- 좃녀 든니다가 : 쫓아 다니다가.
- 우일가 : 웃을까. 웃길까.

해설

이 시조의 결정체는 종장에 있다. 이렇게 너 황진이를 쫓아다니다가, 즉 마음
속에 이렇게 황진이를 품고 있다가, 이런 사실을 남들이 알게 되면 서경덕 나
를 얼마나 비웃겠는가, 하는 마음…… 그것을 걱정하고 있다.
화담 서경덕의 작품마다 비치고 있는 '마음'은 그의 오랜 수도생활에서 자연
스럽게 나올 수 있는 단어이다. "마음이 어린 後ㅣ니……"(16번 시조)에서의
'마음'은 화담 서경덕이지만, 이 시조에서의 '마음'은 황진이의 마음이며 정신
이다. 또한 황진이 그 자체이기도 하다.
그녀의 시재詩才와 미색美色에 넘어가지 않는 남성들이 없건만, 어찌 화담으
로서도 불타佛陀가 아닌 다음에야 황진이의 그 뛰어난 재색才色에 마음의 동

요動搖가 없겠는가. 젊고 아름다운 황진이를 쫓고 있는 자신의 마음을 서경 덕은 두려워하고 있는 것이다. 또한 그러면서 서경덕 자신이 늙을 적이면 황 진이 너 또한 늙지 않겠느냐, 며 청춘의 아름다움이 잠깐임을 노래하고 있다.

어이 얼어 잘이 므스 일 얼어 잘이

鴛鴦枕 翡翠衾을 어듸 두고 얼어 잘이

오늘은 춘비 맛자신이 녹아 잘까 ᄒ노라

〈한우寒雨〉

• 교주 해동가요校注 海東歌謠 141

(풀이 1) 어이하여 얼어 주무시려 하십니까. 무슨 일로 얼어 주무시려 하십니까

원앙침 비취금을 어디 두고 얼어 주무시려 하십니까

오늘은 차가운 비를 맞았으니 따뜻하게 몸을 녹여 주무시구려

(풀이 2) 어찌하여 홀로 쓸쓸히 주무시려 하십니까. 무슨 까닭으로 홀로 외롭게

주무시려 하십니까

원앙침 비취금을 어디 두고 홀로 쓸쓸히 주무시려 하십니까

오늘은 한우(작자)를 맞이했으니(만났으니), 원앙침을 베고 비취금 이불 속에서

나와 함께 얼싸안고 따뜻하게 몸을 녹여 주무시구려

어구 풀이

- 어이 : 어찌하여.

- 얼어 : 얼어氷. 내용상 속뜻은 홀
  로. 쓸쓸히.

- 잘이 : 자리요寢.

- 므스 일 : 무슨 일.

- 鴛鴦枕(원앙침) : 원앙새를 수놓은
  베개. 원앙처럼 금실이 좋으라고
  부부가 같이 베도록 혼인 때 마
  련함.

- 翡翠衾(비취금) : 청황색이 아름다
  운 깃털로 비취새를 수놓은 이부
  자리.

- 춘비 : 차가운 비寒雨. 기생 한우
  寒雨 곧, 작자 자신을 말함.

- 맛자신이 : 맞았으니. 맞이했으니迎.

해설

참으로 멋진 풍류며 재치가 넘친다. 임제가 "北窓이 묽다커늘……"(15번 시조)
이라며 기생 한우寒雨의 마음을 떠보자, 이에 한우는 임제의 뜻을 받겠노라
고 이처럼 화답가를 부르고 있다. 이날 밤 두 사람은 뜨거운 정염情炎을 불사
르게 된다. 어찌 백호 임제와 같은 뛰어난 문장가이며 풍류객인 선비를 어느
여자가 마다하겠는가.

비록 丈夫乙지라도 肝腸鐵石이랴
堂前紅粉을 古戒를 사맛더니
治城의 晧齒丹脣을 몯 니즐가 ᄒ노라

〈박계숙朴繼叔〉

• 부북일기赴北日記

내가 비록 장부일지라도 어찌 간장이 쇠나 돌이겠는가
뜰 앞의 어여쁜 여인을 보면 경계를 하라는 옛 선인들의 말을 생각했지만
성 안(박계숙이 근무하고 있는 도읍)의 아름다운 여인을 보니 춘정春情을 억제할
수가 없구나

어구 풀이

- 丈夫乙(장부을)지라도 : 장부일지
  라도.
- 鐵石(철석) : 쇠와 돌.
- 堂前紅粉(당전홍분) : 집 앞의 어
  여쁜 여인. 뜰 앞의 어여쁜 여인으
  로 의역할 수도 있다.
- 古戒(고계) : 예부터 지켜야 할 경계.
- 사맛더니 : 생각했더니. 생각했지만.
- 治城(치성)의 : '治'는 '다스릴 치'
  며, '城'은 '성 성' 또는 '도읍 성'이
  다. 따라서 여기서는 작자인 박계
  숙이 근무하고 있는 성안, 성중城
  中으로 해석할 수 있다.

- 晧齒丹脣(호치단진) : 흰 이와 붉은
  입술이란 뜻으로, 미인을 형용하
  는 말. 晧齒丹脣(호치단순) 또는 丹
  脣晧齒(단순호치)의 잘못이다. '脣
  (입술 순)'자가 들어가야 맞다. ※옛
  선조들은 미인의 기준을 몇 가지
  정했는데, 그 중 삼홍三紅이라 하
  여 붉어야 할 것 세 가지를 들었
  다. 입술, 볼, 손톱이 그것이다.
- 몯 니즐가 : 못 잊을까.

해설

춘정春情을 이기지 못해 하는 작자의 마음이 각 장章마다 잘 나타나 있다. 무장武將인 작자가 함경도 회령에 부임하여, 기녀 금춘今春을 보고 반년을 참아 온 춘정春情을 이기지 못해 그녀에게 지어 보낸 시조이다. 이에 금춘은 "唐虞도 親히 본듯……"(21번 시조)이라고 화답가를 불렀다.

나도 이러ᄒ나 洛陽城東 蝴蝶이로다

狂風의 지불려 여긔저긔 ᄃ니더니

塞外예 名花一枝예 안자 보랴 ᄒ노라

〈박계숙朴繼叔〉

• 부북일기赴北日記

나도 이렇게 근엄한 체 하지만 낙양성동의 나비로다

바람에 불려서 여기저기 다니다가

변방의 어여쁜 꽃가지今春에 앉아 볼까 하노라

어구 풀이

- 洛陽城東(낙양성동) : 중국 하남성 황하의 지류 낙수洛水가에 있는 고도古都. 고대 왕조의 서울로 수나라 때 크게 번영함. 성 뒤에 그 유명한 북망산이 있음.
- 蝴蝶(호접) : 나비.
- 狂風(왕풍) : 부는 바람.
- 지불려 : 불려서.
- 塞外(새외)예 : 변방에.
- 名花一枝(명화일지) : 어여쁜 꽃가지. 아름다운 기생을 꽃에 비유하여 이르는 말. 여기서는 기생 금춘今春을 가리킴.

해설

금춘今春을 어여쁜 꽃가지에, 작자 자신을 나비에 비유하여 사랑을 고백하고 있다. 여기에 대해 금춘은 "兒女戱中辭를……"(22번 시조)이라고 화답가를 부른다. 그리고 두 사람은 동침을 하게 된다.

唐虞를 어제 본듯 漢唐宋을 오늘 본듯
通古今 達事理ᄒ는 明哲士를 엇덧타고
저셜ᄯᅴ 歷歷히 모르는 武夫를 어이 조츠리

〈소춘풍笑春風〉

• 교주 해동가요校注 海東歌謠 137

덕으로 다스렸던, 태평성대였던 요堯 임금과 순舜 임금 시대를 어제 본 듯, 중국의 태평성대가 활짝 열렸던 한나라, 당나라, 송나라 시대를 오늘 본 듯

옛날과 지금(어제와 오늘)을 모두 통하여, 사물의 이치를 모두 통달하고 매우 밝은, 세상 형편과 사물의 이치에 밝은 선비가 여기 있는데

자기(제)가 서 있어야 할 곳도 모르는, 즉 자신의 처지나 위치도 모르는 무부(무인)을 어찌 따르겠는가.

어구 풀이

- 唐虞(당우) : 백성을 덕으로 다스려 태평성대를 이루었던 요순堯舜 시대를 가리킨다. 이때를 치세治世의 모범으로 삼고 있다. 더 정확히 말하면, 중국의 도당씨陶唐氏인 요堯와 유우씨有虞氏인 순舜의 시대를 말한다. 즉 요순堯舜이 통치했던 시대를 의미한다. 중국 역사에서 이상적 태평시대로 친다.
- 漢唐宋(한당송) : 문화와 문물이 번성했던 한나라, 당나라, 송나라 시대를 일컫는다.
- 通古今(통고금) : 옛날과 지금을

통틀어.
- 達事理(달사리) : 사물의 이치를 통달하여 매우 밝음.
- 明哲士(명철사) : 세상의 사정과 사물의 이치에 매우 밝은 선비.
- 저셜ᄯᅴ : 저 설 데. 저 설 곳. 제(자기) 설 곳. 자기가 서 있어야 할 곳. '저'는 '본인', '자기 자신'을 말함. 'ᄯᅴ'는 '데', '곳'과 같이 장소를 나타내는 말로 의존명사.
- 歷歷(역력)히 : 자취나 낌새, 기억 따위가 환히 알 수 있을 정도로 분명하고 또렷하게. 똑똑히.

- 武夫(무부) : 무인武人. 무사武士.
  무예(무술)를 하는 사람. 용맹스러
  운 사내란 뜻으로도 쓰임.

해설
무관을 무시하고 문관을 찬양하는 작품이다.

참고
소춘풍笑春風은 영흥의 명기名妓이다. 소춘풍은 성종의 총애를 받아 주로 궁중 연회에 참여했다. 그의 시조가 《교주 해동가요校注 海東歌謠》에 세 수가 전해 내려오고 있다.

황진이, 이매창, 홍랑을 조선의 3대 기녀라 하고, 여기에 소춘풍을 넣어 조선의 4대 기녀라 한다.

이 시조는, 성종이 신하들과 어울려 주연을 베풀고 있을 때, 영흥의 명기名妓였던 소춘풍에게 술을 따르라 명하면서 노래하라 했다. 임금의 주연 자리에 불려나갈 정도면 얼마나 유명한 기녀였는지를 짐작할 수 있을 것이다. 이처럼 조선시대의 기녀들은 시詩, 서書, 예禮, 학문 등 모든 것을 갖춘, 지적으로 아주 수준 높은 여인들이었다.

이런 소춘풍이 임금이 마시는 금 술잔에 술을 따른 후, 영의정 앞에 나아가 술잔을 들며 즉흥적으로 앞의 시조처럼 무관들을 무시하는 시조를 부른 것이었다. 이에 병조판서를 비롯한 무관들이 화가 무지 났는데, 이에 소춘풍은 다시 무관들을 달래는 노래를 불렀다. 이에 대한 소춘풍의 시조는 22번의 '참고'에 넣었다. 그것을 참고하기 바란다.

'참고'에 있는 소춘풍의 이 시조는 내용상으로 22번 원문에 있는 금춘의 시조와 같다. 두 작품을 비교하여 읽어보길 바란다.

22번의 '참고'에 있는 이 시조와 소춘풍에 대해 더 자세히 알고 싶으면, 필자가 저술한 "《이야기로 읽는 고시조》-채륜서"를 읽기 바란다.

兒女戱中辭를 大丈夫 信聽 마오
文武一體를 나도 잠깐 아노이다
흐믈며 赳赳武夫를 아니 걸고 엇지리

〈금춘今春〉

• 부북일기赴北日記

아녀자의 희롱 섞인 말을 대장부는 믿거나 듣지 마오
문무文武가 하나임을 비록 소견 좁은 아녀자이지만 나도 알고 있다오
하물며 어찌 늠름한 대장부에게 정情을 주지 않고 누구에게 주리이까

어구 풀이

- 兒女戱中辭(아녀희중사) : 아녀자
  를 희롱하는 말. 여기서 '兒女(아
  녀)'는 '아녀자兒女子'의 준말. 여
  자를 낮추어 평가하여 이르는 말.
  '戱中辭(희중사)'는 희롱하는 말이
  란 뜻.

- 信聽(신청) 마오 : 믿지 마오.
- 赳赳武夫(규규무부) : 용맹한 무
  사. 매우 풍채가 좋고 기운이 센
  무사.

해설

박계숙朴繼叔의 "나도 이러ᄒ나……"(20번 시조)에 대한 화답가이다. 호걸 대
장부를 보고 그 늠름한 모습에 어느 여자가 춘정春情을 느끼지 않겠느냐고
하고 있다.

참고

이 시조 역시 소춘풍笑春風의 다음 작품과 유사하다. 금춘의 시조와 비교하
여 감상해 보자.

前言은 戱之耳라 내 말씀 허믈 마오

文武一體ㄴ 줄 나도 暫間 아옵썬이

두어라 赳赳武夫를 안이 좃고 어이리

〈소춘풍笑春風〉

• 교주 해동가요校注 海東歌謠 138

초장에서 '戱之耳(희지이)'란, 실없이 웃자고 농담한 것뿐이란 뜻. 시조의 뜻을 풀어보자.

앞에서 한 말은 농담을 한 것이니 내가 한 말을 허물치 마오

문무가 하나인 것을 나도 알고 있소이다

문무 어느 것이 더 뛰어난지를 따지는 것을 이제 그만 두어라. 용맹스러운 무부(무관)를 따르지 않고 어찌하리

참고로 이 시조와 소춘풍에 대해 더 자세히 알고 싶으면, 필자가 저술한 "《이야기로 읽는 고시조》-채륜서"를 읽기 바란다.

寒松亭 둘 붉은 밤의 鏡浦臺예 믈쎨잔제

有信흔 白鷗는 오락가락 ᄒ것만은

엇덧타 우리의 王孫은 가고안이 오는이

〈홍장紅粧〉

• 교주 해동가요校注 海東歌謠 136

한송정 달 밝은 밤의 경포대에 물결이 잔잔할 때

신의가 있는 갈매기는 오락가락 하건마는

어찌하여 우리의 왕손 박신朴信은 한번 가더니 다시 돌아오지 않는가

어구 풀이

- 寒松亭(한송정) : 강원도 강릉에 있는 누정樓亭.

- 鏡浦臺(경포대) : 강원도 강릉에 있는 누대樓臺. 관동팔경關東八景의 하나. ※관동팔경 : 강원도 동해안에 있는 여덟 군데의 명승지. 곧, 간성의 청간정, 강릉의 경포대, 고성의 삼일포, 삼척의 죽서루, 양양의 낙산사, 울진의 망양정, 통천의 총석정, 평해의 월송정 등을 일컬음.

- 잔제 : 잔잔할 때. '제'는 '때'를 말함.

- 有信(유신)흔 : 신의가 있는.

- 白鷗(백구) : 갈매기.

- 엇덧타 : 어찌하여.

- 王孫(왕손) : 임금의 후손. 여기서는 고려 우왕 때의 강릉 감사 박신朴信을 가리킴.

해설

한송정이며, 가을밤의 달이며, 그 아래 경포대의 잔잔한 물결이며, 오락가락 하는 갈매기…… 그리고 그곳에 외로이 홀로 앉아 임(박신)을 기다리는 작자의 모습……. 마치 한 폭의 동양화를 그리듯 작품을 표현하고 있다.

울며 줍은 스미 쎨치고 가지 마쇼
超遠長堤에 히 다 져무렷뇌
客窓에 殘燈을 도도고 식와 보면 알니라

〈이명한李明漢〉

• 화원악보花源樂譜 301

울며불며 잡은 소맷자락을 무정하게 떨치고 가지 마소
아득히 먼 긴 둑에 해도 이미 모두 다 저물었다오
객창에 등불의 심지를 돋우고 밤을 새워 보면, 임을 향한 이 애절한 마음을 알리라

어구 풀이

- 스미 : 소매.
- 超遠長堤(초원장제) : 아득히 먼 긴 둑. '超遠(초원)'은 '아득히 멀다'란 뜻이고, '長堤(장제)'는 '기다란 둑'이란 뜻. '超遠(초원)'은 '草原(초원)'으로, '長堤(장제)'는 '長程(장정)'으로 된 데도 있음.

- 히 다 져무렷뇌 : 해도 이미 모두 다 저물었네.
- 客窓(객창) : 나그네가 거처하는 방. 여창旅窓.
- 殘燈(잔등) : 밤 늦게 외로이 희미하여진 등불.
- 도도고 : 돋우고.

해설

별리別離의 정한情恨을 노래한 시조.

참고

이 작품은 《화원악보花源樂譜 301》에 김명한金明漢으로 되어 있으나, 이는 오기誤記이며 이명한李明漢이 맞다. 다음에 바로 소개할 25번 시조와 26번 시조도 《화원악보花源樂譜》에 이명한으로 되어 있다. 또한 《육당본 청구영언六堂本 靑丘永言 187》 등 여러 이본異本에도 모두 이명한으로 되어 있다.

西山에 日暮ᄒ니 天地에 가히 업다
梨花에 月白ᄒ니 님싱각이 싀로이라
杜鵑아 너는 눌을 글여 밤싀도록 우ᄂ니

〈이명한李明漢〉

• 화원악보花源樂譜 264

서쪽 산으로 해가 지니 하늘과 땅이 끝이 없다
배꽃이 달빛을 받아 더욱 희니 임 생각이 새롭구나
두견아! 너는 누구를 그리워하기에 이렇듯 애타게 밤새도록 우느냐

어구 풀이

- 日暮(일모)ᄒ니 : 해가 지니.

- 가히 업다 : 끝이 없다.

- 梨花(이화)에 月白(월백)ᄒ니 : 배
  꽃이 달빛을 받아 더욱 희니.

- 싀로이라 : 새롭구나. '~이라'는
  감탄종지형.

- 杜鵑(두견) : 두견새. 두견이. 소쩍
  새·접동새·자규子規·촉백蜀魄·두
  우杜宇·불여귀不如歸 등으로 불
  림. ※중국 촉왕蜀王의 망제望帝
  곧, 두우杜宇가 죽어서 두견새가

되었다는 전설이 있음. 우거진 숲
속에서 밤에 우는데 그 소리가 처
량함. 우리의 고시조와 중국의 시
詩에 자주 인용 됨. 이 새는 애상
哀傷을 상징하는 새로 표현되고
있음. 그 우는 소리가 '소쩍소쩍'
또는 '솥적다솥적다'로 들림. ※소
쩍다새(솥적다 새) 곧, 소쩍새는 한
문의 '疏逖(소적)다'와 '疏遠(소원)
하다'는 말에서 왔음.

- 눌을 글여 : 누구를 그리워하여.

해설

이화梨花와 두견杜鵑을 감정이입 시켜, 이별한 임에 대한 간절한 그리움을 애
상哀傷적으로 노래하고 있다. 주제는 잠 못 드는 봄밤의 애련愛戀함.

쑴에 단니는 길이 ㅈ최 곳 나랑이면

님의집 窓밧기 石路ㅣ라도 달으련만는

쑴ㅁ길이 ㅈ최 업스니 그를 슬허 ㅎ노라

〈이명한李明漢〉

• 화원악보花源樂譜 331

꿈속에서 임을 만나러 다니는 길이 흔적이 날 것 같으면

임의 집 창밖에 나 있는 길이 돌길이라도 그 발자취에 달으련마는

꿈속에서 다녔던 길이 자취가 없으니 그를 슬퍼하노라

어구 풀이

- 단니는 : 다니는.
- ㅈ최 곳 : 자취. 흔적. '곳'은 강세
  보조어간.
- 나랑이면 : 날 것 같으면.

- 밧기 : 밖에. 바깥에.
- 石路(석로) : 돌길.
- 슬허 : 슬퍼.

해설

임을 향한 애절한 사모의 정情을 노래한 시조.

묏버들 갈히 것거 보내노라 님의 손듸

자시는 窓밧긔 심거두고 보쇼셔

밤비예 새닙 곳 나거든 날인가도 너기쇼셔

〈홍랑紅娘〉

• 전사본傳寫本

묏버들 가지 중에서 하나를 잘 가리어 꺾어서 임에게 드리오니

주무시는 창밖에 심어두고 보소서

밤비를 맞아 그 가지에 새잎이 나거든, 애련히 젖어 있는 그 잎을 보고 나(홍랑)

인가 여기소서

어구 풀이

- 묏버들 : 산버들. '뫼'는 '산山'
- 갈히 : 가리어. 잘 골라서.
- 것거 : 꺾어.
- 님의 손듸 : 임에게.
- 밧긔 : 밖에. 바깥에.
- 새닙 곳 : 새잎. '곳'은 강세조사.

해설

이 시조는 북해평사北海評使 최경창과의 이별을 서러워하여 부른 노래. 이 작품의 작자가 여성이라서인지 내용이 다분히 여성적이다. 마치 김소월의 〈진달래꽃〉을 연상하게 한다.

玉이 玉이라커늘 燔玉만 너겨쪄니
이제야 보아ᄒ니 眞玉일시 젹실ᄒ다
내게 술송곳 잇던니 쑤러볼가 ᄒ노라

〈정철鄭澈〉

• 근화악부槿花樂府 388

옥(보석 옥도 되고, 기녀 진옥도 되고)이 옥이라 하기에 가짜 옥으로만 여겼더니

이제 보니 진옥(보석 옥도 되고, 기녀 진옥도 되고)이 분명하구나

내게 살송곳(남자의 성기) 있으니 뚫어 볼까 하노라(내게(정철) 성기가 있으니 진옥

너의 성기에 넣어볼까 하노라)

어구 풀이

- 燔玉(번옥) : 모조옥. 돌가루를 구
  워 만든 옥. 다시 말해 '가짜 옥'이
  란 뜻.
- 眞玉(진옥) : 참옥. 가짜옥이 아닌
  진짜옥. 여기서는 기녀 진옥眞玉

  을 빗대어 한 말. 중의법
- 젹실ᄒ다 : 분명하다.
- 술송곳 : 살肉송곳. 여기서는 남
  자의 성기를 은유.
- 잇던니 : 있으니.

해설

이 시조는 선조 때 유배지에서 만난 기녀 진옥眞玉에게 화답가를 부르게 하
고 부른 노래이다.

평시조의 표현 방식은 주로 정적情的이다. 그러나 이 시조는 평범한 관념을
깨고, 사설시조에서나 찾아 볼 수 있는, 매우 동적動的이며 노골적으로 묘사
하고 있다. 이는 작자가 최초의 사설시조 작가라는 점에서 주목할 만하다. 여
기서 다룬 정철의 시조가 노골적이고 육감적이듯, 이에 대한 기녀 진옥 화답
가 역시 매우 육감적이다. 정철의 묘사 방식을 따와 그대로 답하고 있다. 다음
29번 시조 "鐵이 鐵이라커늘……"에서 살펴보기로 하자.

鐵이 鐵이라커늘 섭鐵만 너겨써니
이제야 보아ᄒ니 正鐵일시 분명ᄒ다
내게 골블무 잇던니 뇌겨 볼가 ᄒ노라

〈진옥眞玉〉

• 근화악부槿花樂府 389

철(쇠 철도 되고, 송강 정철도 되고)이 철이라 하기에 잡것이 섞인 가짜 철로만 여겼더니

이제야 자세히 보니 잡것이 섞이지 않은 진짜 철(쇠 철도 되고, 송강 정철도 되고)이 분명하구나

나에게 골풀무(여자의 성기) 있으니 그 철(정철)을 녹여 볼까 하노라(나에게(진옥) 성기가 있으니 내 몸에 들어온 정철 너의 성기를 녹여 볼까 하노라)

어구 풀이

- 섭鐵(철) : 잡것이 섞인 순수하지 못한 쇠.
- 너겨써니 : 여겼더니.
- 正鐵(정철) : 잡것이 섞이지 않은 순수한 쇠. 송강 정철을 빗대어 한 말. 중의법.
- 골블무 : 골풀무. 불을 피우는데 바람을 일으키는 기구의 하나. 여기서는 남자(정철)의 성기性器를 녹여내는 여자(진옥)의 성기를 은유.
- 잇던니 : 있으니.
- 뇌겨 : 녹여.

해설

정철의 "玉이 玉이라커늘……"(28번 시조)에 대한 진옥의 화답가이다. 그대가 살송곳(남자의 성기, 즉 정철의 성기)으로 나의 그것을 뚫는다면, 나는 골풀무(여자의 성기, 즉 진옥의 성기)로 그 살송곳을 녹이겠노라, 고 진옥 역시 대담하면서도 노골적인 표현으로 정철의 노래에 화답하고 있다. 그녀의 화답가는 정

철의 노래 하나하나에 대구법으로 받아치고 있으니, 그녀 역시 대단한 시인이라 할 수 있다. 옛날 기녀들은 이처럼 뛰어난 지성인이었다.

'燔玉(번옥)'과 '섭鐵', '眞玉'과 '正鐵' 즉 기녀로서의 '眞玉'과 사람 송강으로서의 '鄭澈', '살송곳'과 '골풀무'로의 대구는 그녀의 뛰어난 문장 실력을 짐작하게 한다.

참고

여기에 앞에서 소개한 송강 정철과, 기녀 진옥에 대한 이야기를 풀어 놓을까 한다. 이 두 사람에 대한 사랑 이야기는 아는 이가 별로 없다. 참고로, 이 글은 필자가 저술한《이야기로 읽는 고시조》에서 가져온 것임을 밝힌다. 그 내용을 여기에 옮긴다.

　　송강 정철이 사랑한 여자는 황진이나 이매창, 홍랑처럼 유명한 기녀가 아냐. 그저 강계江界라고 하는 시골 촌구석에 묻혀 있는 아무도 모르는 기녀야. 진흙 속에 묻혀 있는 옥玉이라고나 할까?

　　정철은 이런저런 정치적 이유로 파직도 당하고 스스로 사표도 쓰고 유배 생활도 하고 그랬어. 그가 강계江界에서 유배 생활을 하고 있을 때였어. 아무도 찾아오는 이 없는 곳에서 마음이 얼마나 쓸쓸했겠어. 아무리 글을 쓰고 하는 자신만의 세계, 어느 한 곳에 집중하는 자신만의 일이 있었다고는 하나, 유배 생활은 어찌되었든 외롭고 적막하고 그런 거잖아. 술도 좋아하고 문학도 하고 스스로 자신을 잘 다스릴 줄 아는 사람이라고 해도 고적함을 달래기에는 힘든 나날들이지.

　　그런데 어느 날 밤이었어. 달이 밝게 떠 주변 풍광이 아름다운 밤이었어. 바람소리도 잠들은 깊은 한밤중이었어. 나뭇잎 소리조차도 조심하여 조용한 한밤중이었어. "선비님! 선비님!" 문밖에서 여자의 고운 목소리가 들리는 것이었어. 아무도 찾아올 이 없는 유배지의 촌구석에, 그것도 한밤중에 여인이 찾아올 거라고 정철은 상상도 못했지. 이때 정철의 나이 50대 중반이었어. 후반에 접어드는 나이었어. 요즘 세상에야 젊은 나이이지만 그 당시로선 늙은이야. 조선시대에 50대면 할아버지야. 1980년대까지만 해도 61세까지만 살아도 장수했다고 환갑잔치를 하던 시대였으니, 조선시대 정철의 나이는 완전히 할아버지이지. 정철이 누운 채로 대답했어. "뉘신지 모르지만 들어오시오!" 여자가 문을 살며시 열며 들어왔어.

은은하게 비치는 황촉불에 가만히 보니 앳된 소녀였어. 소녀는 다소곳이 겉에 걸치고 온 장옷을 벗었어. 그러자 중국의 서시가 놀라 자빠질 정도로 아름다운 얼굴이 나타났어. 정철은 감탄하지 않을 수 없었어. '강계江界라고 하는 이 촌구석에 이처럼 아름다운 여인이 있다니' 하고 말이야. 그것도 이팔청춘 나이 어린 소녀가 말이야. 앞에서도 말했지만 진흙 속에서 빛나는 옥을 발견한 거나 마찬가지야.

소녀는 정철에게, '선비님의 높은 학식을 평소에 듣고 사모하여, 선비님이 이곳 강계에 와 계시다는 소문을 듣고 찾아 왔노라'고 아주 야무지게 말하는 거야. 그러면서 다소곳이 정철에게 절하는 거야. 그러고는 자신은 강계에 사는 기녀라고 신분을 밝혔어. 그리고 자신의 이름이 진옥眞玉이라고 했지. '참 진'자에 '구슬 옥'……. 그리고 한시 한 수를 읊는 거야. 이 책은 고시조 책이니까 한시를 소개할 수 없음이 참으로 안타깝다. 그치? 뭐라고 읊었을까 궁금하지? 뭐 뻔한 거 아냐? 정철의 마음을 살살 녹이는 내용이었겠지. 안 그래? 맞아. 정철의 고적한 유배 생활의 쓸쓸함을 마치 알기라도 하듯, 정철의 마음을 읽기라도 하듯, 고적한 선비의 마음이 담긴 내용의 한시를 읊은 거야. 더구나 정치에서 쫓겨나 나라 걱정에 둘러싸인 정철의 마음을 노래한 거야. 유배 생활이란 게 얼마나 고통스러워. 이럴 때 나이 어린 진옥이라는 기녀가 나타나 자신의 고통스럽고 고적한 마음을 노래했으니. 거기에 미모는 서시를 뺨칠 정도로 아름다웠고, 자태며 학식까지도 갖추고 있었으니, 정철이 감탄하지 않을 수 없지. '이런 촌구석에 이렇게 미모가 뛰어나고 학식을 갖춘 기녀가 있다니……' 하고 정철은 감탄한 거야.

이렇게 하루 이틀, 한 달 두 달……. 정계에 다시 복귀하기 전까지 오랫동안 진옥과 시를 주고받으며, 때로는 거문고를 타며 지낸 거야. 정철은 자신의 본부인에게도 숨기지 않고, 기녀 진옥에 대한 이야기를 서찰에 적어서 보낸 거야. 아니지. 요즘은 편지도 우편으로 잘 안 쓰지. 이메일로 보낸 거야. 이메일을 받아 본 정철의 부인은 시기와 질투를 하지 않고 오히려 기뻐하며, 진옥으로 인해 남편이 잘 지내고 있다는 것에 고마워했어. 그 고마워하는 마음을 남편인 정철에게도 보냈지만, 진옥에게도 고마움의 마음을 서찰로 보내곤 했지. 역시 정철의 부인이야. 정숙한 부인이야. 이렇게 이해심이 많은 여자를 얻은 걸 보면 정철이 참 여복이 있나 봐. 이해심 많은 부인에, 아리땁고 곱고 기품이 있는 기녀 진옥도 옆에 있으니. 진옥 때문에 정철은 심심하지 않게 귀양살이를 한 거지.

이렇게 서로를 의지하며 오랜 세월을 지냈으니 정이 들대로 다 들었겠지?

어느 날, 정철이 마음이 동動했나 봐. 왜 안 그렇겠어. 하루 이틀도 아니고, 그것도 매일 하루도 빠지지 않고 둘이 만났으니. 아마도 그날뿐이 아니라 수시로 욕구가 생겼을 거야. 정철이 아무리 나이가 많아도 남자인데. 더구나 총명하고 아름다운 나이 어린 소녀가 매일 찾아와 함께 시간을 보내고 있으니. 그런데 이건 기녀 진옥도 마찬가지야. 처음에 정철의 학문적 명성을 익히 알고 존경하는 마음에 찾아왔노라고 말하긴 했지만, 이런 남자라면 나이와 상관없이 한 밤을 모시고 싶다는 생각을 하고 찾아 왔을 거야. 그런데 이렇게 하루도 빠짐없이 매일 만나 정을 쌓았으니, 진옥인들 왜 마음이 동動하지 않았겠어. 두 사람의 사랑이 이렇게 싹튼 거야. 아니, 처음 진옥이 정철을 찾아 왔을 때 이미 그때부터 사랑이 싹튼 거야.

아무튼 어느 날, 정철이 진옥에게 말했어. "내가 시를 한 수 노래할 터이니 네가 화답가를 불러다오."라고 말이야. 진옥이 그러겠노라고 대답했어. 자, 이제 진옥의 시적 재능을 여러분이 한껏 느낄 수 있는 시간이 왔어. 비록 시골에 묻혀 사는 이름 없는 기녀이지만 진옥의 진면목을 한번 느껴 봐.

정철이 진옥에게 시 한 수를 불렀어.

옥玉이 옥玉이라커늘 번옥燔玉만 너겨떠니
이제야 보아하니 진옥眞玉일시 젹실하다
내게 살송곳 잇던니 뚜러볼가 하노라

풀이
① 옥(보석 옥도 되고, 기녀 진옥도 되고)이 옥이라 하기에 가짜 옥으로만 여겼더니
② 이제 보니 진옥(보석 옥도 되고, 기녀 진옥도 되고)이 분명하구나
③ 내게(정철) 살송곳(남자의 성기) 있으니 뚫어 볼까 하노라(내게 성기가 있으니 진옥 너의 성기에 넣어볼까 하노라)

임제가 한우를 품기 위해 한우의 마음을 떠 보았듯이, 정철 역시 진옥을 품기 위해 이렇게 시 한 수를 노래했어. 그런데 임제가 한우에게 부른 시는 점잖은 편이야. 정철이 부른 이 시는 아주 노골적이야. 이 시조를 분석해 볼까?

기녀의 이름이 '진옥眞玉'이잖아. '참 진'자에 '구슬 옥' 가짜 옥이 아닌 진짜 옥이란 뜻이지. 우리가 주시해야 할 점은, 정철과 진옥이 중의적 표현을 썼다는 거야. 다시 말해서 '진짜 옥'이라는 뜻도 되지만, 기녀 '진옥'을 가리키기도 해. 이런 것을 문법적으로 '중의법'이라고 해. 지금은 정철이 진옥에 대한 중의적 표현을 빌려 노래했지만,

이를 받아 화답한 진옥 역시 중의적 표현으로 화답을 하고 있어. 이에 대해서는 진옥의 화답가에서 다시 말하기로 하고. 아무튼 정철과 진옥이 주고받은 시를 상세히 이해하려면 이처럼 중의적 표현을 썼다는 것을 염두에 두고 감상해야 돼.

자, 그럼 우선 초장을 보자. "옥이 옥이라 하기에 가짜 옥으로만 여겼더니"라고 했어. 기녀 진옥의 이름은 '진짜 옥'을 뜻하잖아? 그래서 "옥이라 하기에 가짜 옥인 줄 알았더니"라고 한 거야. 원문에서 '번옥燔玉'은 돌가루를 구워 만든 옥을 뜻해. 다시 말해서 '가짜 옥'이란 뜻이지. 이제 중장을 보면, "이제야 보아하니 진옥일시 분명하구나"라고 하고 있어. 어? 가짜 옥인 줄 알았더니 이제 보니 진짜 옥이구나, 라고 노래한 것이지. 여기서 중의적 표현을 쓴 거야. 잡것이 석이지 않은 '진짜 옥'도 되고, 기녀 '진옥'을 가리키기도 하고. 이해되지? 그러니까 초장에서 가짜 옥인 '번옥燔玉'이라고 했다가, 중장에서 다시 진짜 옥인 '진옥眞玉'이라고 한 거야. 가짜 옥인 줄 알았더니 진짜 옥이구나 하고 말이야. 겉으로는 진짜 옥이냐, 가짜 옥이냐, 라고 한 것 같지만, 여기에서의 속뜻은, 한갓 기녀로만 여겼는데, 다시 보니 기품이 있는, 학문과 재주가 뛰어난 규수구나, 라고 말하고 있는 거야. 이렇게 시는 그 속뜻을 볼 줄 알아야 돼. 이번엔 종장을 보자. "나에게 살송곳 있으니 뚫어 볼까 하노라"라고 하고 있어. '살송곳'이 뭐야? 살로 된 송곳. 에이~ 알면서 시치미를 떼네. 남자의 성기를 은유하고 있는 거잖아. 다시 말해서 남자의 성기를 여자의 성기에 넣어볼까 한다고 말하는 거야. 참으로 대단하지 않아? 우리나라 사대부 양반들이 쓴 시조에 이처럼 노골적으로 표현한 시조는 단 한 편도 없어. 더구나 평시조에서 양반이 자신의 이름을 걸고 이처럼 노골적인 표현을 쓴 시조는 단 한 편도 없어.

이처럼 노골적인 성적 표현을 하려면 대부분 자신의 이름을 감춰. 그리고 평시조에는 없고, 사설시조에서 쓰이고 있어. 작자 이름을 밝히지 않고 말이야. 그런데 정철은 아주 대담하게 자신의 이름을 건 시조에, 음담패설적인 표현을 직설적으로 쓰고 있는 거야. 정철이 정치적으로는 성품이 강직하였지만, 평소 성품은 자유분방하고 술을 좋아하고 풍류를 즐기는 사람이었어. 오죽하면 정철의 작품에 〈장진주사〉라는 작품이 다 있어. 그 왜 있잖아. 술을 노래한 시조. 〈장진주사〉 다들 알지? 이렇게 풍류를 아는 선비였기에 이런 작품이 나올 수 있는 거야. 이처럼 노골적이고 직설적이고 육담적인 표현을 쓴, 자신의 이름을 걸고 작품을 쓴 사람은 정철 오직 한 사람뿐이야.

정철은 진옥을 품기 위해 아주 노골적이고 직설적이게 그리고 대담하게 진옥의 마음을 떠보고 있어. '나에게 살송곳이 있으니 뚫어'보겠다고 하는 거지. 여자의 몸을, 다시 말해서 진옥의 몸속으로 자신의 성기를 넣어 보겠노라고 아주 노골적이고 육담적으로 표현하고 있어. 사설시조에서나, 그리고 작자의 이름이 없는 시조에서나 볼 수 있는 대담한 표현이야. 정철이 한마디로 '너를 갖고 싶다'고 한 거지. 이 한 가지만 놓고 본다면 음담패설이라고 할 수 있지만, 시 전체를 놓고 본다면 여자를 갖고 싶은 마음을 한 차원 끌어 올려 시詩적으로, 문학적으로 표현한 거지.

자, 그런데 정철은 대학자요 대문장가니까 이런 작품이 나왔다고 쳐. 그런데 진옥은 기녀잖아. 그것도 알려지지 않은 촌구석의 무명의 기녀. 정철이 이렇게 노래하자, 기녀 진옥이 바로 받아치는데 그 화답가가 정철을 뛰어넘는 수준이야. 그것도 며칠을 생각해서 받아친 게 아니라 정철의 시를 듣자마자 바로 받아친 거야. 또 그것도 아주 재치 있게 받아친 거야. 일개 촌구석의 무명의 기녀가 말이야. 진옥의 거문고 소리가 청량하게 울리고…….

정철이 노래한 초장, 중장, 종장에 대해 마치 하나하나 답변이라도 하듯. 문법적으로 말한다면 '대구법'이라고 해. 정철의 어조와 어구를 각각 초, 중, 종장마다 짝지어 받아치는 거야. 이는 기녀라기보다 시인이라고 하는 게 더 옳아. 그럼 어떻게 정철의 시에 화답가를 불렀는가 진옥의 시를 살펴볼까?

철鐵이 철鐵이라커늘 섭철鐵만 너겨떠니
이제야 보아하니 정철正鐵일시 분명하다
내게 골블무 잇던니 뇌겨 볼가 하노라

풀이
① 철(쇠 철도 되고, 송강 정철도 되고)이 철이라 하기에 가짜 철로만
　여겼더니
② 이제 보니 진짜 철(쇠 철도 되고, 송강 정철도 되고)이 분명하구나
③ 내게(진옥) 골풀무(여자의 성기) 있으니 녹여 볼까 하노라(내게 성
　기가 있으니 내 몸에 들어온 정철 너의 성기를 녹여 볼까 하노라)

　참으로 기가 막힌 대구법이야. 정철이 초장에서 "옥이 옥이라 하기
에 번옥(가짜 옥)으로만 여겼더니"라고 하니까 진옥이 "철이 철이라 하
기에 섭철(가짜 철)로만 여겼더니"라고 해서 비슷한 어구로 짝지어서
화답을 하고 있잖아. 기녀의 이름이 '진옥'이라서 '옥이 옥이라 하기
에'라고 하니까, 송강의 이름이 정철이니까 '철이 철이라 하기에'라고
똑같은 어구로 바로 받아치잖아. 앞에서도 말했지만 이런 것을 '대구
법'이라고 해. 중장을 볼까? 또 어떻게 같은 어구로 받아쳤는가? 정철
이 "이제야 보아하니 진옥일시 분명하구나"라고 하니까, 진옥이 "이
제야 보아하니 정철일시 분명하구나"라고 역시 그대로 받아치고 있
어. 대단한 재치야. 안 그래? 이제 종장을 보자. 정철이 "나에게 살송
곳 있으니 뚫어 볼까 하노라"라고 하니까, 진옥이 "나에게 골풀무 있
으니 녹여볼까 하노라"라고 하고 있어. 이렇게 즉흥적으로 받아치기
무지 힘든 거야. 역시 진옥은 기녀이기 이전에 시인이었던 거야. 물론

앞에서 백호 임제의 시를 받아친 한우도 대단한 재치를 가지고 있는 시인이야. 자, 그럼 진옥이 노래한 이 시조를 다시 한 번 더 깊이 있게 분석해 볼까?

초장에서 '철'이라고 한 것은 '정철'의 '철' 즉 사람 정철을 말한 것일 수도 있고, '쇠' 즉 '쇳덩이'를 말하는 철일 수도 있어. 원문에서의 '섭철'이란 잡것이 섞인 가짜 철이란 뜻이야. 정철이 '가짜 옥'으로만 여겼더니, 라고 하니까 진옥이 '가짜 철'로 화답한 거야. 중장에서는 한 단어에 두 가지 이상의 뜻을 가진 중의법을 사용하고 있어. "정철 일시 분명하구나"라고 하고 있는데, 여기서 '정철'은 '송강 정철'을 가리키기도 하고, '진짜 철'을 가리키기도 해. 다시 말해서 여기에서의 속뜻은, '정말로 존경할 만한 사람이 분명하다'라는 뜻을 내포하고 있어. 정철이 진옥을 노래할 때 중장에서 겉으로는 진짜 옥이냐 가짜 옥이냐 라고 한 것 같지만, 실제로 속뜻은 '한갓 기녀로만 여겼는데, 다시 보니 기품이 있는, 학문과 재주가 뛰어난 규수구나'라고 말한 것과 같은 의미야. 이 구절만 가지고도 두 사람이 서로의 학문과 예술적 재능을 인정하고 있는 거지. 종장을 보자. 정철이 "나에게 살 송곳 있으니 뚫어 볼까 하노라"라고 하고 있지? 그런데 진옥이 화답하기를 "나에게 골풀무 있으니 녹여 볼까 하노라"라고 하고 있어. 자, 그렇다면 여기에서 '골풀무'란 무엇일까? '골풀무'란 다른 말로 '풍로'라고도 해. 풍로…… 아마 젊은 사람들은 처음 들어보는 이름일 걸? 50대 이상에서나 알 수 있는 명칭일 거야. 1970년대까지도 이 풍로를 사용했어. 풍로가 무엇이냐면, 아궁이에 불을 땔 때 불이 잘 붙으라고 손으로 바퀴를 돌려 바람을 일으켜 아궁이에 바람을 불어 넣는 기구야. 물론, 바퀴에 손잡이가 달려있어. 나뭇잎이나 나뭇가지, 또는 톱밥 같은 것을 아궁이에 넣고 이 풍로를 돌리면 아궁이에 바람이 들어가면서 불이 더 활활 타올라. 다시 말해서 진옥이 한 이 말은, 남자의 성기(정철의 성기)를 여자의 성기(진옥의 성기)로 받아들여 녹여 보겠다고 하고 있는 거야. 사랑을 불태워 보겠다고 말하고 있는 거야. 정철이 살송곳으로 뚫어 보겠다고 한 말을 이처럼 역시 노골적이고 직설적이게, 대담하게 받아치고 있어. 시 한 수 전체를 놓고 볼 때, 조선조의 대학자요 문장가인 정철을 능가하는 화답가라 할 수 있어.

본래 처음에 먼저 시를 던지는 사람은 쉬워. 하지만 이것을 받은 시에 맞게 화답하기란 무지 어려운 거야. 그런데 진옥은 이처럼 정철 못지않게 대담하게 즉흥적으로 곧바로 받아치고 있어. 기녀라기보다는 수준 높은 대단한 시인이라고 말해도 좋을 여자야.

시골 촌구석에 묻혀 살던 기녀 진옥은, 이렇게 송강 정철을 만남으로 해서 한국문학사에 남는 작품을 남기고, 자신의 이름을 남기게 되지. 그리고 기록에 '정철의 첩'으로 남아 있어. 기녀가 누구의 첩으로 기록되어 있는 사람은 진옥이 처음이자 마지막이야. 최초의 기녀란 말이지.

선조 26년 58세의 나이로 강화에서 자연과 유유자적하며 생활하다가 정철은 죽게 돼. 진옥은 그 자리에 있었고, 흐느껴 울었어. 그러고는 어디론가 훌쩍 떠났고, 그 이후로 진옥에 대한 소식을 아는 이는 아무도 없어.

梨花雨 홋쑤릴제 울며 잡고 離別흔 님

秋風落葉에 저도 날 싱각는가

千里에 외로운 꿈만 오락가락 ㅎ노매

〈이매창李梅窓〉

• 진본 청구영언珍本 靑丘永言 367

비처럼 흩뿌려지면서 배꽃이 떨어질 때 울며 잡고 이별한 임

가을바람 지는 낙엽에 임께서도 나를 생각하는가

천리 먼 길에 외로운 꿈만 오락가락 하는구나

어구 풀이

- 梨花雨(이화우) : 비처럼 흩뿌려지
  면서 떨어지는 배꽃.

- 저도 : 저도. 저이도. 저 사람도.
  임도. 여기서는 촌은 유희경을 가
  리킴('작품이 쓰인 배경' 참조).

- ㅎ노매 : 하는구나. 하도다. 감탄
  종지형.

해설

꿈에서만 나타나는 임을 보고 그 임도 자기를 생각해 주기를 바라고 있다. 수절까지 하고 잠 못 들어 하는 애끓는 한 여인의 가련함이 나타난 작품이다. 참으로 고귀한 사랑의 애절함이라 말할 수 있다. 요즘 세태에 이처럼 한 사람만을 생각하는 그런 일편단심을 가진 사람이 얼마나 될까. 요즘 현대인들은 본 받아야 할 것이다.

작품이 쓰인 배경

촌은 유희경村隱 柳希慶이 한양으로 떠난 후 돌아오지 않자 계랑 이매창桂良 李梅窓이 이 시조를 짓고 수절하였다. 수절하며 오직 돌아오지 않는 임, 유희

경만을 기다리다가 38세의 나이에 애처롭게 죽었다.

참고

이매창의 묘가 전라도 부안에 있는데, 그 고장 사람들은 '매창기념사업회'를 조직하여 묘 앞에 시비詩碑도 세워주고, 매년 제사를 지내주고 있다. 기녀로 서는 최초의 일이다.

長松으로 빅를 무어 大同江에 씌워두고
柳一枝 휘여다가 굿이굿이 미얏는듸
어듸셔 妄伶엣 거슨 소헤 들라 흐는이

〈구지求之〉

• 교주 해동가요校注 海東歌謠 142

커다란 소나무로 배를 만들어 대동강에 띄워놓고
휘늘어진 버드나무 가지를 휘어다가 굳게굳게 매어 놓았는데
어디서 망령스러운 것이 나타나 연못으로 들라 유혹하느냐

어구 풀이

- 長松(장송) : 헌출하게 자란 큰 소
  나무.
- 무어 : 만들어. 고어에선 '무스다',
  '무으다'로 표기됨.
- 柳一枝(유일지) : 늘어진 버드나무
  가지 중의 한 가지. '柳一枝(유일지)'

라는 이름을 가진 사람을 은유함.
- 굿이굿이 : 굳게굳게.
- 미얏는듸 : 매였는데. 매어 놓았는데.
- 소헤 : 소沼에. 연못에. 여기서는
  나쁜 유혹의 대상으로 삼음. 곧,
  탈선의 장소를 말함.

해설

'장송'은 꺾을 수 없는 임에 대한 굳은 사랑을 뜻하기도 하며, 커다란 소나무
처럼 사랑의 힘이 그처럼 크다는 것을 뜻하기도 한다. '배'는 작자 자신을 비
유하는 말이며, 그 배(작자 본인)가 버들가지(유일지)에 굳게굳게 매였다는 것
은, 작자 자신이 사랑하는 임(유일지)에게 매였다는 뜻이다. 그런데 어디서 망
령스러운 것(뭇 남성들)이 나타나 연못(탈선의 장소) 즉, 자신들에게 오라고 유
혹하느냐, 고 하고 있다. 이는 작자 역시 임(유일지)를 사랑하고 있다는 뜻이
다. 그러하니 유혹하지 말라는 것이다. 오직 한 사람만을 사랑하겠다는 마음
은, 남녀 간의 부정이 많은 현대 사회에 뭔가 메시지를 전하고 있다.

相公 뵈온 後에 事事를 밋ㅈ오매
拙直ᄒ 무음에 病들가 念慮 l 러니
이리마 져리차 ᄒ시니 百年同抱 ᄒ리이다

〈소백주小栢舟〉

• 진본 청구영언珍本 靑丘永言 289

상공(재상)을 뵈온 후에 사사로운 것까지 모든 일을 믿었는데
고지식하고 변통이 없는 마음에 정情을 주어 병이 들까 염려하였더니
임께서 이렇게 하자 저렇게 하자 하시니 나 또한 백년해로할까 하나이다

어구 풀이

- 相公(상공): 재상宰相의 높임말. 여기서는 평안도 관찰사 박엽朴燁을 말함.
- 事事(사사) : 일마다. 모든 일.
- 밋ㅈ오매 : 믿었사오매. 'ㅈ오'는 겸양보조어간.
- 拙直ᄒ : 고지식하고 변통이 없는.

- 이리마 져리차 : 이렇게 하마 저렇게 하마.
- 百年同抱(백년동포) : 부부가 늙어서 죽을 때까지 한평생 함께 화목하게 삶. 백년해로百年偕老. 백년동락百年同樂.

해설

광해군 때 평양 감사 박엽朴燁이 손님과 함께 장기를 두며, 옆에 있던 기녀 소백주小栢舟에게 시조 한 수 지으라 이르니, 장기의 이름을 따와 박엽에 대한 자신의 연정을 고백하고 있다.

이처럼 같은 음을 사용하여 중의적인 수법으로 사랑을 고백하고 있는 시조로는 무명씨의 작품 "하날쳔 싸지터의……"(83번 시조)가 있다. 이 또한 천자문千字文에 나오는 글자들을 처음부터 시작하여 매우 적절한 곳에서 매듭을 짓고 있다. 그러면서 임에 대한 작자 자신의 심정을 시조로 승화시킨 매우 재

치가 넘치는 작품이다.

작품이 쓰인 배경

해설에서도 언급했거니와, 이 작품은 광해군 때 평양 감사 박엽朴燁이 손님과 함께 장기를 두며, 옆에 있던 기녀 소백주小栢舟에게 시조 한 수 지으라 하여 지어진 시조.

참고

본문에서 장기와 같은 음을 찾아보면 다음과 같다.

相公(상공)의 相(상) 象(상)

相公(상공)의 公(공) 宮(궁)

事事(사사)의 事(사) 士(사)

拙直(졸직)의 拙(졸) 卒(졸)

病(병)들가의 病(병) 兵(병)

이리마의 마 馬(마)

져리차의 차 車(차)

솔이 솔이라 흔이 므슨 솔만 넉이는다
千尋絶壁 落落長松 내긔로다
길알에 樵童의 졉낫시야 걸어볼 쓴 잇시랴

〈송이松伊〉

• 교주 해동가요校注 海東歌謠 143

(풀이 1) 솔나무(여기서는 작자 '송이松伊'를 말함) 솔나무라 하니 무슨 하찮게 자란 솔나무로만 여기느냐

천 길이나 되는 높은 절벽 위에 긴 가지가 멋들어지게 축축 늘어진 키 큰 소나무가 바로 나(송이)로다

길 아래 땔나무꾼 아이의 작은 낫 정도로 감히 이러한 소나무(내 몸)에 걸을 수(곧, 송이 자신을 가질 수) 있을 줄 알았더냐

(풀이 2) 뭇 사내들이 날 보고 솔아 솔아(송이야 송이야) 하니 아무나 꺾을 수 있는 길가의 소나무(하찮은 송이)로만 여겼더냐

내 몸은 비록 기생일망정 의연히 세상을 내려다보고 있는, 감히 못난 한량들이 접근할 수 없는 저 높은 곳의 지조 있는 소나무(송이)로다

못난 한량들이 감히 내 몸에 접근할 수 있을 줄 알았더냐

어구 풀이

- 솔 : 소나무.
- 솔이 : 송이松伊의 우리말. 작자의 기명妓名.
- 넉이는다 : 여기느냐. '~는다'는 의문종지형.
- 千尋絶壁(천심절벽) : 천 발이나 되는 높은 절벽. 헤아리기 어려울 만큼 높은 절벽.
- 落落長松(낙락장송) : 긴 가지가 축축 늘어진 키 큰 소나무.
- 내긔로다 : 내(내가) 그것이로다.
- 樵童(초동) : 땔나무를 하러 다니는 시골 아이.
- 졉낫시야 : 작은 낫이야.

해설

작자와 선조 때의 선비 박준한朴俊漢과의 사랑 이야기이다. 사람들은 흔히
소나무를 곧은 절개에 비유하곤 한다. 따라서 솔松 그 자체가 곧은 절개를 뜻
한다면, 작자의 기명妓名 또한 송이松伊이니, 그녀의 의지도 그러할 것이며,
그녀의 성품이 어떠하리라는 것도 충분히 짐작하고도 남음이 있다. 이렇듯
이 시조는 여인의 지조를 노래하고 있다.

月黃昏 期約을 두고 돍 우도록 아니온다
싀님을 만낫는지 舊情의 잡히인지
아모리 一時因緣인들 이듸도록 소기랴

〈박준한朴俊漢〉

• 병와가곡집甁窩歌曲集 520

달이 지고 어둑어둑할 때 내게 한 기약을 두고 닭이 울도록(새벽이 되도록) 아니
온다
새 임을 만났는지 옛정에 잡혔는지
아무리 한때의 인연인들 이토록 속일 수 있으랴

어구 풀이

- 月黃昏(월황혼) : 달이 지고 어둑어둑
  할 때.
- 舊情(구정) : 옛정.

- 잡히인지 : 잡혔는지.
- 一時因緣(일시인연) : 한때의 인연.
- 이듸도록 : 이토록.

해설

이 시조는 송이松伊와의 사랑을 노래한 작품이다. 작자(박준한)가 병석에 누
워 애타게 임(송이)을 기다리며, 오지 않는 임을 원망하고 있다. 작자는 송이
와 하룻밤을 뜨겁게 사랑을 불태운 후, 고향에 내려가 곧바로 병이 들어 백약
이 무효였다고 한다. 요즘으로 치면 아마도 에볼라나 에이즈 정도 되는 병이
었나 보다.

이 시조는 송이松伊를 원망하고 있는 듯하나, 역설적인 수법을 빌려 그녀에
대한 사랑을 애절하게 노래하고 있다. 이처럼 역설적인 수법의 작품일수록 임
에 대한 그리움은 더 강하게 표현된다고 할 수 있다.

梅花 녯 등걸에 봄결이 도라오니
녯 퓌던 柯枝에 픠염즉도 ᄒ다마ᄂ
春雪이 亂紛紛 ᄒ니 필동말동 ᄒ여라

〈매화梅花〉

• 진본 청구영언珍本 靑丘永言 290

(풀이 1) 매화의 옛 등걸에 봄철이 돌아오니

예전에 피었던 가지도 꽃이 다시 필만도 하건마는

봄눈이 어지럽게 흩날리니 필 둥 말 둥 하여라

(풀이 2) 늙어버린 나의 몸에도 봄은 찾아왔는데

시절時節이 돌아오면 꽃가지에 벌 나비 찾아들 듯, 예전의 꽃처럼 어여쁘고 싱
싱하던 내 품에도, 옛 정든 임이 찾아 올만도 하건마는

이제 내 머리엔 흰 머리칼만 무성하여 바람에 어지럽게 흩날리니, 정든 옛 임이
올 둥 말 둥 하여라

어구 풀이

- 녯 등걸 : 옛 등걸. 해묵은 등걸.
  '등걸'은 줄기를 잘라 낸 나무의
  밑동.
- 봄결 : 봄철.
- 녯 퓌던 : 예전에 피었던.
- 픠염즉도 : 필만도. 'ㅁ즉'은 강세

접미사.
- 春雪(춘설)이 亂紛紛(난분분) ᄒ니
  : 봄눈이 어지럽게 흩날리니.
- 필동말동 : 필지 말지. '~동'은 동
  사나 부정사의 어미에 붙는 복합
  어미 '~지'와 같은 뜻.

해설

기생 매화梅花가 자기의 기명妓名과 동일한 음音과 자字를 가진 꽃인 매화梅
花를 동원해, 늙어가고 있음에 대한 인생의 허무를 은유하여 노래하고 있다.

살들헌 닉마음과 알들헌 님의 졍을
一時相逢 글리워도 斷腸心懷 어렵거든
하물며 몃몃 날을 이듸도록

〈매화梅花〉

• 일석본 청구영언一石本 靑丘永言 713

살뜰한 내 마음과 알뜰한 임의 정을
일시적이라도 한번 만나고 나서 그리워하는 것도, 이토록 애 끊는 마음을(창자
가 끊어지는 듯한 그리움을) 정말 참기 어렵거늘
하물며 여러 날을 어찌 이런 그리운 마음으로 지내란 말입니까

어구 풀이

- 살들헌 : 살뜰한. 기본형은 '살뜰
하다'. 일반적으로 '일이나 살림을
정성스럽고 규모 있게 하여 빈틈
이 없다.'라는 뜻으로 쓰이나, 여
기서는 '사랑하고 위하는 마음이
지극하다.'라는 뜻으로 쓰임. ¶그
는 아내를 살뜰하게도 아껴준다.
- 알들헌 : 알뜰한. 기본형은 '알뜰
하다'. '살뜰하다'와 뜻이 같음. 이
둘을 합쳐 보통은 '알뜰살뜰하다'
라고 표현함.

- 一時相逢(일시상봉) : 일시적으로
서로 만남.
- 글리워도 : 그리워도.
- 斷腸心懷(단장심회) : 창자가 끊어
지는 듯한 그리운 마음. 애 끊는
마음.
- 이듸도록 : 이토록.

해설

기다리게 하는 임에 대한 야속한 심정을 노래하고 있다.

心中에 無限事을 細細히 옴겨다가

月紗窓 錦繡帳에 님 계신곳 傳ᄒ고져

그졔야 알들이 글리는쥴 짐작이나

〈매화梅花〉

• 일석본 청구영언一石本 靑丘永言 714

마음속의 끝없는 그리움을 아주 상세히 옮겨다가

달이 비치고 비단 같은 창이 있는, 아름다운 수가 놓여진 장막의 임 계신 곳에

전하면

그제야 내가 임을 알뜰히도 그리워하고 있는 줄을 조금이라도 짐작이나 하시겠지

어구 풀이

- 無限事(무한사) : 일의 끝없음. 잇달
  아 일어나는 마음. 끝없는 그리움.
- 細細(세세)히 : 상세히. 아주 자세히.
- 月紗窓(월사창) : 달빛살처럼 밝고
  고운 비단으로 바른 창.
- 錦繡帳(금수장) : 비단에 수를 놓
  은 매우 아름다운 장막. 곱고 아
  름답게 꾸며진 장막.

- 알들이 : 알뜰히.
- 글리는쥴 : 그리는思 줄. 그리워하
  는 줄.

해설

떨어져 있는 임에 대한 주체할 수 없는 그리움을 노래한 시조.

夜深 五更토록 잠못일워 轉展헐졔
구즌비 聞鈴聲이 相思로 斷腸이라
뉘라셔 이 行色 글려다가 님의 압헤

〈매화梅花〉

• 일석본 청구영언—石本 靑丘永言 715

밤이 깊어 새벽이 되도록 잠 못 이뤄 이리저리 뒤척일 적에
궂은 비 떨어지는 소리에 임을 그리워하는(상사하는) 이 마음 창자가 끊어지네
누구라서 임을 그리워하는 나의 이 행색을 그림으로 그려다가 임의 앞에 전할까

어구 풀이

- 夜深 五更(야심 오경)토록 : 밤이 깊어 새벽이 되도록. '夜深(야심)'은 깊은 밤을, '五更(오경)'은 하룻밤을 다섯으로 나눈 맨 마지막 부분. 새벽 3시~5시까지를 말함. ※초경初更·이경二更·삼경三更·사경四更·五更(오경)으로 나뉨.

- 轉展(전전)헐졔 : 전전할 제. 전전할 적에. 여기서는 '누워서 이리저리 뒤척일 적에'를 뜻함. '졔'는 '적에'의 준말로 '적에'와 '때' 두 가지로 쓰인다. 여기서는 '적에'의 뜻으로 쓰였다. 두 가지 쓰임새는 다음과 같다. ①'적에'로 쓰이는 경우는, 풀이씨의 매김꼴 '-ㄹ', '-ㄴ' 따위의 다음에 쓰이어, 그 동작

이 진행되거나 그 상태가 나타나 있는 때를 나타냄. ¶해 돋을 ~ 왔다. 꽃이 필 ~. 나이가 어릴 ~. 내가 학생이었을 ~. ②'때'로 쓰이는 경우는, 이름씨 뒤에 쓰이어 지나간 '그 때'를 나타냄. ¶세 살 ~ 찍은 사진. ※ 하지만 실생활에서는 '적에'와 '때'를 구분하지 않고 사용하고 있다. 그리고 예전의 시詩에서는 '제'를 주로 사용했으며, 1970년대까지만 해도 일상생활에서 '제'를 많이 사용하기도 했다.

- 聞鈴聲(문령성) : 들려오는 종소리.

- 相思(상사) : '相思病(상사병)'의 준말. 남자나 여자가 마음에 둔 사람을 몹시 그리워해서 생기는 마

음의 병.

- 뉘라셔 : 뉘라서. 누구라서.

- 斷腸(단장) : 창자가 끊어짐.

- 行色(행색) : 행동하는 태도. ¶초
라한 ~의 선비가 암행어사였다니.

- 글려다가 : 그려다가畵. 기본형은
'그리다'. ¶그림을 그리다.

해설

주제는 주체할 수 없는 임에 대한 애련愛戀함.

平生에 밋을 님을 글려 무삼 病들손가
時時로 相思心은 지기흐는 타시로다
두어라 알들헌 이 心情을 님이 어이

〈매화梅花〉

• 일석본 청구영언一石本 靑丘永言 716

평생에 믿을 임을 그리워하여 무슨 병이 들었던가
때때로 상사하는 마음은 그 기미를 알아차린 탓이로다
두어라! 알뜰히 그리는 이 심정을 임이 어이 알리오

어구 풀이

- 밋을 : 믿을.

- 글려 : 그려. 그리워하여.

- 무삼 : 무슨.

- 病들손가 : 병이 들었던가.

- 時時(시시)로 : 때때로.

- 지기 : 知機(지기). 기미를 알아차림.

- 두어라 : 그만 두어라. 옛 시가에서, 어떤 일이 필요하지 아니하거나 스스로의 마음을 달랠 때 영탄(한탄)조로 하는 말.

- 알들헌 : 알뜰한.

해설

주제는 상사相思하는 마음.

山村에 밤이 드니 먼뒷 기 즈져온다

柴扉를 열고 보니 하늘이 챠고 달이로다

뎌기야 空山 줌든 달을 즈져 무슴 ᄒ리요

〈천금千錦〉

• 화원악보花源樂譜 261

산촌에 밤이 깊어가니 먼 곳에서 개 짖는 소리가 들려온다

사립문을 열고 보니 차가운 밤바람에 달이 떠 있도다

저 개야, 빈산에 잠든 달을 보고 짖어서 무엇 하리오

어구 풀이

- 먼뒷 : 먼 곳.

- 즈져온다 : 짖어온다. 여기서는, 개 짖는 소리가 들려온다, 는 뜻으로 쓰임.

- 柴扉(시비) : 사립문.

- 뎌 : 저. 지시대명사.

- 空山(공산) : 빈산.

- 무슴 : 무엇. 고어에는 '므슴', '므슴', '므스' 등으로 표기되어 있다.

해설

시각적·청각적 수법을 동원하여 산촌의 고적한 풍경이 꿈을 꾸듯, 영상이 스쳐가듯 노래하고 있다. 서정이 물씬 풍기는 작품이다. 주제는 임에 대한 그리움과 고적孤寂함.

北斗星 기울어지고 更五點 즈자간다

十洲佳期는 虛浪타 ᄒ리로다

두어라 煩友ᄒ 님이니 새와 무슴ᄒ리오

〈다복多福〉

• 교주 해동가요校注 海東歌謠 145

북두칠성은 기울어지고 깊은 밤이 다해간다

신선들이 사는 섬에서 함께 살자고(사랑의 보금자리를 만들자고) 약속했던 그 아름답던 시간은 모두 허황된 일이로다

그만 두어라! 이 여자 저 여자 사귀는 여자가 너무 많아 번거로운 임이니, 내가 시샘을 해서 무엇 하리오

어구 풀이

- 北斗星(북두성) : '북두칠성'의 준말.

- 更五點(경오점) : 하룻밤을 다섯初
更·二更·三更·四更·五更으로 나눈
시간 중 맨 마지막 부분인 오경五
更을 말함. '오경五更'은 새벽 3시
~5시까지.

- 즈자간다 : 다해간다. 밤이 깊어
간다.

- 十洲佳期(십주가기) : 신선들이 산
다는 열 군데의 섬과 좋은 시기.
곧, 사랑의 보금자리를 만든 때.

- 虛浪(허랑) : 말과 행동이 허황되
고 착실하지 못함.

- 두어라 : 그만 두어라. 옛 시가에
서, 어떤 일이 필요하지 아니하거
나 스스로의 마음을 달랠 때 영
탄(한탄)조로 하는 말.

- 煩友(번우) : 벗을 사귐이 번거로
울 정도로 많음. 여기서는 번거로
울 정도로 여자가 많다는 뜻.

- 새와 : 시기하여.

해설

작자는 돌아오지 않는 임에 대해 원망하고 있다. 밤이 깊어지도록 홀로 외롭게 기다리고 있지만, 그리고 신선이 산다는 섬에서, 즉 행복한 보금자리에서 만나자고 했지만, 임은 자신에게 돌아오지 않고 있다. 그래서 작자는 그 임을 체념하고 있다. 친구도 많고 하는 일도 많은 사람이니 그 사람을 기다려 무엇 하겠느냐, 고 체념을 하고 있다. 체념이기도 하지만 어찌 보면 넓은 마음으로 그 사랑하는 임을 이해하고 있다고 해석할 수도 있다. 자신을 사랑해 주기만 을 기다리는 기녀의 한숨을 노래한 작품이다.

작품이 쓰인 배경

이 시조는 작자가 사랑하는 임, 김수장金壽長이 자신에게로 돌아오지 않자, 야속한 마음으로 쓴 작품이다.

서울대학본《악부樂府》에서는 작품 중의 '십주十洲'는 노가재老歌齋를 가리 키는 것이라고 하였다. 노가재는 김수장金壽長(1690~?)의 호로, 그는 노가재 와 십주十洲라는 두 개의 호를 사용하였다.

가객歌客으로 여러 사람을 만나며 풍류를 즐기는 김수장(십주十洲)이기에, 다 복多福이 그런 임임을 알기에, 이 시조의 종장에서 시기하여 무엇하겠느냐, 고 하고 있다.

漢陽서 써온 나뷔 百花叢에 들거고나
銀河月에 좀간 쉬여 松臺에 올나 안져
잇다감 梅花春色에 興을 계워 ᄒ노라

〈송춘대松春臺〉

• 병와가곡집瓶窩歌曲集 551

한양에서 날아온 나비(남자. 곧, 정든 임)가 온갖 꽃의 떨기(수많은 여자들의 품속)에 날아 들었구나

기녀 은하월의 품에서 잠깐 쉬었다가 소나무가 있는 언덕(송춘대. 곧, 작자의 품)에 올라앉더니

이따금 매화의 봄 향기(기녀 매화의 사랑스런 손짓)에 흥(유혹)을 못 이겨 또다시 나의 품(작자 송춘대의 품)을 떠나 뭇 여인네들의 품으로 떠나는구나

어구 풀이

- 百花叢(백화총) : 온갖 꽃의 떨기. 수많은 종류의 꽃의 떨기.
- 들거고나 : 들었구나.
- 銀河月(은하월) : 은하수와 달. 여기서는 '은하월'이라는 기생을 가리킴.
- 松臺(송대) : 직역하자면, 소나무가 있는 언덕. 여기서는 작자 자신

인 송춘대松春臺를 가리킴. '송춘대松春臺'를 '松臺(송대)'로 줄여서 표현함.
- 梅花春色(매화춘색) : 매화의 향기가 있는 봄. '매화梅花'라고 하는 기생을 가리킴.
- 계워 : 못 이겨.

해설

괄호 안에 은유된 뜻을 넣어 작품 풀이를 한 것을 보아도 알 수 있듯이, 이 시조는 상당한 비유법을 써서 작자의 심정을 토로하고 있다. 작자는 나비와 꽃밭이라고 하는 무대를 설정한 다음, 그 꽃밭에 피어 있는 여러 종류의 꽃(여

자)의 품으로 날아다니며 흥을 못 이겨 하는 나비(남자. 여기서는 작자가 짝사랑
하고 있는 임)의 모습을 보고, 작자 혼자만이 그 나비(임)를 소유할 수 없음을
안타까워하고 있다.

오냐 말아니싸나 실커니 아니 말랴
하늘아래 너쑨이면 아마 내야 ᄒ려니와
하늘이 다 삼겻스니 날 괼인들 업스랴

〈문향文香〉

• 전사본傳寫本

오냐, 말하지 않겠으니 내가 싫다고 하지 마라

만일 하늘 아래 너뿐이면 아마도 내가 제일이다, 라고 뽐내겠지만

하늘이 다 알아서 태어나게 했으니, 임께서 나를 버리고 떠난다 해도, 나를 사랑해 줄 사람인들 없으랴

어구 풀이

- 말아니싸나 : 말라고 하지 않겠다.

- 실커니 아니 말랴 : 싫다고 하지 마라.

- 내야 ᄒ려니와 : 내가 제일이라고 뽐낼 테지만.

- 삼겻스니 : 생겨나게 했으니. 태어나게 했으니.

- 괼인들 : 사랑할 사람인들. '괼'은 '괴다'로 '사랑하다'란 뜻이고, '인'은 사람을 뜻하는 불완전명사인 '이ᄉ'의 뜻.

해설

요샛말로 '너 아니면 다른 남자가 없을 줄 아느냐'는 내용인데, 이 시조가 역설적인 수법을 빌려 상대방에 대한 사랑을 힘 있게 표현하고 있다.

작품이 쓰인 배경

선조 때 송포 정각松浦 鄭殼이 중국에 사신으로 갔다가 오는 길에 성천成川이란 고을에 묵게 되었다. 그때 그 고을에서 문향文香이란 기생을 알게 되었다. 후後에 정각이 문향을 두고 한양으로 떠나매, 그를 원망하여 부른 노래이다.

쑴에 뵈는 님이 信義업다 ᄒ것마는
貪貪이 그리올졔 쑴아니면 어이보리
져님아 쑴이라 말고 ᄌ로ᄌ로 뵈시쇼

〈명옥明玉〉

• 육당본 청구영언六堂本 靑丘永言 279

꿈에 보이는 임이 나에게 신의가 없다고 꾸중을 하시겠지만
창자가 끊어지듯 몹시 그리울 적에 꿈속이 아니면 어이 사랑하는 임을 볼 수 있
으리
저 임아! 비록 꿈이라도 좋으니 자주자주 보이기나 하소서

어구 풀이

- 貪貪(탐탐)이 : 몹시도.
- 그리올졔 : 그리울 제. 그리울 적에. '제'는 '적에'의 준말로 '적에'와 '때' 두 가지로 쓰인다. 여기서는 '적에'의 뜻으로 쓰였다. 두 가지 쓰임새는 다음과 같다. ①'적에'로 쓰이는 경우는, 풀이씨의 매김꼴 '-ㄹ', '-ㄴ' 따위의 다음에 쓰이어, 그 동작이 진행되거나 그 상태가 나타나 있는 때를 나타냄. ¶해 돋을 ~ 왔다. 꽃이 필 ~. 나이가 어릴 ~. 내가 학생이었을 ~. ②'때'로 쓰이는 경우는, 이름씨 뒤에 쓰이어 지나간 '그 때'를 나타냄. ¶세 살 ~ 찍은 사진. ※ 하지만 실생활에서는 '적에'와 '때'를 구분하지 않고 사용하고 있다. 그리고 예전의 시詩에서는 '제'를 주로 사용했으며, 1970년대까지만 해도 일상생활에서 '제'를 많이 사용하기도 했다.
- ᄌ로ᄌ로 : 자주자주.

해설

떨어져 있는 임을 그리워하는 마음은 시방이나 예전이나 참으로 애절하다. 그 애절함은 삶을 허망하게 만들고 때로는 임을 원망하게도 한다. 이러한 것

들은 너무나 그리웁기에 생기는 사랑의 몸부림인 것이다. 이 작품에서도, 비록 꿈이라도 좋으니 자주자주 보이길 바라는 조선 여인의 애련愛戀한 심정이 잘 나타나 있다.

참고

《대동풍아大東風雅 130》과 《고금가곡古今歌曲 225》에는 작가가 매화梅花로 되어 있다.

空山에 우는 뎝똥 너는 어이 우지는다

너도 날과 갓치 무음 離別ᄒ엿는야

아무리 피나게 운들 對答이나 ᄒ더냐

〈박효관朴孝寬〉

• 화원악보花源樂譜 201

빈산에서 쓸쓸히 우는 접동새야 너는 어찌하여 우짖느냐

너도 나처럼 무슨 이별을 하였느냐

아무리 피나게 운들 이별한 임이 대답이나 할 것 같더냐

어구 풀이

- 空山(공산) : 빈산.
- 뎝똥 : 접동새. 소쩍새·두견새·자
  규子規·촉백蜀魄·두우杜宇·불여
  귀不如歸 등으로 불림. ※중국 촉
  왕蜀王의 망제望帝 곧, 두우杜宇가
  죽어서 두견새가 되었다는 전설이
  있음. 우거진 숲속에서 밤에 우는
  데 그 소리가 처량함. 우리의 고
  시조와 중국의 시詩에 자주 인용
  됨. 이 새는 애상哀傷을 상징하는

새로 표현되고 있음. 그 우는 소
리가 '소쩍소쩍' 또는 '솥적다솥적
다'로 들림. ※소쩍다새(솥적다 새)
곧, 소쩍새는 한문의 '疏逖(소적)
다'와 '疏遠(소원)하다'는 말에서
왔음.
- 우지는다 : 우짖느냐. '~는다'는
  의문종지형.
- 날과 갓치 : 나와 같이, 나처럼.
- 무음 : 무슨.

해설

접동새를 감정이입 시켜 떠난 임을 그리워하는 자신의 마음을 토로하고 있
다. 별리別離의 정한情恨을 노래하고 있다.

於臥 닉일이여 나도 닉일을 모를노다
우리님 가오실ㄹ제 ㄱ지 못ㅎ게 못헐넌가
보닉고 길고 긴 歲月에 슯쓴 싱각 어이요

〈박효관朴孝寬〉

• 화원악보花源樂譜 299

아아! 내가 하는 일이여! 나도 내 일을 모르겠도다
우리 임께서 가실 적에 가지말라고 왜 못 하였던가
보내놓고 길고 긴 세월 동안 애타는 이 마음은 또한 무엇인가

어구 풀이

- 於臥(어와) : 아아! 감탄사.

- 닉일이여 : 내가 하는 일이여.

- 모를노다 : 모르겠도다.

- 가오실ㄹ제 : 가오실 적에. 가실 적에. 갈 적에. '오'는 존칭보조어간. '제'는 '적에'의 준말로 '적에'와 '때' 두 가지로 쓰인다. 여기서는 '적에'의 뜻으로 쓰였다. 두 가지 쓰임새는 다음과 같다. ①'적에'로 쓰이는 경우는, 풀이씨의 매김꼴 '-를', '-ㄴ' 따위의 다음에 쓰이어, 그 동작이 진행되거나 그 상태가 나타나 있는 때를 나타냄. ¶해 돋을 ~ 왔다. 꽃이 필 ~. 나이가 어릴 ~. 내가 학생이었을 ~. ②'때'로 쓰이는 경우는, 이름씨 뒤에 쓰이어 지나간 '그 때'를 나타냄. ¶세 살 ~ 찍은 사진. ※ 하지만 실생활에서는 '적에'와 '때'를 구분하지 않고 사용하고 있다. 그리고 예전의 시詩에서는 '제'를 주로 사용했으며, 1970년대까지만 해도 일상생활에서 '제'를 많이 사용하기도 했다.

- 슯쓴 싱각 : 살뜰한 생각. 곧, 애타는 마음.

해설

황진이黃眞伊의 "어져 내일이야……"(8번 시조)에서처럼, 이 시조의 작자도 임을 보내고 난 후 매우 후회하고 있다. 황진이의 시조와 일맥상통하는 작품이다.

꿈에 왓던 님이 씌여보니 간듸 업늬
耽耽이 괴던 ᄉ랑 날ᄇ리고 어듸간고
꿈ᄆ속이 虛事ㅣ라만졍 ᄌ로 뵈게 ᄒ여라

〈박효관朴孝寬〉

• 화원악보花源樂譜 332

꿈에서 만났던 임이 깨어보니 간 데 없다
몹시도 날 사랑해 주던 사랑. 나를 버리고 어디로 갔는가
비록 꿈속이 허사일망정 꿈이여! 사랑하는 임을 자주자주 보이게 하소서

어구 풀이

- 耽耽(탐탐)이 : 몹시도.
- 괴던 : 사랑해 주던. 기본형은 '괴다'.
- 虛事ㅣ라만졍 : 허사일망정. '虛事

(허사)'는 헛된 일. '만졍'은 망정.
- ᄌ로 : 자주.

해설

작자는 꿈속에서 사랑하는 임을 만났나 보다. 눈을 떠보니 사랑하는 임은 온
데 간 데 없으니 그 허탈함이란 이루 말할 수 없을 것이다. 하지만 실제 만나
지는 못하더라도 꿈에서라도 만날 수 있다면 그 또한 행복일 것이다. 명옥明
玉의 "꿈에 뵈는 님이……"(44번 시조)와 그 상想이 비슷하다. 임을 그리워하
는 마음이 잘 나타난 시조이다.

님 글인 相思夢이 蟋蟀의 넉시 되야
秋夜長 깁픈 밤에 님의 房에 드럿다가
날 닛고 깁히 든 줌을 씌와 볼ㄱ가 ᄒ노라

〈박효관朴孝寬〉

• 화원악보花源樂譜 316

임을 그리고 그리다가 지쳐 꾸는 사랑의 꿈이 귀뚜라미의 넋이 되어

기나긴 가을밤의 깊은 밤에, 그리운 임께서 자고 있는 임의 방에 찾아 들어

나를 잊고 깊은 잠을 자고 있는, 원망스러운 임을 깨워 볼까 하노라

어구 풀이

- 相思夢(상사몽) : 사랑하고 사모하   - 秋夜長(추야장) : 긴 가을밤.
  여 꾸는 꿈.   - 닛고 : 잊고.

- 蟋蟀(실솔) : 귀뚜라미.

해설

적막한 가을밤에 작자는 상사몽을 꾸고 있다. 그 상사몽은 귀뚜라미의 넋이
되어 사랑하는 임의 곁을 찾아가는 것이다. 그래서 행여 자기를 잊고 깊은 잠
만 자고 있는 임을 깨워 사랑을 나누겠다고 하고 있다. 혼백魂魄과 혼백魂魄
끼리의 정사情事로, 정신적인 차원으로 승화시키고 있다.

님의게셔 오신 片紙 다시금 熟讀ᄒ니
無情타 ᄒ려니와 南北이 머러세라
죽은後 連理枝되여 이 因緣을 이오리라

〈유세신庾世信〉

• 병와가곡집瓶窩歌曲集 500

임에게서 온 편지를 다시금 마음속에 깊이 박히도록 자세히 읽어보니

무정하다고 원망도 해 보았지만, 서로 떨어져 있는 곳이 끝에서 끝이라 너무 멀

도다

죽은 후에는 한데 어우러진 연리지처럼 그러한 사랑으로 이 인연을 이으리라

어구 풀이

- 熟讀(숙독) : 자세히 읽음.
- 머러세라 : 멀었어라. 멀었도다.
- 連理枝(연리지) : 한 나무와 다른
  나무의 가지가 서로 붙어서 나뭇
  결이 하나로 이어진 것. 화목한

부부나 남녀 사이를 비유적으로
이르는 말. ¶마을 입구에 있는 나
무 두 그루가 연리지로 연결되어
있다. ¶다음 세상에서는 연리지가
되어 다시 만나자.

해설

중장의 '南北(남북)'은, 작자와 임이 각각 남쪽과 북쪽에 서로 떨어져 있다는
말로, 서로 끝에서 끝에 떨어져 있다는 뜻으로 쓰였다. 정반대되는 장소, 그
래서 너무나 먼 곳에 임이 있어, 이승에서는 만날 수 없음의 운명을 작자는
서러워하고 있다. 그러기에 죽어서 저승에서는 이승에서 못 다한 사랑을
연리지처럼 엉클어져 사랑을 잇자고 하고 있다. 작자는 별리別離의 아픔을
스스로 달래고 있다.

사람이 스람을 그려 스람이 病드단말가

스람이 언마 스람이면 스람 한나 病들일랴

스람이 스람 病들이는 스람은 스람 안인 스람

〈안연보安烟甫〉

• 일석본 청구영언一石本 靑丘永言 721

사람이 사람을 그리워하여 사람의 마음이 병이 든단 말인가

그 사람이 얼마나 위대한 사람이면 사람 하나를 병 들이는가

사람이 사람을 병 들게하는 사람은 사람이 아닌 사람이다

어구 풀이

- 그려 : 그리워하여思.
- 드단말가 : 든단 말인가.
- 언마 : 얼마나.
- 한나 : 하나.

해설

이 시조는 다른 고시조에서는 찾아보기 힘든 매우 특이한 수법으로 노래하고
있다. 무명씨의 "스름이 사람 그려 스름 ㅎ나 죽게 되니……"(168번 시조)와
너무나 닮은 시조이다. 이 두 작품이 마치 한 작자의 것처럼 느껴질 정도이다.
초장과 중장에서 작자가 상사병을 앓고 있음을 알 수 있고, 종장에선 임을
향한 연모戀慕의 정情을 역설적으로 표현하고 있다.

그려 病드는 자미 病드다가 만나는 자미

나 질기다가 쎠나는 자미

平生의 이자미 업스면 무삼 자미

〈안연보安烟甫〉

• 일석본 청구영언一石本 靑丘永言 720

그리워하여 병이 드는 재미, 병이 들다가 만나는 재미

나와 함께 즐기다가 떠나는 재미

평생의 이 재미없으면 무슨 재미가 있겠는가

어구 풀이

- 그려 : 그리워하여.   - 무삼 : 무슨.

- 질기다가 : 즐기다가.   - 자미 : 재미.

해설

죄었다 풀어졌다 하는 사랑의 묘미를 노래하고 있다.

님을 미들것가 못미들슨 님이시라
미더온 時節도 못미들줄 아라스라
밋기야 어려와마는 아니 밋고 어이리

〈이정귀李廷龜〉

• 진본 청구영언珍本 靑丘永言 104

임을 믿을 것인가, 못 믿을 것은 임이더라
그동안 믿어왔던 시절도 믿을 것이 못 되는 줄 알았어라
믿기야 어렵지만 아니 믿고 어찌하리

어구 풀이

- 미들것가 : 믿을 것인가.
- 못미들슨 : 못 믿을 것은. '슨'은 '순'에서 온 말로 불완전명사.
- 아라스라 : 알았어라. 알았도다.

- 어려와마는 : 어렵건마는.
- 어이리 : 어찌하리. 어찌하겠는가.

해설

사랑하는 남녀 사이란 어차피 남남이 서로 만나 이루어지는 것. '사랑'이란 알맹이를 뺀다면 '남남'이란 껍데기만 남게 되는 법. 아무리 서로 사랑한다 해도 어차피 남남 아닌 남남인 것. 믿어졌다가도 믿어지지 않고, 믿어지지 않다가도 믿어지는 것이 사랑하는 남녀 사이, 또는 부부가 아니던가. 한국의 이혼율이 세계 1위 미국과 비슷하다고 한다. 이러할 때 부부란 것은 더욱더 남남과 같은 사이. 사랑도 마찬가지가 아닌가. 이 남자, 이 여자 사귀기를 수없이 하는 것이 요즘 세태이거늘. 하지만 어쩌겠는가. 이 시조는 사랑하는 임을 믿지 않고 어찌하겠는가, 라고 노래하고 있다.

ᄉ랑 거즛말이 님 날 ᄉ랑 거즛말이
꿈 뵌닷말이 긔 더옥 거즛말이
날ᄀ치 ᄌ 아니 오면 어늬 ᄭ움에 뵈이리

〈김상용金尙容〉

• 진본 청구영언珍本 靑丘永言 369

(풀이 1) 사랑이 거짓말이다. 임께서 날 사랑한다는 그 말이 거짓말이다
꿈에 나타나 보인다는 그 말이 더욱 거짓말이다
나처럼 애간장이 타서 잠이 오지 않으면 어느 꿈에 뵈리오

(풀이 2) 임께서 날 사랑한다는 그 말을 믿을 수가 없구려
내가 그리워서 꿈속에서도 보인다고 하니 그 말을 더욱 믿을 수가 없구려
그리움이 사무치면 애간장이 타서 잠도 오지 않는 법인데, 내가 그리워서 나를
꿈속에서 보았다고 하니, 임께서 날 사랑한다는 그 말을 나는 믿을 수가 없구려.
날 사랑한다는 그 말은 거짓말입니다

어구 풀이

- 거즛말이 : 거짓말이다.

- 뵌닷말이 : 보인다는 말이.

- 긔 : 그것이. '그+이'의 결합형.

'그'는 대명사. '이'는 불완전명사.

- 날ᄀ치 : 나같이. 나처럼

해설

임을 원망하는 것 같은 이 작품은, 임에 대한 사모思慕의 정情을 역설적으로
노래하고 있다.

金爐에 香盡ᄒ고 漏聲이 殘ᄒ도록

어ᄃᆡ 가이셔 뉘 ᄉ랑 바치다가

月影이 上蘭干 ᄒᆡ야 믹바드라 왓ᄂᆞ니

〈김상용金尙容〉

• 진본 청구영언珍本 靑丘永言 366

금향로에 사른 향도 다 타버리고, 물시계에서 떨어지는 물방울 소리가 다해가 도록 밤은 깊었는데

어디에 가서 누구에게 사랑을 바치다가

달 그림자가 난간 위로 올라오고서야 이제야 남의 속을 떠보려고 왔느냐

어구 풀이

- 金爐(금로) : 금으로 된 향로.

- 香盡(향진)ᄒ고 : 향이 다 타버리고.

- 漏聲(누성) : 물시계에서 떨어지는 물방울 소리.

- 殘(잔)ᄒ도록 : 쇠잔衰殘하도록. 다해가도록.

- 어ᄃᆡ 가이셔 : 어디에 가 있다가.

- 月影(월영)이 上蘭干(상난간) : 달 그림자가 난간에 오름.

- ᄒᆡ야 : 하게되어서야. 'ᄒᆞᄀᆞ야'의 축약형.

- 믹바드라 : 맥 받으러. 진맥을 보러. 곧, 남의 속마음을 떠보려고.

해설

부정한 행위를 하고 돌아온 임을 힐책하는 노래.

하로 二三月式 十곱 쳐 가량이면
님오실 期約이 應當이 자질련만
죠물을 님으로 못ᄒ기로 시름계워 ᄒ노라

〈최직태崔直台〉

• 일석본 청구영언一石本 靑丘永言 725

하루를 이삼 개월씩 열 곱을 쳐 어림잡을 것 같으면
임 오실 기약이 마땅히 자주 있으련만
조물주가 하는 일이기에(내 뜻대로 못하기에) 시름겨워 하노라

어구 풀이

- 하로 : 하루.
- 二三月式(이삼월식) 十(열)곱 : 이 삼 개월씩 열 곱이니 곧, 이삼십 개월을 말함. 그렇게 오랜 세월.
- 쳐 : 치어. 기본형은 동사 '치다'. '치다'는 셈을 맞추다. 대략 셈을 잡아 놓음을 뜻함.
- 가량 : 假量(가량). 쯤. 수량을 대강 어림쳐서 나타내는 말. ¶닷말 ~. 사흘~.
- 應當(응당)이 : 마땅히. 그렇게 하거나 되는 것이 이치로 보아 옳게.
- 자질련만 : 잦으련만頻. 기본형은 '잦다'. 자주. 빈번히. 거듭하다. ¶술집 출입이 너무 잦다. ¶잦은 걸음.
- 죠물 : 조물주의 준말.
- 님으로 : 임의任意로. 자기 의사대로. 마음 내키는 대로.
- 시름계워 : 시름겨워. 근심에 못 견디어. '시름'은 근심.

해설

주제는 기다림의 정한情恨.

紅白花 ᄌᆞ쟈진 곳에 才子佳人 뫼혀세라

有情흔 春風裏에 ᄡᅡ혀간다 淸歌聲을

아마도 月出於東山토록 놀고 갈ㄱ가 ᄒᆞ노라

〈호석균扈錫均〉

• 화원악보花源樂譜 377

울긋불긋하게 꽃이 만발한 곳에, 재주가 많은 젊은 남자와 아름다운 여자가 모였도다

유정한 봄바람 속에 쌓여간다, 그들의 맑은 노랫소리

아마도 달이 동산에 뜨도록 놀고 갈까 하노라

어구 풀이

- 紅白花(홍백화) : 붉은 빛의 꽃과 흰 빛의 꽃. 곧, 꽃이 울긋불긋함.
- ᄌᆞ쟈진 : 자자진. '자욱하다', '잦다頻'의 뜻에서 온 말. 여기서는 '만발하다'의 뜻으로 쓰임.
- 才子佳人(재자가인) : 재주가 있는 젊은 남자와 아름다운 여자.

- 뫼혀세라 : 모였어라. 모였도다.
- 有情(유정)흔 : 정이 있는.
- 春風裏(춘풍리)에 : 봄바람 속에.
- ᄡᅡ혀간다 : 쌓여간다.
- 淸歌聲(청가성)을 : 맑은 노랫소리를.
- 月出於東山(월출어동산)토록 : 달이 동산에 뜨도록.

해설

사랑하는 남녀의 즐김(데이트)을 노래.

東窓에 발 빗치고 함이에 梅花 퓌니

花容月틱는 天然헐스 님이연만

엇지타 낭낭 玉音은 들을길 업셔

〈호석균扈錫均〉

• 일석본 청구영언一石本 靑丘永言 694

동쪽으로 나 있는 창에 달이 비치고 침방 안에 매화가 피니

아름다운 여인의 얼굴과 자태는 천연하게도 임이건만

어찌하여 낭랑한 임의 고운 목소리는 들을 길이 없는가

어구 풀이

- 발 : '달'의 오식誤植.

- 함이에 : 침방 안에.

- 花容月(화용월)틱 : 꽃과 달 같은 얼굴의 자태. 아름다운 여자의 얼굴과 태도를 일컫는 말.

- 天然(천연)헐스 : 천연하게. 생긴 그대로 조금도 꾸밈이 없이. 시치미를 뚝 떼어 겉으로는 아무렇지 아니한 듯하게. ¶웃는 것까지 천연 제 아비로군.

- 낭낭 玉音(옥음) : 옥을 굴리는 듯한 여인의 고운 목소리. '낭낭'은 '琅琅'의 한글 표기로, 현대어로는 '낭랑'으로 함이 옳다.

해설

수심愁心에 찬 그리움과 임에 대한 향수를 노래한 시조.

기러기 우는밤에 닉홀노 줌이업셔

殘燈 도도혀고 輾轉不寐 ᄒᆞᄂᆞᆫ츠에

窓밧게 굵은 비소리에 더욱 茫然ᄒᆞ여라

〈강강월康江月〉

• 병와가곡집瓶窩歌曲集 548

기러기 우는 밤에 나 홀로 잠이 없어

잔등을 돋우어 켜고, 잠 못 이루어 이리 뒤척 저리 뒤척이는 때에 때마침

창 밖에는 굵은 비가 내리고, 그 빗소리에 전전불매하는 이 마음은 더욱 아득

하고 멀어라

어구 풀이

- 殘燈(잔등) : 밤늦게 외로이 희미
  하여진 등불.

- 도도혀고 : 돋우어 켜고.

- 輾轉不寐(전전불매) : 누워서 이리
  저리 뒤척거리며 잠을 이루지 못함.

- ᄒᆞᄂᆞᆫ츠에 : 하는 때에.

- 밧게 : 밖에. 바깥에.

- 茫然(망연)ᄒᆞ여라 : 아득하고 멀어
  라. 아무 생각 없이 멍함.

해설

'기러기 우는 밤', '홀로 잠이 없어', '잔등', '창 밖의 굵은 빗소리' 등 이러한
표현들이 작자의 고적孤寂한 심정을 잘 나타내 보이고 있다. 또한 '망연'이란
단어가 주는 의미는, 이 모든 말들을 함축하고도 남음이 있다. 전전불매하는
작자의 심정을 결론지었다고 할 수 있다.

가을밤 치 긴 적의 님 生覺 더욱 깁다

먹긔 션권 비에 남은 肝腸 다 석놈이

암아도 薄命혼 人生은 뉘 혼쥔가 ᄒ노라

〈김천택金天澤〉

• 교주 해동가요校注 海東歌謠 448

가을밤 길어진 적에 임 생각 더욱 깊다

성긴 오동나무를 스치며 내리는 비에, 그나마 애만 태우다가 남은 간장이 다 썩
는구나

아마도 기구한 인생은 나 혼자뿐인가 하노라

어구 풀이

- 치 긴 적의 : 매우 긴 적에.

- 먹긔 션권 : 앙상한 오동나무. '먹
긔'는 '머귀', '오동나무'의 뜻. '션
권'은 '성긴'으로 기본형은 '성기
다'. 사이가 떠서 빈 공간이 많다.

- 석놈이 : 썩는구나. '~놈이'는 '~

노매'의 다른 표기로서 '~는구나'
의 뜻인 '~노매라'의 축약형.

- 薄命(박명) : 복이 없고 사나운 팔
자. 기구한.

- 혼쥔가 : 혼자인가. '혼쥔가'는
'혼즈'에 '~ㄴ가'가 연결된 표기.

해설

초장에서 "가을밤 치 긴 적의"라고 한 것으로 보아, 계절은 겨울로 접어드는
늦가을쯤으로 짐작된다. 그러한 늦가을 오동나무 잎은 모두 져 낙엽으로 쌓
이고, 앙상한 나뭇가지를 스치며 비는 내리니, 그리운 임 생각에 남은 간장이
모두 썩는 듯하리라. 이토록 외롭게 임을 그리는 작자는 자기만이 기구한 인
생이라 생각되었으리라.

北斗星 기울러지고 更五點 주자갈쩌

귀 닉은 曳履聲이 이 分明훈 님이로다

出門看 含笑相喜는 금 못칠까 호노라

〈김수장金壽長〉

• 교주 해동가요校注 海東歌謠 518

북두칠성 기울어지고 밤이 깊어갈 때

귀에 익은 신발 끄는 소리가 분명 임이로다

문에 나아가 임을 맞아 서로 웃음을 머금고 기뻐하니, 이를 어찌 돈으로 값을 칠 수 있으랴.(돈으로 계산할 수 있겠는가.) 그 어느 것과도 견주지 못하리라

어구 풀이

- 北斗星(북두성) : '북두칠성'의 준말.

- 更五點(경오점) : 하룻밤을 다섯初 更·二更·三更·四更·五更으로 나눈 시간 중 맨 마지막 부분인 오경五更을 말함. '오경五更'은 새벽 3시 ~5시까지.

- 주자갈쩌 : 잦아頻갈 때. 다해갈 때. 여기서는 밤이 깊어갈 때.

- 曳履聲(예리성) : 신발 끄는 소리.

- 出門看(출문간) 含笑相喜(함소상 희)는 : 문에 나서 보고 웃음을 머 금어 서로 기뻐함은.

- 금 못칠까 : 돈으로 값을 칠 수 없 을까. 돈으로 계산할 수 있겠는가.

해설

사랑을 어찌 그 어느 것과 바꿀 수 있으며, 견줄 수 있으랴. 임을 만난 그 기쁨은 감히 돈으로 값을 칠 수 없는(돈으로 계산할 수 없는) 무한한 기쁨인 것이다.

터럭은 희엿셔도 마음은 푸르럿다

곳은 날을 보고 態업시 반기건을

閣氏네 므슨 타스로 눈흙읨은 엇쩨요

〈김수장金壽長〉

• 교주 해동가요校注 海東歌謠 520

머리칼은 비록 희었어도 마음은 푸르렀다(젊다)

꽃은 나를 보고 꾸밈새도 보지 않고 반기거늘

각시는 무슨 탓으로 나에게 눈을 흘기는 것이오. 그 무슨 까닭이오

어구 풀이

- 터럭 : 털. 머리에 난 털. 곧, 머리 카락을 뜻함.
- 곳 : 꽃花.
- 날을 : 나我를.
- 態(태) : 자태. 맵시.
- 閣氏(각시)네 : '각시'는 한자를 빌려 '閣氏(각씨)'로 적는다. 젊은 여자. 새악시(색시). 갓 결혼한 여자.

'아내'를 달리 이르는 말. '~네'는 사람의 한 무리를 나타내는 접미사. '자네', '우리네', '순이네'가 이에 해당된다. ¶각시와 신랑.
- 눈흙읨 : 눈 흘김. '흘김'의 기본형은 '흘기다'. 눈동자를 옆으로 굴려 못마땅하게 노려 보다.
- 엇쩨요 : 어쩐 일이오.

해설

각시가 자기를 받아들이지 않음에, 작자 자신의 늙음에 대한 원통함을 노래하고 있다.

閣氏네 곳을 보소 픠는듯 이우는이
얼굴이 玉ヌ튼들 靑春을 믹얏실싸
늙은 後 門前이 冷落홈연 뉘웃츨싸

〈이정보李鼎輔〉

• 교주 해동가요校注 海東歌謠 320

각시여! 꽃을 보소. 피었는가 하면 져버리나니
자네(각시)의 얼굴이 옥 같은들 청춘을 매어 놓았을까
늙은 후 자신의 모습이 다해지면 뉘우칠까 하노라

어구 풀이

- 閣氏(각씨)네 : '각시'의 한자 표기.
  '각시'는 한자를 빌려 '閣氏(각씨)'
  로 적는다. 젊은 여자. 새악시(색
  시). 갓 결혼한 여자. '아내'를 달리
  이르는 말. '~네'는 사람의 한 무
  리를 나타내는 접미사. '자네', '우
  리네', '순이네'가 이에 해당된다.
  ¶각시와 신랑.

- 곳 : 꽃.

- 이우는이 : 이우느니. 지느니落.
  시드느니.

- 믹얏실싸 : 매었을까.

- 冷落(냉락)홈연 : 냉락하면. 영락
  零落하여 쓸쓸하면. 초목의 잎이
  시들어 떨어지면. 곧, 인생이 다해
  지면. 늙어지면. 죽어지면.

해설

청춘의 아름다움은 잠깐이니 더 늙기 전에 정情을 나누자는 노래.

가을 밤 붉은 달에 반만 픠온 蓮곳인듯

東風細風에 조오는 海棠花ㄴ 듯

암아도 絶代花容은 너쑨인가 ㅎ노라

〈이정보李鼎輔〉

• 교주 해동가요校注 海東歌謠 321

가을밤 밝은 달에 반만 핀 연꽃인 듯

동쪽에서 솔솔 부는 바람에 졸고 있는 어여쁜 해당화인 듯

아마도 절세가인은 너(임)뿐인가 하노라

어구 풀이

- 픠온 : 핀. 기본형은 '피다'.

- 蓮(연)곳 : 연꽃.

- 東風細風(동풍세풍) : 동쪽에서 솔
  솔 부는 바람.

- 조오는 : 조는. 기본형은 '졸다'.

- 海棠花(해당화) : 장미과에 속하는
  꽃으로, 여기서는 미인에 비유하
  여 이른 말.

- 東風細風(절대화용) : 비교되거나
  맞설만한 것이 없을 만큼 뛰어난
  미인. 절세미인絶世美人. 절세가
  인絶世佳人.

해설

미인에 비유되는 연꽃과 해당화를 끌어들여, 작자가 강조하고자 하는 임의
아름다움을 한층 더 살린 작품.

어화 네여이고 반갑쏘도 놀라왜라

雲雨陽臺예 巫山仙女 다시 본듯

암아도 相思一念이 病이 될까 하노라

〈이정보李鼎輔〉

• 교주 해동가요校注 海東歌謠 322

아아! 너로구나. 반갑고도 놀랍도다

운우양대에 무산선녀를 다시 본 듯

아마도 상사일념이 병이 될까 하노라

어구 풀이

- 어화 : 아아! 감탄사.

- 네여이고 : 네(너)로구나. '~여이
  고'는 지정감탄종지형.

- 놀라왜라 : 놀라워라. 놀랍구나.
  놀랍도다. '~왜라'는 감탄종지형.

- 雲雨陽臺(운우양대) : '양대'는 중
  국 사천성 동부, 무산현 성내城內
  의 북쪽에 있는 산 이름. ※송옥
  宋玉의 《高唐賦(고당부)》에 보면,
  초나라의 양왕襄王이 고당高唐이
  란 누대에 올라가서 고단하여 낮
  잠이 들었는데, 꿈에 무산선녀巫

山仙女가 나타나 그 선녀와 정환
情歡하였다는 고사故事.

- 巫山仙女(무산선녀) : 무산巫山에
  거처하는 선녀. 초나라의 양왕襄
  王의 꿈에 나타나 함께 즐겼다는
  선녀. '무산巫山'은 중국 사천성의
  동쪽에 있는 명산名山. 산 꼭대기
  에는 무산십이봉巫山十二峰이 있
  어 고래古來로 한문시가漢文詩歌
  에 많이 나옴. 중국 발음은 '우산'.

- 相思一念(상사일념) : 서로 그리워
  하는 한결같은 마음.

해설

중국 무산巫山 선녀처럼 아름다운 임을 만난 기쁨과, 그 임에 대한 상사일념
相思一念을 노래하고 있다.

늙신야 맛난님을 덧업씨도 여희건져
消息이 긋첫씬들 쑴에나 안이뵐야
님이야 날 싱각홀야만은 나는 못니즐까 ㅎ노라

〈이정보李鼎輔〉

• 교주 해동가요校注 海東歌謠 332

늙어서 만난 임을 덧없이도 여의었구나

소식이 끊어졌다고 꿈에서조차 아니 뵈는가

가신 임께서야 나를 생각하랴마는, 나는 임을 못 잊을 듯싶도다

어구 풀이

- 늙신야 : 늙게야. 늙어서야.
- 덧업씨 : 기본형은 '덧없다'. 세월
  이 속절없이 빠르다. 무상無常하
  다. ¶덧없는 세월. 덧없는 인생.
- 여희건져 : 여의었구나. 이별하였
  구나. '여희'는 '여의다'로, 죽어서

이별하다의 뜻. '건져'는 과거시
'거'에 'ㄴ져'가 연결된 것.
- 긋첫씬들 : 그쳤은들. 끊겼은들.
  기본형은 '그치다'로 끊어지다
  의 뜻.

해설

죽은 임에 대한 그리움을 노래.

님글여 어든 病을 藥으로 곳칠쏜가
한숨이야 눈물이야 寤寐에 밋쳣셰라
一身이 죽지 못혼 前은 못니즐신 ᄒ노라

〈이정보李鼎輔〉

• 교주 해동가요校注 海東歌謠 352

오매불망 임을 그리다가 얻은 병(상사병)을 어찌 약으로 고칠 수 있단 말인가
한숨과 눈물이 내 마음에 자나 깨나 맺혔어라
이내 몸이 죽기 전에는 임을 못 잊을까 하노라

어구 풀이

- 寤寐(오매) : 자나 깨나 언제나. 오
  매간寤寐間. 자나 깨나 잊지 못한
  다는 뜻으로 '오매불망寤寐不忘'
  이 있다.

- 밋쳣셰라 : 맺혔어라. 맺혔구나.
  맺혔도다.
- 一身(일신) : 자기 한 몸. 온 몸.
- 죽지 못혼 : 죽기 전에는. 생전에는.

해설

'어구 풀이'에서도 설명했듯이, 자나 깨나 잊지 못한다는 뜻으로 '오매불망寤
寐不忘'이 있다. 이 시조에서도 오매불망 한숨과 눈물이 맺혔다고 하고 있다.
이처럼 오매불망 임을 그리워하다보면 누구나 상사병을 앓게 된다. 하니, 가
슴에는 한숨과 눈물이 맺힐 것이요, 식욕이 떨어짐은 물론 모든 의욕이 생기
질 않는다. 상사병은 그 어떤 약으로도, 그 무슨 방법으로도 고칠 수 없다. 오
직 사랑하는 임을 만나는 것만이 고칠 수 있는 병이다. 그렇지 않으면 죽어야
만 고칠 수 있는 병이다. 그러하기에 작자는 종장에서, 죽기 전에는 잊을 수
없겠노라고 하고 있다.

어화 造物이여 골오도 안이 홀쌰

졉이 双双 나빗 双双 翡翠鴛鴦이 다 双双이로되

엇덧타 에엿분 내몸은 獨宿孤房 ᄒ는이

〈이정보李鼎輔〉

• 교주 해동가요校注 海東歌謠 360

아아! 조물주여. 참으로 고르지도 아니하구나

제비 쌍쌍 나비 쌍쌍 비취원앙이 다 쌍쌍이로되

어찌하여 가련한 내 몸은 독숙고방 하느냐

어구 풀이

- 어화 : 아아! 감탄사.

- 造物(조물) : '조물주'의 준말.

- 골오도 안이 홀쌰 : 고르지도 아
  니하구나. '골오도'는 고르지도,
  '홀쌰'는 하구나.

- 졉이 : 제비燕.

- 双双(쌍쌍) : 둘씩 쌍을 지어.

- 翡翠鴛鴦(비취원앙) : 여기서의 '비
  취'는 비취옥이라고 하는 비취 빛
  깔의 보석을 말함이 아니라, 새 이
  름으로 청호반새와 물총새를 아

울러 이르는 말. '원앙'은 '원앙새'
를 말하는 것으로, 금실이 좋은
부부를 비유적으로 이르는 말. 곧,
'翡翠鴛鴦(비취원앙)'은 부부가 서
로 금실좋게 지냄을 가리킴.

- 에엿분 : 어여쁜. 여기서는 '가련
  한', '가엾은'의 뜻으로 쓰임.

- 獨宿孤房(독숙고방) : 빈방에서 혼
  자 외롭게 지냄. 부부가 서로 별거
  하여 여자가 남편없이 혼자 지냄.

- ᄒ는이 : 하느냐.

해설

여인의 독숙고방獨宿孤房의 외로움을 노래한 시조.

니게는 病이업셔 줌못드러 病이로다
殘灯이 다 盡ㅎ고 둙이 우러 싀오도록
寤寐에 님 싱각노라 잠든젹이 업셰라

〈김민순金敏淳〉

• 육당본 청구영언六堂本 靑丘永言 258

내게는 병이 없으나 잠 못 드는 것이 병이로다
깊은 밤 꺼질락 말락 하는 희미한 등불이 다 꺼지도록, 닭이 울어 날이 새도록
오매불망 임을 생각하느라고 나는 잠든 적이 없어라

어구 풀이

- 殘灯(잔등) : 殘燈(잔등)의 오류. 꺼
  져가는 등잔불. 깊은 밤의 꺼질락
  말락 하는 희미한 등불.
- 다 盡(진)ㅎ고 : 모두 다하여 없어
  지고. 여기서는 '다 꺼지도록'.

- 싀오도록 : 새우도록.
- 寤寐(오매) : 자나 깨나 언제나. 오
  매간寤寐間. 자나 깨나 잊지 못한
  다는 뜻으로 '오매불망寤寐不忘'
  이 있다.

해설

임에 대한 상사相思를 노래.

織女의 烏鵲橋를 어이굴어 헐어다가
우리님 계신 곳에 건네 노하 두고라자
咫尺이 千里ᄀᆺ튼이 그를 슬허 ᄒᆞ노라

〈김우규金友奎〉
• 청구가요靑丘歌謠 4

직녀의 오작교를 어떻게 굴러 헐어다가
우리 임 계신 곳에 건네 놓아두고 싶구나
하지만 지척이 천 리 같으니 그것을 슬퍼하노라

어구 풀이

- 織女(직녀) : '직녀성織女星'의 준말. 은하수 서쪽 금좌琴座에 있는 별의 이름. 칠월칠석에 견우성牽牛星과 은하수를 건너 서로 만난다는 전설이 있음.
- 烏鵲橋(오작교) : 칠월칠석에 견우와 직녀의 두 별을 서로 만나게 하려고 까마귀와 까치가 모여 은하銀河에 놓았다는 가상적인 다리.
- 어이굴어 : 어이 굴러. 어떻게 굴러.
- 두고라자 : 두고 싶구나.
- 咫尺(지척) : 아주 가까운 거리.

해설

견우와 직녀에 얽힌 전설을 끌어들여 이별의 아픔을 실감있게 노래하고 있다. 내川가 있어 지척이 천리 같으니, 내川만 건너면 임이 있는 곳인데 만나지를 못하니, 견우와 직녀가 건넌다는 오작교를 헐어다가 다리를 놓아 임을 만나고 싶다고 노래하고 있다. 견우와 직녀를 끌어들여 임을 만나지 못하는 서러움을 노래하고 있다.

두고가는 離別 보뇌는 뇌 안도 잇네

알쓰리 그리올졔 九回肝腸 셕을노다

져님아 혜여 보소라 아니 가든 못홀소랴

〈신희문申喜文〉

• 육당본 청구영언六堂本 靑丘永言 269

두고 가는 이별 그리고 또 보내는 내 마음도 있네

알뜰히 그리울 때 구회간장이 다 썩는구나

저 임아! 헤아려 보시오. 아니 갈 수 없겠느냐

어구 풀이

- 뇌 안도 : 내 속도. 내 마음도.

- 잇네 : 있네. 기본형은 '있다'.

- 알쓰리 : 알뜰히.

- 九回肝腸(구회간장) : 굽이굽이 서
린 창자란 뜻으로 '구곡간장九曲
肝腸'과 같은 말. 깊은 마음속 또
는 몹시 애타는 심정, 시름이 쌓
인 마음속을 이르는 말.

- 셕을노다 : 썩는구나. '~노다'는
감탄종지형.

- 혜여 : 혜어. 헤아려. 생각하여.
¶남의 고충도 헤아릴 줄 알아야
한다.

- 못홀소랴 : 못하겠느냐.

해설

이별의 안타까움을 노래한 시조.

寒食 비온 밤의 봄빗치 다 퍼졌다
無情혼 花柳도 쌔를 아라 픠엿거든
엇더타 우리의 님은 가고 아니 오는고

〈신흠申欽〉

• 진본 청구영언珍本 靑丘永言 132

한식날 비 온 밤의 따스한 빛이 다 퍼졌다
무정한 꽃과 버들도 한식날이 되면 봄이 옴을 알고 때를 알아 피고 푸르건만
어찌하여 우리의 임은 가고 아니 오는고

어구 풀이

- 寒食(한식) : 동지로부터 105일째 되는 날. 청명절淸明節 다음날인 양력 4월 5일~6일 쯤. ※한식寒食의 유래는, 중국 고속古俗에, 이 날은 바람과 비가 심하여 불을 금하고 찬밥을 먹은 습관에서 왔다는 설과, 중국 진나라의 현인賢人 개자추介子推가 이날 산에서 불에 타 죽었으므로 그를 애도하는 뜻에서 이날은 불火氣을 금하고 찬 음식寒食을 먹는데서 유래되었다는 설이 있다. 그 후 이날은 명절의 하나가 되어 왕실에서는 종묘宗廟와 각 능원陵園에 제祭를 지내고, 일반 민가에서도 조상의 산소를 찾아 성묘하는 습관이 생겼다.

- 花柳(화류) : 꽃과 버드나무(버들).

- 엇더타 : 어떻다. 본말은 '어떠하다'. 어찌된 상태에 있다. 어찌하여.

해설

'한식寒食'을 등장시킴으로 해서 이 시조가 쓰여진 계절이 봄임을 짐작할 수 있다. 이러한 때, 버드나무 가지에는 물이 올라 푸르디푸르게 자라나고 꽃은 화들짝 피었는데, 이처럼 모든 것들은 때를 알아 찾아드는데, 어찌하여 우리의 임은 올 생각을 하지 않는가, 라고 노래하고 있다.

어젯밤 비온 後에 石榴곳이 다 픠엿다

芙蓉 塘畔에 水晶簾을 거더 두고

눌 向혼 기픈 시름을 못내 프러 ㅎㄴ뇨

〈신흠申欽〉

• 진본 청구영언珍本 靑丘永言 133

어젯밤에 비가 오고 나더니 석류꽃이 다 피었구나

연꽃이 핀 못가에 수정렴을 걷어 올리고

누구를 향한 깊은 그리움의 시름을 못내 풀려고 하는 것이오

어구 풀이

- 石榴(석류)곳이 : 석류꽃이
- 芙蓉 塘畔(부용당반) : 연꽃이 핀 못가.
- 水晶簾(수정렴) : 수정 구슬을 꿰어 꾸민 발.

- 눌 : 누구를.
- 프러 ㅎㄴ뇨 : 풀려하느냐.

해설

사무치는 그리움을 노래한 시조. 초장과 중장의 배경이 참으로 한국적이다.

窓밧긔 워석버석 님이신가 니러보니

蕙蘭蹊徑에 落葉은 므스 일고

어즈버 有限훈 肝腸이 다 그츨가 호노라

〈신흠申欽〉

• 진본 청구영언珍本 靑丘永言 134

창 밖에서 워석버석 낙엽 밟는 소리에 임이신가 하여 일어나 보니

난초가 우거진 산골짜기의 좁은 길에 임은 아니 오고 낙엽 구르는 소리는 무슨
일인가

아! 임을 기다리다가 유한한 간장이 애가 타서 다 끊어질까 하노라

어구 풀이

- 워석버석 : '워석워석'과 같은 말.
  풀기가 센 옷이나 얇고 뻣뻣한 물
  건이 자꾸 서로 세게 스치거나 부
  서지는 소리. 여기서는 낙엽을 밟
  는 소리.
- 니러보니 : 일어나 보니.
- 蕙蘭蹊徑(혜란혜경) : 난초가 우거
  진 산골짜기의 좁은 길. 또는 지
  름길. '혜란'은 난초의 일종인데
  잎이 난초보다 길고 뻣뻣하며 꽃

은 늦은 봄에 한 줄기에 열 개 가
량씩 핌. 빛깔이 조금 부옇고 향내
가 난초만 못함.
- 므스 일고 : 무슨 일인고.
- 어즈버 : 아! 감탄사.
- 有限(유한) : '무한無限'과 상대相
  對되는 말로, 일정한 한도가 있는
  것을 뜻함.
- 그츨가 : 끊어질까.

해설

임에 대한 사무치는 그리움을 노래.

紅樓畔 綠柳間에 多情헐쓴 뎌 쇠쏘리

百囀好音으로 나의 꿈을 놀닉느니

千里에 글이는 님을 보고지고 傳ㅎ렴은

〈이정신李廷藎〉

• 아악부본 여창유취雅樂部本 女唱類聚 28

수양버들 숲 사이 미인이 주거하는 누각에 다정하도다 저 꾀꼬리

잇따라 지저귀는 고운 소리로 내 꿈을 놀라게 하니

천 리 먼 곳에 있는, 그리는 임을 보고 또 보고 싶다고, 나의 이 애타는 심정을 전하여 주렴

어구 풀이

- 紅樓畔(홍루반) : 붉은 칠을 한 높은 누각樓閣이란 뜻으로, 부잣집 여자가 거처하는 곳을 이르는 말. 미인의 주거를 가리키는 말.
- 綠柳間(녹류간) : 푸른 수양버들 사이.
- 百囀好音(백전호음) : 잇따라 지저귀는 고운 소리.
- 글이는 : 그리는思. 그리워하는.
- 보고지고 : 보고 또 보고. 언제까지나 보고 싶은.
- 傳(전)ㅎ렴은 : 전하려무나. 전하여 주려무나.

해설

녹음綠陰이 짙푸른 늦은 봄, 또는 초여름의 한가로운 정취를 느끼게 한다. 작품에서 꾀꼬리는 임을 상징하고 있다. 작자는 버드나무 가지가 푸르게 흐드러진, 임이 거처하고 있는 누각 근처에서 임을 생각하며 누워 있었는가 보다. 그러다가 따스한 봄볕에 사르르 잠이 들고, 누각에서 들려오는 임의 고운 노랫소리에 얕게 든 잠이 깼으리라. 임의 목소리가 작자의 살뜰한 애간장을 끊게 하고, 천 리 먼 곳에 있는 임을 보고지고 애가 탔던 것이다. 하여, 작자는 꾀꼬리에게 자신의 애타는 심정을 전하여 달라고 하고 있다.

무명씨無名氏
시조

蒼梧山 崩코 湘水ㅣ 絶이래야 이내 실음이 업쓸쩌슬

九疑峯 굴음이 갓이록 새로왜라

밤中만 月出于東嶺혼이 님 뵈온듯 ᄒᆞ여라

〈무명씨〉

• 일석본 해동가요一石本 海東歌謠 9

창오산이 무너지고 상강의 물이 다 말라 끊어져야 이내 시름이 없을 것을

구의봉의 구름은 갈수록 새롭구나

밤중쯤 동쪽 재에 달이 뜨니 임 뵈온 듯하여라

어구 풀이

- 蒼梧山(창오산) 崩(붕)코 : 창오산이 무너지고. '蒼梧山(창오산)'은 중국 호남성에 있는 산의 이름. '崩(붕)'은 '崩御(붕어)'의 준말로 죽다·무너지다의 뜻.

- 湘水ㅣ 絶이래야 : 상강湘江의 물이 다 말라 끊어져야. '湘水(상수)'는 상강湘江. 중국 강소성 홍안현에 근원을 둔 강.

- 실음 : 시름.

- 九疑峯(구의봉) : 蒼梧山(창오산)에 있는 봉우리로 모양이 비슷한 아홉 개의 봉우리.

- 굴음이 : 구름이.

- 갓이록 새로왜라 : 갈수록 새롭구나. '~왜라'는 감탄종지형.

- 밤中만 : 밤중쯤. 밤중에만. '~만'은 정도程度와 한도限度를 가리키는 두 가지의 경우가 있는데, 정도程度의 경우는 '~쯤'으로 해석되고, 한도限度의 경우는 '~에만'으로 해석된다.

- 月出于東嶺(월출우동령)혼이 : 동쪽 재嶺에 달이 뜨니. ※'재'는 길이 나 있어서 넘어 다닐 수 있는, 높은 산의 고개를 일컫는 명사.

해설

주제는 임을 향한 사모의 정情.

남은 다 즈는 밤에 늬 어이 홀로 싯야

玉帳 깊푼곳에 자는님 싱각는고

千里에 외로운 쑴만 오락가락 ㅎ노라

〈무명씨〉

• 화원악보花源樂譜 363

남은 다 자는 밤에 내 어이 홀로 깨어

화려하게 꾸며진 침실에서 자는 임을 생각하는가

멀고 먼 곳에 떨어져 있어, 임을 만날 길 없는 이 애처로운 나의 외로운 꿈만 오
락가락 하는구나

어구 풀이

- 玉帳(옥장) : 옥같이 화려한 장막.
  여기서는 화려한 침실을 뜻함.
- 千里(천리)에 : 천리가 되는 먼 곳
  에. ※십리4km. 우리나라를 삼천
  리강산이라고 한다. 한반도가 삼
  천리라는 뜻.

해설

임을 생각하는 가녀린 여인의 고절孤節함이 잘 나타나 있다.

참고

《국악원본 가곡원류國樂院本 歌曲源流 357》에는 작가가 '송이松伊'로 되어 있
다. 만약 이 작품의 실제 작가가 '송이松伊'라면, 역시 그녀의 사랑하는 임, 박
준한朴俊漢과의 사랑을 노래한 시조이다.

닭아 우지마라 일 우노라 즈랑마라
半夜秦關(반야진관)에 孟嘗君(맹상군) 아니로다
오늘은 님 오신 날이니 아니 우다 엇더리

〈무명씨〉

• 화원악보花源樂譜 353

닭아 울지 마라. 꼭두새벽부터 일찍 운다고 자랑마라
한밤중에 적의 영토인 진관에서 죽을 뻔하다가 닭 우는 소리에 목숨을 건진 맹
상군이 아니로다
오늘은 임께서 오신 날이니 울지 않으면 어떠리

어구 풀이

- 일 : 일찍.
- 半夜秦關(반야진관) : '半夜(반야)'
는 '한밤중'을, '秦關(진관)'은 '진
秦나라의 영토'을 뜻함. 곧, 한밤
중인 때의 진나라의 영토를 말함.
※제齊나라 맹상군孟嘗君이 진秦
나라에서 도망해 나오다가 밤중
에 함곡관函谷關에 이르니, 성문
이 굳게 닫혀 위기에 처해 있었다.
이때 맹상군의 집에 드나들던 식

객食客 중의 하나가 닭의 울음소
리를 잘 흉내 내어 수문장이 날이
샌 줄 알고 성문을 열어 도망칠 수
있었다는 고사故事.
- 孟嘗君(맹상군) : 중국 전국시대
제齊나라 사람. 성은 전田이오, 이
름은 문文. 정승을 지냄. 양객養客
을 좋아하여 식객食客이 삼천 명
이나 되었다고 함.

해설

이 시조에서 닭의 울음소리는, 적에 갇힌 맹상군과 임을 기다리는 작자의 감
정이 서로 상반되어 나타나고 있다. 이는 그들이 처한 상황이 서로 다르기 때
문이다. 따라서 맹상군에게 있어서의 닭의 의미는 희망이겠으나, 작자에게는

이별을 의미한다.

작자의 소박하면서도 간절한 소망이 담겨 있는 시조이다.

참고

《병와가곡집瓶窩歌曲集 636》에는 작가가 '송이松伊'로 되어 있다. 만약 이 작품의 실제 작가가 '송이松伊'라면, 역시 그녀의 사랑하는 임, 박준한朴俊漢과의 사랑을 노래한 시조이다.

銀河에 물이 진이 烏鵲橋 ㅣ 쓰닷말가

쇼 잇슨 仙郎이 못건너 가닷말가

織女의 寸만흔 肝腸이 다 긋츨까 ᄒ노라

〈무명씨〉

• 일석본 청구영언─石本 靑丘永言 270

은하에 물이 지니 오작교가 떠내려갔단 말인가

그래서 소를 이끈 임이 못 건너갔단 말인가

직녀의 애끓는 짧디 짧은 간장이 모두 끊어질까 하노라

어구 풀이

- 銀河(은하) : '은하수'의 준말. 은하
에 있다고 생각하는 맑은 물. 밤
하늘에 구름같이 남북으로 길게
보이는 별의 무리.
- 烏鵲橋(오작교) : 칠월 칠석에 견
우와 직녀의 두 별을 서로 만나게
하려고, 까마귀와 까치가 모여 은
하에 놓았다는 가상적인 다리.
- 쓰닷말가 : 떠내려갔단 말인가.
- 쇼 : 소牛.

- 잇슨 : 이끈. 기본형은 '이끌다'.
- 仙郎(선랑) : 신선 같은 남자. 사랑
하는 임을 지칭한 말.
- 가닷말가 : 갔단 말인가.
- 寸만흔 : 그 길이가 아주 짧디 짧은.
- 긋츨까 : 끊어질까. 동사로서 기
본형은 '끊다'.

해설

견우와 직녀에 관한 전설을 끌어들여 그것에다 작자의 감정을 표출시키고 있
다. 이 시조는 기다려도 오지 않는 임에 대한 애절함을 노래하고 있다.

참고

《병와가곡집瓶窩歌曲集 693》에는 작가가 '송이松伊'로 되어 있다. 만약 이 작품의 실제 작가가 '송이松伊'라면, 소식이 끊어진 그녀의 사랑하는 임, 박준한朴俊漢에 대한 애절한 그리움을 노래한 시조이다. 작가가 '송이松伊'로 되어 있는 이 가집歌集에는 다음과 같이 조금 다르게 창작되어 있다. 여기에 참고로 올리니 비교하기 바란다.

銀河에 물이 지니 烏鵲橋 쓰단말가
쇼 잇근 仙郎이 못 건너 오단말가
織女의 寸만흔 肝腸이 봄눈 스듯 ᄒ여라

〈송이松伊〉

• 병와가곡집瓶窩歌曲集693

이리ᄒ여 날 속이고 져리ᄒ여 날 속이니

원슈이 님을 이졈즉도 ᄒ다마는

前前에 言約이 重ᄒ니 못이즐가 ᄒ노라

〈무명씨〉

• 육당본 청구영언六堂本 靑丘永言 908

이리하여 날 속이고 저리하여 날 속이니

원수 같은 이 임을 잊음직도 하건마는

예전에 임과 맺은 언약이 중하니 잊을 수가 없구나

어구 풀이

- 원슈이 : 원수 같은.

- 이졈즉도 : 잊음직도. 잊을 만도.

- 前前(전전)에 : 앞전에. 그 전에. 예전에.

해설

이 시조에서 임을 원수라고 한 것은 임에 대한 연모戀慕의 정情을 역설적으로 표현한 것이다.

참고

《병와가곡집瓶窩歌曲集 772》에는 작가가 '송이松伊'로 되어 있다. 만약 이 작품의 실제 작가가 '송이松伊'라면, 사랑하는 임, 박준한朴俊漢에 대한 그리움을 노래한 시조이다.

酒色을 全廢ᄒ고 一定長生 홀쟉시면
西施롤 도라보며 天日酒롤 마실소냐
眞實노 長生곳 못ᄒ면 兩失홀가 ᄒ노라

〈무명씨〉

• 육당본 청구영언六堂本 靑丘永言 484

술과 여자를 모두 끊어버리고 오래 장수 할 것 같으면
　어찌 그 아름다운 서시라고한들 그녀를 생각할 것이며(그녀와 관계를 갖을 것이
며), 아무리 좋은 하늘나라에 있는 술이라 한들 마실소냐
　진실로 오래 살지 못하면 양쪽(술과 여자) 모두를 잃을까 하노라

어구 풀이

- 酒色(주색) : 술과 여자(계집).

- 全廢(전폐) : 아주 그만둠. 모두 없
  앰. 모두 끊어버림.

- 一定長生(일정장생) : 한결같이 오
  래 삶. '長生(장생)'은 오래 삶을 말
  함. 동사로 '장생하다'라고 함. 오
  래 산다는 뜻의 '장수하다'와 같
  은 말.

- 홀쟉시면 : 할 것 같으면. '쟉'은
  강세보조어간.

- 西施(서시) : 중국 춘추시대 월나
  라의 미인. 생몰년 미상. ※월나라
  의 왕 구천九踐이 오나라에게 패
  한 뒤에 미인계로 서시西施를 오
  나라 왕 부차夫差에게 보내니, 부

차는 서시에게 혹하여 고소대高蘇
臺를 짓고 정사政事를 돌보지 아
니하여, 드디어 구천과 범소백范
少伯의 침공을 받아 멸망하였음.

- 天日酒(천일주) : 하늘나라에 있
  는 술.

- 眞實(진실)노 : 진실로. 정말로. 참
  으로. 거짓 없이 참되게.

- 長生(장생)곳 : 오래 살지만. '곳'은
  강세조사.

- 兩失(양실) : 두 가지를 모두 잃음.
  두 가지 일에 다 실패함. 두 편이
  다 이롭지 못하게 됨.

해설

주색을 전폐全廢하고 장수할 것 같으면, 아무리 아름다운 서시西施라고한들
바라보지 않을 것이며, 아무리 좋은 술이라도 먹지 않겠다, 고 하고 있다. 그
런데 만약에 이렇게 하고도 오래 살지 못한다면, 술과 여자 모두를 잃는 것은
아닌가, 하고 염려하고 있다.

참고

(1) 《병와가곡집瓶窩歌曲集》에는 작가가 '송이松伊'로 되어 있다. 만약 이 작품
의 실제 작가가 '송이松伊'라면, 사랑하는 임, 박준한朴俊漢에 대한 사랑을 노
래한 시조이다. '송이松伊'로 되어 있는 《병와가곡집瓶窩歌曲集 647》에는 다
음과 같이 조금 다르게 창작되어 있다. 이 작품과 비교하여 감상해 보라.

　　　　　酒色을 삼간 후에 一定百年 살쟉시면

　　　　　西施인들 關係ᄒ며 天日酒ㅣ를 마실소냐

　　　　　아마도 춤고 춤다가 兩失홀가 ᄒ노라

　　　　　　　　　　　　　　　　　　　　　　〈송이松伊〉

　　　　　　　　　　　　　　　• 병와가곡집瓶窩歌曲集 647

(2) 《일석본 해동가요一石本 海東歌謠 199》에도 역시 무명씨로 되어 있는 작
품이 있다. 앞의 두 작품과 비교해 감상해 보기 바란다.

　　　　　酒色을 춤은 後에 百年을 살짝씨면

　　　　　西施ㄴ들 關係ᄒ며 돌아봄여 天日酒ㅣㄴ들 먹을쏜야

　　　　　애우려 춤곡 춤아든 날 속일까 ᄒ노라

　　　　　　　　　　　　　　　　　　　　　　〈무명씨〉

　　　　　　　　　　　• 일석본 해동가요一石本 海東歌謠 199

玉것튼 漢宮女도 胡地에 塵土ㅣ 되고

解語花 楊貴妃도 驛路에 뭇쳣느니

閤氏늬 一時花容을 앗겨 무슴 흐리오

〈무명씨〉

• 화원악보花源樂譜 136

옥같이 아름답던 한漢나라의 궁녀 왕소군도 흉노의 첩이 되어 오랑캐의 땅에서 한 줌의 티끌로 사라졌고

꽃 같은 미인 양귀비도 역로의 이슬로 사라졌나니

새색시 그 꽃 같은 청춘을 아껴서 무엇하리오

어구 풀이

- 漢宮女(한궁녀) : 한漢나라의 궁녀. 여기서는 왕소군王昭君을 말함. ※왕소군王昭君 : 중국 전한시대 때 원제元帝의 궁녀로, 흉노와의 친화 때 선우單于가 미인을 구하매, 왕소군이 나라를 위하여 뽑혀가 첩이 되었으나 결국 죽임을 당하였음. ※선우單于 : 흉노匈奴가 그들의 군주나 추장을 높여 이르던 이름.

- 胡地(호지) : 오랑캐가 사는 땅.

- 塵土(진토) : 한줌의 티끌.

- 解語花(해어화) : 말을 알아듣는 꽃이라는 뜻으로, '미인'美人을 이르는 말. 중국 당나라 때에, 현종

이 양귀비를 가리켜 말하였다는 데서 유래한다.

- 楊貴妃(양귀비) : 중국 당唐나라 때 현종玄宗의 총희寵姬. 당나라 절색의 미인. 이름은 옥환玉環. 재색才色이 뛰어나 754년에 궁녀로 불러 들여져서 현종의 총애를 받아 일족一族이 부귀영화를 누림. 처음에 수왕壽王 모瑁의 비妃가 되어 태진太眞으로 일컬음. 안록산安祿山의 난亂이 일어나매, 평소에 그녀가 안록산을 양자로 삼고 친근히 한 책임으로 육군六軍의 지탄을 받아 끝내 목이 베어 죽임을 당함(719년~756년). ※육

군六軍 : 중국 주나라 때, 천자가 통솔하던 여섯 개의 군軍. 1군에 1만 2500명씩 모두 7만 5000명으로 이루어졌다.

- 驛路(역로) : 말이 다니는 길.

- 閣氏(각씨)너 : '각시'의 한자 표기. '각시'는 한자를 빌려 '閣氏(각씨)'로 적는다. 젊은 여자. 새악시(색시). 갓 결혼한 여자. '아내'를 달리 이르는 말. '~너'는 사람의 한 무리를 나타내는 접미사. '자네', '우리네', '순이네'가 이에 해당된다. ¶각시와 신랑.

- 一時花容(일시화용) : 한때 일시적으로 피어나는 꽃 같은 얼굴. 사람이 가장 아름답게 꽃처럼 피어나는 시기인 청춘을 말함.

- 무슴 : 무엇.

해설

인생의 허무가 느껴지는 작품이다. 현재의 젊고 아름다운 청춘을 아껴서 무엇하겠는가, 라고 하고 있다. 종장에서의 '각시閣氏'는 작자 자신을 가리키고 있다. 따라서 기다려도 오지 않는 임인데, 자신의 청춘을 아껴서 무엇하겠느냐, 는 뜻.

참고

《병와가곡집甁窩歌曲集 694》에는 작가가 '송이松伊'로 되어 있다. 만약 이 작품의 실제 작가가 '송이松伊'라면, 사랑하는 임, 박준한朴俊漢에 대한 사랑을 역설적으로 노래한 시조이다.

곳 보고 츔추는 나뷔와 나뷔 보고 당싯 웃는 곳과

져 둘의 스랑은 節節이 오건마는

엇더틋 우리의 스랑은 가고 아니 오느니

〈무명씨〉

• 육당본 청구영언六堂本 靑丘永言 941

꽃 보고 춤추는 나비와 나비 보고 방싯 웃는 꽃과

저 둘의 사랑은 해마다 때가 되면 어김없이 만나 사랑을 나누건만

어찌하여 우리의 사랑은 가고는 다시 돌아오지 않는가

어구 풀이

- 곳 : 꽃.

- 당싯 : 방싯, 방긋.

- 節節(절절)이 : 해마다. 시절마다.
  계절마다. 철마다.

- 엇더틋 : 어떻다. 본말은 '어떠하
  다'. 어찌된 상태에 있다. 어찌하여.

해설

고구려 제2대 유리왕이 지은 황조가黃鳥歌를 연상하게 하는 시조이다. 작자
의 사랑하는 임이 죽자, 자신의 기구한 사랑을 한탄하며 부른 노래이다. 작자
의 감정은 비애悲哀, 바로 그것이었을 것이다.

참고

《병와가곡집甁窩歌曲集 784》에는 작가가 '송이松伊'로 되어 있다. 그렇다면
역시 이 시조는 박준한朴俊漢과의 사랑을 노래한 작품이다. 송이는 사랑하
는 임, 박준한朴俊漢이 죽자, 입산入山하기 전 자신의 기구한 사랑을 한탄하
며 마지막으로 부른 노래라고 한다.

하날쳔 짜지터의 집우 집주 집을 짓고
날일ㅆ 영창문을 달월ㅆ로 거러두고
밤중만 졍든 님 뫼시고 별진 잘숙

〈무명씨〉

• 시가요곡詩歌謠曲 134

하늘 아래, 기름진 땅 위에, 집우 집주 집을 짓고
날일자字 영창문을 달월자로 걸어 두고
밤중쯤 졍든 임 모시고 별을 보며 자리라

어구 풀이

- 하날쳔 : 天(하늘 천).

- 짜지 : 地(따 지, 땅 지).

- 터 : 땅地.

- 집우 : 宇.

- 집주 : 宙.

- 날일ㅆ : 日.

- 영창문 : 방을 밝게하기 위해 방과
  마루 사이에 낸 두 쪽의 미닫이.

- 달월 : 月.

- 거러두고 : 걸어 두고. 잡아 두고.

- 밤중만 : 밤중쯤. 밤중에만. '~만'
  은 정도程度와 한도限度를 가리키
  는 두 가지의 경우가 있는데, 정도
  程度의 경우는 '~쯤'으로 해석되
  고, 한도限度의 경우는 '~에만'으
  로 해석된다.

해설

이 시조는 '어구 풀이'에서 이미 풀이를 해 놓았듯, 천자문千字文에 나오는 글
자들을 적절하게 끄집어 내어 사용하고 있다. 하늘천天, 따지地에서 시작하
여, 별진辰, 잘숙宿으로 적절한 곳에서 매듭을 지어, 자신의 심정을 한 편의
시조로 승화시켜 놓았다. 작자의 뛰어난 재치를 짐작하게 한다. 글자 하나하
나를 사용함에 있어 그 위치가 내용에 벗어남이 없이 자기가 하고 싶은 말을

모두 해 놓고 있다. 천자문의 순서대로 글자를 적재적소에 배치하고 있다.

이 시조는 마치 소백주小栢舟가 "相公 뵈온 後에⋯⋯"(32번 시조)에서 장기의 용어들을 끄집어내어 평양 감사 박엽朴燁 에게 자신의 연정戀情을 고백한 수법과 동일하다.

紗窓이 얼온얼온커늘 님이신가 반겨 플썩 쒸여 쑥 나션이

우술옴 돌빗체 녤 구룸이 날을 속예

幸혀나 들라ᄒ듬연 慚鬼慚天 흘랏다

〈무명씨〉

• 일석본 청구영언—石本 靑丘永言 23

비단으로 바른 창 밖으로 어른어른거리는 것이 있어, 임이신가 하여 반겨 펄떡 뛰어 뚝 나서니

으스름 달빛에 흘러가는 구름이 나를 속였구나

행여나 들어오라고 하였더라면 몹시 부끄러워 어찌할 줄 모를 뻔 하였도다

어구 풀이

- 紗窓(사창) : 비단紗으로 바른 창.
- 얼온얼온커늘 : 어른어른하거늘.
- 우술옴 : 으스름.
- 날을 : 나를.
- 녤 구룸이 : 하늘을 열고 가는 구름이. 흘러가는 구름이.
- 속예 : 속였구나. 속였도다.
- 들라ᄒ듬연 : 들어오라고 하였더라면.
- 慚鬼慚天(참귀참천) : '慚愧慚天(참괴참천)'의 오식誤植인 듯. '愧(부끄러워할 괴)'자로 해야 작품 내용과 뜻이 맞다.
- 흘랏다 : 했도다. 하였도라.

해설

임을 그리워하는 작자의 은연한 심정이 참으로 소박하게 표현되고 있다.

간밤의 직에 여든 브람 슬쓸이도 날을 속여고나

風紙ㅅ 소릐예 님이신가 반기온 나도 誤ㅣ건이와

幸혀나 들라곳 ᄒᆞ듬연 慙思慙天 홀랏다

〈무명씨〉

• 일석본 해동가요一石本 海東歌謠 96

간밤에 지게문을 열던 바람 살뜰히도 나를 속였구나

문풍지 소리에 행여 임이신가 반기려고한 나도 잘못이려니와

행여나 들어오라고 했더라면 몹시 부끄러워 어찌하지 모를 뻔 하였도다

어구 풀이

- 직에 : 지게. 지게문. 마루에서 방으로 드나드는 곳에 문종이로 안 팎을 두껍게 싸서 바른 외짝문.
- 여든 : 열던.
- 슬쓸이도 : 살뜰히도. 살뜰하게도.
- 風紙(풍지)ㅅ 소릐예 : 문풍지 소리에.
- 誤(오)ㅣ건이와 : 잘못이거니와.

- 들라곳 : 들어오라고. '곳'은 강세 조사.
- ᄒᆞ듬연 : 하더면. 하였더라면.
- 慙思慙天(참사참천) : 하늘을 우러르지 못할 만큼 몹시 부끄러운 상태. 곧, 얼굴을 들지 못할 정도로 몹시 부끄러운 상태를 말함.
- 홀랏다 : 했도다. 하였도다.

해설

바람이 많이 부는 한밤중. 그 바람에 방문이 열리니, 임을 기다리던 작자는 행여 임이 들어오는 줄 알고 속고 말았다. 방문을 다시 닫고 임을 기다리는데, 바람이 문풍지를 떨게하여 소리가 나니, 아! 이번에는 분명히 임이도다, 하고 반겨 맞으려 하였지만, 작자는 또다시 속고 만 것이다. 그것이 임이 온 줄 알고 들어오라고 했더라면, 차마 부끄러워 얼굴을 들 수 없을 뻔 했다고 노래하고 있는 이 시조는, 꾸밈이 없는 솔직하고 소박한 표현으로 이루어져 있다.

내思郎 남 주지 말고 눔의 思郎을 貪치 마소

울이의 두 思郎에 雜思郎 幸혀 섯씰쎄라

平生에 이 思郎 가지고 百年同樂 ᄒ리라

〈무명씨〉

• 일석본 해동가요一石本 海東歌謠 36

내 사랑 남 주지 말고 남의 사랑 탐하지 마소

우리의 두 사랑에 행여 잡雜 사랑이 섞일까 두렵구나

평생에 이 사랑 가지고 한평생 행복하게 살리라

어구 풀이

- 울이의 : 우리의.

- 幸(행)혀 : 행여. 혹시.

- 섯씰쎄라 : 섞이겠구나. 섞이겠도

다. 무엇이 섞일까봐 두렵다는 뜻.

- 百年同樂(백년동락) : 한평생 행복

하게 함께 삶.

해설

둘과의 사랑이 영원하기를 바라는 마음이 담긴 시조이다.

참고

《가람본 청구영언》에는 작가가 송이松伊로 되어 있다. 만약 이 시조가 송이의
작품이라면, 역시 박준한朴俊漢과의 사랑을 노래한 시조이다. 송이가 박준한
과 이별할 때 화전지에 써 준 시詩이다.

雪月이 滿窓ᄒ듸 ᄇ람아 부지마라

曳履聲 아닌줄을 判然히 알건마는

그립고 아쉬온 적이면 힝혀 긘가 ᄒ노라

〈무명씨〉

• 진본 청구영언珍本 靑丘永言 443

눈 쌓인 밤에 비치는 달빛이 창가에 가득한데 바람아 불지 마라

신발을 끄는 소리가 아닌 줄을 판연히 알건마는

그립고 아쉬운 적이면 행여 그이(임)인가 하노라

어구 풀이

- 雪月(설월) : 눈 위에 비친 달.
- 滿窓(만창)ᄒ듸 : 창에 가득히 비치는데.
- 曳履聲(예리성) : 신발 끄는 소리.

- 判然(판연)히 : 분명히. 아주 환하게 판명된 모양.
- 긘가 : 그이ㅅ인가. 그 사람인가.

해설

초장의 "雪月이 滿窓ᄒ듸"에서의 시각적 표현과, 중장의 "曳履聲 아닌줄을"에서의 청각적 표현이 마치 한 폭의 동양화를 보는 듯하다. 어떤 풍경이 선명하게 떠오르면서, 그곳에서 외롭게 임을 기다리는 애절한 심정을 노래하고 있다.

곳아 色을 밋고 오는 나뷔 禁치 마라
春光이 덧업슨 쥴 년들 아니 斟酌ᄒ랴
綠葉이 成陰子滿枝ᄒ면 어늬 나뷔 오리요

〈무명씨〉

• 화원악보花源樂譜 295

꽃(여자)아! 너의 그 젊고도 아름다운 자태에 반해 찾아오는 나비(남자)일랑 거
부하지 마라

그 아름다움이 잠깐인 줄 너인들 아니 짐작 못 하느냐

초록빛 푸르던 잎사귀(젊음)가 그늘(늙음)을 이루고, 열매(자식)가 가지마다 가
득하면(자식이 많으면), 어느 나비(남자)가 찾아오리오

어구 풀이

- 곳 : 꽃花. 여기서는 여자를 말함.
- 色(색) : 여색女色. '色(색)'은 '色事(색사)'의 준말로 색色을 즐기는 일을 뜻함.
- 나뷔 : 나비. 내용상 꽃에 대한 나비이므로 곧, 남자를 지칭함.
- 春光(춘광) : 직역하자면 '봄빛'. 의역하자면 '춘색春色'. 곧, 젊고도 아름다운 자태를 말함.

- 綠葉(녹엽)이 成陰子滿枝(성음자만지) : 여자가 성인이 되어 출가하여 자식을 많이 낳아 화목함을 비유한 말. 하나씩 나누어 풀이하면, '綠葉(녹엽)'은 푸르는 잎을 말함이니 곧, 젊음을 은유하고, '成陰子滿枝(성음자만지)'는 열매가 가지마다 가득하다는 뜻이니, 자식이 많음을 은유한다.

해설

이 시조는 꽃과 나비에 비유하여 작자의 생각을 은유적으로 표현하고 있다. 이 시조의 작자는 남자다. 그래서 여자에게 너의 젊음이 영원할 줄 아느냐, 네가 나이를 먹고 시집을 가서 아이를 낳으면 늙어질 터이니 그때 어느 남자가

찾아 올 것인가, 라고 하고 있다. 남자인 작자가 자신을 거부하고 있는 여자에게 사랑의 구원을 청하고 있는 시조이다.

송춘대松春臺의 "漢陽서 써온 나뷔……"(42번 시조)에서처럼 꽃과 나비에 비유하여 자기의 심정을 은유적으로 표현하고 있다. 송춘대가 여자로서 남자를 원망하고 있는 반면, 이 시조에서는 남자인 작자가 자기를 거부하고 있는 여자에게 사랑의 구원을 청請하고 있다. 또한 청춘의 아름다움이, 여자의 아름다움이 영원할 줄 아느냐며 노래하고 있다.

비는 온다마는 님은 어이 못오는고

믈은 간다마는 나는 어이 못가는고

오거나 가거나 ᄒ면 이대도로 셜우랴

〈무명씨〉

• 고금가곡古今歌曲 224

비는 온다마는 임은 어이 못 오는고

물은 흘러간다마는 나는 어이 못 가는고

임이 오거나 내가 가거나 하면 이다지 서럽겠는가

어구 풀이

- 믈 : 물.

- 이대도로 : 이대도록. 이리도. 이토
  록. 이렇게까지. 이다지. 이다지도.

- 셜우랴 : 서러우랴. 서럽겠는가.

해설

순수한 우리말로 지어진 시조로, 비 오는 날의 애상哀傷을 노래하고 있다. 비
도 오고 물도 가는데, 임은 어이 오지도 가지도 못 하는가. 비나 물처럼 마음
대로 오거나 갈 수만 있다면 이토록 서럽지 않을 텐데, 하고 노래하고 있다.

가락지 짝을 일코 네 홀로 날 쌀으니
네 짝 차질 계면 나도 님을 보련마는
짝일코 글리는 恨은 너나ᄂᆞ나 달를랴

〈무명씨〉

• 일석본 청구영언—石本 靑丘永言 667

가락지 짝을 잃고 네 홀로 나를 따르니
네 짝 찾을 때면 나도 임을 보련마는
짝 잃고 그리는 한恨은 너나 내나 다르랴

어구 풀이

- 차질 계면 : 찾을 제면. 찾을 때면.

- 글리는 : 그리는思. 그리워하는.

- 달를랴 : 다르랴. 다르겠느냐. '~랴' 는 받침 없는 어간에 붙어서, 어찌 그러할 것이냐의 뜻으로 쓰이는 어미.

해설

작자가 끼고 있는 쌍가락지가 그 한 쪽을 잃은 것에 비유하여, 임을 잃은(이별한) 작자 자신의 그리운 심정을 노래하고 있다.

닷쓰쟈 비쩌나가니 이졔 가면 언졔 오리

萬頃蒼波에 가는듯 단녀옴셰

밤中만 地菊叢 소리에 이긋는듯 ᄒ여라

〈무명씨〉

• 육당본 청구영언六堂本 靑丘永言 391

닻이 뜨자마자 배가 떠나가니 이제 가면 언제 오리

넓고 푸른 바다에 가자마자 돌아오소서

한밤중 노 젓는 소리에 나의 애간장이 끊어지는 듯하여라

어구 풀이

- 닷쓰쟈 : 닻이 뜨자마자.
- 萬頃蒼波(만경창파) : 한없이 너르고 너른 바다.
- 가는듯 단녀옴셰 : 가자마자 다녀오소서.
- 밤中(중)만 : 밤중쯤. 밤중에만. '~만'은 정도程度와 한도限度를 가리키는 두 가지의 경우가 있는데, 정도程度의 경우는 '~쯤'으로 해석되고, 한도限度의 경우는 '~에만'으로 해석된다.

- 地菊叢(지국총) : 배에서 노를 젓고 닻을 감는 소리. 한자를 빌려 '至匊蒽(지국총)'으로 적는다. 보통 흥을 돋기 위해 어부가에서 후렴으로 사용된다.
- 이긋는듯 : 애肝腸가 끊어지는 듯.

해설

이 시조에서 '바다'가 주는 의미는 영원한 이별을 뜻한다. 그 넓은 바다를 건너가니 언제 다시 돌아올 수 있겠는가. 지금이야 비행기를 타고 금방 돌아오면 되겠지만, 조선시대에 느려터진 목선을 타고 바다를 건너갔으니 언제 돌아

오겠는가. 따라서 이 작품에서의 '바다'는 곧 영원한 이별을 뜻한다. 하지만 작자는 떠난 임에게 곧바로 돌아오라고 하고 있다. 밤중에 노 젓는 소리가 나면, 임이 떠났을 때가 떠올라 작자의 애간장이 다 끊어지는 듯하다고 하고 있다. 이 시조는 사랑하는 임과의 별리別離의 정한情恨를 노래하고 있다.

스랑이 엇더터니 두렷더냐 넙엿더냐
기더냐 쟈르더냐 발을러냐 자힐러냐
지멸이 긴 줄은 모로되 애 그츨만 흐더라

〈무명씨〉

• 진본 청구영언珍本 靑丘永言 459

사랑이 어떠하더냐, 둥글더냐, 넓적하더냐

길더냐, 짧더냐, 한 발 두 발 그 길이를 잴 수 있겠더냐

사랑이란 것이 매우 지루하게 긴 것인 줄은 미처 몰랐지만, 남의 애간장을 끊게

하더라

어구 풀이

- 두렷더냐 : 둥글더냐.

- 넙엿더냐 : 넓적하더냐.

- 쟈르더냐 : 짧더냐.

- 발을러냐 : 발로 밟겠더냐. 발로
  길이를 재기 위해 한 발 두 발 밟
  겠더냐.

- 자힐러냐 : 재겠더냐. 곧, 사랑의
  길이를 잴 수 있겠더냐.

- 지멸이 : 매우 지루하게.

- 애 그츨만 : 애肝腸가 끊을만. 속
  이 탈만.

해설

순수한 우리말로 지어진 시조로, 사랑의 본질을 문답체 형식을 빌려 노래하
고 있다. 사랑이란 것을 어찌 세상의 어느 형태로 표현할 수 있겠는가. 종장
이 말해 주듯, 사랑이란 끝이 없는 것이다. 따라서 애肝腸만 끊어 놓는 것이
사랑이리라.

참고

이 시조와 유사한 작품이 있어 소개한다.

사랑이 긔 엇더터냐 둥그더냐 모나더냐

기더냐 저르더냐 발고 나마 자일너냐

하 그리 긴줄은 모로되 곳간데를 몰래라

〈무명씨〉

* 곳간데를 : '곳'은 '곳'으로 '꽃花'. 꽃은 곧 여자. 따라서 여자가 간 곳을. 사랑이 있는 곳을.

울며불며 잡은 사미 썰썰이고 가들 마오

그듸는 장부라 도라가면 잇것마는

소쳡은 아녀자라 못닉 잇씀네

〈무명씨〉

• 남훈태평가南薰太平歌 187

울며불며 잡은 소맷자락을 무정하게 떨치고 가지 마오

그대는 장부라 돌아가면 나를 잊겠지마는

소첩은 아녀자라 못내 잊을 수가 없구려

어구 풀이

- 사미 : 소매.　　　　　　　　　- 잇것마는 : 잊겠지마는.

- 썰썰이고 : 떨치고.

해설

역시 순수한 우리말로 지어진 시조이다. 주제는 별리別離의 정한情恨.

참고

이 시조는 계랑 이매창이 촌은 유희경과 이별하면서, 그 서러움을 부른 노래이다.

기럭이 손이로 잡아 情드리고 길쓰려셔

님의 집 가는 길을 歷歷히 マ릇쳐 두고

밤ㅁ중만 님싱각 날제면 消息 傳케 ᄒ리라

〈무명씨〉

• 아악부본 여창유취雅樂部本 女唱類聚 63

기러기를 산 것으로 잡아 정들이고 길들여서

임의 집 가는 길을 또렷하게 가르쳐 주어

밤중쯤 임 생각 날 때면 소식을 전하게 하리라

어구 풀이

- 손이로 : 산 것으로.

- 길쓰려셔 : 길들여서.

- 歷歷(역력)히 : 자취나 기미, 기억 따위가 환히 알 수 있을 정도로 또렷하게.

- 밤ㅁ중만 : 밤중쯤. 밤중에만. '~

만'은 정도程度와 한도限度를 가리키는 두 가지의 경우가 있는데, 정도程度의 경우는 '~쯤'으로 해석되고, 한도限度의 경우는 '~에만'으로 해석된다. 'ㅁ'은 된소리 부호.

해설

예로부터 기러기는 소식을 전하는 새로 내려오고 있다. 이 시조는 이러한 착상에서 시작하여 임에 대한 그리움을 노래하고 있다. 이처럼 기러기를 끌어들여 쓴 시조들이 많다.

가더니 니즌양ᄒ여 ᄭᅮᆷ에도 아니 뵈ᄂᆞᆷ

ᄂᆡ 아니 져를 니졋거든 젠들 현마 니즐ᄅ소냐

어마ᄂᆞ 딘쟝헐 님이완ᄃᆡ 슬쁜 이를 굿ᄂᆞᆫ고

〈무명씨〉

• 화원악보花源樂譜 408

떠나더니 임께서 나를 잊었는가 꿈에서조차 보이질 않는구나

내 아니 저(임)를 잊었거늘 저인들 설마 나를 잊었겠는가

얼마나 진귀하게 여겨 내 마음 속에 잘 간직할 임이기에, 그러지 않아도 임 생각에 타든 애肝腸를 끊는고

어구 풀이

- 니즌양ᄒ여 : 잊은 듯하여.

- 뵈ᄂᆞᆷ : 보이는구나.

- 젠들 : 저인들. '~ㄴ들'은 '~라고 할지라도 어찌'의 뜻으로, 의문감탄을 나타내는 종결어미.

- 현마 : 설마.

- 어마ᄂᆞ : 얼마나.

- 딘쟝헐 : 진장珍藏할. 진귀하게 여겨 잘 간직할.

- 님이완ᄃᆡ : 님이기에. 님이건대. '~완ᄃᆡ'는 '~관ᄃᆡ'와 같은 말로 '~기에'의 뜻을 가진 어미.

- 슬쁜 : 타든. 정 깊은.

- 굿ᄂᆞᆫ고 : 끊는고. 끊는구나.

해설

'내가 저를 잊지 않았거늘 저도 나를 절대로 잊어서는 아니 된다'고 하는 중장의 표현이 실로 강제적이다. 이는, 임에 대한 작자의 사랑과 그리움의 정도를 충분히 알 수 있는 구절이다. 바로 뒤 작품 "가더니 니즈냥ᄒ여……"(96번 시조)와 그 언어 표현이 유사하다.

가더니 니즈냥ᄒ여 숨에도 아니 뵌다

현마 님이야 그덧에 니저시랴

내싱각 애쉬온 견ᄎ로 님의 타슬 삼노라

〈무명씨〉

• 진본 청구영언珍本 靑丘永言 440

떠나더니 나를 잊었는가 보다 꿈에서조차 보이질 않는구나

설마 그동안에 임께서 나를 잊었겠는가

내가 임이 그리우니 임의 탓을 삼노라

어구 풀이

- 니즈냥ᄒ여 : 잊은 듯하여.　　- 애쉬온 : 아쉬운.

- 현마 : 설마.　　　　　　　　- 견ᄎ로 : 연유로. 까닭으로.

- 그덧에 : 그동안에. 그 사이에.　- 타슬 : 탓을.

해설

우리의 시조를 보면, 순수한 우리말로 쓰여진 작품들이 꽤 있다. 이는, 우리 조상들이 한문권漢文圈하에서도 그 독자성과 주체성을 잃지 않았음을 알 수 있다. 바로 앞의 시조 "가더니 니즌양ᄒ여……"(95번 시조)와 유사하다.

섬쎰고 놀라올슨 秋天에 기러기로다

너 ᄂ라 나올제 님이 分明 아라마는

消息을 못밋처 믹지 우러녤만 ᄒᄂ다

〈무명씨〉

• 진본 청구영언珍本 靑丘永言 441

나약하고 놀라운 것은 가을 하늘의 기러기로다

너 날아 나올 때 임께서 분명히 안다마는

소식을 미처 못 매었는지(기러기의 다리에) 울고 갈만 하구나

어구 풀이

- 섬쎰고 : 나약하고.

- 놀라올슨 : 놀라운 것은.

- ᄂ라 : 날아飛. 기본형은 '날다'.

- 아라마는 : 안다마는. 알건마는.

- 못밋처 : 못미처. 거의 이르렀으나
  아직 거기까지 미치지 못함.

- 믹지 : 매었는지. 기본형은 '미다'
  로, 동여매다·잡아묶다의 뜻.

- 우러녤만 ᄒᄂ다 : 울고 갈만 하
  구나. '만'은 국한局限의 뜻을 가
  진 접미사.

해설

소식을 전하는 상징새인 기러기를 끌어들여 작자의 감정을 표현하고 있다.

冬至ㅅ둘 밤 기댯말이 나는 니론 거즛말이

님 오신 날이면 하눌조차 무이너겨

자는 둙 일씌와 울려 님가시게 ᄒᆞᄂᆞ고

〈무명씨〉

• 진본 청구영언珍本 靑丘永言 442

동짓달 그 밤이 길다는 말이 거짓말이다

임께서 오신 날 밤이면 하늘조차 밉게 여겨

자는 닭조차 일찍 깨워 닭이 울어(날이 새게 하여) 임을 가시게 하는고

어구 풀이

- 기댯말이 : 길다는 말이.

- 니론 : 말하기를.

- 무이너겨 : 밉게 여겨. 밉게 생각
  하여. '무이'는 '뮈다'로 밉다의 뜻.
  '너겨'는 여기다·생각하다의 뜻.

- 일씌와 : 일찍 깨워. '일'은 일찍
  의 뜻.

해설

너무 짧게 느껴지기만 하는 밀회密會의 안타까움을 노래한 시조.

그리든 님 맛난날 밤은 져 닭아 부디 우지마라
네 소릭 업도소니 날실줄 뉘모로리
밤즁만 네 우름소릭 가슴 답답ᄒ여라

〈무명씨〉

• 육당본 청구영언六堂本 靑丘永言 287

그리던 임을 만난 날 밤은 저 닭아 부디 울지 마라
네 소리 없기로서니 날이 새는 줄을 누가 모르리
밤중쯤 울어대는 네 울음소리가 내 가슴을 답답하게 하여라

어구 풀이

- 그리든 : 그리던思. 그리워하던.

- 업도소니 : 없기로서니.

- 날실줄 : 날이 새는 줄. 날이 밝는 줄.

- 밤즁만 : 밤중쯤. 밤중에만. '~만' 은 정도程度와 한도限度를 가리키 는 두 가지의 경우가 있는데, 정도 程度의 경우는 '~쯤'으로 해석되 고, 한도限度의 경우는 '~에만'으 로 해석된다.

해설

닭이 울면 날이 새고 그러면 사랑하는 임은 다시 떠날 것이다. 이렇게 임과 함께 사랑을 나누는 애틋한 밤이 밝아오지 않기를 바라는, 그래서 닭이 울지 않기를 바라는 작자의 애틋한 소망이 담겨 있다.

동방이 발가오니 문늬 이별 되것구나
원슈금야 잔등별늬요 명죠불견 상마시라
쳔고에 긋없는 한은 이섇인가

〈무명씨〉

• 시가요곡詩歌謠曲 90. 97

동쪽 하늘이 밝아오니 못내 이별이 되겠구나

원수로다! 오늘밤 잔등에 이별이요, 그 이별이 안타까워 내일 아침 말 타는 때를 보지 못하리로다

천고에 끝없는 한恨은 이뿐(이별뿐)인가 하노라

어구 풀이

- 동방 : 동쪽. 동녘.
- 문늬 : 못내.
- 원슈금야 잔등별늬요 : 한자로는 '怨讐今夜 殘燈別(원수금야 잔등별)'. 원수로다, 오늘 이 깊은 밤 꺼질락 말락 하는 희미한 등불에 이별이요. '원슈금야'는 원수로다. '잔등'은 깊은 밤 꺼질락 말락 하는 희미한 등불. '늬오'는 '~이요'.
- 명죠불견 상마시라 : 한자로는 '明朝不見 上馬時(명조불견 상마시). 내일 아침 말 타는 때를 보지 못하리로다.
- 천고 : 천고千古. 썩 먼 옛적. 영구한 세월. 영원. ¶~의 진리.

해설

이 시조 역시 은연 중에 날이 밝지 않기를 바라는 작자의 마음이 나타나 있다. 날이 밝아오면 사랑하는 임과 이별을 해야 하기 때문이다.

스랑 스랑 긴긴 스랑 기천ᄀ치 내내 스랑

九萬里 長空에 넌즈러지고 남는 스랑

아마도 이님의 스랑은 ᄀ업슨가 ᄒ노라

〈무명씨〉

• 진본 청구영언珍本 靑丘永言 457

사랑 사랑 긴긴 사랑 개천같이 끝없이 긴 사랑

한없이 높은 하늘에 늘어지고 남는 사랑

아마도 이 임의 사랑은 끝이 없는가 하노라

어구 풀이

- 기천 : 개천. 개골창. 물이 흘러나 가도록 한 긴 내.
- 내내 스랑 : 긴긴 사랑. 끝없는 사랑. '내내'는 처음부터 끝까지 계속해서, 란 뜻으로 순수한 우리말 임.
- 九萬里 長空(구만리 장공)에 : 끝없이 높은 하늘에. '구만리 장천九萬里 長天에'와 같은 뜻.
- 넌즈러지고 : 늘어지고.
- ᄀ업슨 : 가이 없는. 끝이 없는.

해설

끝이 없는 사랑을 하고 싶은 작자의 심정을 노래하고 있다. 이처럼 끈끈히 얽혀지고 맺어진 임과의 끝없는 사랑을 노래하고 있는 시조로는, "思郞 思郞 庫庫히 미인 思郞……"(197번 시조)가 있다.

물아래 셰가랑모래 아무리 넓다 발자최 나며

님이 날을 아무리 괴다 내 아더냐 님의 안흘

狂風에 지부친 沙工▽치 기픠를 몰라 ㅎ노라

〈무명씨〉

• 진본 청구영언珍本 靑丘永言 458

물 아래의 가늘고 고운 모래를 아무리 밟는다고 발자취가 나며(밀려오는 물 때문
에 발자취가 남을 것이며)

임꼐서 나를 아무리 사랑한다 해도 내가 임의 마음속을 알 수 있겠더냐

세찬 바람에 짓불린 사공같이 그 깊이를 몰라 하노라

어구 풀이

- 셰가랑모래 : 잔 모래. 몹시 잘고
  고운 모래. '셰'는 한자 '細(세)'의
  음音이고, '가랑'은 훈訓이며, '가
  랑비'의 '가랑'이 이에 해당된다.
- 넓다 : (발로) 밟다.
- 날을 : 나를.
- 괴다 : 사랑하다.

- 안흘 : 안을. 속을. 속마음을.
- 狂風(광풍) : 미친 듯이 휩쓸어 세
  차게 일어나는 바람.
- 지부친 : 짓불린. '지'는 '짓'으로
  동사 위에 붙어서 '함부로·마구'의
  뜻을 나타내는 접두사. ¶~밟히
  다. ~눌리다.

해설

우리 속담에 '열 길 물 속은 알아도 한 길 사람 속은 모른다'는 말이 있다. 그
렇듯이 사랑도 사람의 일일진대, 어찌 자기에 대한 임의 사랑이 어느 정도인
지를 알 수 있겠는가. 그 깊이를 모르겠다는 노래이다.

閣氏네 하 어슨체 마쇼 고와로라 즈랑 마쇼
자네집 뒷東山에 山菊花를 못 보신가
九十月 된셔리 마즈면 검부남기 되느니.

〈무명씨〉

• 육당본 청구영언六堂本 靑丘永言 879

각시네 너무 잘난 체 하지 마시오. 곱다고 자랑 마시오
자네 집 뒷동산에 핀 산국화를 못 보았는가
구월과 시월의 된서리 맞으면 검부러기 되느니

어구 풀이

- 閣氏(각씨)네 : '각시'의 한자 표기.
  '각시'는 한자를 빌려 '閣氏(각씨)'
  로 적는다. 젊은 여자. 새악시(색
  시). 갓 결혼한 여자. '아내'를 달리
  이르는 말. '~네'는 사람의 한 무
  리를 나타내는 접미사. '자네', '우
  리네', '순이네'가 이에 해당된다.
  ¶각시와 신랑.

- 하 : 너무 많이. 아주. 크게.
- 어슨체 : 잘난 체. '체'는 불완전명
  사로, 그럴 듯하게 꾸미는 거짓 태
  도를 뜻함.
- 된셔리 : 된서리. 늦가을에 아주
  되게 많이 내린 서리.
- 검부남기 : 검부러기. 마른 풀이나
  나뭇잎의 부스러기.

해설

이 시조에서의 '구시월'은 음력을 말한다. 이때에 내린 된서리에 검부러기가
된 산국화를 비유해, 청춘도, 아름다움도 잠깐이니 너무 잘난 체 하지 말고,
된 서리가 내리기 전에(늙기 전에) 작자와 사랑을 나누자고 하고 있다. 이처럼
청춘의 아름다움이 잠깐임을 노래한 시조들이 여럿 있다.

閣氏네 츠오신 칼이 一尺劒가 二尺劒가

龍泉劒 太阿劒 匕首短劒 아니여든

丈夫의 九回肝腸을 슈흘슈흘 긋느니

〈무명씨〉

• 화원악보花源樂譜 135

각시네 차오신 칼이 그 길이가 한 자 되는 칼인가, 두 자 되는 칼인가

용천검, 태아검, 비수단검이 아닐진대

어찌하여 장부의 구회간장을 슬슬 끊는고

어구 풀이

- 閣氏(각씨)네 : '각시'의 한자 표기. '각시'는 한자를 빌려 '閣氏(각씨)'로 적는다. 젊은 여자. 새악시(색시). 갓 결혼한 여자. '아내'를 달리 이르는 말. '~네'는 사람의 한 무리를 나타내는 접미사. '자네', '우리네', '순이네'가 이에 해당된다. ¶각시와 신랑.

- 츠오신 : 차고 계신. 기본형은 '츠다佩'. '오'는 존칭보조어간으로 '옵'의 ㅂ탈락형. 〈습〉옵.

- 一尺劒(일척검)가 : 한 자 되는 칼인가. '~가'는 의문형어미.

- 龍泉劒(용천검) : 태아검太阿劒과 함께 옛 중국의 보검.

- 太阿劒(태아검) : 용천검龍泉劒과 함께 옛 중국의 보검.

- 匕首短劒(비수단검) : 날이 예리한 길이가 짧은 칼.

- 九回肝腸(구회간장) : 굽이굽이 깊이 든 마음 속. 구곡간장九曲肝腸.

- 슈흘슈흘 : 슬슬.

- 긋느니 : 끊나니. 끊는고. 기본형은 '긋다'.

해설

사설시조 "타향에 임을 두고……"(237번 시조)에서는, 임에 대한 그리움이 간

장肝腸이 썩는다고 했고, 그 간장 썩은 물이 눈물로 솟아난다고 표현하고 있다. 참으로 애절한 표현이다. 이처럼 이 시조 역시, 사랑하는 임에 대한 그리움이 애肝腸를 끊는 듯한 심정이라고 노래하고 있다. 임에 대한 애절한 사모思慕의 정情이 느껴지는 시조이다.

閣氏녜 손목을 쥐니 당싯당싯 웃는고나
엇기 너머 등 글그니 졈졈 나스 나를 안녜
져 任하 나스 드지마쇼 가슴 畓畓ᄒ야라

〈무명씨〉

• 육당본 청구영언六堂本 靑丘永言 550

각시의 손목을 살며시 쥐니 방싯방싯 웃는구나
어깨 너머 등 긁으니 점점 다가와 나를 안네
저 임하! 다가와 내 품에 들지 마소. 가슴 답답하여라

어구 풀이

- 閣氏(각씨)녜 : '각시'의 한자 표기. '각시'는 한자를 빌려 '閣氏(각씨)'로 적는다. 젊은 여자. 새악시(색시). 갓 결혼한 여자. '아내'를 달리 이르는 말. '~녜'는 사람의 한 무리를 나타내는 접미사. '자네', '우리네', '순이네'가 이에 해당된다. ¶각시와 신랑.
- 당싯당싯 : 방긋방긋. 소리 없이 입만 벌리고 웃는 모양.
- 엇기 : 어깨.
- 둥 : '등背'의 잘못.
- 나스 : 나아가進. 다가가.
- 안녜 : 안네. 기본형은 '안다抱'.
- 任(임)하 : 임아. 임이여. '하'는 '아'의 경어법敬語法으로 쓰이는 호격조사. 시詩적 미美를 위한 표현 기법.
- 畓畓(답답) : '답답'의 한자漢字 표기.

해설

정겨운 부부의 모습을 보는 듯하다. 초장과 중장에서 수줍고 부끄러워하는 조선 여인네의 고요한 모습을 보는 듯하다. 가슴이 답답하니 다가와 들지 말라는 여성 본능의 수줍음과 함께, 매우 좋아하는 여인의 모습이 아름답기만 하다.

바로 다음 작품의 "들입써 브드득 안은이……"(106번 시조)와 내용이 유사
하다.

들입써 브드득 안은이 당싯당싯 웃는고야

억쎄넘어 등을 글든이 漸漸 나사 날을 안네

져님아 하 근근이 안지말아 가슴 답답 ᄒ여라

〈무명씨〉

• 일석본 해동가요—石本 海東歌謠 77

들입다 바드득 안으니 당싯당싯 웃는구나

어깨 너머 등을 긁으니 점점 다가와 나를 안네

저 임아! 너무 강하게 안지 말아라. 가슴 답답하여라

어구 풀이

- 들입써 : 들입다. 딥다. 세차게 힘
  을 주어 마구.
- 브드득 : 어떤 물체를 몹시 힘을
  주어 안거나 문지를 때 나는 소리.
- 당싯당싯 : 방긋방긋. 소리 없이
  입만 벌리고 웃는 모양.
- 웃는고야 : 웃는구나. '~고야'는

감탄종지형. 현재시의문종지형
'~는고'에 강세조사 '야'가 연결
된 것.
- 나사 : 나아가進. 다가가.
- 안네 : 기본형은 '안다抱'
- 근근이 : 강하게.

해설

앞의 작품 "閣氏늬 손목을 쥐니……"(105번 시조)와 동일한 착상으로 쓰인 시조.

어듸 쟈고 여긔를 왓노 平壤 쟈고 여긔 왓늬

臨津 大同江을 뉘뉘 빈로 건너 왓노

船價는 만터라마는 女妓빈 투고 건너 왓늬

〈무명씨〉

• 화원악보花源樂譜 129

어디서 쟈고 여기를 왔는가. 평양에서 쟈고 여기 왔네

임진강, 대동강을 누구누구의 배腹로 건너 왔노

배삯(화대花代)은 많더라마는 여기 배(평양 기녀의 배)를 타고 건너 왔네

어구 풀이

- 어듸 : 어디. 어디서.

- 여긔 : 여기.

- 뉘뉘 : 누구누구.

- 빈 : 여기서는 사람의 배腹를 은
유. 특히 여자의 배腹를 은유.

- 船價(선가) : 배삯. 여기서는 몸을
파는 여자에게 주는 화대花代.

- 女妓(여기)빈 : 여기(이곳)을 뜻함
이 아니라, 기생의 배腹를 은유.

해설

평시조임에도 불구하고 대단한 육담肉談으로 구성된 작품이다. 그 구절 하나
하나마다 송강 정철과 기녀 진옥의 작품만큼이나 사실적이며 대담한 표현들
이다. 이는 정철을 제외하고는 작자 미상(무명씨)의 시조이기에 가능하다.

어구 풀이에서도 이미 설명되고 있지만, 다시 한 번 설명하자면, 이 시조에서
의 '船價(선가)'는 겉으로는 배삯을 말하고 있으나, 실제로는 창기娼妓에게 주
는 화대花代를 상징한 것이고, '배'는 여자의 배를 말함이다. 그리고 종장에
서 '女妓빈'라고 한 구절은 참으로 재치가 넘치는 구절이다. 겉으로 보기에는
여기(이곳)에 정박해 있는 이 배를 타고 건너왔다, 라는 뜻이지만, 그 속뜻은
여기女妓 곧, 기녀妓女의 배腹를 은유한다. '妓女(기녀)'의 음을 살짝 바꾸어

'이곳'이란 뜻을 가진 '여기女妓'로 기묘하게 표현하고 있다. 작자의 재치를 느낄 수 있다. 시조 전체적으로 흐르는 언어들이 육담肉談적이며 재치가 넘치지만, 특히 이 구절은 물 위에 뜨는 배가 사람, 여자의 배腹로 걸림 없이 연결되어 뜻이 통하고 있다. 따라서 배를 탔다는 것은, 남녀가 교합交合하기 위해 여자의 배 위로 남자(작자)가 올라탔다는 뜻이며, 그렇게 여자의 배에 올라타 성교性交를 하며 여기까지 건너 왔노라는 뜻이다.

초장을 보자. 어디서 자고 여기를 왔느냐고 묻자, 평양에서 자고 왔노라고 답하고 있다. 옛말에, 평양감사도 제가 하기 싫으면 그만이다, 라는 속담이 있듯, 평양의 감사가 그만큼 좋은 자리라는 뜻이다. 그런데 감사뿐만이 아니라, 조선시대의 기생도 평양 기생이 기생 중의 기생으로 으뜸이었다. 하여, 초장에서 어디서 자고 여기를 왔냐는 물음에, 작자는 최고의 기생인 평양 기생과 자고 왔노라고 답하고 있다.

간밤에 꿈 됴트니 임의게셔 편지 왓네

그 편지 바다 빅 번이나 보고 가슴 우희 언꼬 잠을 드니

구틔야 무겁지 아니히도 가슴 답답

〈무명씨〉

• 남훈태평가南薰太平歌 64

간밤에 꿈이 좋더니 임에게서 편지가 왔네

그 편지 받아 수없이 읽어보고, 또 잠자리에 들어서도 가슴 위에 얹고 잠을 드니

구태여 가슴 위에 얹은 편지가 무겁지는 않아도, 그것이 마치 임인 듯싶어 내 가슴이 답답하여라

어구 풀이

- 됴트니 : 좋더니.

- 바다 : 받아. 기본형은 '받다'.

- 빅 번이나 : 백 번이나. 수없이. 수를 헤아릴 수 없을 만큼 많이.

- 우희 : 우에上.

- 구틔야 : 구태여.

- 아니히도 : 아니하여도. 용언 아래에 붙어 '않다'라는 부정의 뜻을 나타내는 말. 기본형은 '아니하다'.

해설

임에게서 온 편지를 받고, 마치 임을 만난 듯한 기쁜 심정을 노래하고 있다. 이 시조는 편지를 의인화하고 있는데, 특히 종장에서 가슴에 얹은 편지를 임으로 승화시켜 사람(임)이 덮누르는 듯한 답답함과 그에 따른 황홀함을 표현하고 있다. 작자는 임과 잠자리를 함께 하는 상상의 나래를 한껏 펼치고 있는 것이다. 그만큼 임에 대한 그리움이 간절하다는 것이다.

임니별 ㅎ든날 밤에 나는 어히 못죽엇노
한강슈 깁흔 물에 풍덩실 쌔지련만
지금에 사라 잇기는 임보랴고

〈무명씨〉

• 남훈태평가南薰太平歌 119

임을 이별하던 날 밤에 나는 어이 못 죽었노
한강수 깊은 물에 풍덩실 빠져야 하는 것을
지금에 살아있는 것은 이별했던 임이 다시 돌아왔을 때 임을 보려 함이다

어구 풀이

- 한강슈 : 한강수漢江水.
- 풍덩실 : 크고 무거운 물체가 깊은
  물속에 좀 가볍게 떨어질 때 나는
  소리.

- 사라 잇기는 : 살아 있기는.

해설

사랑하는 임과 헤어졌을 때 죽었어야 했지만, 이렇게 살아 있는 것은 혹시나
임이 다시 돌아왔을 때 임을 보기 위해 죽지 않았다는, 어찌 보면 변명 같은
말이지만, 이별한 임을 기다리는 작자의 마음이 담긴 시조이다.

님의 얼골을 그려 벼맛희 브쳐두고

안즈며 닐며 몬지며 니른말이

져님아 말이나 하렴은 내안 둘딕 업세라

〈무명씨〉

• 고금가곡古今歌曲 213

임의 얼굴을 그려 베개 맡 벽에 붙여두고

앉으며, 일어나며, 만지며 이르는 말이

　저 임아 말 좀 해 보렴. 나는 네가 너무 그리워, 내 마음 안절부절못하여, 내 마음 속을 붙들어 두질 못하겠구나

어구 풀이

- 벼맛희 : 베갯맡에. '맡'은 '가까운
  곳'의 뜻을 더하는 접미사.

- 안즈며 : 앉으며.

- 닐며 : 일어나며.

- 하렴은 : 하렴. 하려무나.

- 내안 : 내 마음 속.

- 둘딕 : 둘 데. 둘 곳.

해설

임이 얼마나 그리웠으면 베갯맡에 임의 얼굴을 그려 붙여두겠는가. 그리운 임을 생각하며 마음을 붙잡지 못하고 안절부절못하는 작자의 심정이 잘 나타나 있다. 작자의 불안한 마음이 참으로 애절하기만 하다.

님그려 바자니다가 窓을 베고 줌을 드니

덩싯 웃는양이 번드시 뵈겨고나

넓더셔 반기려 ㅎ니 꿈이 나를 속여라

〈무명씨〉

• 고금가곡古今歌曲 214

임을 그리며 부질없이 바장이다가 창에 기대어 잠이 드니

방싯 웃는 임의 모습이 뚜렷이 보이는구나

깜짝 놀라 일어서서 임을 반기려고 하니, 아차! 꿈이 나를 속여라

어구 풀이

- 바자니다가 : 바장이다가. 부질
없이 짧은 거리를 오락가락 거닐
다가. '바자니다'는 '바장이다'의
옛말.
- 덩싯 : 방싯.
- 웃는양이 : 웃는 모양이. 웃는 모
습이. '양'은 '모양' 또는 '모습'이
란 뜻.

- 번드시 : 뚜렷이. '번드시'는 '뚜렷
이'의 옛말.
- 뵈겨고나 : 보이는구나.
- 넓더셔 : 일어서서.

해설

작자는 방안을 바장이며, 그리운 임이 오는가 하고 창을 내다보다가, 그 창에
서 그냥 잠이 들었는가 보다. 방싯 웃는 임의 모습이 창에 비치기에 반기려고
일어나 보니 그것이 현실이 아닌 꿈이었으니 말이다. 종장에 나타난 작자의
심정이 허무하고 가엾기만 하다.

간밤의 쑴도 조코 아츰의 가치 일 우더니
반가운 우리님을 보려ᄒ고 그러라쇠
반갑다 반갑다 반긔ᄒ올 말이 업세라

〈무명씨〉

• 고금가곡古今歌曲 246

간밤에 꿈도 좋고 아침의 까치도 일찍 울더니
오늘 반가운 우리 임을 보려고 그러했군
반갑다, 반갑다, 뭐라고 반겨할 말이 없어라

어구 풀이

- 가치 : 까치.

- 일 : 일찍早.

- 그러라쇠 : 그러했군. '~라쇠'는
  상대방의 동의를 청하거나 단순

한 추측의 뜻으로 쓰이는 어미.

- 반긔ᄒ올 : 반겨할.

해설

지금도 그렇지만 우리 조상들은 까치를 길조吉兆라 하여, 까치가 울면 좋은
소식이 전해온다는 소박한 풍습을 가지고 있다. 아침 일찍 까치가 자기네 집
주면에서 울면 무척 기뻐했다. 음력 새해 첫날을 우리는 '설날'이라고 하여 명
절을 지내고 있다. 그런데 그 설날 이전을 '까치설날'이라고 한다. 묵은 한 해
가 지나가기 전에 까치가 먼저 와서 새해가 온다는 소식을 미리 전해준다 하
여 설날 전에 까치설날이 있는가 보다.

이 시조에서도 길조인 까치가 아침 일찍 울어 그 덕택에 반가운 임을 맞이
한 기쁨을 노래하고 있다. 바로 뒤의 "간밤에 쑴도 됴코 시벽ᄀ티 일 우더
니……"(113번 시조)에서도 길조인 까치를 끌어들여 노래하고 있다.

간밤에 숨도 됴코 시벽ᄀ티 일 우더니

반가운 ᄌ네를 보려ᄒ고 그럿턴지

뎌님이 왓는 곳이니 쟈고 간들 엇더리

〈무명씨〉

• 화원악보花源樂譜 282

간밤에 꿈도 좋고 새벽 까치가 일찍 울더니

반가운 자네(임)를 보려고 그러했는가 보다

저 임이 기왕에 왔으니 자고 간들 어떠하리

어구 풀이

- 시벽ᄀ티 : 새벽 까치.   - 그럿턴지 : 그렇던지. 그러했던지.

- 일 : 일찍早.

해설

바로 앞의 작품 "간밤의 숨도 조코 아츰의 가치 일 우더니……"(112번 시조)에
서처럼 길조吉兆인 까치를 끌어들여 기쁜 일(임을 맞이하는 소식)이 찾아옴을
노래하고 있다.

南山 누에머리 긋히 밤ㅁ中만치 凶이 우는 뎌 부헝이
長安百萬家戶에 뉘집을 向ㅎ여 부헝부헝 우노
前前에 얄뮙고 쟛뮈운 님을 다 즙아가려 ㅎ노라

〈무명씨〉

• 화원악보花源樂譜 513

남산의 누에머리 봉우리 끝에 밤중쯤 흉하게 우는 저 부엉이
서울의 백만 가구 중에 뉘 집을 향하여 저리 애달프도록 부엉부엉 우는가
앞전에 얄밉고도 몹시 미운 임을 다 잡아가려고 하는구나

어구 풀이

- 누에머리 : 남산의 한 봉우리 이름. '남산'은 서울에 있는 산.
- 긋히 : 끝에.
- 밤ㅁ中만치 : 밤중쯤. 밤중에만. '~만'은 정도程度와 한도限度를 가리키는 두 가지의 경우가 있는데, 정도程度의 경우는 '~쯤'으로 해석되고, 한도限度의 경우는 '~에만'으로 해석된다. 'ㅁ'은 된소리 부호.
- 凶(흉)이 : 흉하게.

- 長安(장안) : 수도라는 뜻으로 서울을 이르는 말.
- 百萬家戶(백만가호) : 백만 가구(집).
- 前前(전전)에 : 앞전에.
- 쟛뮈운 : 잣미운. 잣달게 밉다. 얄밉다. 몹시 밉다. 기본형은 '잣밉다'. '잣'은 '잘다'의 관형사형. '밉다'라는 말이 때로는 '예쁘다·귀엽다·사랑스럽다'라는 뜻으로 사용되기도 함.

해설

종장에서 몹시 미운 임이라고 표현하고 있다. 이는 실제로 밉다는 것이 아니라, 너무나 사랑하는 임을 역설적으로 표현한 말이다. 이 시조는 임에 대한 연정戀情을 노래하고 있다.

南山에 눈날니는 양은 白松鶻이 댱도는듯

漢江에 비쯘 양은 江城 두룸이 고기를 물고 넘노는듯

우리도 남의님 거려두고 넘노라 볼ㄱ가 ᄒ노라

〈무명씨〉

• 화원악보花源樂譜 567

남산에 흰눈이 날리는 모양은 백송고리 장(맴) 도는 듯하고

한강에 배가 뜬 모양은 강성의 두루미가 고기를 물고 물 위를 오르내리며 넘노는 듯하니

우리도 이들처럼 남의 임과 한 몸이 되어 넘나들어 놀아 볼까 하노라

어구 풀이

- 南山(남산) : 서울에 있는 산 이름.

- 양은 : 모양은. 모습은.

- 白松鶻(백송골) : 백송고리白松--. 맷과의 새. 송골매의 일종으로 성질이 굳세고 날셈.

- 댱도는듯 : 장(맴)을 도는 듯. 한 바퀴 도는 듯.

- 江城(강성) 두룸이 : 강성 두루미. '강성'은 경상도에 있는 지명.

- 넘노는듯 : 넘나들며 노니는 듯. 새가 오르내리며 나는 모양. 기본형은 '넘돌다'.

- 거려두고 : 걸어두고.

- 넘노라 : 넘나들어 놀다. 동사로 기본형은 '넘는다'.

해설

요즘 말로 불륜이라도 저질러 보자는 걸까? 흰눈처럼, 백송고리처럼, 두리미처럼, 이 남자 저 여자 가리지 말고, 임자가 있든, 임자가 없든, 다른 이성과 교합交合하여 놀아보면 어떠겠느냐고 노래하고 있다.

님그려 못살게 ᄒᆞ예 밤은 길고 줌업셰라

옛 사룸 일으기를 相思 곳ᄒᆞ면 病된다 ᄒᆞ데

病드러 못살양이면 어니홀고 ᄒᆞ더라

〈무명씨〉

• 악부樂府 445

임이 그리워 못 살겠도다. 임이 없는 밤은 더욱더 길기만 하고 잠은 오지 않더라

옛 사람이 이르기를 임을 애타게 그리워하면 병이 된다고 하더라

그러하니 병 들어 못 살 것 같으면 이를 어찌할까

어구 풀이

- 못살게 ᄒᆞ예 : 못살겠도다. 'ᄒᆞ예'
  는 'ᄒᆞ여이' 또는 'ᄒᆞ여이라'의 축
  약으로, 감탄종지.

- 곳 : 강세부사.

- ᄒᆞ데 : 하더구나. 감탄종지.

- 어니홀고 : 어찌할까. '어이홀고'
  의 잘못인 듯.

해설

임을 연모戀慕하는 마음에 잠은 더욱 오지 않고, 임이 없는 밤은 더욱더 길게
만 느껴졌으리라. 하여, 임이 그리워 못 살겠다고 작자는 한탄하고 있다. 이러
하니 병이 들어 못 살게 되면 임을 영영 볼 수 없게 되니, 이 애타는 심정을 어
찌해야겠냐며 한숨이 꺼지도록 한탄하고 있다. 임을 향한 애타는 심정이 가
련하기만 하다.

님을 보신後에 黃昏은 무삼일고

옷깃셰 씻친 힝늬 分明헌 님의흔젹

다시금 타관금 퇴원침의 轉輾반칙 ᄒ여라

〈무명씨〉

• 일석본 청구영언一石本 靑丘永言 673

임을 보낸 후에 해가 지고 어둑어둑해짐은 무슨 일인고

옷깃에 끼친 향내는 분명한 임의 흔적이기에

다시금 함께 덮고 자던 원앙 이불과, 함께 베고 자던 원앙침을 밀쳐내며, 임이

떠난 잠자리에 홀로 들어 잠을 이루지 못하고 이리저리 뒤척거리게 하여라

어구 풀이

- 黃昏(황혼) : 해가 지고 어둑어둑
  할 때.

- 무삼일고 : 무슨 일인고.

- 옷깃셰 : 옷깃에.

- 힝늬 : 향내.

- 타관금 : '탈앙금脫鴦衾'의 잘못.
  원앙을 수놓은 이불을 벗음. 또는
  그것을 덮지 않고 물림.

- 퇴원침 : 退鴛枕(퇴원침). 원앙을
  수놓은 베개를 물림.

- 轉輾(전전)반칙 : 전전불매輾轉不
  寐. 누워서 이리저리 뒤척거리며
  잠을 이루지 못함. '반칙'은 '반측
  反側'의 잘못된 표현.

해설

임을 생각하며 전전불매輾轉不寐하는 마음을 노래함.

괴여들고 괴여나는 집의 픰도픨샤 三色桃花
어른쟈 범나븨야 너난 어이 넘노난니
우리도 싀 任 거러두고 넘느러 볼가 ᄒ노라

〈무명씨〉

• 육당본 청구영언六堂本 靑丘永言 549

기어들어가고 기어나가는 집에 피고 또 피는구나 색색의 아름다운 복숭아꽃

얼씨구나, 지화자 좋아라. 범나비야! 너만 어이 혼자 좋다고 아름다운 꽃(여쁜 여자) 위를 넘노느냐(아름다운 여자와 즐기느냐)

나도 새 임을 만나 너와 같이 넘나들어 볼까 하노라

어구 풀이

- 괴여들고 : 기어들어가고.

- 괴여나는 : 기어나가는.

- 픰도픨샤 : 피고 또 피는구나. '~도~ㄹ샤'는 감탄어미.

- 三色桃花(삼색도화) : 세 가지 색깔의 복숭아 꽃. 색색의 복숭아꽃.

- 어른쟈 : 얼씨구나. 지화자.

- 너난 : 너만.

- 거러두고 : 걸어두고. 잡아두고.

한 몸이 되어.

- 넘노난니 : 넘노느냐.

- 넘느러 볼가 ᄒ노라 : 넘늘어 볼까 하노라. '넘느러'는 '넘늘어'로 기본형은 '넘늘다'. '넘늘다'는 '넘놀다' 또는 '넘노닐다'와 비슷한 말이긴 하나, 이들과는 달리 '넘늘다'는 점잖을 지키면서도 언행을 흥취있고 멋지게 하다의 뜻.

해설

나비가 꽃을 찾아 노니는 것을 보고 춘정春情을 노래한 시조. 작품에서 '三色桃花(삼색도화)'는 여자를, '범나븨'는 남자를 상징하고 있다. 이렇듯 '꽃과 나비'는 '여자와 남자'에 비유되는 것이 동서고금東西古今, 우리 일상생활에 통례通例로 되어 있다.

기럭 풀풀 다 나라드니 消息인들 뉘 傳ㅎ리

愁心은 疊疊한듸 줌이 와야샤 쑴인들 아니 쑤랴

출ㅎ로 뎌달이 되야셔 빗최여ᄂ 볼ㄱ가 ㅎ노라

〈무명씨〉

• 화원악보花源樂譜 482

기러기가 풀풀 다 날아가니 누가 소식을 전하리

수심은 한없이 쌓여 잠도 오지 아니하니 잠이 와야 꿈을 꾸지 않겠는가

차라리 저 맑은 하늘의 밝은 달이 되어 임을 비추어나 볼까 하노라

어구 풀이

- 기럭 : 기러기.

- 풀풀 : 몹시 날쌔고 기운차게 자꾸 뛰거나 나는 모양.

- 愁心(수심)은 疊疊(첩첩)한듸 : 근심은 겹겹으로 쌓였는데. 근심이 한없이 많은데.

- 와야샤 : 와야. 와서야.

- 출ㅎ로 : 차라리.

- 되야셔 : 되어서.

- 볼ㄱ가 : 볼까. 'ㄱ'은 된소리 부호.

해설

소식을 전할 길 없고, 한없이 근심은 쌓여 잠도 오지 아니 하고, 꿈에서조차 임을 볼 수 없으니, 작자의 심정은 애타기만 하다. 차라리 달이라도 되어 사랑하는 임을 비추어라도 보고 싶다고 하고 있다. 작자는 상사병을 앓고 있는 것이다. 이런 작자의 모습이 가련하기만 하다.

碧梧桐 심운 뜻즌 鳳凰을 보롓터니

닉 심운 탓신지 기드려도 아니오고

밤ㅁ中만 一片明月만 뷘 柯枝에 걸녀세라

〈무명씨〉

• 화원악보花源樂譜 114

내가 벽오동을 심은 까닭은 봉화(임)을 보려함인데

내 심은 탓인지 기다려도 아니 오고

밤중쯤 밝은 조각달만 빈 가지에 걸렸구나

어구 풀이

- 碧梧桐(벽오동) : 벽오동과의 낙엽
  교목. 봉황이 이 나무에 앉는다
  고 함.
- 鳳凰(봉황) : 상상의 상서로운 새.
  수컷을 봉鳳이라 하고, 암컷을 황
  凰이라 하는데, 성천자聖天子가
  나면 나타난다 하며, 오동나무에
  깃들이고 죽실竹實을 먹으며 예천
  醴泉을 마신다고 함.
- 보롓터니 : 보려고 하였더니. 보려
  고 하였는데. 보려고 함인데.
- 밤ㅁ中만 : 밤중쯤. 밤중에만. '~

만'은 정도程度와 한도限度를 가
리키는 두 가지의 경우가 있는데,
정도程度의 경우는 '~쯤'으로 해
석되고, 한도限度의 경우는 '~에
만'으로 해석된다. 'ㅁ'은 된소리
부호.
- 一片明月(일편명월)만 : 밝게 떠 있
  는 조각달만. '만'은 강세접미사.
- 뷘 : 빈.
- 걸녀세라 : 걸렸구나. 걸렸도다. '~
  ㄹ세라'는 감탄종결어미.

해설

초장에서 임을 기다리는 작자의 의중을 잘 읽을 수 있으며, 종장에서는 작자
의 외로운 심정이 소박하게 풍경화처럼 그려져 있다. 이 시조에서 특이할 만

한 점은, 봉황과 임을 일치시켜, 봉황이 오동나무에 앉는다고 하는 전설에 착상하여, 임에 대한 기다림을 설득력 있게 노래한 점이다.

青的了한 換陽의 쫄년 紫的粧옷슬 믯쳐 ㅂ릴년아

엇그제 날 속이고 쏘 눌마ㅈ 속이려 ᄒ고

夕陽에 ㄱ느단 허리를 한들한들 ᄒᄂ니

〈무명씨〉

• 화원악보花源樂譜 481

새파랗게 젊은 화냥년아! 자줏빛 장옷을 찢어 버릴 년아

엇그제는 나를 속이더니 또 누구를 마저 속이려고 하느냐

석양에 가느다란 허리를 한들한들 하여 누구를 유혹하려 하느냐

어구 풀이

- 青的了(청적료)한 : 새파랗게 젊은.

- 換陽(환양)의 쫄년 : 화냥년. 서방
  질을 하는 여자.

- 紫的粧(자적장)옷슬 : 자줏빛 장
  옷을. '장옷'은 부녀자가 나들이
  할 때에 얼굴을 가리느라고 머리
  에서부터 내리 쓰던 옷. 초록 바탕
  에 흰 끝동을 달았으며, 두루마기
  와 비슷하게 되었음. 장의長衣.

- 믯쳐 ㅂ릴 : 찢어 버릴.

- 눌마ㅈ : 누구를 마저. '눌'은 '누
  구를', '마ㅈ'는 '마저'로 '남김없
  이 모두'란 뜻.

- ᄒᄂ니 : 하느냐.

해설

아마 꽤나 밉고 고운 임이었는가 보다. 자기만을 사랑해 주었으면 좋으련만,
다른 남자에게 가려고 하니, 작자로서는 울화가 치밀었을 거다. 하여, 장옷을
찢어 버릴까도 생각하게 되었던 것이다. 그래서 장옷을 걸치고, 그 아름다운
자태를 한들한들 거리며 뭇 남성들을 유혹하지 못하도록 말이다. 초장에서
화냥년이라 욕을 하고, 중장에서 엇그제는 자기를 속이고, 다시 말해서 자기

를 사랑한다고 해 놓고, 오늘은 다른 남자에게 사랑하노라고 속이려고 하는
가, 하고 원망하고 있다. 하지만 이 원망은 역설적인 수법으로 밉고 고운 임인
것을 말하는 것이다. '밉다'는, 정말 미운 것을 뜻하기도 하지만, 사랑스럽다
는 뜻으로도 사용된다.

그딕 故鄉으로븟터 오니 故鄉일을 應當 알니로다

오던날 綺窓 앏히 寒梅 퓌엿더냐 아니 퓌엿더냐

퓌기는 퓌엿드라마는 님주를 글여 ᄒ더라

〈무명씨〉

• 화원악보花源樂譜 579

그대, 고향으로부터 오는 것이니 고향 일을 응당히 알 것이로다

오던 날 비단으로 바른 창 앞에 매화(임)는 피었더냐, 아니 피었더냐

피기는 피었더라마는 임자를 그리워하더라

어구 풀이

- 應當(응당) : 그렇게 하거나 되는 것이 이치로 보아 옳게. 마땅히. 당연히. 틀림없이. 으레.

- 綺窓(기창) : 비단으로 바른 창.

- 앏히 : 앞에.

- 寒梅(한매) : 겨울에 핀 매화.

- 님주를 글여 : 임자를 그려思. 임자를 그리워하여. '임자'는 친한 사람끼리 '자네'라고 하기에는 너무 거북할 때 쓰는 인칭 대명사. 부부간에 쓰는 2인칭 대명사.

해설

'한매(매화)'에 임을 비유한 시조로서, 고향에 다녀온 친구에게 임의 안부를 묻고 있다.

思郎은 불붓듯ᄒ고 말릴이는 빗발치듯
말려셔 말 님이량이면 처음에 안이 말앗씨랴
말려셔 마지 안일 님인이 덧여둘까 ᄒ노라

〈무명씨〉

• 일석본 해동가요―石本 海東歌謠 14

나와 임과의 사랑은 불 붓듯한데 이를 말리는 사람은 빗발치듯 많도다
말려서 그 사랑을 그만 둘 임일 것 같으면 처음부터 애초에 아니 했을 것이다
말려서 그만두지 아니 할 임이니 그냥 내버려 둘까 하노라

어구 풀이

- 말릴이는 : 말릴 사람은.

- 말 : 그만 둘.

- 님이량이면 : 임일 것 같으면.

- 말앗씨랴 : 아니했을 것이다.

- 마지 안일 : 마다하지 아니 할. 그 만두지 아니 할.

- 덧여둘싸 : 던져둘까. 버려둘까. '덧여'는 '더져'의 다른 표기.

해설

다른 이들의 시기와 질투에서인지, 아니면 부모의 반대에서인지, 작자와 임과의 사랑을 반대하는 사람들이 많은 듯하다. 하지만 어디 사랑이란 게 남이 말린다고 해서 떨어지겠는가. 엿처럼 찰싹 붙은 사랑이니 그냥 내버려 둬야겠다는 내용이다.

현대사회에서도 빗발치듯하는 반대 속에서도 결혼을 하는 사람들이 있다. 사랑은 동서고금을 막론하고 그 누구도 말릴 수 없는, 어쩔 수 없는 일인가 보다.

思郞을 낫낫치 모하 말로 되야 셤에 녀허
크고 셴 물께 헐이 추워 실어 녹코
아회야 채 흔番 격여라 님의 집의 보내쟈

〈무명씨〉

• 일석본 해동가요一石本 海東歌謠 15

사랑을 낱낱이 모아 말斗로 되어 섬에 넣어
크고 센 말馬에게 허리 추켜 실어 놓고
아희야! 채찍을 한번 힘차게 질러라. 임의 집에 보내자

어구 풀이

- 思郞 : '사랑'의 한자 표기.

- 낫낫치 모하 : 낱낱이 모아.

- 말 : 두斗. 곡식이나 물 따위를 되
  는 단위. 또는 그 그릇. ¶쌀 한 말.
  쌀 두 말.

- 셤 : 섬. 곡식 따위를 담기 위하여
  짚으로 엮어 만든 그릇. 부피의 단
  위. 곡식, 가루, 액체 따위의 부피
  를 잴 때 쓴다. 한 섬은 한 말의 열
  배이다. 따라서 말보다 섬이 더 큰

단위임. 서양식 단위로는 약 180
리터에 해당한다. ¶쌀 한 섬. 쌀
두 섬.

- 녀허 : 넣어.

- 물께 : 말馬에게.

- 헐이 추워 : 허리 추켜.

- 아회 : '아희'의 잘못.

- 채 : 채찍.

- 격여라 : 질러라.

해설

사랑을 쌀의 낱알에 비유한 매우 재미있는 시조이다. 사랑을 말斗로 되니 한
말, 두 말 자꾸 늘어만 간다. 그래서 그 말斗을 다시 열 배나 더 큰 섬에 붓고,
넘쳐흐르는 쌀의 낱알(사랑)을 작고 힘없는 말馬에게 실을 수 없으니, 크고 센
말馬에게 얹어 실어 임의 집에 보내겠다고 한다. 매우 재미있고 재치 있는 착

상이다. 옛 우리의 사회가 농경사회란 점에서 공감이 가는 시조이다.

그 사랑이 얼마나 크면(많으면) 말斗로 되어 다시 열 배나 더 큰 섬에 넣는다
고 했을까. 넘쳐흐르는, 한없는 사랑이라 할 수 있겠다. 또한 그 사랑을 낱알
에 비유한 점이라든지, 그것을 말馬에 실어 임의 집에 보내어, 자신의 사랑이
얼마만큼 큰 사랑인가를 알리겠노라고 하는 점 등이 실로 재치 있음은 물론,
소박하면서도 농경사회의 특질을 잘 살려 지은 작품이라고 할 수 있다.

기럭이 다 ᄂᆞ라가니 消息을 뉘 傳ᄒᆞ리

ᄭᅮᆷ이나 ᄭᅮ자ᄒᆞ니 ᄌᆞᆷ이 와야 ᄭᅮᆷ 아니 ᄭᅮ랴

ᄌᆞᆷ조차 가뎌간 님을 싱각ᄒᆞ여 무슴ᄒᆞ리

〈무명씨〉

• 근화악부槿花樂府 280

기러기가 다 날아가니 소식을 누구에게 전하리

꿈이나 꾸어 임을 보려하였더니 임 생각에 잠이 와야 꿈을 꾸지

잠조차 가져간 임을 생각하여 무엇하리

어구 풀이

- ᄭᅮᆷ 아니 ᄭᅮ랴 : 꿈을 꾸지 않겠느냐.   - 무슴ᄒᆞ리 : 무엇하리.

해설

종장에서 말해주고 있듯 역설적인 수법을 사용하여 임에 대한 애타는 정情을 노래하고 있다. "기럭이 ᄉᆞᆫ이로 잡아……"(94번 시조)에서는 정情 들이고 길들인 기러기가 있어 임의 집 가는 길을 가르쳐 준 기러기(희망)가 있는 반면, 이 시조는 그렇지 못하다. 하여, 소식을 전할 길이 없어 꿈이라도 꾸어 임을 보려하고 있지만, 전전불매輾轉不寐 임을 생각하는 차에 잠마저 이루지 못하고 있다. 하니, 꿈인들 꿀 수 있겠는가. 그래서 작자는, 잠마저 빼앗아 간 임을 생각하여 무엇하겠는가, 라고 임을 원망하고 있는 것이다.

이처럼 역설적인 수법의 작품일수록 임에 대한 그리움은 더 강하다. 이는 송이松伊의 시조라든가, 박준한朴俊漢 그리고 계랑 이매창桂娘 李梅窓 등 몇몇의 사람들의 작품에서도 잘 나타나 있다. 또한 이 시조에서처럼, 꿈에서라도 자주자주 보이길 바라는 박효관朴孝寬과 기녀 명옥明玉과 같은 이들이 지은 간절한 소망이 담긴 시조들도 있다.

그리고 못볼졔는 一但 相思쑨일러니
暫 보고 여흰 情은 멋치거다 九曲肝腸
져님아 늬 헌말 잇지 말고 變改업시

〈평양인무명씨여인平壤人無名氏女人〉

그리워하고 못 볼 적에는 오직 한 가지만 생각할 뿐이러니(그리워할 뿐이니)
잠깐 보고 이별한 정情은 멈추게 해야겠구나. 구곡간장 끊어지는 정情을
저 임아! 내가 한 말을 잊지 말고 변함없이 새기소서

어구 풀이

- 그리고 : 그리워하고.
- 못볼졔는 : 못 볼 적에는. '졔'는 '적에'의 준말로 '적에'와 '때' 두 가지로 쓰인다. 여기서는 '적에'의 뜻으로 쓰였다. 두 가지 쓰임새는 다음과 같다. ①'적에'로 쓰이는 경우는, 풀이씨의 매김꼴 '-를', '-ㄴ' 따위의 다음에 쓰이어, 그 동작이 진행되거나 그 상태가 나타나 있는 때를 나타냄. ¶해 돋을 ~ 왔다. 꽃이 필 ~. 나이가 어릴 ~. 내가 학생이었을 ~. ②'때'로 쓰이는 경우는, 이름씨 뒤에 쓰이어 지나간 '그 때'를 나타냄. ¶세 살 ~ 찍은 사진. ※ 하지만 실생활에서는 '적에'와 '때'를 구분하지 않고 사용하고 있다. 그리고 예전의 시詩에서는 '졔'를 주로 사용했으며, 1970년대까지만 해도 일상생활에서 '졔'를 많이 사용하기도 했다.

- 一但 相思(일단 상사) : 오직 한 가지만 생각하여 그리워하는 것.
- 暫(잠) : 잠깐. 잠시.
- 여흰 : 이별한. 사별한. 멀리 떠나보내다. 기본형은 '여의다'.
- 멋치거다 : 멈추게 하겠구나. 기본형은 '머추다'로 '멈추다'의 옛말. 또는 '멈추다'의 평안, 함남, 황해 지역의 방언.
- 九曲肝腸(구곡간장) : 굽이굽이 깊이 든 마음 속. 九回肝腸(구회간장).
- 變改(변개) : 바꾸어서 고침. 변경 變更. 변역變易.

해설

애腸 끓는 사모思慕의 정情을 노래하고 있다.

그려 사지 말고 찰하리 시여져셔
月明空山의 杜鵑시 넉시 되여
밤中만 슬아져 울러 님의 귀의 들니리라

〈무명씨〉

•육당본 청구영언六堂本 靑丘永言 559

그리워하면서 살지 말고 차라리 죽어져서

달이 밝게 비치는 적막한 산의 두견새 넋이 되어

밤중쯤 살아나서 울어 임의 귀에 들르리라(밤중쯤 살아나서 울어 임의 귀에 들리

게 하리라. 밤중쯤 살아나서 울면서 임의 곁으로 가리라)

어구 풀이

- 그려 : 그리워하여.

- 찰하리 : 차라리.

- 시여져셔 : 죽어져서. 없어져서.

- 月明空山(월명공산) : 달이 밝게 비
치는 적막한 산.

- 杜鵑(두견)시 : 두견새. 두견이. 소
쩍새·접동새·자규子規·촉백蜀魄·
두우杜宇·불여귀不如歸 등으로 불
림. ※중국 촉왕蜀王의 망제望帝
곧, 두우杜宇가 죽어서 두견새가
되었다는 전설이 있음. 우거진 숲
속에서 밤에 우는데 그 소리가 처
량함. 우리의 고시조와 중국의 시
詩에 자주 인용 됨. 이 새는 애상
哀傷을 상징하는 새로 표현되고

있음. 그 우는 소리가 '소쩍소쩍'
또는 '솥적다솥적다'로 들림. ※소
쩍다새(솥적다 새) 곧, 소쩍새는 한
문의 '疏逖(소적)다'와 '疏遠(소원)
하다'는 말에서 왔음.

- 넉시 : 넋이.

- 밤中만 : 밤중쯤. 밤중에만. '~만'
은 정도程度와 한도限度를 가리키
는 두 가지의 경우가 있는데, 정도
程度의 경우는 '~쯤'으로 해석되
고, 한도限度의 경우는 '~에만'으
로 해석된다.

- 슬아져 : 살아나서.

- 울러 : 울어.

- 들니리라 : 들르리라. 기본형은 '들

르다'로, 지나가는 길에 잠깐 거치
다의 뜻. 또는 그 소리가 귀에 들
리게 한다는 뜻도 있음.

해설

박효관朴孝寬의 "님 글인 相思夢이 蟋蟀의 넉시 되야……"(48번 시조)에서도,
귀뚜라미의 넋이 되어 자기를 잊고 깊이 잠 든 임을 깨워보겠노라고 하고 있
다. 이 두 작품 모두 슬프게 우는 귀뚜라미나 두견새 등을 동원해 거기에 넋
을 끌어들인 후, 자신의 감정을 이입시켜 표현하고 있는 점이 특징이다. 바로
뒤 작품 "글여 사자 말고 이몸이 곳이 죽어……"(128번 시조) 와도 소재가 동
일同一하다.

글여 사자 말고 이몸이 곳이 죽어

梨花一枝에 蝶蝀새 덕시되야

님 자는 碧紗窓外예 울어 녤까 ㅎ노라

〈무명씨〉

• 일석본 해동가요—石本 海東歌謠 186

그리워하면서 살지 말고 이 몸이 바로 죽어

배꽃가지에 접동새 넋이 되어

임께서 주무시는 푸른 비단으로 된 창밖에서 울어나 볼까 하노라

어구 풀이

- 글여 : 그려思. 그리워하여.

- 사자 : 살지生. 기본형은 '살다'.

- 곳이 : 고대. 곧. 바로 곧. 지금 막.
  이제 막.

- 梨花一枝(이화일지)에 : 배꽃가지에.

- 蝶蝀(접동)새 : '蝶蝀'은 '접동'의
  한자 표기. 접동새. 소쩍새·두견
  새·두견이·자규子規·촉백蜀魄·두
  우杜宇·불여귀不如歸 등으로 불
  림. ※중국 촉왕蜀王의 망제望帝
  곧, 두우杜宇가 죽어서 두견새가
  되었다는 전설이 있음. 우거진 숲
  속에서 밤에 우는데 그 소리가 처

량함. 우리의 고시조와 중국의 시
詩에 자주 인용 됨. 이 새는 애상
哀傷을 상징하는 새로 표현되고
있음. 그 우는 소리가 '소쩍소쩍'
또는 '솥적다솥적다'로 들림. ※소
쩍다새(솥적다 새) 곧, 소쩍새는 한
문의 '疏逖(소적)다'와 '疏遠(소원)
하다'는 말에서 왔음.

- 덕시되야 : 넋이 되어. '덕'은 '넋'
  의 잘못.

- 碧紗窓外(벽사창외)예 : 푸른 비단
  으로 된 창밖에.

해설

얼마나 그리운 임이기에 살아서 못 보느니, 차라리 곧바로 죽어서 접동새의

넋이라도 되어 임의 곁에 가겠노라고 하고 있는가. 그 심정이 애절하기만 하다. 이처럼 박효관朴孝寬의 "님 글인 相思夢이 蟋蟀의 넉시 되야……"(48번 시조)나, 바로 앞의 시조 "그려 사지 말고 찰하리 시여져셔……"(127번 시조)에서처럼 접동새나 귀꾸라미를 끌여 들여, 임에 대한 애타는 그리움을 노래한 시조들이 꽤 여럿 있다.

사랑 모혀 불리 되어 가삼에 푸여나고
간장 셕어 물이 되어 두눈으로 소사난다
一身의 水火相侵ᄒ니 살똥말똥 ᄒ여라

〈무명씨〉

• 일석본 청구영언—石本 靑丘永言 676

사랑이 모여 불이 되어 가슴에 피어나고
임 생각에 간장이 썩어 물이 되어 두 눈으로 솟아난다
온몸에 물과 불이 서로 침범하니 살동말동 하여라

어구 풀이

- 불리 : 불火이.

- 가삼 : 가슴.

- 푸여나고 : 피어나고.

- 一身(일신) : 자기 한 몸. 온몸. 신변.

- 水火相侵(수화상침)ᄒ니 : 물과 불
  이 서로 침범하니.

- 살똥말똥 : 살동말동. 살지말지.
  '동'은 동사나 부정사의 어미에 붙
  는 복합어미 '지'와 같은 뜻.

해설

아주 뜨겁게 사랑하는 사람들을 일컬어 '불같은 사랑'이라 했던가. 얼마나 그
리운 사랑이기에 그 사랑이 가슴을 뜨겁게 태울까. 얼마나 애肝가 타는 사랑
이기에 간장이 썩어지고, 그 간장 썩은 물이 두 눈으로 흐를까.(솟아날까.) 이
두 가지의 불과 물이 온몸에 번지니 상사相思로 작자는 죽을지경인 것이다.
참으로 간절한 표현의 작품이다.
이처럼 초장과 중장과 같은 표현은 사랑을 노래한 우리의 옛시조에서 흔히
찾아 볼 수 있는 수법들이다. 주제는 임에 대한 상사相思.

思郞인들 님마다 ᄒ며 離別잇ᄃᆞᆫ 다 셜오랴

平生에 처음이오 다시 못어더 볼 님이로다

암아도 이님의 思郞은 못니즐까 ᄒ노라

〈무명씨〉

• 일석본 해동가요一石本 海東歌謠 94

사랑인들 임마다 하며, 이별이라고 설마 모두 서러우랴

평생에 처음이오 다시 못 얻어 볼 임이로다

아마도 이 임의 사랑은 못 잊을까 하노라

어구 풀이

- 思郞(사랑) : '사랑'의 한자漢字 표기.   - 셜오랴 : 서러우랴.

- 離別(이별)잇ᄃᆞᆫ : 이별이야. '잇ᄃᆞᆫ'   - 못어더 : 못 얻어.

  은 조사로 '이야'의 뜻.

해설

잊을 수 없는 임에 대한 사랑을 노래하고 있다.

思郞도 ᄒ엿노라 離別도 지내엿노라

雪月沙窓에 기들여도 보왓노라

前前에 괴든 思郞이 誤僞런가 ᄒ노라

〈무명씨〉

• 일석본 해동가요一石本 海東歌謠 188

사랑을 하였노라. 이별도 하였노라

흰눈과 밝은 달빛에 곱게 비치는, 얇고 가벼운 비단으로 바른 창가에서 임을 기
다려도 보았노라

앞전에 날 사랑하던 그 사랑이 거짓이런가 하노라

어구 풀이

- 지내엿노라 : 겪어 보았노라.

- 雪月沙窓(설월사창) : 눈과 달이 곱
  게 비치는, 얇고 가벼운 비단으로
  바른 창. '沙(사)'는 '紗(사)'의 잘못.

- 기들여도 : 기다려도.

- 前前(전전)에 : 앞전에.

- 괴든 : 사랑하던.

- 思郞(사랑) : '사랑'의 한자漢字 표기.

- 誤僞(오위)런가 : 거짓이런가. 거짓
  말인가. 그릇된 것인가.

해설

임에 대한 사랑이 원망으로 나타나 있다. 기다림에 지친 사랑을 역설적으로
노래하고 있다. 작자는 그만큼 임을 못 잊고 있는 것이다.

思郞과 辭說과 둘이 밤새도록 힉쑤든이

思郞이 힘이 물러 辭說의게 지닷말가

思郞이 辭說들여 닐으기를 나죵 보자

〈무명씨〉

• 일석본 해동가요―石本 海東歌謠 275

사랑과 사설과 둘이서 밤새도록 서로 힐난하며 싸우더니

사랑이 힘이 없어 사설에게 졌단 말인가

사랑이 사설에게 이르기를 나 좀 보자

어구 풀이

- 思郞(사랑) : '사랑'의 한자漢字 표기.
- 辭說(사설) : 늘어놓는 잔소리. 노래 따위에 적혀 있는 글의 내용.
- 힉쑤든이 : '힐후든이'의 잘못인 듯. 기본형은 '힐후다'. 힐난詰難

하더니. 비난하더니. 책망하더니. 트집을 잡아 거북할 만큼 따지고 들더니.
- 지닷말가 : 졌단 말인가.
- 나죵 : 나 좀.

해설

종장이 참으로 유머스럽다. 나 좀 보자, 고 하는 작자의 말이 깜찍하기까지 하다. 작자의 굳은 각오를 읽을 수 있다. 위트가 넘치는 작품이다.

ᄉᆞ랑을 사ᄌᆞ하니 ᄉᆞ랑 팔리 뉘 잇시며

離別을 ᄑᆞᄌᆞᄒᆞ니 離別 사리 뉘 잇시리

ᄉᆞ랑 離別을 팔고 ᄉᆞ리 업스니 長ᄉᆞ랑 長離別인ᄀᆞ ᄒᆞ노라

〈무명씨〉

• 육당본 청구영언六堂本 靑丘永言 981

사랑을 사자하니 사랑을 팔 사람이 누가 있으며

이별을 팔자하니 이별을 살 사람이 누가 있겠는가

사랑과 이별을 팔고 살 사람 없으니 영원한 사랑이요, 영원한 이별인가 하노라

어구 풀이

- 팔리 : 팔 이人. 팔 사람.　　　- 長離別(장이별) : 긴 이별. 영원한

- 사리 : 살 이人. 살 사람.　　　　이별.

- 長(장)ᄉᆞ랑 : 긴 사랑. 영원한 사랑.

해설

어느 누가 사랑을 팔려고 하겠는가. 또한 어느 누가 이별을 사려고 하겠는가.

다시 말해서 어느 누가 사랑을 남에게 주려하고, 어느 누가 사랑하는 사람과

이별을 하려고 하겠는가, 하는 것이다.

종장의 첫 구는 석 자가 불변이다. 다른 장의 구는 자수 변화를 줄 수 있으나

종장의 첫 구 만큼은 절대적으로 지켜야 하는 것이다. 그런데 이 시조에서는

종장의 첫 구가 두 자로 되어 있다. 따라서 종장만 따진다면 이 작품은 파격

적이라 할 수 있다.

東窓에 도닷던 달이 西窓으로 도지도록

못오실님 못오신들 잠 어이 가져간고

잠조츠 가져간 님이니 싱각 무슴 흐리오

〈무명씨〉

• 육당본 청구영언六堂本 靑丘永言 904

동창에 돋았던 달이 서창으로 돌아와지도록

못 오실 임 못 오신들 잠을 어이 가져 갔는고

잠조차 가져간 임이니 생각하여 무엇 하리오

어구 풀이

- 도지도록 : 돌아와지도록.   - 무슴 : 무엇.

해설

임에 대한 사무친 그리움을 노래하고 있다.

뒷뫼헤 쎼구름 지고 압닉에 안기 핀다
비올지 눈이 올지 바롬 부러 즌셔리 칠지
먼듸님 오실지 못오실지 개만 홀노 즛더라

〈무명씨〉

• 육당본 청구영언六堂本 靑丘永言 940

뒷산에 떼구름 지고 앞 내에 안개가 핀다
비가 올지 눈이 올지 바람 불어 된서리 내릴지
먼 데 계신 임께서 오실지 못 오실지 개만 홀로 짖더라

어구 풀이

- 뫼헤 : 뫼에. 산에. '뫼'는 '산山'이
  란 뜻을 가진 순수 우리말.
- 닉 : 내川. '내'는 '천川'이란 뜻을
  가진 순수 우리말. 개울. 개천. 시
  내보다는 크지만 강물보다는 작
  은 물줄기.

- 핀다 : 핀다.
- 즌셔리 : 된서리.
- 즛더라 : 짖더라.

해설

순수한 우리말로 지어진 시조로, 임을 기다리는 심정을 노래하고 있다.

草堂 秋夜月에 蟋蟀聲도 못 禁커든

므슴 호리라 夜半에 鴻雁聲고

千里예 님 離別호고 좀못들어 호노라

〈무명씨〉

• 일석본 해동가요—石本 海東歌謠 272

한밤중에 가을 달밤의 초당 한 귀퉁이에서 귀뚜라미 울음소리도 들리지 않고

무엇 하려고 한밤중에 기러기 울음소리인고

아주 먼 곳으로 임을 떠나보내 이별을 하고 나니 나는 잠못 들어 하노라

어구 풀이

- 草堂(초당) : 집의 원채 밖에 억새
나 짚 따위로 지붕을 이은 조그마
한 집채.

- 秋夜月(추야월) : 가을 달밤.

- 蟋蟀聲(실솔성) : 귀뚜라미 소리.

- 못 禁(금)커든 : 아니 들리거늘.

- 므슴 호리라 : 무엇 하리라.

- 夜半(야반) : 한밤중.

- 鴻雁聲(홍안성)고 : 기러기 소리
인고.

- 千里(천 리)예 : 아주 먼 거리를 뜻함.

해설

사랑을 노래한 우리의 시조에는 귀뚜라미를 비롯, 두견, 벌나비, 꽃, 춘광春
光, 달月, 기러기 등을 끌어들여, 상징성 내지는 비유로 많이 사용하고 있다.

하늘의 뉘 둔겨온고 내 아니 둔겨온다

八萬宮女를 다 내여 뵈데마는

아마도 내님 マ트니는 하늘의도 업더라

〈무명씨〉

• 근화악부槿花樂府 229

하늘에 누가 다녀왔는고. 내가 다녀오지 않았더냐

하늘에 가 보니 팔만 궁녀나 되는 많은 여인들을 다 내어 보여주더라마는

아마도 내 임과 같이 아름다운 이는 하늘에도 없더라

어구 풀이

- 둔겨온고 : 다녀왔는고.
- 뵈데마는 : 보여주더라마는.
- マ트니는 : 같은 이ㅅ는. 같은 사람은.

해설

우리 말에 '제 눈이 안경'이란 말과, '사랑하는 사람의 얼굴은 곰보도 옥玉으로 보인다'는 말이 있다. 이 시조는 이러한 말을 떠올리게 하는 작품이다. 하늘에 아름답다는 팔만 궁녀가 있다고 하여 다녀왔지만, 내 임과 같이 아름다운 여인은 하늘에도 없다, 고 하고 있다. 사랑하는 임일진대 어찌 그 모습이 아름답지 않겠는가. 오직 자기 임만을 사랑하는 작자의 마음이 아름답기만 하다.

ᄇ람아 부지마라 비올 ᄇ람 부지마라

ᄀ득의 챠변된 님 길 ᄌ다고 아니 올셰

져님이 내집의 온 後의 九年水를 지쇼셔

〈무명씨〉

• 근화악부槿花樂府 253

바람아 불지 마라. 비 올 바람 불지 마라

가득에 마음이 변한 임인데 길이 질다고 아니 올세라

비가 오더라도 저 임이 내 집에 온 후에 구 년 홍수 지소서

어구 풀이

- ᄀ득의 : 가득에. 가득이나. 어려 운 데다가 그 위에 또.

- 챠변된 : 마음이 변한.

- ᄌ다고 : 질다고.

- 아니 올셰 : 아니 올세라.

- 九年水(구년수) : 구 년 동안의 비. 곧, 구 년 동안의 홍수를 말함. 중국의 요堯나라 때 9년 간 내린 홍수를 말함.

해설

임이 온 뒤라면, 중국의 요堯나라 때 9년 간 내린 홍수라도 좋으니, 비가 오더라도 임이 온 후에 내려라, 고 하고 있다. 가득이나 임의 마음이 변해 있으니, 지금은 부디 비가 오지 말기를 바라고 있다. 임이 오기에 좋은 날씨가 되기를 바라는 작자의 마음이 담겨 있다.

洞庭湖 그물 건 사롬 기럭이란 다 잡아라

渭水濱 漁父드라 鯉魚란 죄 낙거라

기럭이 鯉魚 이셔도 님의 消息 몰나라

〈무명씨〉

• 근화악부槿花樂府 273

동정호에 그물을 친 사람들아! 기러기일랑 다 잡아라

위수빈에서 고기를 낚는 어부들아! 잉어일랑 남김없이 모조리 낚아라

기러기와 잉어가 있어도 임의 소식 몰라라

어구 풀이

- 洞庭湖(동정호) : 중국 호남성 북 동부에 있는 최대의 담수호.

- 渭水濱(위수빈) : 중국 위수 지역 에 있는 내川.

- 鯉魚(이어) : 잉어.

- 죄 : 죄다. 모두 다. 남김없이 모조리.

해설

임의 소식을 기다리는 안타까운 심정을 노래.

靑山 月明ㅎ고 綠水 蓮紅 홀졔

우리 님 잇거드면 함긔 놀고져 ㅎ려만

아마도 님은 안니 오고 明月紅蓮 섄니로다

〈무명씨〉

• 근화악부槿花樂府 391

푸른 산에 달이 밝고, 푸른 물에 연꽃이 붉을 때

우리 임께서 있으면 함께 놀고자 하련만

아마도 임은 아니 오고 밝은 달에 연꽃뿐이로다

어구 풀이

- 綠水(녹수) 蓮紅(연홍) 홀졔 : 푸른 물에 연꽃이 붉을 때.

- 잇거드면 : 있으면.

- 함긔 : 함께.

- 明月紅蓮(명월홍련) 섄니로다 : 밝은 달에 연꽃뿐이로다.

해설

사모思慕의 정情을 노래.

離別이 불이 되니 肝腸이 틋노믹라
눈물이 비되니 쓸똣도 ㅎ건마는
한숨이 ㅂ롬이 되니 쓸쏭말쏭 ㅎ여라

〈무명씨〉

• 아악부본 여창유취雅樂部本 女唱類聚 83

이별이 불이 되니 간장이 타는구나
눈물이 또한 비가 되어 내리니 그 불을 끌만도 하건마는
한숨이 바람이 되니 끌동말동 하여라

어구 풀이

- 틋노믹라 : 타는구나. '~노믹라'는
  감탄종지형.
- 쓸쏭말쏭 : 끌동말동. 끌지말지.

'~동'은 동사나 부정사의 어미에
붙는 복합어미 '지'와 같은 뜻.

해설

이별의 아픔을 불과 비에 감정이입시켜 노래함.

두어도 다 셕는 肝腸 드는칼노 버혀닉여

珊瑚床 白玉盒에 졈졈이 담앗다가

아모나 가느니 잇거든 님계신듸 보닉리라

〈무명씨〉

• 육당본 청구영언六堂本 靑丘永言 943

임이 그리워 그냥 두어도 어차피 다 썩는 간장이기에 잘 드는 칼로 베어 내어

산호상 백옥합에 하나하나 낱낱이 담았다가

아무나 가는 이 있거든 임 계신 곳에 보내리라

어구 풀이

- 셕는 : 썩는.

- 드는칼노 : 잘 드는 칼로.

- 버혀닉여 : 베어내어.

- 珊瑚床(산호상) : 산호로 만든 상.
  썩 좋은 상.

- 白玉盒(백옥합) : 백옥으로 만든
  합자盒子. '합자盒子'는 그냥 '합

盒'이라고도 한다. '합盒'은 음식
을 담는 놋그릇의 하나.

- 졈졈이 : 점점이. 하나하나 낱낱이.
  ¶~ 떨어진 핏자국. ~ 흩어지다.

- 가느니 : 가는 이人. 가는 사람.

해설

참으로 애절한 노래이다. 얼마나 그리웠으면 임이 그리워서 그냥 두어도 어차
피 다 썩는 간장이라 했겠는가. 또한 그 간장을, 잘 드는 칼로 낱낱이 베어 백
옥으로 만든 합자에 담아, 산호로 만든 상에 올려 임 계신 곳에 보내겠다고
하고 있을까. 사랑하는 사람에 대한 그리움은 어느 시대, 어느 장소, 어떤 장
벽도 막을 수 없는 것인가 보다.

北風의 이운 남기 춘비 맞다 새닙 나며

相思로 드른 병이 藥을 먹다 됴흘소냐

뎌님아 널노 든 병이니 네 고칠가 ᄒᆞ노라

〈무명씨〉

• 고금가곡古今歌曲 216

북풍에 이울어진 나무, 찬비를 맞는다고 새 잎이 날 것이며

상사로 인해 들은 병이 약을 먹는다고 좋아지겠는가

저 임아! 너로 인해 든 병이니 네가 고칠까 하노라

어구 풀이

- 이운 : 이울어진. 기본형은 '이울 다'로 쇠약하여지다. 또는 꽃잎들 이 지기 시작하다의 뜻.
- 남기 : 나무.
- 맞다 : 맞는다고.

- 相思(상사) : 흔히 '상사병'이라고 하는데, '상사相思'란 사랑하는 남 녀끼리 서로 생각하여 그리워함 을 뜻함.
- 먹다 : 먹는다고.

해설

종장에서 말하듯, 상사병에 대한 처방을 딱 부러지게 해결해 놓고 있다. 상 사병은 약으로도, 그 무엇으로도 고칠 수 없는 것이다. 오직 그리운 임을 만 나는 것만이 고칠 수 있는 것이다. 이처럼 상사병에 관한 시조들이 꽤 여럿 있다.

어저 네로구나 날 소기든 네로구나

셩흔 날 病드리고 날 소기든 네로구나

아마도 널노 든 病은 네 고칠가 ㅎ노라

〈무명씨〉

• 병와가곡집瓶窩歌曲集 762

아! 너로구나. 나를 속인 것이 바로 너로구나

멀쩡한 나를 병 들이고 나를 속인 것이 바로 너로구나

아마도 너로하여금 든 병은 천상 너만이 고칠 수 있을까 하노라

어구 풀이

- 어저 : 아! 감탄사.

- 셩흔 : 성한. 기본형은 '성하다'. 멀
  쩡한. 온전한.

- 날 : 나를.

- 널노 : 너로. 너로 인해. 너로 말미
  암아.

해설

역시 상사병은 그 어떤 약으로도 고칠 수 없음을 노래하고 있다.

늬구슴 쓰러만져 보쇼 술 한뎜이 바히 업늬

굼던 아니ᄒ되 自然이 그러ᄒ예

뎌님아 널로든 病이니 네 곳칠ᄀ가 ᄒ노라

〈무명씨〉

• 화원악보花源樂譜 141

내 가슴을 쓸어만져 보시오. 살 한 점이 전혀 없네

밥을 굶은 것도 아닌데 자연히 이렇게 살 한 점이 없도록 비쩍 말라 있네

저 임아! 이 모든 것이 너로 하여금 든 병이니 너나 고칠 수 있을까 하노라

어구 풀이

- 한뎜 : 한 점.

- 바히 : 바이. 전혀. 전연. 아주.

- 굼던 : 굶던. 기본형은 '굶다'. 끼
  니를 거르다, 의 뜻. ¶밥을 ~.

- 그러ᄒ예 : 그러하이. 그러하네.

- 널로든 : 너로 인해 든. 너로 인해
  얻은. 너로 말미암아 든. 너로 하
  여금 든.

해설

이 시조 역시 임을 상사相思하는 마음을 노래하고 있다. 그 어떤 약으로도 고
칠 수 없음을 노래하고 있다. 그리운 사람으로 하여금 든 병이니 네가 고칠
수 있다고 노래하고 있다.

ᄇ람 부러 쓰러진 남기 비오다고 삭시 나며

님 글여 든 病이 藥먹다 하릴소냐

져님아 널로 든 病이니 네 곳칠ㄱ가 ᄒ노라

〈무명씨〉

• 화원악보花源樂譜 133

바람이 불어 쓰러진 나무 비가 온다고 싹이 나며

임을 그리워하여 깊이 든 병이 약을 먹는다고 낫겠느냐

저 임아! 너로 하여금 얻은 병이니 천상 너나 내 병을 고칠까 하노라

어구 풀이

- 남기 : 나무.

- 삭시 : 싹이.

- 하릴소냐 : 낫겠느냐. 기본형은 'ᄒ리다'.

해설

앞의 시조들처럼 임에 대한 상사相思를 노래한 시조.

灯盞ㄷ불 그무러 갈제 窓젼집고 드는 님과

五更鐘 나리을제 다시 안고 눕는 님을

아무리 白骨이 塵土ㅣ 된들 니즐르쥴이 이시랴

〈무명씨〉

• 화원악보花源樂譜 227

불꽃이 활활 타오르던 등잔불이 꺼져 갈 때, 창의 가장자리를 짚고 들어오는 임과

새벽이 다 되어 오경종이 울릴 때 다시 한 번 나를 안고 눕는 임을

아무리 백골이 진토된다한들 잊을 줄이 있으랴

어구 풀이

- 灯盞(등잔)ㄷ불 : 등잔불. '灯盞(등 잔)'은 원래 '등잔燈盞'이라고 써야 됨. 'ㄷ'은 된소리 부호.
- 그무러 갈제 : 꺼져 갈 때.
- 窓(창)젼 : 창의 전. 창 가장자리 의 나부죽하게 된 부분을 '전'이 라 함.
- 드는 : 드는. 들어오는.

- 五更鐘(오경종) : 오경을 알리는 종. '五更(오경)'은 새벽 3시~5시까 지. 하룻밤을 다섯初更·二更·三更· 四更·五更으로 나눈 시간 중 맨 마 지막 부분.
- 나리을제 : 내릴 때. 울릴 때.
- 塵土(진토) : 티끌과 흙을 통틀어 이르는 말.

해설

창으로 몰래 들어와서는 나를 안아 주던 임과, 새벽이 다 되어 헤어질 것이 서러워, 다시 한 번 더 안아 주던 그 임을 어이 잊을 수 있겠는가, 라는 내용의 시조이다. 밤마다 밀회密會를 즐긴 후, 새벽이 되면 다시 헤어져야만 하는 안 타까움을 노래하고 있다. 종장에서, 백골이 진토된다하여, 임에 대한 작자의 굳은 사랑을 읽을 수 있다.

어룬ᄌ 넛츌이여 에어룬ᄌ 박넛츌이여

어인 넛츌이 담을 넘어 손 쥐ᄂ고야

어룬님 이리로셔 뎌리로 갈ᄅ제 손을 쥐려 하노라

〈무명씨〉

• 화원악보花源樂譜 545

얼씨구나 좋아라, 넝쿨이여! 지화자 좋아라, 박넝쿨이여!

어인 넝쿨이 담을 넘어와 내 손을 쥐느냐

정든 임이 이쪽에서 저쪽으로 갈 때 또 내 손을 쥐려고 하는구나

어구 풀이

- 어룬ᄌ : 얼씨구나. 지화자.   - 어룬님 : 어른 임. 정든 임.

- 넛츌 : 넌출. 넝쿨. 덩굴. 줄기.

- 쥐ᄂ고야 : 쥐는구나. '~고야'는

　감탄종지형.

해설

임의 손手을 넝쿨에 비유해 은밀한 사랑의 즐김을 노래하고 있다.

어와 가고지고 내 갈듸를 가고지고

갈듸를 가게되면 볼 사룸 보련마는

못가고 그리노라 ㅎ니 슬든 이를 서기노라

〈무명씨〉

• 고금가곡古今歌曲 220

아아! 가고 또 가고 싶구나. 내가 갈 데를 가고 또 가고 싶구나

갈 데를 가게 되면 볼 사람 보련마는

못 가고 그리워하기만 하니 타는 애腸를 썩이노라

어구 풀이

- 어와 : 아아! 감탄사.

- 가고지고 : 가고 또 가고. 무척 가

  고 싶다는 뜻.

- 갈듸를 : 갈 데를. 갈 곳을.

- 슬든 : 타는.

- 서기노라 : 썩이노라. 썩이는구나.

해설

임이 있는 곳에 가지 못함을 애석해 하며 부른 노래. 주제는 사모思慕의 정情.

편작 쳥남결에 화음허는 법을 비와
임의 속 닉 간장을 알픔 읍시 헤쳐스면
그졔야 뉘 졍이런지 헤여 볼가

〈무명씨〉

• 시가요곡詩歌謠曲 99

중국 전국시대의 명의인 편작과 후한 때의 의원이 지은 청난비결에서 서로 사
랑하는 법을 배워
　임의 속과 내 간장을 서로 아픔 없이 헤쳤으면
　그제서야 누구의 정情인지 헤아려볼까 하노라

어구 풀이

- 편작 : '扁鵲'의 한글 표기. 중국
　전국시대의 명의名醫. 성은 진秦,
　이름은 월인越人. 의술로 천하에
　유명함. 생몰년 미상.
- 쳥남결 : '청낭비결靑囊秘訣'을 말
　하는 듯. 중국 후한 때의 의원 화
　타華陀의 의서醫書. 세상에 전하
　지 아니함.
- 화음허는 법 : 화음和音하는 법

法. 남녀가 서로 사랑(성교)하는
법. '화음'은 높낮이가 다른 둘 이
상의 소리가 함께 어울리는 소리
를 말함인데, 여기서는 남녀가 성
교 시 서로 내는 소리를 말함.
- 알픔 읍시 : 아픔 없이.
- 헤쳐스면 : 헤쳤으면. 기본형은
　'헤치다'.
- 헤여 볼가 : 헤아려 볼까.

해설

서로 아픔 없는 사랑을 할 수 있었으면 하는 바람을 노래한 시조.

편지야 너 오는냐 네 임자는 못 오든냐

長安道上 넓은 길에 오고 가기 너뿐일가

日後란 너 오지 말고 네 임자만

〈무명씨〉

• 일석본 청구영언—石本 靑丘永言 650

편지야 너 오느냐. 네 임자(편지를 보낸 사람)는 못 오더냐

서울 도로 위 넓은 길에 오고 가는 것은 너뿐일까

다음에는 너 오지 말고 네 임자만 오소서

어구 풀이

- 임자 : 친한 사람끼리 '자네'라고 하기에는 너무 거북할 때 쓰는 인칭대명사. 남편과 아내 사이에 서로 쓰는 말.

- 長安道上(장안도상) : 서울 도로 위.
- 넓은 : 넓은.
- 日後(일후)란 : 다음 날에는. '이후란', '이후에는'과 같은 뜻.

해설

초장에서의 '네 임자'는 편지를 보낸 작자의 임을 말한다. 하여, 편지 너만 올 것이 아니라 임께서 직접 오라고 하고 있다. 임이 직접 오기만을 기다리고 있다. 임을 기다리는 마음이 잘 표현되어 있다.

늙꺼다 물러가쟈 ᄆᆞ음과 議論ᄒᆞ이
님 ᄇᆞ리고 어ᄃᆞᆯ어로 가쟛말고
ᄆᆞ음아 너란 잇썰아 몸만 물러 갈이라

〈무명씨〉

• 일석본 해동가요—石本 海東歌謠 198

임이 이제 늙었으니 물러가자고 마음과 의논하니
임을 버리고 어디로 가자는 말이냐, 하고 마음이 반대를 한다
그러면 마음아 너는 여기 남아 있거라. 몸만 물러 가리라

어구 풀이

- 늙꺼다 : 늙었다.
- 님 ᄇᆞ리고 : 임 버리고.
- 어ᄃᆞᆯ어로 : 어디메로. 어디로.
- 가쟛말고 : 자자는 말인고. 가자 는 것인가.
- 잇썰아 : 있거라.

해설

이제는 늙어서 육체적으로 별 필요가 없는 임을 두고, 버릴까 말까 어찌할까 오락가락하는 작자의 마음을 노래하고 있다.

한숨아 너는 어이 히곳 지면 내게 오는

밤마다 널노ᄒᆞ여 줌못드러 怨讐로다

人間의 離別이 하니 돌녀간들 엇더리

〈무명씨〉

• 고금가곡古今歌曲 223

한숨아 너는 어이하여 해만 지면 내게로 오는고

밤마다 너로 하여 잠 못 들어 원수로다

인간의 이별이 너무 많으니 그 이별을 돌아가게 하면 어떻겠느냐

어구 풀이

- 히곳 지면 : 해만 지면. '곳'은 강   - 하니 : 많으니.

  세조사.

- 오는 : '오ᄂᆞ니'의 축약. 오느냐. 오

  는고.

해설

그리운 임과의 이별이 없기를 바라는 노래이다. 별리別離의 정한情恨을 노래

한 시조.

사람이 죽어지면 어듸메로 보늬는고
져싱도 이싱ᄀᆞᆺ치 님혼테로 보늬는가
眞實노 그러ᄒᆞᆯ짝시면 이際 죽어 가리라

〈무명씨〉

• 대동풍아 大東風雅 138

사람이 죽어지면 어디로 보내지는고

저승도 이승같이 임한테로 보내주는가

참으로 그럴 것 같으면 이제 죽어도 한恨이 없어라

어구 풀이

- 어듸메로 : 어디로. 어느 곳으로.

- 져싱 : 저승.

- 이싱 : 이승.

- 眞實(진실)노 : 진실로. 정말로. 참

　으로. 거짓 없이 참되게.

- 그러ᄒᆞᆯ짝시면 : 그러할 것 같으면.

- 이際(제) : 이제. 지금.

해설

임에 대한 애틋한 사랑을 노래한 시조.

압내의 쪠구름 씨고 된뫼예 안개 핀다

비 올지 눈이 올지 바람이 부러 즌서리를 칠지

閣氏님 오실지 못 오실지 개만 홀노 줏는고

〈무명씨〉

• 근화악부槿花樂府 337

앞 내에 떼구름 끼고, 뒤 뫼에 안개 핀다

비가 올지 눈이 올지 바람 불어 된서리 칠지

각시님 오실지 못 오실지 개만 홀로 짖는구나

어구 풀이

- 압내 : 앞 내川.

- 된뫼 : 뒤 뫼山.

- 즌서리 : 된서리.

- 閣氏(각씨) : '각시'의 한자 표기.

'각시'는 한자를 빌려 '閣氏(각씨)'로 적는다. 젊은 여자. 새악시(색시). 갓 결혼한 여자. '아내'를 달리 이르는 말. ¶각시와 신랑.

해설

우중충하고 변덕이 심한 날씨만큼이나, 작자는 자기의 임이 올지 못 올지 몹시 궁금해 하고 있다. 종장의 "개만 홀노 줏는고"라고 한 표현이, 이 작품과 작자의 심정을 한층 더 고적孤寂하게 하고 있다.

이몸이 싀여져셔 졉동새 넉시 되야
梨花 픤 柯枝 속닙헤 싸엿다가
밤중만 슬하져 우리님의 귀에 들리리라

〈무명씨〉

• 진본 청구영언珍本 靑丘永言 368

이 몸이 죽어져서 접동새 넋이 되어
배꽃 픤 가지 속잎에 싸였다가
밤중쯤 우리 임의 귀에 슬픈 소리가 되어 들리게 하리라(찾아가리라)

어구 풀이

- 싀여져셔 : 죽어져서. 없어져서.

- 졉동새 : 접동새. 소쩍새·두견새·
두견이·자규子規·촉백蜀魄·두우
杜宇·불여귀不如歸 등으로 불림.
※중국 촉왕蜀王의 망제望帝 곧,
두우杜宇가 죽어서 두견새가 되
었다는 전설이 있음. 우거진 숲속
에서 밤에 우는데 그 소리가 처량
함. 우리의 고시조와 중국의 시詩
에 자주 인용 됨. 이 새는 애상哀
傷을 상징하는 새로 표현되고 있
음. 그 우는 소리가 '소쩍소쩍' 또
는 '솥적다솥적다'로 들림. ※소쩍
다새(솥적다 새) 곧, 소쩍새는 한문
의 '疏逖(소적)다'와 '疏遠(소원)하
다'는 말에서 왔음.

- 梨花(이화) : 배꽃.

- 싸엿다가 : 쌔였다가. 싸였다가. 기
본형은 '싸이다'. '싸다'의 피동사
로, 물건을 안에 넣고 보이지 않게
씌워 가리거나 둘러 말다, 의 뜻을
가짐. 또는, 역시 '싸다'의 피동사
로, 어떤 물체의 주위를 가리거나
막다의 뜻. 헤어나지 못할 만큼 어
떤 분위기나 상황에 뒤덮이다.

- 밤중만 : 밤중쯤. 밤중에만. '~만'
은 정도程度와 한도限度를 가리키
는 두 가지의 경우가 있는데, 정도
程度의 경우는 '~쯤'으로 해석되
고, 한도限度의 경우는 '~에만'으
로 해석된다.

- 슬하져 : 슬프게.

해설

접동새 그 자체가 애상哀傷을 상징하고 있기에, 우리에게 던져주는 느낌은 더욱 애절하기만 하다. 이처럼 실솔(귀뚜라미)라든지 접동새를 끌여 들여 임에 대한 그리움을 노래한 시조들이 꽤 여럿 있다.

이몸이 싀여져서 江界甲山 졉이 되야

님 자는 窓밧 츈혀씃마다 죵죵 ᄌᆞ로 집을 지여 두고

그집의 든은쳬 하고 님의 房에 들리라.

〈무명씨〉

• 일석본 해동가요—石本 海東歌謠 42

이 몸이 죽어져서 강계군과 갑산군의 제비가 되어

임께서 주무시는 창밖 처마 끝마다 종종 움직여 집을 지어 두고

그 집(제비집)에 드는 체하다가 임의 방에 살짝 들어가리라

어구 풀이

- 싀여져셔 : 죽어져서. 없어져서.

- 江界(강계) : 평안북도 강계군江界郡.

- 甲山(갑산) : 함경남도 갑산군甲山郡.

- 졉이 : 제비.

- 츈혀 : 추녀. 처마. 서까래.

- 죵죵 : 발걸음을 가까이 자주 떼며 빨리 걷는 모양. 자주자주.

- ᄌᆞ로 : 자주.

- 든은쳬 : 드는체. 들어가는체.

해설

제비를 감정이입시켜 임에 대한 그리움을 표현하고 있다. 애절하기만한 사랑의 노래이다.

ᄇ람 브르소셔 비올 ᄇ람 브르소셔

ᄀ랑비 긋치고 굴근비 드르소셔

한길이 바다히 되어 님 못가게 ᄒ소셔

〈무명씨〉

• 고금가곡古今歌曲 185

바람 불으소서. 비 올 바람 불으소서

가랑비 그치고 굵은 비(소나기) 내리소서

큰 길이 바다가 되어 임 못 가게 하소서

어구 풀이

- 브르소셔 : 불으소서.

- 드르소셔 : 내리소서. 떨어지소서.
  '드ᄅ'는 '듣다'의 변칙 활용으로
  빗물이나 눈물 등이 방울져 떨어
  지다, 란 뜻의 자동사自動詞. ¶빗
  방울이 뚝뚝 듣는다.(떨어진다).

- 한길 : 큰 길. 사람이나 차가 많이
  다니는 넓은 길.

- 바다히 : 바다가. '히'는 주격조사.

해설

임이 떠나지 않길 바라는 작자의 심정을 노래하고 있다.

브람도 부나마나 눈비도 오나개나

님 아니와 계시면 엇지려뇨 호련마는

우리님 오오신 後니 부나 오나 내 알랴

〈무명씨〉

• 고금가곡古今歌曲 192

바람도 불든지 말든지, 눈비도 오든지 개든지 나와는 상관이 없어라

임께서 아니 와 계시면 어찌할 것인가 걱정하겠지마는

우리 임께서 이미 오신 후이니, 바람이 불든지 눈비가 오든지 내 알바 아니다

어구 풀이

- 오나개나 : '오나'는 '오다'란 뜻으
  로 여기서는 눈비가 오다란 뜻임.
  '개나'는 '개다'란 뜻으로 여기서는
  흐리거나 궂은 날씨가 맑아지다.
- 엇지려뇨 : 어찌 할 것인가.

- 오오신 : 오신. '오'를 두 번 사용
  한 것은 '오다'를 강조한 형태임.
- 부나 오나 : '부나'는 여기서는 바
  람이 불다란 뜻. '오나'는 여기서
  는 눈비가 오다란 뜻.

해설

사랑하는 임께서 이미 와 있으니, 기후가 어찌 되었건 걱정이 없다는 노래.

닉가 죽어 이져야 오르냐 네가 사라 평싱에 그리워야 올타ᄒ랴
죽어 잇기도 어렵쩌니와 사라 싱니별 더욱 셜쟈
차라로 닉먼뎌 죽어 도라갈쩨 네 날 그리워라

〈무명씨〉

• 남훈태평가 南薰太平歌 112

내가 죽어 너를 잊어야 옳으냐. 네가 살아 평생 동안 나를 그리워해야 옳으냐
죽어서 너를 잊기도 어렵거니와, 살아서 생이별은 더욱 서러웁다
차라리 내가 먼저 죽어 돌아갈테니 네가 나를 그리워해라

어구 풀이

- 셜쟈 : 섧다. 서러웁다.

- 차라로 : 차라리.

- 닉먼뎌 : 내가 먼저. '먼뎌'는 '먼저'.

- 네 날 그리워라 : 네가 나를 그리
워해라.

해설

정말 애절한 사랑의 하소연이다. 사랑하는 임과 생이별은 서러우니, 차라리
작자 자신이 먼저 죽어서, 임이 자신을 그리워하라고 하고 있다. 이 얼마나 가
슴 찢어지는 애타는 사랑의 노래란 말인가.

이 시조는 사실 평시조라고 하기에는 애매하다. 그렇다고 사설시조라고 하기
에도 역시 애매하다. 시조에는 파격이라는 게 있다. 필자가 이 시조를 평시조
에 넣어 해설한 것은 바로 이 때문이다. 특히 초장과 종장의 글자 수를 보면
일반적인 평시조와는 그 차이가 너무 많이 난다. 하지만 이것을 글자 수가 아
닌 율박(음수율, 음박)으로 읊조린다면 충분히 평시조로 갈라도 될 거라 생각
한다. 물론 무리는 있다. 그래서 파격이란 말을 쓴 것이다.

달아 두렷흔 달아 임의 동창 비췬 달아
임 홀노 누엇드냐 어늬 낭즈 품엇드냐
져달아 본듸로 일너라 亽싱결짠

<무명씨>

• 남훈태평가南薰太平歌 118

달아 달아 둥근 달아. 임의 동쪽 창문을 비친 달아

임 홀로 누웠더냐, 아니면 어느 낭자를 품었더냐

저 달아! 본데로 말하라. 사생결단을 내리라

어구 풀이

- 두렷흔 : 둥근.

- 동창 : '東窓'의 한글 표기. 동쪽
으로 난 창문.

- 낭즈 : 娘子(낭자). 아가씨. 처녀.
옛날에 젊은 여자를 친밀하게 일
컫는 말.

- 일너라 : 일러라. 말하라.

- 亽싱결짠 : 사생결단死生決斷. 죽
고 삶을 돌보지 않고 끝장을 내려
고 함. 비슷한 말로, '결사적', '사
생가판', '생사입판'이 있다.

해설

작자는 달에게 묻고 있다. 하늘에서 비치는 달이니, 임이 지금 어떻게 하고
있는가를 알 것이라고 생각하고 있다. 그래서 달에게 묻고 있는 것이다. 이 깊
은 밤에 사랑하는 임은 내가(작자) 아닌 어느 여자를 품고 있느냐고 묻고 있
다. 만약 다른 여자를 품고 있다면 죽음을 결사決死하겠다고 하고 있다. 특히
사생결단을 내겠다는 종장의 표현이, 임을 얼마나 많이 사랑하고 있는가를
알 수 있다. 하지만 요즘 현대인들은 이런 것을 가리켜 집착이라고 하고 있다.
문학성은 떨어지나 순수한 우리말로 쓰여진 시조이다.

내 눈의 고운님이 멀니아니 잇거마는

노래라 불너오며 해금이라 혀낼소냐

이몸이 숑골미도여 츠고올가 ᄒ노라

〈무명씨〉

• 연민본 청구영언淵民本 靑丘永言 225

내 눈 앞의 고운 임이 멀리 있지 않것마는

노래를 부른다 하여 올 것이며, 해금으로 아름다운 음악을 켠다고 오게 할 수

있겠느냐

차라리 이 몸이 송골매가 되어 임을 낚아채 올까 하노라

어구 풀이

- 고운님 : 그리운 임. 미인.
- 해금 : 해금을 속되게 이르는 말로 '깡깡이'라고도 한다. 우리의 고전 악기로 향악기에 속한다. 활로 현을 마찰시켜 소리를 내는 악기.
- 혀낼소냐 : 켜낼소냐. 여기서는 해금을 켤 수 있겠느냐, 란 뜻.
- 숑골미 : 송골매. '해동·청海東靑'이라고도 함.
- 도여 : 되어.

해설

종장에 보면, 임에 대한 사랑이 직설적으로 나타나 있다. 그리워하고 애태워하느니 차라리 송골매가 되어 임을 낚아채리라는 작자의 다분히 행동적인 면이 시원스럽기까지 하다.

한숨은 바람이 되고 눈물은 細雨되여

님 즈는 窓밧게 불면셔 뿌리고져

날 잇고 깁피 든 줌을 씌여볼가 ᄒ노라

〈무명씨〉

• 육당본 청구영언六堂本 靑丘永言 911

한숨은 바람이 되고 눈물은 가랑비가 되어

임께서 주무시는 창밖에 불면서 뿌려주고 싶구나

그래서 나를 잊고 깊이 든 잠을 깨워볼까 하노라

어구 풀이

- 細雨(세우) : 가늘게 내리는 비. 가
  랑비. 이슬비.

- 뿌리고져 : 뿌려주고 싶구나.

- 잇고 : 잊고.

해설

임 생각에 나오는 한숨과 눈물이 얼마나 그리우면 바람이 되고 가랑비가 되
겠다고 하겠는가. 그래서 바람과 함께 내리는 빗소리로, 자기를 잊고 깊이 잠
든 임을 깨우리라고 하겠는가. 이 시조는 임에 대한 그리운 심정을 노래하고
있다.

슈박것치 두렷흔 님아 츠뮈것튼 단 말슴 마소
가지가지 ㅎ시는 말이 말마다 윈말이로다
九十月 씨동아것치 속 성권 말 마르시소.

〈무명씨〉

• 육당본 청구영언六堂本 靑丘永言 864

수박같이 둥근 임아! 나를 사랑한다는, 참외 같이 입에 발린 단 말씀일랑 하지 마시오

나를 사랑한다고 이런저런 여러 가지 그 말씀이 말 하는 것마다 거짓말이로다
구시월의 속 빈 씨동아같이 속 빈 말씀 마시오

어구 풀이

- 슈박것치 : 수박같이. 수박처럼.
- 두렷흔 : 둥근.
- 츠뮈것튼 : 참외 같은.
- 가지가지 : 이런저런 여러 가지.
- 윈말 : 거짓말. 그럴 듯한 말. 근사한 말.
- 씨동아것치 : 씨동아같이. 씨를 받게 된 동아. '동아'는 박과에 속하는 일년생의 넝쿨풀. 원산지가 아시아 열대지방으로 과실은 호박과 비슷하며 맛이 좋음. '동아'는 같은 말로 '동과冬瓜'라고도 한다.
- 성권 : 성긴. 드문드문. 물건의 사이가 뜨다.

해설

사랑의 고백을 믿지 않는다는 것은 불행한 일이다. 작자는 자기에 대한 임의 사랑을 떠보는 듯하다. 임을 믿지 못하는 작자의 마음이 담겨 있다.

꼿치면 다 고오랴 無香이면 꼿 아니오
벗이면 다 벗이랴 無情이면 벗 아니라
아마도 有香有情키는 님 섚인가

〈무명씨〉

• 교주가곡집校注 歌曲集 1101

꽃이라고 다 곱겠는가. 향기가 없으면 꽃이 아니오
벗이라고 다 벗이겠는가. 정이 없으면 벗이 아니다
아마도 향기 있고 정이 있기는 임뿐인가 하노라

어구 풀이

- 꼿치면 : 꽃이면.
- 無香(무향)이면 : 향기가 없으면.
- 有香有情(유향유정)키는 : 향기가 있고 정이 있기는.

해설

옛날 이야기를 하나 해 보겠다. 어느 부잣집 한량이 본처와 11명의 첩을 두었다고 한다. 어느 날 이 사내가 그녀들의 마음을 떠보기 위해 본처를 포함한 12명 모두를 한 방에 불러 모아 놓고 한 명 한 명 질문을 하기 시작했다.

"자, 지금부터 내가 질문을 하나 던질 터이니 잘 생각해서 대답을 해 보시오."

방안은 엄숙하리만치 조용했다. 항상 그날그날 기분에 따라 번갈아 가며 품어오던 남편이, 항상 먹고 놀고 즐기기만을 좋아하던 돈 많은 남편이 별안간 모두를 불러 모아 놓고 질문을 하겠다고 하니, 아녀자들은 서로 각양각색의 이런저런 생각들을 했다. 이 여자들 모두가 그 한량의 재산을 노리고 사는 여자들이기에 그 상상은 더욱 풍선처럼 부풀기 시작했다. 그리고 초조하기까지 했다.

가장 나이가 어린 첩이 아양을 떨며 먼저 말했다.

"어서 물어 보시와요. 어떤 질문이든 척척 대답하겠사옵니다."

사내가 말했다.

"그래, 그럼 질문을 하겠다. 그럼 어디 너부터 대답해 보겠느냐?"

"호호호, 어서 물어 보시와요. 그런데 맞추는 사람에게는 어떤 상을 내리시는지요."

가장 나이 어린 첩의 말에 사내가 대답했다.

"나와 함께 이 많은 재산을 관리하며 단 둘이서 영원히 행복하게 함께 살 것이니라."

이 말에 아양을 떨던 나이 어린 첩은 물론 정실부인까지도 깜짝 놀랐다. 드디어 사내가 질문을 던졌다.

"내가 제일 좋아하는 꽃이 무엇인지 한 사람 한 사람 대답하여 보거라."

여자들이 한 사람 한 사람 나서며 말했다.

"그야 꽃 중의 꽃은 장미가 아니온지요."

"저는 백합이옵니다."

"아니옵니다. 목련이 제일이지요."

"저는 철쭉이옵니다."

"저는 해당화이옵니다."

이렇게 11명의 모든 첩들이 저마다 아름다운 꽃의 이름을 대며 대답했다. 끝으로 본처만 남게 되었다.

"자, 이제 부인만 남았구려. 부인이 대답해 보시오."

부인은 첩들의 얼굴을 하나하나 둘러보고는 말했다.

"저는 이 꽃, 저 꽃 다 싫고 오직 임 꽃이 제일이옵니다."

그때서야 사내는 얼굴에 화기가 돌며 말했다.

"하하하, 역시 우리 부인이 제일이구려. 자네들은 다 틀렸네."

사내는 정실부인의 손을 꼭 잡고 매우 좋아했다. 이렇게 해서 본 부인과 함께 오래 살았다는 이야기다.

이 시조 역시 그런 점에서 본다면, 초장과 중장은 "내가 데리고 사는 여자라

고 다 내 여자이겠는가."라는 말과 상통하고, 종장은 "역시 나와 함께 백년해
로 할 이는 정실부인뿐인가 하노라."는 말과 같다.

그래서 조선시대에도, 아무리 바람둥이 선비라도 자기가 늙어갈 무렵에는
정실부인에게 간다고 한다. 이는 마치 곰이나 호랑이가 죽을 때가 되면 제가
살던 굴을 찾아가 죽는 것과 같다. 요즘 세상은 많이 변하여 이런 일이 없을
것 같다.

秋風이 살 안이라 北壁中枋 뚤씨말아

鴛鴦衾 츤듯흔이 님 업쓴 탓이로다

둘 붉근 永夜寒更에 轉輾反側 ᄒ소라

〈무명씨〉

• 일석본 해동가요一石本 海東歌謠 253

가을바람아! 너는 화살이 아니도다. 북쪽 벽에 나 있는 중인방을 뚫지 마라

원앙으로 수놓은 이불이 찬 듯하니 임이 없는 탓이로다

달 밝은 긴 밤 새벽 무렵에 임이 그리워 잠을 이루지 못하고 누워서 몸을 이리

저리 뒤척이기만 하도다

어구 풀이

- 살 : 화살.

- 안이라 : 아니라. 아니도다.

- 北壁中枋(북벽중방) : 북쪽 벽에
  나 있는 중인방中引枋. 벽 한가운
  데를 가로지른 인방引枋. '인방'이
  란, 건축 용어로 기둥과 기둥 사
  이, 또는 문이나 창의 아래나 위
  로 가로지르는 나무. 문짝의 아래
  위 틀과 나란하게 놓는다.

- 鴛鴦衾(원앙금) : 원앙을 수놓은
  이불.

- 永夜寒更(영야한경) : 긴 밤 새벽
  무렵.

- 轉輾反側(전전반측) : 누워서 몸을
  이리저리 뒤척이며 잠을 이루지
  못함. 전전불매輾轉不寐.

해설

임에 대한 애끓는 마음을 노래.

님아 하 셜워마라 닌들 니져시랴

어엿븐 ᄉ랑이 구비구비 미쳐셔라

日月이 엇마 지나리 다시보려 ᄒ노라

〈무명씨〉

• 고금가곡古今歌曲 245

임아! 너무 서러워마라. 나인들 너를 잊었겠는가

나 역시 내 가슴에 너와의 아름다운 사랑이 굽이굽이 남아있도다

이별한 세월이 얼마나 지났다고 다시 보겠다고 하는가

어구 풀이

- 하 : 너무. 많이. 크게. ¶일이 ~(도) 많아서 큰일이다.

- 니져시랴 : 잊었어라.

- 미쳐셔라 : 맺혔도다. '~셔라'는 감탄종지형.

- 엇마 : 얼마.

- 日月(일월) : 세월.

해설

보고 싶다고 칭얼대는 임을 달래는 시조이다.

스름이 사람 그려 스름 ᄒ나 죽게 되니
사람이 스름이면 설마 스름 죽게 ᄒ랴
스름아 스름을 살여라 스름이 살게

〈무명씨〉

• 시가요곡詩歌謠曲 114

사람이 사람을 그려 사람 하나 죽게 되니

사람이 정말 사람이 맞다면 어찌 사람을 죽게 하는가

사람아! 사람을 살려내라. 사람이 살게

어구 풀이

- 그려 : 그리워하여.　　　　　- 살여라 : 살려라.

해설

안연보安烟甫의 "사람이 스람을 그려……"(50번 시조)와 거의 똑같은 기법으로 지어진 작품이다. 그 표현 수법이라든지, 언어, 소재가 동일하다 못해 마치이 두 작품의 작자가 한 사람이 아닌가, 또는 베껴 쓴 작품이 아닌가 할 정도이다.

초장에서는 상사병에 걸려 사람이 죽게 된 상황을, 중장에서는 사람 같으면어찌 상사병에 걸려 사람을 죽게 할 수 있겠는가, 하고 있다. 하여, 종장에서이처럼 상사병에 걸려 사람이 죽게 되었으니 사람을 살려내라며, 떠나간 임에게 어서 빨리 작자에게 돌아오라고 하고 있다.

한字 쓰고 눈물 디고 두字 쓰고 한숨 디니

字字行行이 水墨山水ㅣ가 되거고나

져님아 울고 쓴 片紙ㅣ니 눌너 볼가 하노라

〈무명씨〉

• 육당본 청구영언六堂本 靑丘永言 990

한 자 쓰고 눈물 지고, 두 자 쓰고 한숨 지니

글자마다 줄(행)마다 눈물이 번져 산수화가 되었구나

저 임아! 울고 쓴 편지이니, 비록 나에게 돌아오지 않는 임이지만, 나를 그리워

하는 그 마음으로 쓴 편지이니(나를 그리워하고 있으니) 내 용서할까 하노라

어구 풀이

- 字字行行(자자행행) : 글자마다 줄
  마다. '자자구구字字句句'와 비슷한
  뜻으로, 글자마다 글귀마다의 뜻.
- 水墨山水(수묵산수) : 채색을 쓰지
  아니하고 먹물로만 그린 산수화.

- 되거고나 : 되었구나.
- 눌너 볼가 : 용서하여 볼까.

해설

눈물로 쓴 임의 편지를 받고 그 기쁨과 한없는 그리움을 노래한 시조.

恨唱ᄒ니 歌聲咽이요 愁翻ᄒ니 舞袖遲라

歌聲咽 舞袖遲는 님그리는 탓시로다

西陵에 日欲暮ᄒ니 이긋는듯 ᄒ여라

〈무명씨〉

• 일석본 청구영언一石本 靑丘永言 345

한恨스럽게 노래하니 노랫소리 목이 메이고

수심이 번지니 춤추는 사람의 옷소매가 더디도다

서쪽에 있는 능으로 해가 저물려고 하니 애가 끊어지는 듯하여라

어구 풀이

- 恨唱(한창)ᄒ니 歌聲咽(가성열)이
요 : 한恨스럽게 노래하니 노랫소
리 목이 메이고.

- 愁翻(수빈)ᄒ니 舞袖遲(무수지)리 :
수심이 번지니 춤추는 사람의 옷
소매가 더디도다.

- 西陵(서릉) : 서쪽에 있는 능.

- 日欲暮(일욕모)ᄒ니 : 해가 저물려
고 하니.

- 이긋는듯 : 애腸 끊는 듯. 애가 끊
어지는 듯. 창자가 끊어지는 듯.

해설

임에 대한 작자의 고적孤寂한 심정을 노래한 시조.

項羽는 큰 칼 줍고 孟賁은 쇠채 쥐고
蘇秦의 口辯과 諸葛亮의 知慧로다
아마도 우리들의 스랑은 말닐줄이 업세라

〈무명씨〉

• 고금가곡古今歌曲 189

항우가 큰 칼을 잡고 그 큰 힘으로 우리들의 사랑을 내리친다 해도 끊어지지 않으며, 맹분의 그 큰 힘으로 쇠채를 쥐고 채찍을 가한다 해도 떨어지지 않으며

소진의 뛰어난 말솜씨로 우리들의 사랑이 떨어지게끔 설득을 해온다 해도 어찌할 수 없을 것이며, 제갈량의 천재적인 지혜로도 우리들의 사랑은 어찌할 수 없을 것이로다

아마도 우리들의 사랑은 말릴 수 없으리라

어구 풀이

- 項羽(항우) : (B.C. 232~202). 중국 진나라 말기의 무장. 이름은 적籍. 우羽는 자임. 중국 초나라의 임금. 기원전 209년에 군사를 일으켜 진나라를 멸망시키고 스스로 서초西楚의 패왕霸王이라 하여 초패왕楚霸王이라 하였음. 뒤에 한나라의 고조高祖 유방과 불화不和하게 되어 해하垓下에서 패하여 오강烏江에서 그의 애첩愛妾 우미인虞美人과 함께 자결함.
- 孟賁(맹분) : 중국 전국시대의 장사壯士. 능히 소의 뿔을 뽑았다

함. 위나라 사람이라고도 함.
- 쇠채 : 소의 채찍.
- 蘇秦(소진) : (B.C. ?~317). 중국 전국시대의 모사謀士. 낙양 사람. 연나라의 문후文侯에 대하여 6국 합종合從의 이익을 설명하여 채용되었고, 또 조나라, 위나라, 제나라, 초나라를 설복하여 기원전 333년 6국 합종에 드디어 성공하였음.
- 口辯(구변) : 말솜씨. 언변言辯. ¶~이 좋다.
- 諸葛亮(제갈량) : (181~234). 중국 삼국시대 촉한蜀漢의 정치가. 전

략가. 자는 공명孔明. 시호는 무후
武侯·충무. 유비를 도와 촉한蜀漢
을 건국하고 그 발전에 힘씀.

해설

임과 작자와의 사랑을 외부의 그 어느 힘으로도 말릴 수 없음을 노래하고 있
다. 자신들의 끈끈한 사랑이 끊어질 수 없는 사랑임을 강하게 표현하고 있다.

히지면 長歎息ᄒ고 촉빅셩에 단장회라

一時나 잇자터니 구즌비는 무삼 일고

갓득에 다 셕은 肝腸이 봄눈 스듯 ᄒ여라

〈무명씨〉

• 일석본 청구영언一石本 靑丘永言 678

해가 지면 긴 한숨을 내쉬며 탄식을 하고, 두견이 울음소리에 애가 끊어지는
마음이라

한 때나 잊으려 했더니 굳은비는 무슨 일인고

가뜩에 다 썩은 간장이 봄눈 녹듯 다 녹아 버리도다

어구 풀이

- 長歎息(장탄식) : 긴 탄식. 긴 한숨
  을 내쉬며 탄식함.
- 촉빅셩 : 두견이의 울음소리蜀魄聲.
- 단장회 : 애腸 끊는 마음斷腸懷.
  창자를 끊는 마음.

- 一時(일시) : 한 때.
- 스듯 : 스러지듯. 녹듯.

해설

적막한 산촌의 풍경이 떠오르는 시조이다. 그러한 상황에서의 임에 대한 고
적孤寂한 작자의 심정이 애절하기만 하다.

抱向紗窓弄未休홀제 半含嬌態半含羞ㅣ라

低聲暗門相思否아 手整金釵로 少點頭ㅣ로다

네 父母 너 싱겨닐졔 날만 괴라 싱겻쏘다

〈무명씨〉

• 육당본 청구영언六堂本 靑丘永言 545

고운 비단으로 바른 창가에서 포옹하고 희롱하기를 쉬지 아니할 때, (그러한 모습을 보니) 반은 아양을 떠는 자태요, 반은 수줍음을 머금은 어여쁜 모습이도다

나직한 목소리로 가만히 묻기를 나를 사랑하느냐고 하니, 가냘프고 고운 손으로 금비녀를 고르며 그러하다고(사랑한다고) 머리를 살며시 끄덕이도다

네 부모가 너를 낳을 적에 나만 사랑하라고 너를 낳았도다

어구 풀이

- 抱向紗窓弄未休(포향사창 농미휴)
  홀제 : 고운 비단으로 바른 창가에서 포옹하고 희롱하기를 쉬지 아니할 때.
- 半含嬌態半含羞(반함교태 반함수)
  ㅣ라 : 반은 아양을 떠는 자태요, 반은 수줍음을 머금은 어여쁜 모습이도다.
- 低聲暗門相思否(저성암문 상사부)
  아 : 나직한 목소리로 가만히 묻기를 사랑하지 않느냐 하니.

- 手整金釵(수정금차)로 : 손으로 금비녀를 고르며.
- 少點頭(소점두)ㅣ로다 : 그러하다고 (사랑한다고) 머리를 살며시 끄덕이도다. '點頭(점두)'는 승낙하거나 옳다는 뜻으로 머리를 약간 끄덕임을 말함. '少(소)'는 '乍(사)'의 잘못.
- 싱겨닐졔 : 생겨날 때. 태어날 때. (어머니가) 낳을 적에.
- 괴라 : 사랑하라.

해설

고운 비단으로 바른 창가에서 포옹하고 사랑을 나누는 정겨운 모습이 아름

답게 그려져 있다. 마치 그들의 모습을 실제 보는 듯하다. 임의 사랑스런 자태
에 마음이 쏠려있는 작자의 황홀해 하는 모습과 넘치는 행복감을 느낄 수 있
다. 너무나 사랑스럽기만 한 임이기에, 그 임이 이 세상에 있는 것이 마치 자
기를 위해 태어난 것처럼 생각되는 것이다.

이리 보온 후의 쏘 언제 다시 볼고

진실노 보오완가 힝혀 아니 쑴이런가

쑴이야 쑴이나마 미양 보게 ᄒ쇼셔

〈무명씨〉

• 근화악부槿花樂府 251

이렇게 본 후에 또 언제 다시 볼 수 있을까

정말로 보았는가. 행여 꿈은 아니겠지

꿈이면 어떻겠는가. 비록 꿈이라도 좋으니 꿈에서라도 늘 보게 하소서

어구 풀이

- 이리 보온 : 이렇게 본.

- 진실노 : 진실로. 정말로. 참으로.

  거짓 없이 참되게.

- 보오완가 : 보았는가.

- 힝혀 : 행여.

- 미양 : 마냥. 늘. 항상. 언제든지.

  번번이. ¶~ 바쁘다.

해설

꿈에서라도 임이 항상 보이기만을 소원하는 작자의 심정이야 오죽 하겠는가.

임에 대한 간절한 그리움을 노래하고 있다.

거울에 뵛친 얼골 닉 보기에 곳 것거든

허물며 端粧ᄒ고 님의 앏히 뵐 젹이랴

이 端粧 님을 못뵈니 그를 슬허ᄒ노라

〈무명씨〉

• 아악부본 여창유취雅樂部本 女唱類聚 15

거울에 비친 내 얼굴 가꾸지 않았는데도 내가 보기에도 꽃처럼 아름답거늘

하물며 잘 가꾸어 단장하고 임의 앞에 보여 줄 적이야 오죽하랴

이처럼 단장한 내 모습을 임께 보일 수 없으니 그것이 슬프도다

어구 풀이

- 것더든 : 같거든.

- 앏히 : 앞에.

- 젹이랴 : 적이야. 때야. 받침 있는

체언에 붙어 '~이야말로'의 뜻을

나타내는 종결어미.

해설

임에 대한 연모戀慕의 정情을 노래.

窓밧긔 窓 치난 任아 아모리 窓 치다 듥오라 흐랴
너도곤 勝한 任을 이기거러 뉘엿쩌든
뎌任아 날보랴 흐시거든 모릭 뒷날 오시쇼

〈무명씨〉

• 육당본 청구영언六堂本 靑丘永言 544

창밖에서 창을 두드리는 어리석은 임아! 아무리 창을 두드린다고 들어오라고
할 줄 알았더냐

너보다 더 나은 임을 이미 걸어 뉘였거늘(사랑을 나누고 있거늘), 어찌 이제야 뒤
늦게 찾아온 너를 들어오라고 하겠는가

저 임아! 나를 보려고 하시려거든(나와 사랑을 나누고 싶다면) 모래 뒷날이나 오
시게. 지금은 아무리 그대가 나를 원한다고 해도 이미 때가 늦었네

어구 풀이

- 밧긔 : 밖에.
- 窓(창) 치난 : 창을 치는. 창을 두
  드리는. '치난'의 기본형은 '치다'.
- 窓(창) 치다 : 창을 친다고. 창을
  두드린다고.
- 듥오라 : 들어오라(고).
- 너도곤 : 너보다. '~도곤'은 '~보다'
  란 뜻의 토씨.

- 勝(승)한 : 나은.
- 이기거러 : 이미 걸어.
- 뉘엿쩌든 : 뉘였거든. 눕혔거든.
  기본형은 '누이다'. 여기서는 사랑
  행위를 표현함.

해설

조금은 육담적肉談的인 시조이다. 다른 여자와 사랑놀이를 하다가, 뒤늦게 찾
아와 자기를 요구하는 임을 혼내주고 있다. 어찌 보면 딴짓하다가 온 임의 버
릇을 고쳐보겠다는 심사心事도 있다.

니별이 불이 도야 틱우느니 간장이라

눈물이 비가 도면 붓는 불를 끄련마는

흔숨이 바람 도야 졈졈 붓네

〈무명씨〉

• 남훈태평가南薫太平歌 61

이별이 불이 되어 간장이 다 타는구나

임 생각에 흐르는 눈물이 비가 되면 타오르는 불을 끄련마는

한숨이 바람이 되어 불은 점점 활활 타오르네

어구 풀이

– 불이 도야 : 불이 되어.

해설

별리別離의 정한情恨을 노래한 시조.

니저볼이쟈 흔이 아마도 못니즐다

無端이 혜쟈ᄒ고 西壁 돌아 ᄌᆞᆷ을 든이

西壁이 面鏡이 되야 눈에 暗暗ᄒ여라

〈무명씨〉

• 일석본 해동가요—石本 海東歌謠 196

잊어버리려고 하였지만 아무래도 잊을 수 없구나

무던히도 임을 생각하고 생각하다가 서쪽 벽으로 돌아누워 잠이 드니

서쪽 벽이 거울이 되어 임의 모습이 눈에 아물아물 하여라

어구 풀이

- 니저볼이쟈 흔이 : 잊어버리고자
  하니.
- 못니즐다 : 못 잊겠도다.
- 無端(무단)이 : 무던히.
- 혜쟈ᄒ고 : 헤아리고. 생각하고.
  기본형은 '혜다'로 '헤아리다', '생
  각하다'의 뜻.

- 西壁(서벽) : 서쪽 벽.
- 面鏡(면경) : 얼굴을 비치는 작은
  거울.
- 暗暗(암암)ᄒ여라 : 아무아물 하여
  라. '暗暗(암암)'은 어두운 모양을
  말하나, 여기서는 '아물아물'의 뜻.

해설

상사相思의 일념—念을 애틋하게 노래하고 있다.

니졔ᄇ리고져 생각ᄒ니 내님 되랴
내몸이 病이 되고 남 우일 분이로다
이럴가 져럴가 ᄒ니 더욱 셜워 ᄒ노라

〈무명씨〉

• 고금가곡古今歌曲 221

잊어버리려고 생각하니 잊는다고 내 임이 되겠는가
내 몸이 병이 드니 이러한 몸으로 임을 생각한다는 것은 남을 웃길 뿐이로다
이럴까 저럴까 하니 더욱 서러웁기만 하다

어구 풀이

- 니졔ᄇ리고져 : 잊어버리고자. '니   - 우일 분이로다 : 웃길 뿐이로다.
  졔'는 '니져'의 잘못.   웃을 뿐이로다.

해설

그리운 임이지만 이럴 수도 저럴 수도 없는 자신의 병든 몸을 원망하고 있다.

님그려 겨오 든 잠에 쑴자리도 두리숭숭

그리던 님 暫間 만나 얼풋보고 어드러로 간거이고

잡을거슬 잠씌여 졋테 업스니 아조 간가 ㅎ노라

〈무명씨〉

• 육당본 청구영언六堂本 靑丘永言 440

임을 그리워하다가 겨우 든 잠에 꿈자리도 뒤숭숭하다

그리워하던 임을 꿈속에서 잠깐 만나 얼핏 보았는데 어디로 간 것인가. 금방 보이지 않네

아! 실수를 했도다. 잡아 둘 것을. 잠 깨어 곁에 없으니 아주 떠났는가 하노라

어구 풀이

- 겨오 : 겨우.

- 두리숭숭 : 뒤숭숭(하다)의 옛말. 무엇이 어수선한 상태를 뜻하는 말. ¶꿈자리가 ~.

- 暫間(잠간) : '잠깐'의 한자 표기.

- 얼풋 : 얼핏.

- 어드러로 : 어느 곳으로. 어디로.

- 간거이고 : 간 것인고.

- 거슬 : 것을.

- 졋테 : 곁에.

- 아조 : 아주.

해설

초장에서는 임에 대한 애타는 그리움에 상사相思하는 작자의 모습이 표현되고 있고, 중장과 종장에서는 작자의 허탈한 심정을 노래하고 있다.

달갓치 두렷흔 님을 져달갓치 거러두고
달달이 그린 졍을 어늬달에 푸러볼고
지금의 달보고 쟝탄식ᄒ니 이슷는 듯

〈무명씨〉

• 시가요곡詩歌謠曲 139

달 같이 둥근 임을 저 달 같이 걸어두고

매일 같이 그리워한 정情을 어느 달에 풀어 볼고

지금의 저 하늘에 뜬 달을 보고 길게 한숨을 내쉬고 탄식을 하니 애腸 끊는 듯

하여라

어구 풀이

- 두렷흔 : 둥근.

- 거러두고 : 걸어두고. 잡아두고.
  한 몸이 되어.

- 달달이 : 달마다. 매달. 즉, 매일
  같이.

- 쟝탄식ᄒ니 : 길게 한숨을 내쉬고
  탄식하니長歎息.

해설

임을 그리워하는 마음이 담긴 시조.

달붉고 ㅂ람은 ᄎᆞᆫᄃᆡ 밤 길고 ᄌᆞᆷ 업세라

北녁다히로 울어녜ᄂᆞᆫ 져 기력아

짝일코 우ᄂᆞᆫ 情이야 네오ᄂᆡ오 다ᄅᆞ랴

〈무명씨〉

• 고금가곡古今歌曲 183. 236

달 밝고 바람은 차가운데 밤은 길고 잠은 없어라

북녘 쪽으로 울고 가는 저 기러기야

짝을 잃고 우는 정情이야 너나 나나 다르랴

어구 풀이

- ᄎᆞᆫᄃᆡ : 찬데. 차가운데.　　- 울어녜ᄂᆞᆫ : 울어예는. 울고 가는.

- 업세라 : 없어라.　　　　　　- 네오ᄂᆡ오 : 너나 나나. 너이고 나

- 다히 : 편. 쪽.　　　　　　　　　 이고.

해설

짝을 잃고 울고 가는 기러기와 작자를 고적孤寂한 풍경에 끌어들임으로써,
임에 대한 작자의 사모思慕의 정情이 은은하게 표현되고 있다.

달 밝고 셔리친 밤에 울고가는 외기러기
瀟湘으로 가느냐 洞庭으로 向ᄒᆞ느냐
져근듯 닉말 暫間 드러다가 님계신듸 드려라

〈무명씨〉

• 육당본 청구영언六堂本 靑丘永言 341

달 밝고 서리친 밤에 울고 가는 외기러기
소상강으로 가느냐 동정호로 향하느냐
잠시 내 말을 잠깐 들었다가 우리 임 계신 곳에 전하여 드려라

어구 풀이

- 瀟湘(소상) : 중국 호남성 동정호
  洞庭湖의 남쪽에 있는 소수瀟水와
  상수湘水가 합류하는 강. 그 부근
  에 유명한 팔경八景이 있음.
- 洞庭(동정) : 중국 호남성 북동부
  에 있는 최대의 담수호淡水湖.

- 져근듯 : 잠시.
- 暫間(잠간) : '잠깐'의 한자 표기.
- 드러다가 : 들었다가. 기본형은
  '듣다'.

해설

소식을 전한다는 기러기를 끌어들여 임에 대한 애절한 심정을 노래하고 있
다. 이처럼 기러기를 끌어들여 쓴 시조들이 평시조와 사설시조에 여럿 있다.

돌이야 님본다 ᄒ니 님보는 돌 보려 ᄒ고
東窓을 半반 열고 月出을 기ᄃ리니
눈물이 비오듯 ᄒ니 돌이조차 어두어라

〈무명씨〉

• 고금가곡古今歌曲 215

달이 임을 본다 하니 내 임을 보는 그 달을 나도 보려고

동쪽 창문을 반쯤 열고 달이 뜨기만을 기다리니

눈물이 비 오듯 하니 달조차 어두워라

어구 풀이

– 돌이조차 : 달조차. 달도 따라서. 달
  도 함께. '조차'는 '도·따라서'의 뜻
  으로 위의 말을 강조할 때 쓰는 특
  수 조사. ¶너~ 나를 원망하느냐.

해설

달을 통해 임과의 간접적 만남을 시도하려 했으나, 눈물이 앞을 가려 그달조
차 제대로 볼 수 없는 안타까운 마음을 노래하고 있다. 임을 그리워하는 작자
의 소박한 마음이 애틋하기만 하다.

돍의 소릐 기러지고 봄이 將춧 졈어셰라

바룸은 품에 들고 버들빗치 싀로왜라

님向흔 相思一念을 못닉 슬허 ᄒ노라

〈무명씨〉

• 육당본 청구영언六堂本 靑丘永言 957

닭의 소리 길어지고 봄이 장차 저물었도다

바람은 품에 들고 버들 빛이 새롭구나

임을 향한 상사일념을 못내 슬퍼 하노라

어구 풀이

- 將(장)춧 : 장차.

- 졈어셰라 : 저물었도다.

- 싀로왜라 : 새롭구나. '~왜라'는
  감탄종지형.

- 相思一念(상사일념) : 남녀끼리 서
  로 생각하고 그리워하는 한결 같
  은 마음.

해설

임에 대한 상사일념相思一念을 노래한 시조

담안의 셧는곳지 牧丹인야 海棠花ㄴ다

횟득발굿 퓌여이셔 남의눈을 놀뉘는다

져곳지 님자 이시랴 닉곳 보듯 ᄒ리라

〈무명씨〉

• 육당본 청구영언六堂本 靑丘永言 556

담 안에 서 있는 꽃(여자. 곧, 임)이 목단이냐 해당화이냐

흰 빛과 붉은 빛이 뒤섞여 아름답게 피어 있어 남의 눈을 놀라게 한다

저 꽃이 임자가 있느냐. 하지만 내 꽃(내 임) 보듯 하리라

어구 풀이

- 셧는 : 서 있는.

- 곳지 : 꽃이.

- 牧丹(목단)인야 : 모란이냐.

- 海棠花(해당화)ㄴ다 : 해당화이냐.
  'ㄴ다'는 의문종지형. '해당화'는
  미인에 비유됨.

- 횟득발굿 : 해뜩불긋. 흰 빛과 붉
  은 빛이 뒤섞인 모양.

- 님자 : 임자. 친한 사람끼리 부르
  는 인칭대명사. 남편과 아내 사이
  에 서로 쓰는 말. '자네'와 같은 뜻
  이나 좀 품위가 있음.

- 닉곳 : 내 꽃.

해설

목단과 해당화는 여인에 비유된 말로, 그 여인이 임자가 있는지 없는지는 모
르나, 담장 안의 아름다운 여인에 홀딱 반해 있는 작자의 설레는 마음을 노래
하고 있다.

님과 나와 브듸 둘이 離別업씨 사쟈 ᄒᆞ엿든이

平生離別險因緣이 잇셔 離別도 구틔여 여희연졔고

明天이 에엿비 넉이셔 離別업쎄 ᄒᆞ쇼셔

〈무명씨〉

• 일석본 해동가요一石本 海東歌謠 37

임과 나와 부디 둘이서 이별 없이 살려고 하였더니

평생에 이별하는 험한 인연이 있어 이별도 기어이 하게 되었구나

모든 것을 똑똑히 살피는 하느님이 어여삐 여기시어 이별 없게 하여 주소서

어구 풀이

- 사쟈 : 살자生.

- 險因緣(험인연) : 험한 인연.

- 구틔여 : 구태여. 굳이. 일부러. 애
 써. 기어이.

- 여희연졔고 : 여의였구나. 이별하
 였구나. 헤어졌구나. 죽었구나. '~
 ㄴ졔고'는 감탄형 어미.

- 明天(명천) : 밝은 하늘. 모든 것을
 똑똑히 살피는 하느님.

- 에엿비 : 어엿삐. 가엽게. 불쌍히.

- 넉이셔 : 여기셔. 여기시어.

해설

임과 이별할 수밖에 없는 기구한 인연을 탄식하여 부른 노래.

珠簾에 빗췬 달과 멀니 오는 玉笛소리

千愁萬恨을 네 어이 도도는다

千里에 님 離別ᄒ고 잠못드러 ᄒ노라

〈무명씨〉

• 육당본 청구영언六堂本 靑丘永言 901

구슬을 꿰어 만든 발에 비친 달과, 멀리서 들려오는 구슬픈 피리 소리

오랜 세월 동안의 온갖 근심과 한恨을 네 어이 돋우느냐

천 리 먼 곳에 임을 이별하고 잠 못 들어 하노라

어구 풀이

- 珠簾(주렴) : 구슬을 꿰어 만든 발.

- 玉笛(옥적) : 옥으로 만든 대금과
  같은 피리.

- 千愁萬恨(천수만한) : 오랜 세월 동
  안의 온갖 근심과 한恨.

- 도도는다 : 돋우느냐. '~ㄴ다'는
  의문종지형.

해설

전체적인 시상詩想이 고적孤寂한 느낌을 주는 시조이다. 주렴에 비친 달과 멀
리서 들려오는 구슬픈 피리 소리가, 임을 이별한 작자의 서글픈 한恨을 더욱
돋우고 있다.

강변에 총 멘 스람 기러기란 죄 노흐라

낙시 그물 가진 스람 니어여든 다 잡아라

니어와 기러기 잇셔도 쇼식 몰나

〈무명씨〉

• 남훈태평가南薰太平歌 166

강변에 총 멘 사람아! 소식을 전하는 기러기는 죄다 모두 놓아라

낚시 그물 가진 사람아! 잉어이거든 다 잡아라

잉어와 기러기가 있어도 임의 소식을 몰라 하노라

어구 풀이

- 죄 : 죄다. 모두. 전부.

- 노흐라 : 놓아라.

- 니어여든 : 잉어이거든.

- 니어 : 잉어.

- 잇셔도 : 있어도.

해설

잉어와 소식을 전하는 기러기가 있어도 임의 소식을 모르니 다 잡으라고 하고
있다. 임의 소식을 기다리는 작자의 애타는 심정이 잘 나타나 있다.

窓밧기 어룬어룬컬늘 님만 넉여 펄쩍 쒸여 쑥 나셔보니
님은 아니 오고 우수름 달ㅂ빗체 열구름이 날 속여고ㄴ
맛초아 밤일썻만졍 힝혀 낫이런들 남 우일번 ㅎ여라

〈무명씨〉

• 화원악보花源樂譜 520

창밖에서 어른어른거리는 것이 있어, 임이 온 줄 알고 펄떡 뛰어 얼른 밖에 나가보니

임은 아니 오고 구름에 가려진 으스름한 달빛의 그림자였구나. 오! 그것이 나를 속였구나

때마침 밤이었기에 망정이지 행여 낮이었더라면 남들이 웃을 뻔 하였어라

어구 풀이

- 넉여 : 여겨. 생각되어.
- 우수름 달ㅂ빗체 : 으스름 달빛에.
- 열구름 : 하늘을 열고 지나가는 구름. 곧, 흘러가는 구름.
- 맛초아 : 마침. 때마침.

- 밤일썻만졍 : 밤이었기에 망정이지.
- 낫이런들 : 낮이었더라면. '낫'은 '낮'으로 '한낮', '대낮'과 같은 말.
- 남 우일번 : 남이 웃을 뻔.

해설

평시조로서는 초장과 중장의 글자 수가 조금은 넘친다. 글자 수로만 본다면 사설시조로 분류해도 될 법하다. 평시조로서는 파격이라 할 수 있다. 하지만 음수율로 본다면 크게 문제될 것이 없다.

작자는 창밖을 보고 임을 생각하며 누워 있었으리라. 아니, 무의식적으로 얼핏 창쪽으로 눈을 돌렸으리라. 그때, 두둥실 떠 있던 달이 구름에 가리어지니 달빛은 으스름해지고, 달빛을 받은 구름이 그림자를 만들어 작자의 창문에 어른어른 거린다. 작자는 그것이 임이 온 줄로만 알았으리라. 그래서 밖으로

뛰어나가 보니 임은 아니 왔다. 작자는 이러한 자신의 모습을 대낮에 사람들
이 보았더라면 얼마나 웃었을까하고 부끄러워하고 있다.

北斗七星 못ᄌ오신 알픠 憫忙ᄒ 발괄 알외옵ᄂ이

글이든 님을 만나 情엣말 못ᄒ야 날이 새야온이

밤中만 三台星 差使 노하 샐별의게 分付ᄒ여 주쇼셔

〈무명씨〉

• 일석본 해동가요—石本 海東歌謠 40

북두칠성 모이신 앞에 민망한 간청하여 아뢰옵기는

그리던 임을 만나 애정스러운 이야기를 하기도 전에 날이 새어 정情이 있는 말을 다 못하오니

밤중쯤에 삼태성 차사를 보내어 날이 새는(날이 밝아오는) 별에게 부디 분부하여 주소서. 날이 새지 말라고

어구 풀이

- 못ᄌ오신 : 모이신. '~ᄌ오'는 겸양보조어간. '못'의 기본형은 '못다'로써 '모이다'의 뜻.
- 알픠 : 앞에.
- 발괄 : 청원. 간청. 진정. 호소.
- 情(정)엣말 : 情(정)이 있는 말. 애정에 어린 말. 애정스러운 말.
- 밤中만 : 밤중쯤. 밤중에만. '~만'은 정도程度와 한도限度를 가리키는 두 가지의 경우가 있는데, 정도程度의 경우는 '~쯤'으로 해석되고, 한도限度의 경우는 '~에만'으로 해석된다.
- 三台星(삼태성) : '삼형제별'을 잘못

일컫는 말. 큰곰자리 중에서 자미성紫微星을 지키는 별. 상대성上台星 두 개, 중태성中台星 두 개, 하태성下台星 두 개로 됨.

- 差使(차사) : 임금이 중요한 임무를 위하여 파견하던 임시 벼슬. 또는 그런 벼슬아치. 고을 원이 죄인을 잡으려고 내보내던 관아의 하인. ¶함흥~.
- 노하 : 놓아. 보내어.
- 샐별의게 : 샐 별에게. 날이 밝아올 때 뜬 별에게. '샐'의 기본형은 '새다'로 '날이 밝아오다'의 뜻. '의게'는 '에게'란 뜻의 토씨.

- 分付(분부) : 아랫사람에게 내리는

  명령.

해설

우리 조상들은 촛불과 맑은 정수淨水를 떠 놓고 자신의 소원을 비는 아름다운 민속 신앙을 가지고 있었다. "북두칠성 성황님께 비나이다."라고 하면서, 자신의 소원을 들어주십사 하고 빌었던 것이다. 작자 역시 북두칠성에게 빨리 새는 별을 임이 오신 날엔 빨리 새지 않게 하여 달라고 빌고 있다. 이 시조 역시 글자 수가 조금 넘치는 평시조로서는 파격적인 시조이다.

어흠아 긔 뉘옵신고 건너 佛堂에 動鈴僧이 내 올너니
홀居士 홀로 주옵는 방안에 무스것ᄒᆞ랴 와계신고
홀居士님 노감탁이 버서거는 말곗틱 내 곳갈 버서 걸너 왓습네

〈무명씨〉

• 가람본 청구영언(가람本 靑丘永言) 653

에헴! 거기 누구신고. 나는 건너 불당의 여승인데
홀거사 홀로 자는 방 안에 무슨 일 하려고 와 계신고
홀거사님 노감투 벗어 거는 말뚝 곁에 내 고깔 벗어 걸러 왔네

어구 풀이

- 어흠아 : '에헴'하고 일부러 내는 인기척 소리.
- 긔 뉘옵신고 : 거기 누구신고. 거기 누가 오셨는고.
- 佛堂(불당) : 부처를 모셔 놓은 집.
- 動鈴僧(동령승) : '動鈴(동령)'은 '동냥'의 원말. 즉, 거지가 돈이나 물건을 구걸하는 일을 '동냥'이라고 하는데, 이 말은 한자말인 '動鈴(동령)'에서 온 말이다. '動鈴(동령)'은 원래 불가에서 사용되던 말이며, 곡식(시주)을 얻기 위해 이 집 저 집을 돌아다니는 승려를 말한다. 여기서는 여승女僧을 가리킴.
- 내 : 나我.
- 올너니 : 이온데. 옵는데.
- 홀居士(거사) : 홀아비 중. '居士(거사)'는 출가하지 아니한 속인俗人으로서 불교의 법명을 갖고 도道를 닦는 사람.
- 무스것 : 무슨 일.
- 노감탁이 : 노감태기. 노감투. 노끈으로 만든 감투. '감투'는 머리에 쓰는 의관의 하나.
- 말 : 말뚝.
- 곳갈 : 고깔. 여승女僧이 머리에 쓰는 세모지게 만든 건巾의 한 가지.

해설

문답 형식으로 이루어진 시조이다. 결론부터 말하자면, 여승이 홀거사를 유혹하는 내용이다. 홀거사와 섹스를 하고 싶다는 노골적인 내용이다.

각 장마다 하나하나 풀어헤쳐 보자. 초장은 홀거사와 동령승(여승)의 문답으로 이루어져 있다. "에헴!" 하고 여승이 인기척을 내자, 홀거사가 "거기 누가 왔느냐."고 묻고 있다. 이에 여승이 "건너 불당의 동냥하는 여승이옵니다."고 대답하고 있다. 그 여승의 대답에 중장에서 홀거사가 다시 한 번 더 "홀거사가 자는 방에 왜 왔느냐."고 찾아 온 이유를 묻고 있다. 종장에서 여승이 홀거사를 찾아 온 까닭을 답하고 있는데 그 연유를 "홀거사와 교합交合을 하러 왔노라."고 대답하고 있다. 다분히 육감적肉感的인 표현으로 답하고 있다.

이 시조는 전체적으로 은밀하게 이뤄질 수밖에 없는 절寺이라고 하는 특수한 상황에서의 성희性戱의 욕구를 표출시키고 있다. 이러한 내용의 시조로 사설시조 두 수가 있는데, "長衫 쓰더 즁의젹삼 짓고……"(222번 시조)와 "窓밧게 긔 뉘 오신고 小僧이 올쇼이다……"(223번 시조)가 있다.

閣氏닉 되오려 논이 물도 만코 걸다 ㅎ듸
倂作을 듀려 ㅎ거든 燃匠 됴흔 날을 쥬쇼 아아 아아아 아하 아아
眞實로 쥬기곳 쥬량이면 ㄱ티 들고 써디여 볼ㄱ가 ㅎ노라

〈무명씨〉

• 화원악보 花源樂譜 149

나이 어린 각시의 성기가 유액도 많고 기름지다 하대

나와 성교性交를 하려거든 젊고 왕성한 남자의 성기를 주소. 아아 아아아 아하 아아 황홀하여라

정말로 젊고 왕성한 남자의 성기를 줄 것 같으면 너와 교접交接해 볼까 하노라

어구 풀이

- 閣氏(각씨)닉 : '각시'의 한자 표기. '각시'는 한자를 빌려 '閣氏(각씨)'로 적는다. 젊은 여자. 새악시(색시). 갓 결혼한 여자. '아내'를 달리 이르는 말. '~닉'는 사람의 한 무리를 나타내는 접미사. '자네', '우리네', '순이네'가 이에 해당된다. ¶각시와 신랑.
- 되오려 : 올벼의 일종. '올벼'는 철 이르게 익는 벼를 말함. 곧, 여기서는 나이 어린 각시를 은유.
- 논 : 여자(각시)의 성기를 은유.
- 물 : 성교 시 흘러나오는 여자의 유액을 은유.
- 걸다 : 기름지다.

- ㅎ듸 : 하더라.
- 倂作(병작) : 소작. 땅 임자와 소작하는 사람이 수확을 똑같이 나누어 갖는 제도. 여기서는 남녀 간의 성적性的 교접交接을 뜻함.
- 燃匠(연장) : '연장'의 한자 표기. 물건을 만드는 기구. 여기서는 남자의 성기를 상징.
- 됴흔 : 좋은.
- 날 : 남자의 성기를 은유.
- 眞實(진실)로 : 정말로. 참으로. 거짓 없이 참되게.
- 쥬기곳 : 기본형은 '주다'. '곳'은 강세조사.
- 쥬량이면 : 줄 것 같으면.

- ᄀ릐 : 가래. 흙을 떠서 던지는 기구. 긴 자루가 박힌 삽에 양편으로 줄을 매어 세 사람이 사용하는데, 그 모양이 마치 여자의 성기와 비슷하다. 하여, 여기서는 여자의 성기를 은유하고 있음.

- ᄢᅵ디여 볼ᄀ가 : 'ᄢᅵ'는 '씨'. '씨'는 남자의 정자를 상징. 곧, 남자의 정자를 받아 볼까의 뜻. 다시 말해 교접交接해 볼까의 은유.

해설

대단한 상징으로 이루어진 시조이다. 걸쭉하게 성性을 노래하고 있다. 그리고 아주 노골적이다. 평시조이지만 무명씨 시조이기에 가능한 것이다. 중장에서 "아아 아아아 아하 아아"라고 후렴을 넣어 성교性交 시의 그 희열喜悅을 한층 더 고조시키고 있다. 이 시조의 주인공은 여자, 즉 각시다. 각시는 젊은 여자 곧 새악시를 말한다. 초장에서 자신이 유액이 많은 젊은 여자임을 스스로 밝히고 있다. 따라서 남자도 젊고 왕성한 남자를 원하고 있다.

이 시조에서는 남녀의 성기를 농촌의 연장에서 그 소재를 찾고 있다. 논, 물, 걸다, 병작, 연장, 날, 가래, 씨 등이 그것이다. 이런 은유적 표현을 빌려 남녀의 성기를 그대로 노래하고 있다. 이처럼 농촌의 연장을 소재로 쓴 시조로, 바로 다음 작품인 "閣氏네 외밤이 놈이⋯⋯"(194번 시조)가 있다.

閣氏네 외밤이 놈이 물도 만코 거다 하데
倂作을 줄여커든 밋안은 날을 주옵소
眞實로 줄여곳 ᄒ거든 갈애 들고 씨지워 볼까 ᄒ노라

〈무명씨〉

• 일석본 해동가요一石本 海東歌謠 95

각시의 성기가 물도 많고 기름지다 하네
나와 성교性交를 하려거든 밑(여자의 성기)을 나에게 주시오
정말로 나에게 줄 것 같으면 너의 성기에 정액을 쏟아 씨를 만들어 볼까 하노라

어구 풀이

- 외밤이 : 외따로 떨어진 논배미.
'논배미'는 논두렁으로 둘러싸인
논의 하나하나의 구역을 말함. 여
기서는 여자 성기의 둔덕을 상징.
- 거다 : 기름지다.
- 倂作(병작) : 소작. 땅 임자와 소작
하는 사람이 수확을 똑같이 나누
어 갖는 제도. 여기서는 남녀 간의
성적性的 교접交接을 뜻함.
- 밋안은 : 밑 안쪽은. 곧, 여자의 성
기를 가리킴.

- 날을 : 나를.
- 줄여곳 ᄒ거든 : 줄 것 같으면.
'곳'은 강세조사.
- 갈애 : 가래. 흙을 떠서 던지는 기
구. 긴 자루가 박힌 삽에 양편으
로 줄을 매어 세 사람이 사용하는
데, 그 모양이 마치 여자의 성기와
비슷하다. 하여, 여기서는 여자의
성기를 은유하고 있음.
- 씨지워 : 씨를 떨어뜨려. 곧, 정액
을 쏟아 볼까의 뜻.

해설

바로 앞의 시조 "閣氏늬 되오려 논이……"(193번 시조)에서처럼, 외밤 병작, 가
래, 씨 등 농촌의 연장을 소재로 하여 성교性交를 표현하고 있다.

제2부
사설시조·엇시조

유명씨有名氏
시조

이리 알쓰리 살쓰리 그리고 그려 病되다가

萬一예 어느 쩍가 되든지 만나 보면 그 엇더할고 應當 이 두손길

부여 잡고 어안 벙벙 아모 말도 못하다가 두눈에 물결이 어릐여 방

울방울 쩌려져 아로롱지리라 이웃 압자락에 일것셰 만낫다 하고

丁寧이 이럴쥴 알냥이면 차라리 그려 病되는이만 못하여라

〈안민영安玟英〉

• 금옥총부金玉叢部 180

이렇게 알뜰히 살뜰히 그리워하고 그리워하여 병 되다가

만일에 어느 때가 되던지 만나 보면 그 어떠할고. 응당히 이 두 손을 부여잡고

어안이 벙벙하여 아무 말도 못하다가, 두 눈에 눈물이 어리어 방울방울 떨어져 아

롱지리라. 이 옷 앞자락에 이것이 만났다 하고

정녕코 이럴 줄 알았으면 차라리 그리워하여 병 되는이만 못하리라

어구 풀이

- 이리 : 이렇게.
- 알쓰리 살쓰리 : 알뜰히 살뜰히.
- 그리고 그려 : 그리워하고 그리워
  하여思.
- 應當(응당) : 당연히. 틀림없이. 으
  레. 마땅히.
- 물결 : 여기서는 '눈물'을 말함.

- 아로롱 : 아롱. 또렷하지 아니하고
  흐리게 아른거리다.
- 일것셰 : 이것이.
- 丁寧(정녕) : 정녕코. 정녕히. 꼭.
  조금도 틀림없이. 더 이를 데 없이
  정말로.
- 알냥이면 : 알았으면. 알았다면.

해설

임을 만났을 때 자신의 심정이 어떻게 변하는가를 상상하며, 임에 대한 그리

움을 노래하고 있다.

갈제는 옴아틋니 가고 안이 오미라

十二欄干 바잔이며 님 계신듸 볼아보니 南天에 雁盡ᄒ고 西廂
에 月落토록 消息이 긋혀졋다

이 뒤란 님이 오셔든 잡고 안자 새오리라

〈김두성金斗性〉

• 청구가요靑丘歌謠 75

떠날 때는 곧 온다고 하더니 가더니 아니 오는구나

열 두 굽이나 되는 난간을 부질없이 오락가락하며 임 계신 곳을 바라보니, 남쪽
하늘에 기러기는 다 날아가고 서쪽 마루(서산 마루)에 달이 지도록 소식이 끊어졌다

이후以後로는 임께서 오시면 붙잡고 앉아 밤을 지새우리라

어구 풀이

- 갈제는 : 갈 때는.
- 옴아틋니 : 오마 하더니. 온다고
  하더니.
- 오미라 : 오는구나.
- 十二欄干(십이난간) : 열 두 굽이나
  되는 난간.
- 바잔이며 : 바장이며. 바장거리며.
  부질없이 짧은 거리를 오락가락
  거니는 모양.

- 南天(남천) : 남쪽 하늘.
- 雁盡(안진) : 기러기가 다 날아가서
  보이지 않음.
- 西廂(서상) : 서쪽 마루.
- 月落(월락)토록 : 달이 지도록.
- 긋혀졋다 : 그쳐졌다. 끊어졌다.
  기본형은 '그치다'.
- 이 뒤란 : 이 뒤엔後. 이후以後로는.
- 오셔든 : 오시거든.

해설

임에 대한 그리운 심정과 소원을 소박하게 그리고 있다.

思郞 思郞 庫庫히 미인 思郞

왼 바다흘 다 덥는 금을쳐로 미즌 思郞 往十里라 踏十里 춤윗너

출이 얽어지고 틀어져셔 골골이 둘우 뒤트러진 思郞

암아도 이님의 思郞은 ᄀ업쓴가 ᄒ노라

〈김두성金斗性〉

• 청구가요靑丘歌謠 69

사랑 사랑 그물의 코처럼 굽이굽이 매어진 사랑

온 바다를 다 덥는 그물처럼 맺어진 사랑. 왕십리라 답십리의 참외 넝쿨이 얽어

지고 틀어져서 골마다 두루두루 뒤틀어진 것 같은 사랑

아마도 이 임의 사랑은 끝없는가 하노라

어구 풀이

- 思郞(사랑) : '사랑'의 한자 표기.
- 庫庫(고고)히 : '고고이'의 한자 표기. 한자 표기로 보아 '곳간'을 연상할 수 있으나, 여기서는 '굽이굽이' 또는 '그물 따위의 코마다'로 해석함이 옳다.
- 미인 : 매어진.
- 바다흘 : 바다를. '바다'는 고어에서 '바다ㅎ'으로 ㅎ음이 개입되거나, '바를'로 표기.

- 금을쳐로 : 그물처럼.
- 미즌 : 맺은. 기본형은 '맺다'.
- 往十里(왕십리)라 踏十里(답십리) : 서울에 있는 마을 이름. 현재도 이 지명으로 불리워지고 있다.
- 춤윗너출 : 참외 넝쿨(덩굴).
- 골골이 : 골마다.
- 둘우 : 두루.
- ᄀ업쓴가 : 끝없는가.

해설

끈끈히 얽혀지고 맺어진 임과의 끝없는 사랑을 노래하고 있다. 이와 유사한 내용의 시조로는 "ᄉ랑 ᄉ랑 긴긴 ᄉ랑……"(101번 시조)이 있다.

내게는 怨讐ㅣ가 업셔 개와 둙이 큰 怨讐로다

碧紗窓 깁픈 밤의 픔에 들어 자는 임을 자른 목 느르혀 홰홰쳐
울어 닐어 가게 ᄒ고 寂寞 重門에 왓는 님을 믈으락 나으락 캉캉
즈저 도로 가게 ᄒ니

암아도 六月流頭 百重前에 서러저 업씨 ᄒ리라

〈김두성金斗性〉

• 청구가요靑丘歌謠 67

내게는 원수가 없건만 개와 닭이 큰 원수로다

벽사창 깊은 밤에, 내 품에 들어와 자는 임을, 짧은 목 느리어 홰홰쳐 울어서 임
을 가게 하고, 적막한 중문에 온 임을, 물러갔다 나아갔다 하며 캉캉 짖어서 임을
도로 가게 하니

아마도 유월 유두날과 백중날에 잡아먹어 없앨까 하노라

어구 풀이

- 碧紗窓(벽사창) : 푸른 비단으로
  바른 창.
- 픔 : 품.
- 자른 목 : 짧은 목.
- 느르혀 : 느리어. 늘려.
- 홰홰쳐 : 홰치다. '홰홰'는 계속하
  여 무엇을 내두르는 모양. 닭이나
  새 따위가 날개를 벌리고 탁탁 치
  다, 의 뜻.
- 닐어 : 일어나.
- 寂寞(적막) : 고요하고 쓸쓸함.
- 重門(중문) : 대문 안에 거듭 세운 문.

- 믈으락 나으락 : 물러갔다 나아갔다.
- 六月流頭(유월유두) : 음력 유월 보
  름 날. 명절의 하나. 원래 명칭은
  '유두'이나 보통 '유월유두'라 한
  다. 신라 풍속에 이날 나쁜 일을
  덜어버리기 위하여 동쪽으로 흐
  르는 물에 머리를 씻었다고 한다.
  지금은 수단水團·수교위 같은 음
  식을 만들어 먹고, 농촌에서는 논
  에 가서 농사가 잘 되라고 용신제
  龍神祭를 지냄.
- 百種(백종) : 음력 칠월 보름 날.

'백중날'을 달리 이르는 말. 이 무렵에 과실과 소채蔬菜가 많이 나와 옛날에는 백 가지 곡식의 씨앗 을 갖추어 놓았다 하여 유래된 명칭이다.

- 서러저 : 사라져. 스러져.

해설

작자는, 임이 오면 짖어대는 개와 날이 새라고 울어대는 닭이 얼마나 얄미우면, 유월 유두날과 백중날에 잡아먹겠다고 노래했을까. 개와 닭이 원수 같았으리라. 임에 대한 사랑을 현실감 있게 노래하고 있다.

烏程酒 八珍味를 먹은들 술로 가랴

玉漏金屏 집흔 밤의 元央枕 翡翁衾도 님 업쓰면 거즉쎠시로다

져 님아 헌 덕셕 집벼개예 草衣를 홀씨라도 離別곳 업씨면 긔
願인가 ᄒ노라

〈김두성金斗性〉

• 청구가요靑丘歌謠 71

아무리 맛있는 술과 맛있는 음식을 먹은들 살로 가랴

옥으로 만든 물시계와 금으로 꾸민 병풍과, 깊은 밤의 원앙침 비취이불도 임이
없으면 짐승의 가죽과 같은 것이로다

저 임아! 소의 등을 덮어 주는 덕석(멍석)과, 짚으로 만든 베개에, 속세를 떠나
산야에 묻혀 사는 사람의 옷을 걸칠지라도, 이별이 없으면 그것이 내 소원인가 하
노라

어구 풀이

- 烏程酒(오정주) : '五精酒(오정주)'
  의 잘못. 솔잎, 구기자, 천문동天
  門冬, 백출白朮, 황정黃精으로 빚
  어 만든 술.

- 八珍味(팔진미) : 여덟 가지의 진귀
  한 맛있는 음식. 굉장히 잘 차린
  음식을 비유적으로 이르는 말.

- 玉漏金屏(옥루금병) : 옥으로 만든
  물시계와 황금으로 꾸민 병풍.

- 元央枕(원앙침) : '鴛鴦枕(원앙침)'
  의 잘못. 원앙을 수놓은 베개. 부
  부가 함께 베는 베개.

- 翡翁衾(비옹금) : '翡翠衾(비치금)'
  의 잘못. 비취색의 비단 이불. 젊
  은 부부가 덮을 화려한 이불을 이
  르는 말.

- 거즉쎠시로다 : 가죽이로다

- 덕셕 : 덕석. 추울 때에 소의 등을
  덮어 주는 멍석.

- 집벼개예 : 짚베개에. 짚으로 만든
  베개에.

- 草衣(초의) : 속세를 떠나 산야에
  묻혀 사는 사람의 옷. 이러한 사
  람을 은인隱人, 은자隱者, 은사隱

±라고 한다.　　　　　　　　　　 - 긔 : 그것이

- 곳 : 강세부사.

해설

호의호식 *好衣好食*도 필요 없으니, 사랑하는 임과의 이별만큼은 없게 해 달라는 노래.

窓밧싀 감아솟 막키라는 장亽 離別나는 굼멍도 막키옵는가

　그 궁기 本來 물이 흐으매 自古로 英雄豪傑들도 知慧로 못 막

앗쏘 허믈며 西楚伯王의 힘으로 能히 못막앗신이 하 우은말 마오

　眞實로 장亽의 말과 갓탈쎈대 長離別인가 ᄒ노라

〈김두성金斗性〉

· 청구가요靑丘歌謠 65

　창밖에 가마솥 때우라는 장사(땜쟁이) 이별이 생기는 구멍도 때울 수 있는가

　그 구멍 본래 물이 흐르는 것이므로, 자고로 영웅호걸들도 지혜로 못 막았고,

또한 의기당당 했던 서초패왕의 힘으로도 능히 못 막았는데, 어찌 하찮은 땜쟁이

인 내가 그 이별 나는 구멍을 막을 수 있겠는가. 그러하니 나보고 막으라는 그런

우스운 소리(되지 않는 말) 하지 마오

　정말로 땜쟁이 장사의 말과 같다면 사랑하는 임과 영영 이별인가 하노라

어구 풀이

- 밧싀 : 밖에.

- 감아솟 : 가마솥.

- 막키라는 : 막으라는. 때우라는.

- 離別(이별)나는 : 이별이 생기는.

- 굼멍 : 구멍.

- 막키옵는가 : 막을 수 있는가. 때
　울 수 있는가.

- 궁기 : 구멍.

- 흐으매 : 흐르매. 흐르므로.

- 自古(자고)로 : 자고이래로. 고래
　로. 자래로. 예로부터 내려오면서.

- 西楚伯王(서초백왕) : 중국 초

나라의 왕 항우項羽을 일컬음

(B.C.232~B.C.202). 진나라 말기

의 무장으로, 기원전 209년에 진

나라를 멸망하게 하고, 초나라를

세워 왕이 되었으며 스스로 서초

西楚의 패왕霸王이라 하여 초패왕

楚霸王이라 하였다. 이름은 적籍.

우는 자字이다. 한나라를 세운 왕

유방과 패권을 다투다가 해하垓

下에서 패하여 오강烏江에서 그의

애첩 우미인虞美人과 함께 자결

하였다.

- 하 : 너무. 매우. 많이. 크게.

- 우은말 : 우스운 말.

- 眞實(진실)로 : 정말로. 참으로. 거
  짓 없이 참되게.

- 長離別(장이별) : 긴 이별. 곧, 영영
  만날 수 없는 이별.

해설

문답 형식으로 이루어진 시조이다. 초장은 작자가 땜쟁이 장사꾼에게 묻고
있고, 중장은 작자의 물음에 땜쟁이 장사꾼이 대답하고 있다. 종장에선 땜쟁
이 장사꾼의 말을 들은 작자가 실의에 빠져 한숨 섞인 체념을 하고 있다. 별리
別離의 정한情恨을 노래한 시조이다.

바독이 검동이 靑揷沙里中에 죠 노랑 암키갓치 얄믜오랴
뫼온 님 오면 반겨 늬닫고 고은님 오면 캉캉 지져 못 오게 흔다
門밧긔 기장ᄉ 가거든 찬찬 동혀 주이라

〈김수장金壽長〉

• 교주 해동가요校注 海東歌謠 543

바둑이, 검둥이, 청삽사리 중에 저 노랑 암캐같이 얄미울까

미운 임 오면 반겨 내닫고, 고운 임 오면 캉캉 짖어 못 오게 한다

문밖에 개장사 가거든 칭칭 동여매어 주리라

어구 풀이

- 靑揷沙里(청삽사리) : 개의 한 품
  종. 검고 긴 털이 곱슬곱슬하게
  난 개.

- 찬찬 동혀 : 칭칭 동여.

해설

유머스러운 작품이다. 사랑하는 임이 오면 짖어대는 개가 얼마나 얄미웠을
까. 그러하기에 개장사가 오면 팔아버리겠다고 하고 있다.

갓나희들이 여러 層이오레

松骨민도 갓고 줄에 안즌 져비도 갓고 百花園裡에 두리미도 갓고 綠水波瀾에 비오리도 갓고 짜히 퍽 안즌 쇼로기도 갓고 석은 등걸에 부헝이도 갓데

그려도 다 各各 님의 스랑인이 皆一色인가 ᄒᆞ노라

〈김수장金壽長〉

• 교주 해동가요校注 海東歌謠 554

계집아이들이 여러 층이더라

송골매 같기도 하고, 줄에 앉은 제비 같기도 하고, 온갖 꽃이 핀 속에 있는 두루미 같기도 하고, 크고 작은 물결이 일렁이는 곳에 있는 비오리 같기도 하고, 땅에 푹 앉은 소리개 같기도 하고, 썩은 등걸나무에 앉은 부엉이도 같더라

그래도 다 각각 임의 사랑이니 모두 다 뛰어난 미모인가 하노라

어구 풀이

- 갓나희 : 계집아이.
- 層(층)이오레 : 층이더라. 종류이더라. 여기서는 '여러 모습이더라'의 뜻으로 쓰임.
- 갓고 : 같고. 기본형은 '같다'.
- 져비 : 제비.
- 百花園裡(백화원리) : 온갖 꽃이 핀 가운데.
- 綠水波瀾(녹수파란) : 크고 작은 푸른 물결.
- 비오리 : 오리과의 물새.
- 짜히 : 땅에.
- 쇼로기 : 소리개. 솔개.
- 석은 : 썩은.
- 부헝이 : 부엉이.
- 그려도 : 그래도.
- 皆一色(개일색) : 모두 다 뛰어난 미인.

해설

수많은 모습의 얼굴들이 있지만, 예쁘든 안 예쁘든 그 각자의 임에게는 모두

가 뛰어난 미모의 임으로 보인다는 내용이다. 우리말에 "제 눈이 안경"이라는 말이 있다. 사랑하는 사람이라면 그 임이 다른 어떠한 임보다도 아름답게 보일 것이다.

눈섭은 그린듯ᄒ고 닙은 丹砂로 직은 듯ᄒ다

날 보고 웃는 樣은 太陽이 照臨ᄒᄂ듸 이슬 밋친 碧蓮花로다

네父母 너삼겨 닉올쩨 날만 괴게 ᄒ도다

〈김수장金壽長〉

• 교주 해동가요校注 海東歌謠 531

눈썹은 그린 듯하고 붉은 입술은 단사로 찍은 듯하다

나를 보고 웃는 모양은, 태양이 내려 비친 곳에 벽에 그려져 있는 이슬 맺힌 연꽃처럼 아름답도다

네 부모가 너를 생겨 낳을 적에 나만 사랑하게 한 것이로다

어구 풀이

- 닙은 : 입은.

- 丹砂(단사) : 진사辰沙. 광택이 있는 짙은 홍색의 광물. 염료 또는 약으로 씀. 수은으로 이루어진 황화 광물.

- 직은 : 찍은.

- 樣(양) : 모양. 모습.

- 照臨(조림)ᄒᄂ듸 : 내려 비친 곳에.

- 碧蓮花(벽련화) : 벽에 그려진 연꽃.

- 삼겨 : 생겨.

- 닉올쩨 : 낳을 적에. 낳을 때.

- 괴게 : 사랑하게.

해설

너무나 예쁜 임이다. 너무나 아름다운 임이다. 작자는, 아마도 그 부모가 임을 낳을 적에 자기만을 사랑하게 한 것이라고 생각하고 있다.

님 글여 깁히든 病을 무음 藥으로 곳쳐닉리

太上老君 招魂丹과 西王母의 千年蟠桃 洛伽山 觀世音 甘露

水와 眞元子의 人蔘果와 三山十州] 不死藥을 아무만 먹은들 할

일르소냐

아마도 글이뎐 님을 만ᄂ량이면 긔 良藥인ᄀ ᄒ노라

〈김묵수金默壽〉

• 화원악보花源樂譜 549

임을 그리다가 깊이 든 병을 무슨 약으로 고칠 수 있으랴

노자가 먹던 초혼단과, 선녀의 천년반도와, 낙가산에서 보살이 먹던 감로수와,

효자인 진원자의 인삼과, 삼산십주에 있는 선약仙藥과, 이 모든 것들을 먹은들 임

을 그리는 병을 고칠 수 있단 말인가

아마도 그리던 임을 만난다면 그것이 효험이 있는 약인가 하노라

어구 풀이

- 무음 藥(약) : 무슨 약.

- 太上老君(태상로군) : 도가에서 노
  자를 존칭하는 말.

- 招魂丹(초혼단) : 신선이 만든다는
  장생불사의 환약. 선약仙藥. 선단
  仙丹. 금단金丹. 단약丹藥.

- 西王母(서왕모) : 선녀의 이름.

- 千年蟠桃(천년반도) : 천 년에 한
  번 꽃이 피고 결실한다는 복숭아.
  사람이 이것을 먹으면 장수한다
  고 함.

- 洛伽山(낙가산) : '落迦山(낙가산)'

의 잘못. 동해 가운데에 있고, 관
음대사觀音大師가 중생을 교화하
고 구제하려고 여러 가지 모습으
로 변하여 세상에 나타났다고 하
는 곳.

- 觀世音(관세음) : 보살의 하나.

- 甘露水(감로수) : 도리천忉利天에
  있는 달콤하고 신령스러운 물. 한
  방울만 먹어도 온갖 괴로움이 없
  어지고 영생할 수 있다.

- 眞元子(진원자) : 이본異本에는 '晉
  院子(진원자)'로 되어 있는데, 중국

남조시대 양나라의 원효서院孝緒를 가리키는 듯. 원효서는 산삼山蔘을 구하여 어머니의 병환을 고쳤다는 효자.

- 三山(삼산) : 삼신산三神山. 중국 전설에서 동쪽 바다 복판에 있어 신선이 산다는 봉래산, 방장산, 영주산의 세 산. 또는 우리나라의 금강산, 지리산, 한라산의 세 산이라고도 함.

- 十州(십주) : 신선들이 산다는 열 군데의 섬.

- 不死藥(불사약) : 먹으면 죽지 않고 오래 산다고 하는 선약仙藥.

- 아무만 : 암만. 아무리.

- 할일르소냐 : '흐릴소냐'의 이표기異表記. 할 수 있단 말인가.

- 만느량이면 : 만난다면. 만날 것 같으면.

- 良藥(양약) : 매우 효험이 있는 약.

해설

임을 그리다 깊이 든 병이니 곧, 상사병이다. 작품에서 '초혼단', '천년반도', '감로수', '인삼과', '불사약' 등 신비의 영약靈藥들을 끌어들여, 상사병은 그 어떠한 약으로도 고칠 수 없음을 말하고 있다. 오직 사랑하는 임을 만나는 것만이, 임과 사랑을 나눌 수 있는 것만이 고칠 수 있다고 하고 있다. 상사병은 사랑하는 임과 서로 사랑하는 것만이 오로지 치료될 수 있는 병이리라. 그 어떤 약도 치유가 되지 않으리라.

님으란 淮陽 金城 오리남기 되고 나는 三四月 츩너출이 되야

그남게 그츩의 낙겸의 납의 감둧 일이로 츤츤 졀이로 츤츤 외오

풀러 올히 감아 얼거져 플어져 밋붓터 긋ᄉᆞ지 죠곰도 뷘틈업시 찬

찬 굽의나게 휘휘 감겨 晝夜長常 뒤트러져 감겨잇셔

冬섯쏼 바람비 눈셜이를 암으만 맛즌들 쎨어질쭐 이실야

〈이정보李鼎輔〉

• 교주 해동가요校注 海東歌謠 386

님일랑은 회양 금성의 오리나무 되고, 나는 3월과 4월의 츩 넝쿨이 되어

그 오리나무에 거미줄로 나비를 감둧, 이리로 칭칭 저리로 칭칭 감고, 왼쪽으로

풀고 오른쪽으로 감아, 밑에서부터 끝까지 조금도 빈틈없이 칭칭 굽이지게 휘휘

감겨 밤낮으로 뒤틀어져 감겨 있어

동지 섣달 그 차가운 바람비와 눈설이를 아무리 맞은들 떨어질 줄 있으랴. 칭칭

감겨 떨어지지 않으리라

어구 풀이

- 님으란 : 님을랑은. 님일랑은. 님
  은. '을랑'은 '은'의 뜻으로, 특히
  강조하는 뜻으로 가리키는 조사.
  '일랑'은 구어체로 어떤 대상을 특
  별히 정하여 가리킴의 뜻을 나타
  내는 보조사. '일랑은'은 보조사
  '일랑'에 보조사 '은'이 결합한 말.
  '일랑'보다 강조의 뜻이 있다.
- 淮陽(회양) 金城(금성) : 강원도의
  지명地名.
- 오리남기 : 오리나무. 자작나무과

  의 낙엽 교목.
- 츩너출 : 츩 넝쿨.
- 남게 : 나무에.
- 낙겸의 : 납거미. 거미의 일종.
- 납의 : 나비. '나븨'의 이표기異表記.
- 츤츤 : 칭칭.
- 외오 풀러 : 왼쪽으로 풀러. 곧, 그
  릇되게, 잘못되게 풀러. ※보통 왼
  쪽은 잘못되고 그릇된 것에, 오른
  쪽은 옳은 것에 비유됨.
- 올히 감아 : 옳게 감아. 바르게 감아.

- 찬찬 : 칭칭.

- 굽의나게 : 굽이지게.

- 晝夜長常(주야장상) : 주야장천(주
  야장천). 밤낮으로 쉬지 않고 잇달
  아서.

- 冬(동)섯쯀 : 동지 섣달. 곧, 동짓
  달과 섣달. 음력 11월과 12월.

- 암으만 : 아무리.

- 이실야 : 있겠는가. '없다'의 뜻. 이
  시랴. '랴'는 '리아'의 준말로 미래
  의문형.

해설

김두성金斗性의 사설시조에 "思郞 思郞 庫庫히 믜인 思郞……"(197번 시조)이
란 시조가 있는데, 내용을 보면, 그물코처럼 맺은 사랑과 참외 넝쿨이 얽어지
고 틀어져서 골골이 두루 뒤틀어진 사랑, 이란 작품이 있다. 또한 유세신庾世
信의 평시조에서 "님의게셔 오신 片紙……"(49번 시조)를 보면, 이승에서의 사
랑의 인연을 저승에서도 연리지連理枝가 되어 이으리라, 는 작품이 있다. 이
처럼 이 시조 역시, 임의 몸에 얽어지고 뒤틀어져서 칭칭 감겨, 어떠한 고난이
닥쳐와도 떨어지지 않으리라는 굳은 신념만이 영원한 사랑으로 이어지리라
고 노래하고 있다. 술술 잘 풀리는 실과 같은 사랑이라면, 그것이 모두 풀리
고 나면 사랑은 끝나게 된다. 실이 풀려나가기 전이라도 그처럼 잘 풀어지는
사랑이라면 어찌 진정한 사랑이라 할 수 있겠는가.

生미갓튼 져 閣氏님 남의 肝膓 그만 긋소

돈을 줄야 銀을 줄야 大緞침아 鄕織唐衣 亢羅속씻 白綾헐잇듸 굴름갓튼 北道ㅅ다리 玉빈혀竹節빈혀 銀粧刀 라 金貝즈르 金粧 刀 라 密花즈르 江南셔 나오신 珊瑚柯枝자기 天桃靑鸞박은 純 金갈악씨 石雄黃 眞珠당게 繡草鞋를 줄야

져 님아 一萬兩이 쑴쟐리라 꼿갓튼 寶조기예 웃는듯 씽긔는듯 千金一約을 暫間 許諾 ᄒ여라

〈이정보李鼎輔〉

• 교주 해동가요校注 海東歌謠 392

길들이지 아니한 매 같은 저 각시님! 남의 간장일랑 그만 끊으시오

돈을 주랴, 은을 주랴. 대단치마, 향직당의, 항라속옷, 백릉허리띠, 구름처럼 숱이 많은 결고운 머리칼, 옥비녀, 죽절비녀, 은장도, 금패자루, 금장도, 밀화자루, 강남에서 나온 산호로 만든 자개, 전도청란을 박은 순금 가락지, 천연석으로 물들이고 진주를 꿰어 만든 댕기, 예쁘게 꽃무늬 수를 놓은 신을 주랴. 그러하면 내 간장을 애타게 하지 않겠느냐

저 임아! 일만 냥이 허황된 꿈자리와 같은 것이다. 하니, 패물을 탐하지 말고 나와 사랑을 나누자. 꽃 같은 보조개에 웃는 듯 찡그는 듯하는 사랑스런 임아! 나와 사랑을 나누겠다는 천금과 같은 중한 언약을 허락하여라

어구 풀이

- 生(생)미 : 길들이지 않은 매.
- 閣氏(각씨) : '각시'의 한자 표기. '각시'는 한자를 빌려 '閣氏(각씨)'로 적는다. 젊은 여자. 새악시(색시). 갓 결혼한 여자. '아내'를 달리 이르는 말. ¶각시와 신랑.

- 긋소 : 끊소斷. 기본형은 '끊다'.
- 大緞(대단)침아 : 대단치마. 비단으로 지은 치마. '대단'은 중국에서 나온 비단이란 뜻.
- 鄕織唐衣(향직당의) : 부인이 입던 명주로 된 예복의 한 가지.

- 亢羅(항라) : 명주, 모시, 무명실 등
  으로 짠 피륙의 한 가지. 구멍이
  송송 뚫어진 것으로 여름 옷감에
  적당함.
- 속껏 : 속것. 속옷.
- 白綾(백릉) : 흰 빛깔의 얇은 비단.
- 헐잇듸 : 허리띠.
- 굴름갓튼 : 구름같은.
- 北道(북도) : 경기도 북쪽에 있는
  도. 곧, 황해도, 평안도, 함경도.
- 다릐 : 여자의 머리칼의 숱이 많아
  보이게 하려고 덧 넣는 딴 머리.
- 金貝(금패)ᄌᆞ르 : 금패로 만든 자
  루. '금패'는 빛깔이 누르고 투명
  한 호박琥珀의 한 가지.
- 密花(밀화)ᄌᆞ르 : 밀화로 만든 자
  루. '밀화'는 밀 같은 누른빛이 나
  고 젖송이 같은 무늬가 있는 호박
  琥珀의 한 가지.
- 珊瑚柯枝(산호가지)자기 : 산호
  로 만든 자개. '산호'는깊이 100~
  300미터의 바다 밑에 많은 산호
  충이 모여 높이 50cm 정도의 나
  뭇가지 모양의 군체를 이룬다. 개
  체가 죽으면 골격만 남는다. 골격

은 바깥쪽은 무르고 속은 단단한
석회질로 되어 있어 속을 가공하
여 장식물을 만드는데, 예로부터
칠보의 하나로 여겨 왔다. 가지산
호류, 돌산호류, 뿔산호류 따위가
있으며 따뜻한 해류가 지나는 바
다에 널리 분포한다.
- 天桃靑鑾(천도청란)박은 : 순금 가
  락지에 박은 알. '鑾(란)'은 '卵(란)'
  의 잘못.
- 石雄黃(석웅황) : 천연석. 누른빛
  을 내는 물감으로 씀. 곧, 여기서
  는 천연석으로 노랗게 물든 댕기
  를 뜻함.
- 眞珠(진주)당게 : 진주로 만든 댕기.
- 繡草鞋(수초혜) : 수를 놓은 미투
  리. '미투리'는 삼으로 지은 신.
- 쑴잘리라 : 꿈자리와 같은 것이다.
  '쑴잘리'는 '꿈자리'. ¶~가 뒤숭숭
  하다.
- 千金一約(천금일약)을 暫間(잠간)
  許諾(허락) ᄒᆞ여라 : 천금과 같이
  중한 언약을 잠깐 허락하소서.

해설

갖은 귀중한 패물들을 동원시켜 물질로 이루어지는 허황된 사랑보다 진실된

사랑을 나누자고 노래한 시조.

간밤의 ᄌ고 간 그 놈 암아도 못니즐다

瓦冶ㅅ놈의 아들인지 즌흙에 쏨늬듯시 두더쥐 伶息인지 국국기 뒤지듯시 沙工의 成伶인지 沙禦쩍 질으듯시 平生에 처음이오 凶症이도 야르제라

前後에 나도 무던이 겨거시되 참盟誓 간밤 그 놈은 참아 못니즐싀 ᄒ노라

〈이정보李鼎輔〉

• 교주 해동가요校注 海東歌謠 383

간밤에 자고 간 그놈 아마도 못 잊겠도다

기와를 만드는 놈의 아들인지 진흙을 이기듯이 내(여자) 몸 위에서 뛰놀고, 두더쥐 도령인지 곳곳을 뒤지듯이 내 몸 구석구석을 뒤지고(어루만지고, 애무하고), 뱃사공의 손놀림인지 삿대(남자의 성기)로 찌르듯이 내 음부陰部(여자의 성기)를 찌르고, 이런 기분은 평생에 처음이오 음흉스럽게도 야릇하여라

오늘 이 남자와 이런 정사情事가 있기 전에도, 많은 남자들과 무던히도 수없이 정사情事를 벌였지만, 참으로 맹세하거늘 간밤의 그놈은 차마 못 잊을까 하노라

어구 풀이

- 못니즐다 : 못 있겠구나. '~ㄹ다'는 감탄형어미.

- 瓦冶(와야)ㅅ놈 : 기와를 만드는 사람을 낮추어 이르는 말.

- 쏨늬듯시 : 뛰놀 듯이. 여기서는 진흙을 이기듯이. 고어古語에서는 '봄뇌다', '쏨놀다'로 '뛰놀다'의 뜻.

- 伶息(령식) : '伶(령)'은 '令(령)'의 잘못. 남의 아들을 높여 이르는

말. 도령. 도련님.

- 국국기 : 곳곳이. 곳곳마다. 곳곳을. 여러 곳을 모두.

- 沙工(사공) : 뱃사공.

- 成伶(성령) : 고어古語에서 '셩녕'의 한자 표기. 손으로 하는 일.

- 沙禦(사어)쩍 : 사엇대. 삿대. 상 앗대. 배질을 할 때 쓰는 긴 막대. 여기서는 남자의 성기를 상징한

말. ¶상앗대를 물속에 쑤셔 박아 뗏목을 앞쪽으로 밀었다.(출처 : 윤홍길, 완장)
- 凶症(신증)이도 : '凶(신)'은 '凶(흉)'의 잘못. 흉하게도. 흉측스럽게도. 음흉스럽게도.

- 야르제라 : 야릇하여라.
- 무던이 : '무던히'의 옛말. 무던. 정도가 어지간하게.
- 참盟誓(맹서) : 참으로 맹세하거늘.

해설

아주 노골적이고 외설적인 시조이다. 바로 다음에 소개될 무명씨의 시조 "드립더 브득 안으니……"(208번 시조)를 방불케 하는 시조이다. 간밤에 겪었던 성적性的 쾌락의 희열을 노골적이고 대담하며 사실적으로 묘사하고 있다. 특히 중장의 그 육감적肉感的인 표현은 사설시조가 갖는 특성을 한껏 살렸다고 할 수 있다. 현대의 그 어느 외설적인 소설보다 더 외설적이라 할 수 있다. 작자가 밝혀진 작품치고는 참으로 놀라운 외설적 표현이라 할 수 있다. 이처럼 외설적인 작품으로 작자가 밝혀진 시조로는, 평시조로 송강松江 정철鄭澈의 "玉이 玉이라커늘……"(28번 시조)과, 기녀 진옥眞玉의 시조 "鐵이 鐵이라커늘……"(29번 시조)이 있다.

사설시조에서 이처럼 노골적이고 육감적肉感的인 시조는 무수히 많다. 앞으로 작자가 밝혀지지 않은 무명씨 사설시조에서 이런 노골적이고 외설적인 시조들을 많이 감상하게 될 것이다.

무명씨無名氏
시조

드립더 브득 안으니 셰허리지 ᄌᄂᆨᄌᄂᆨ

紅裳을 거두치니 雪膚之豊肥ᄒ고 擧脚蹲坐ᄒ니 半開한 紅牧丹
이 發郁於春風이로다

進進코 又退退ᄒ니 茂林山中에 水春聲인가 ᄒ노라

〈무명씨〉

• 진본 청구영언珍本 靑丘永言 519

들입다 바드득 안으니 가는 허리가 자늑자늑

붉은 치마를 거두 치니 눈처럼 희고 포동포동한 살결이 풍만하고, 그 위에 걸터
앉으니 성욕을 느껴 반쯤 벌어진 여자의 성기가 성교를 간절히 원하도다

앞으로 나아가고 또 뒤로 물러서며 성교性交를 하니, 음모陰毛가 수풀처럼 무
성한 여인의 음부陰部에서 유액이 흘러나오는 소리가 나더라

어구 풀이

- 드립더 : 들입다. 세차게 마구. 여
  기서는 힘을 주어서 세차게 안으
  로 끌어들임을 말함.
- 브득 : 바드득. 몹시 힘을 주었을
  때 나는 소리.
- 셰허리지 : 가는 허리. '셰'는 가늘
  다는 뜻의 '細(세)'이고, '지'는 단
  순접미사.
- ᄌᄂᆨᄌᄂᆨ : 가볍고 몹시 부드러운
  모양.
- 紅裳(홍상) : 붉은 치마. 여기서 붉
  은 치마라는 뜻의 紅裳(홍상)으로
  한 것은, 내용을 한층 더 고조시

키기 위한 의도적인 표현이다.
- 거두치니 : 거두어 올려 부치니.
- 雪膚之豊肥(설부지풍비) : 눈처럼
  희고 깨끗한 살결이 포동포동하
  고 풍만함을 말함.
- 擧脚蹲坐(거각준좌) : 다리를 들고
  걸터앉음.
- 半開(반개)한 紅牧丹(홍목단) : 성욕
  을 느껴 반쯤 벌어진 여자의 성기.
- 發郁於春風(발욱어춘풍) : 봄바람
  이 향내를 발하며 자욱하게 나타
  나다. 곧, 성욕을 느끼다의 뜻. 대
  부분의 작품에서 '춘풍春風'이라

함은 '색色'을 말한다.

- 進進(진진)코 又退退(우퇴퇴) : 성
교를 맺는 모양. 곧, 남자와 여자
의 성기가 서로 교합하는 광경을
사실적으로 묘사.

- 茂林山中(무림산중) : 숲이 우거진
산 속. 곧, 여자의 음부를 상징한 말.
- 水舂聲(수용성) : 물 절구질하는
소리. 성교 시 흘러나오는 여자의
유액 소리.

해설

바로 앞의 시조 이정보李鼎輔가 지은 "간밤의 ᄌ고 간 그 놈……"(207번 시조)
처럼 매우 외설적인 작품이다. 남녀 간의 정사를 노골적이고 대담하게 표현
하고 있다. 폐쇄된 조선시대에 현대의 그 어느 정사를 다룬 연애 소설보다 더
외설적이다. 조선시대의 유교적 윤리로 보아 겉으로 표현할 수 없는 내용들이
묘사되고 있다. 참으로 놀라운 일이다. 그러기에 거의 대부분의 이런 시조
가 작자가 없는 무명씨로 되어 있다. 그리고 주로 양반이 아닌 평민들이 썼다.
물론 양반이 쓴 시조도 있겠으나, 설상 양반이 썼다 하더라도 이처럼 노골적
이고 외설적인 작품에 이름을 밝힐 양반은 없을 것이다. 이러한 내용의 시조
들은 사설시조에서만이 찾아볼 수 있는 독특한 특징이다.

이처럼 육정적肉情的이고 노골적인 표현은 사설시조가 동적인데 있다. 또한
그 계층의 대부분이 평민층이고 작자 또한 지은이 미상이 많다는데 있다. 양
반들이 즐겨 부르던 평시조는 그 표현 방법이 정적이고 감탄, 도덕, 교훈적인
데 반해, 사설시조는 동적이고 폭로적이며 노골적이고 사실적이다. 양반이
쓴 작품으로, 양반이면서 평시조임에도 불구하고 위 시조의 내용처럼 노골적
으로 쓰인 시조가 있다. 바로 조선조의 대학자요 시인인 송강松江 정철鄭澈이
기녀 진옥眞玉과 사랑을 나눌 때 노래한 "玉이 玉이라커늘……"(28번 시조)이
있다. 양반은 아니지만 이름이 밝혀진 시조로는 역시 정철과 사랑을 나눈 기
녀 진옥眞玉의 시조 "鐵이 鐵이라커늘……"(29번 시조)이 있다. 이처럼 노골적
이고 육감적肉感的으로 쓰인 시조로는, 양반으로서는 그리고 평시조로서는
정철의 시조가 유일하다.

참고

박을수 교수가 "수집한 445수의 사설시조의 내용만 보아도 남녀 간의 애정, 육담을 노래한 것이 74수로 가장 많고, 사랑의 애틋한 정을 노래한것이 69수로 평시조에서 볼 수 없는 많은 시조가 노골적으로 남녀 간의 성행위의 묘사, 육담 등을 표현하고 있음은 사설시조의 성격이 일단을 말해 주는 것이라 하겠다."(朴乙洙,「韓國時調文學全史」, p.109.)

언덕 문희여 조븐 길 몌오거라말고

두던이나 문희여 너른 구멍 조피 되야 水口門 내드라 豆毛浦 漢
江 露梁 銅雀 龍山 三浦 여흘목으로 든니며 느리 두져 먹고 치두
져 먹는 되강오리 목이 힝금커라 말고 大牧官 女妓 小名官 쥬탕
이 와당탕 내드라 두손으로 붓잡고 부드드 쩌는 이내 므스거시나
힝금코라쟈

眞實로 거러곳 홀쟉시면 愛夫ㅣ 될가 ᄒᆞ노라

〈무명씨〉

• 진본 청구영언珍本 靑丘永言 574

언덕(여자의 성기)을 무너뜨려 좁은 길 메우려고 하지 말고

둔덕(여자의 성기)을 무너뜨려 넓었던 구멍(여자의 성기)이 좁게 되어, 여자의 애
액이 나오는 그곳에 남자의 성기를 꽂고, 여자의 몸을 여기저기 탐욕스럽게 오르
락내리락하며 애무하는 남자의 성기가 가늘고 길다고 하지 말고, 목사, 기녀, 여
러 버슬아치들, 술을 파는 계집들이 서로서로 와당탕 덤벼들어 두 손으로 붙잡고
부르르 떠는 내 남자의 성기가 가늘고 길었으면 좋겠다

진실로 그 남자랑 성교를 할 것 같으면 그의 애부愛夫가 될까 하노라

어구 풀이

- 문희여 : 무너져. 무너뜨리다. 기본
  형은 '문희다'.

- 몌오거라 : 메우려고

- 두던 : 두덩. 두둑. 둔덕. 불룩하게
  언덕진 곳을 말함. 곧, 여자의 성기.

- 조피 : 좁히. 좁게.

- 水口門(수구문) : 물이 나오는 문.
  여자의 애액이 나오는 문. 곧, 여

자의 성기를 상징.

- 豆毛浦(두모포) 漢江(한강) 露梁(노
  량) 銅雀(동작) 龍山(용산) 三浦(삼
  포) : 모두 서울에 있는 지명地名
  으로, 여체女體의 각 부분을 묘사
  한 구절. '三浦(삼포)'의 '三(삼)'은
  '麻(마)'의 훈으로 '麻浦(마포)'를
  뜻함.

- 여흘목 : 여울목. 여체女體의 한 부분을 묘사.
- 느리 두져 먹고 치두져 먹는 : 내려가면서 들추어 먹고 올라가면서 들추어 먹는. 곧, 성교性交 시 여체女體를 여기저기 애무하며 탐욕하고 있는 남자의 움직임을 묘사한 구절. '치'는 접두사로 동사 위에 붙어 위로 올라가는 뜻을 표하는 말.
- 되강오리 : 오리의 한 가지로 강이나 늪 등에서 물고기를 잡아먹고 삶. 여기서는 남자에 비유됨.
- 목 : 모가지. 여기서는 남자의 성기를 상징.
- 힝금커라 : '힝금'은 가늘고 긴 모양. 기본형은 '힝금하다'.
- 大牧官(대목관) : 목사牧使. 조선시대에, 관찰사 밑에서 지방의 목牧을 다스리던 정삼품 외직 문관. 병권兵權도 함께 가졌다.
- 女妓(여기) : 기녀妓女.
- 小名官(소각관) : 낮은 여러 벼슬아치.

- 쥬탕이 : 술을 파는 계집.
- 내드라 : 내달아. 어떤 일을 하려고 덤벼들다. 갑자기 밖이나 앞쪽으로 힘차게 뛰어나가다.
- 부드드 : 부르르. 크고 가볍게 떠는 모양. 인색하게 잔뜩 움켜쥐고 내놓기 싫어하는 태도.
- 이내 : '나의'를 강조하여 이르는 말.
- 므스거시나 : 무엇이나. 여기서의 '무엇'은 남자의 성기를 가리킴.
- 힝금코라쟈 : 가늘고 길었으면 좋겠다.
- 眞實(진실)로 : 정말로. 참으로. 거짓 없이 참되게.
- 거러곳 : 걸다. 남녀가 서로 육체와 육체끼리 한 몸이 되다. 곧, 교합交合하다. 성교性交하다. '곳'은 강세조사.
- 홀쟉시면 : 할 것 같으면. '쟉'은 강세보조어간.
- 愛夫(애부) : 여자가 남몰래 정을 주는 남자.

해설

남녀 두 육체의 성적性的 교접交接을 노래한 시조. 중장에서 남자가 여자의 몸을 애무하는 장면과 성교性交를 실감 있게 상징과 은유로 묘사하고 있다.

청울치 뉵놀 메토리 신고 휘대 長衫 두루혀 메고

潇湘斑竹 열두ᄆᆡ디를 불휫재 쌔쳐 집고 ᄆᆞ르너머 재너머 들건너

벌건너 靑山 石逕으로 횟근누은 누은횟근동 너머 가옵거늘 보온

가 못 보온가 그 우리 난편 禪師즁이

넘이셔 즁이라 ᄒᆞ여도 밤즁만 ᄒᆞ여셔 玉人ᄀᆞᆺ튼 가슴 우희 슈박

ᄀᆞᆺ튼 머리를 둥글썰썰 썰썰둥글 둥굴둥실 둥굴러 긔여 올라 올져

긔는 내사 죠해 즁書房이

〈무명씨〉

• 진본 청구영언珍本 靑丘永言 577

칡넝쿨의 속껍질로 만든 여섯 개의 날로 된 미투리(짚신)를 신고, 휘감은 장삼
을 둘러메고

중국 소상에서 나는 아롱진 무늬의 열두 마디의 대나무를 뿌리 채 뽑아 짚고,
마루 건너, 재 너머, 들 건너, 벌판을 건너, 푸른 산속의 좁은 돌길로 흰 듯 누른 듯,
누른 듯 흰 듯 넘어 가옵거늘, 보았는가 못 보았는가 그것이 우리 남편 선사(중)로다

남이야 중이라고 놀린다 해도, 밤중에 곱고 아름다운 내 가슴 위로 수박처럼
민숭민숭한 머리를 둥글껄껄 껄껄둥글 둥그스름하게 뒹굴러서 내 몸 위로 올라
올 적에는 내사 좋아라! 중 서방이

어구 풀이

- 청울치 : 청올치. 칡넝쿨의 속껍질.
  또는 이것을 꼰 노. 베를 짤 수도
  있고 노를 만드는 재료로도 쓴다.
- 뉵놀 : 육六날. 여섯 날. 여섯 날의
  미투리. 피륙을 짜는데 쓰는 줄
  (실). '피륙'은 천·포목이라고도 하
  며, 아직 끊지 아니한 베·무명·비

단 따위의 천을 통틀어 이르는 말.
- 메토리 : 미투리. 짚신. 삼이나 노
  따위로 짚신처럼 삼은 신. 흔히 날
  을 여섯 개로 한다.
- 휘대 長衫(장삼) : 휘감은 장삼. '장
  삼'은 중의 윗옷으로 검은 베로 만
  들되 길이가 길고 소매가 넓음.

- 두루혜 메고 : 둘러메고.
- 瀟湘斑竹(소상반죽) : 중국 소상瀟湘에서 나는 아롱진 무늬의 대.
- 열두ᄆ듸 : 열두 마디.
- 불횟재 : 뿌리채. ※고어古語에는 '블희', '블ᄒᆡ', '불회', '불휘', '불희' 등으로 쓰였다.
- 쎄쳐 : 빼어. 뽑아. 억지로 빠져나오게 하다. 끝이 차차 가늘어져 뾰족하게 하다. 기본형은 '빼치다'.
- ᄆᄅ : 마루.
- 별 : 벌판.
- 石逕(석경) : 좁은 돌길.
- 횟근누은 : 희뜩 누릇. 흰빛과 누른빛이 뒤섞여 얼비치는 모양.
- 긔 : 그것이.
- 난편 : 남편.
- 禪師(선사) : 승려의 높임말.
- 놈이셔 : 남이사. 남이야. '셔'는 강세조사.

- 밤중만 ᄒ여셔 : 밤중쯤 해서. '밤중만'의 '~만'은 정도程度와 한도限度를 가리키는 두 가지의 경우가 있는데, 정도程度의 경우는 '~쯤'으로 해석되고, 한도限度의 경우는 '~에만'으로 해석된다.
- 玉人(옥인) : 미인.
- 슈박ᄀᆞ튼 : 머리를 빡빡 깎아 민숭민숭한 머리.
- 둥굴둥실 : 둥글둥실. 둥그스름한 모양.
- 둥글러 : 뒹굴러. 기본형은 '뒹굴다'.
- 긔여 올라 올져긔는 : 기어 올라 올 적에는. 여기서는 작자의 몸 위로 중이 기어오름을 말함.
- 죠해 중書房(서방)이 : 좋도다! 중 서방이.

해설

종장에서 교합交合하는 장면을 실사적實事的이고 음률적音律的으로 묘사하여 그 즐거움을 노래하고 있다.

半여든에 첫계집을 ᄒ니 어렷두렷 우벅주벅

주글번 살번 ᄒ다가 와당탕 드리ᄃ라 이리져리 ᄒ니 老都令의

ᄆ음 흥글항글

眞實로 이滋味 아돗던들 걸적보터 홀랏다

〈무명씨〉

• 진본 청구영언珍本 靑丘永言 508

마흔 살에 첫 계집질을 하니 어리둥절 얼떨떨하고 급하게 서두르기만 하는구나

죽을 뻔 살 뻔 하면서 와당탕 거침없이 이리저리 들이대어 하니 노도령의 마음

이 흥글항글 하여라

참으로 계집질하는 이 재미를 진작에 알았더라면 기어다닐 때부터 했을 것이다

어구 풀이

- 半(반)여든 : '여든'의 반은 '마흔'
  이니 곧, 40살을 말함.

- 첫계집을 ᄒ니 : 태어나서 처음으
  로 계집질을 하니. 여자가 하는 것
  은 서방질.

- 어렷두렷 : 어리둥절. 무슨 영문인
  지 잘 몰라서 얼떨떨하다.

- 우벅주벅 : 우적우적. 일을 무리해
  서 억지로 급하게 하는 모양. 거침
  없이 진보하는 모양.

- 드리ᄃ라 : 들이달아. 안쪽 또는
  한 쪽으로 거침없이 내닫는 모양.

- 老都令(노도령) : 나이 먹은 도령.
  노총각.

- 흥글항글 : 흥뚱항뚱. 어떤 일에
  정신을 온전히 쓰지 않고 들떠 있
  는 모양.

- 眞實(진실)로 : 정말로. 참으로. 거
  짓 없이 참되게.

- 滋味(자미) : 재미.

- 아돗던들 : 알았던들. '돗'은 강세
  보조어간.

- 걸적보터 : 길 적부터. 기어 다닐
  때부터.

- 홀랏다 : 했을 것이다.

해설

"늦게 배운 도둑질이 무섭다"는 말이 있다. 이 말을 실감케 하는 작품이다. 이 속담이 말해 주듯, 늦게 배운 계집질이 얼마나 황홀했으면, 그 맛을 진작에 알았더라면 기어 다닐 때부터 했을 것이라고 했겠는가. 고운 여인의 아름다운 여체女體 위에서 다급하고 성급하게 성희性戲의 희열喜悅을 즐기고 있는 작자의 모습이 잘 그려져 있다.

白髮에 환양 노는 년이 져믄 書房 ᄒ랴ᄒ고

셴 머리에 墨漆ᄒ고 泰山峻嶺으로 허위허위 너머가다가 과그른

쇠나기에 흰 동경 거머지고검던 머리 다 희거다

그르사 늘근의 所望이라 일락배락 ᄒ노매

〈무명씨〉

• 진본 청구영언珍本 靑丘永言 507

머리칼이 하얗게 센 늙은 화냥년이 젊은 서방을 맞으려고(교합하려고)

흰 머리를 검게 먹칠하고, 높고 가파른 산을 허우적허우적 넘어 가다가, 마구

퍼붓는 소나기에 흰 동정이 검어지고, 검게 염색한 머리는 다시 다 희어졌도다

그릇된 것이야 늙은이의 소망이라. 될 듯 안 될 듯하도다

어구 풀이

- 白髮(백발) : 하얗게 센 머리털. 흰
  머리.

- 환양 노는 년 : 화냥년. 서방질을
  하는 여자.

- 져믄 : 젊은.

- ᄒ랴ᄒ고 : 맞으려고

- 셴 머리 : 흰 머리.

- 墨漆(묵칠)ᄒ고 : 먹처럼 검게 칠
  하고. 곧, 검게 염색하고.

- 泰山峻嶺(태산준령) : 산이 높고 가
  파른 고개.

- 허위허위 : 허우적허우적.

- 과그른 : 심한. 과격한. 급한.

- 쇠나기 : 소나기.

- 동경 : 동정. 한복의 저고리 깃 위에
  조붓하게 덧대어 꾸미는 하얀 헝겊.

- 거머지고 : 검어 지고.

- 다 희거다 : 다 희어졌도다. '다'는
  '모두', '전부'란 뜻.

- 그르사 : 그른 것이야. 그릇된 것
  이야. 잘못된 것이야. '~사'는 '~
  야', '~라야'의 뜻을 가진 조사.

- 늘근 : 늙은.

- 일락배락 : 될락 안 될락. 될 듯 안
  될 듯. 흥할락 망할락. 이을락 끊
  을락.

- ᄒ노매 : 하도다. '~노매'는 감탄
  종지형.

해설

바로 앞의 작품 "半여든에 첫계집을 ㅎ니……"(211번 시조)가 남자가 계집질을
하는 것에 반해, 이 시조는 여자가, 그것도 늙은 여자가 젊은 남자와 화냥질
을 하는 내용이다. 앞의 작품은 계집질을 하는 성희性戲의 희열喜悅을 즐기
고 있는 반면, 이 작품은 마구 퍼붓는 소나기를 만나 화냥질이 허사로 돌아가
고 있음을 노래하고 있다.

각시닉 내 妾이 되나 내 각시의 後ㅅ난편이 되나

곳 본 나뷔 물 본 기러기 줄에 조츤 거믜 고기 본 가마오지 가지
에 젓이오 슈박에 족술이로다

각시닉 ㅎ나 水鐵匠의 ᄯᆞᆯ이오나 ㅎ나 짐匠이로 솟지고 나믄 쇠
로 가마질가 ㅎ노라

〈무명씨〉

• 진본 청구영언珍本 靑丘永言 533

각시가 내 첩이 되나, 내가 각시의 뒷서방이 되나, 이러한 것은 큰 문제가 아니
로다

우리의 인연은 천생연분으로 꽃을 본 나비며, 물을 본 기러기며, 줄에 걸려 있
는 먹이를 쫓는 거미와 같도다. 또한 고기를 본 가마우지며, 가재의 젓이오, 수박
에 숟가락이로다

각시나 무쇠장이의 딸이나 땜장이로 솥을 때우고(나이 어린 새색시와 성교를 갖
고) 남은 쇠로(젊었을 때 오입誤入을 하고 남은 정력으로) 때워볼까(나이 먹은 여자와 성
교를 가져볼까) 하노라

어구 풀이

- 각시닉 : 젊은 여자. 새악시(색시).
  갓 결혼한 여자. '아내'를 달리 이
  르는 말. '~네'는 사람의 한 무리
  를 나타내는 접미사. '자네', '우
  리네', '순이네'가 이에 해당된다.
  ¶각시와 신랑.
- 後(후)ㅅ난편 : 뒷남편. 뒷서방. 후
  처 또는 첩과 상반되는 말로, 본 남
  편 외의 또 다른 남편. 후부後夫.

- 곳 : 꽃.
- 조츤 : 쫓는.
- 가마오지 : 가마우지. 물새의 한
  가지.
- 가지 : '가재'의 경상도 방언. 젓을
  담아 먹기도 함.
- 젓 : 새우·조기·멸치 따위의 생선
  이나, 조개·생선의 알·창자 따위
  를 소금에 짜게 절이어 삭힌 음식.

- 족술 : 쪽술. 쪽박 같이 생긴 숟가락.

- 흐나 : 이나. 이던지.

- 水鐵匠(수철장) : 무쇠장이.

- 짐匠(장)이 : 땜장이.

- 솟지고 : 솥을 때우고. '솥'은 새색
  시의 성기를 은유.

- 가마질가 : 가마솥을 때울까. '가
  마솥'은 보통의 솥보다 더 큰 솥으
  로, 새색시보다 나이가 더 많은 여
  자의 성기를 은유.

해설

이 시조 역시 육정肉情을 노래하고 있다. 작자는 중장에서 서로 대비되는 것
들을 연결시킨 후, 임과 작자와의 관계 역시 떨어질 수 없는, 사람의 힘으로
움직이거나 변화시킬 수 없는 인연임을 노래하고 있다.

개를 여라믄이나 기르되 요 개ᄀᆞ치 얄믜오랴

뮈온님 오며ᄂᆞᆫ 쪼리를 홰홰 치며 쒸락 ᄂᆞ리 쒸락 반겨서 내ᄃᆞᆺ고

고온 님 오며ᄂᆞᆫ 뒷발을 버동버동 므르락 나으락 캉캉 즈져서 도라

가게 흔다

쉰밥이 그릇그릇 난들 너 머길 줄이 이시랴

〈무명씨〉

• 진본 청구영언珍本 靑丘永言 547

개를 십여 마리나 기르는데 그 많은 개들 중에서 요 개 같이 얄미우랴

미운 임이 오면 꼬리를 홰홰치며 올려 뛰고 내려 뛰고 반겨서 내닫고, 고운 임
(사랑하는 임)이 오면 뒷발을 버둥버둥거리며 물러갔다 나아갔다 캉캉 짖어서 돌
아가게 한다

쉰밥이 남아돌아서 그릇 그릇 난다한들 너만은 얄미워서 주지 않으리라

어구 풀이

- 여라믄 : 여남은. '여남은'은 수사
'열十'과 동사 '남-餘'이 결합하여
만들어진 합성어. 열이 조금 넘는
어림 수. 열이 조금 넘는 대강 짐
작으로 헤아린 수. 열 몇 개 정도.
십여十餘 개 정도.

- 홰홰 치며 : 날개를 벌려 탁탁치
며. '홰홰'는 가볍게 자꾸 휘두르
거나 휘젓는 모양. '홰홰'의 기본형
은 '홰치다'이며, 닭이나 새 따위
가 날개를 벌리고 탁탁 치다의 뜻.

- 쒸락 ᄂᆞ리 쒸락 : 올려 뛰락 내리
뛰락. (몸을) 올려 뛰고 내려 뛰고.
'뛰락'의 기본형은 '뛰다'.

- 버동버동 : '버둥버둥'의 옛말.

- 므르락 나으락 : 물러갔다 나아갔다.

- 즈져서 : 짖어서.

- 쉰밥 : 쉬어서 쉰내가 나거나 상하
여 변한 밥.

해설

참으로 유머스러한 내용의 시조이다. 미운 임이 오면 좋다고 꼬리를 흔들며
반겨 내닫고, 작자가 사랑하는 임이 오면 마구 물어뜯을 듯이 물러갔다 나아
갔다하며 캉캉 짖어서 내 쫓아 버리니, 이 개가 얼마나 얄미울까.

바독이 검동이 靑揷沙里中에 조 노랑 암캐ᄀᆞ치 얄믭고 잣믜오랴 믜온任 오게되면 쇼리를 회회치며 반겨 ᄂᆡᄃᆞᆺ고 고은任 오게되면 두발을 벗씌듸고 코쓸을 찡그리며 무르락 나오락 캉캉 즛는 요 노랑 암캐

잇틋날 門밧긔 ᄀᆡ ᄉᆞ옵시 웨는 匠事 가거드란 찬찬 동혀 ᄂᆡ야 쥬리라

〈무명씨〉

• 육당본 청구영언六堂本 靑丘永言 741

바둑이, 검둥이, 청삽사리 중에 요 노랑 암캐 같이 얄밉고 또 몹시 얄미우랴

미운 임이 오면 꼬리를 홰홰치며 반겨 내닫고, 고운 임(사랑하는 임)이 오면 두 발을 버티어 디디고 콧살을 찡그리며 물러갔다 나아갔다 하며 캉캉 짖는 요 노랑 암캐

이튿날 문밖에서 개 사사시오! 하고 외치는 개장사가 지나가거든 칭칭 동여 내어 주리라

어구 풀이

- 靑揷沙里(청삽사리) : '청삽사리'의 한자표기. 삽살개. 삽사리. 삽살이. 개 품종의 하나. 털이 복슬복슬 많이 나 있다. 오래전부터 우리나라에서 널리 길러 오던 토종개.
- 잣믜오랴 : 잔미우랴. 얄미우랴. 몹시 얄밉다는 뜻. '잔'은 접두사로 '細(세)'의 뜻.
- 회회치며 : '회회'는 '홰홰'의 잘못. 홰홰치며. 날개를 벌려 탁탁치며. '홰홰'는 가볍게 자꾸 휘두르거나 휘젓는 모양. '홰홰'의 기본형은 '홰치다'이며, 닭이나 새 따위가 날개를 벌리고 탁탁 치다의 뜻.
- 벗씌듸고 : 버티어 디디고.
- 코쓸 : 콧살. 코의 살.
- ᄉᆞ옵시 : 삽시다.
- 웨는 : 외치는.
- 찬찬 : 칭칭.

해설

"하하!" 하고 웃음이 나오게 하는 시조이다. 임에 대한 사랑을 생활 속에서
자연스럽게 끄집어내어 재미있게 노래하고 있다. 집에서 개를 키우고 있는데,
이놈의 개가 작자의 마음을 몰라주고 있다. 미운 임이 오면 꼬리를 치고, 작
자가 사랑하는 임이 오면 '컹컹' 짖어대고 있으니, 이놈의 개가 얄밉기만 한
거다. 그래서 개장사가 오면 팔아 버리고 싶은 마음이 드는 거다. 이는 실제로
판다는 것이 아니라 그만큼 임을 기다리는 작자의 마음을 사실적으로 표현
한 것이다. 아주 익살스럽게, 참 재미있게 노래한 시조이다.

梨花에 露濕도록 뉘게 잡혀 못오돈고

오쟈락 뷔혀 잡고 가지 마소 ㅎ는듸 無端히 쎨치고 오쟈홈도 어렵더라

져 님아 네 안흘 져버보스라 네오긔오 다르랴

〈무명씨〉

• 진본 청구영언珍本 靑丘永言 477

밤이 깊도록 누구에게 잡혀 못 오는가

옷자락 부여잡고 가지 말라고 하는데, 무던히 떨치고 오려고 하는 것도 어렵더라

저 임아! 네 마음을 헤아려 보시라. 너나 그 사람이나 무엇이 다르랴

어구 풀이

- 梨花(이화)에 露濕(노습)도록 : 배 꽃이 이슬에 젖도록. 곧, 밤이 깊 도록. '梨花(이화)'는 '배꽃'을, '露 濕(노습)'은 '이슬에 젖다'란 뜻.
- 오쟈락 : 옷자락.
- 뷔혀 잡고 : 부여잡고. 기본형은 '부여잡다'로, 두 손으로 힘껏 붙 들어 잡다의 뜻.
- 無端(무단)히 : 무던히. 어지간히.
- 오쟈홈도 : 오려함도. 오려고 하는

것도.
- 안흘 : 안을. 곧, 마음을.
- 져버보스라 : 접어 보시라(보소서). 곧, 헤아려 보시라. 짐작하여 보시라의 뜻. '접어'는 '접다'의 부사형으로, 꺾어 서 겹치다 또는 간추러니 잘 겹치다의 뜻이니, '헤아리다', '짐작하다'로 풀이 가 된다. '보스라'는 '보구려' 또는 '보 시라', '보소서' 등으로 새길 수 있다.
- 네오긔오 : 너나 그 사람이나.

해설

초장에서는 오지 않는 임을 원망하고 있고, 중장과 종장에서는 자기를 원망 하고 있는 임에게, 오지 못하게 되는 사정을 이해시켜 주는 문답 형식으로 이 루어진 시조.

히 져 黃昏이 되면 닉 아니 가도 졔 오더니

졔몸의 병이 든지 남의손의 줍피인지 기는려도 아이 오닉

언마나 진장홀 님이완듸 슬쓴 에를 긋는고

〈무명씨〉

• 일석본 해동가요—石本 海東歌謠 30. 235

해가 져서 황혼이 되면 내가 가지 않아도 제가 오더니

제 몸에 병이 들었는지 아니면 남의 손에 잡혔는지 오늘은 아무리 기다려도 아
니 오네

그 임이 나에게 얼마나 귀하고 소중한 임이기에 타는 애腸를 끊는고

어구 풀이

- 져 : 져沒. 기본형은 '지다'로, 여기
  서는 해나 달이 서쪽으로 넘어가
  다의 뜻.

- 제 : 제. 저. '나我'와 상대되는 말.

- 병이 든지 : 병이 들었는지.

- 기는려도 : 기다려도.

- 언마나 : 얼마나.

- 진장홀 : 진귀하게 여기어 소중히
  간직할.

- 님이완듸 : 임이건데. 임이기에.

- 슬쓴 : 타는.

- 에 : '애腸'의 잘못.

- 긋는고 : 끊는고.

해설

애腸가 끊어지도록 애태우며 사랑하는 임을 기다리는 작자의 간절한 심정이
그려져 있다.

粉壁紗窓 月三更에 傾國色에 佳人을 만나

翡翠衾 나소 긋고 琥珀枕 마조 베고 잇ㄱ지 서로 즐기는 양 一雙 鴛鴦之遊 綠水之波瀾이로다

楚襄王의 巫山仙女會를 부를줄이 이시랴

〈무명씨〉

• 진본 청구영언珍本 靑丘永言 492

달이 밝은 한밤중에 아름답게 꾸며진 여인의 방에서 경국지색의 가인을 만나

비취 이불을 내어 덮고, 칠보 중의 하나인 호박琥珀으로 만든 귀한 베개를 마주 베고, 잎과 가지가 서로 맞부딪치며 서로 즐기듯이, 한 쌍의 사이좋은 원앙이 푸른 물결을 이루며 사이좋게 놀 듯이, 한 몸으로 합하여 노는 도다

무산의 선녀와 함께 즐기고 있는 초나라의 양왕을 부러워 할 까닭이 무엇 있겠는가

어구 풀이

- 粉壁紗窓(분벽사창) : 하얗게 꾸민 벽과 비단으로 바른 창이라는 뜻. 곧, 여자가 거처하며 아름답게 꾸민 방을 이르는 말. '紗窓(사창)'은 고운 비단으로 바른 창을 뜻함.
- 月三更(월삼경) : 달이 밝은 한밤 중. '三更(삼경)'은 하룻밤을 다섯 初更·二更·三更·四更·五更으로 나눈 셋째. 밤 11시~새벽 1시까지.
- 傾國色(경국색) : 경국지색傾國之色. 임금이 혹惑하여 나라가 기울어지게 할 만큼 뛰어난 미색美色

을 가진 미인.
- 佳人(가인) : 고운 여인. 미인美人. 연정戀情을 느낄 만큼 아름다운 여자. ¶절세絶世~.
- 翡翠衾(비취금) : 비취색의 비단 이불이라는 뜻으로, 젊은 부부가 덮는 화려한 이불을 이르는 말.
- 나소 긋고 : 내어 덮고.
- 琥珀枕(호박침) : 칠보七寶 중의 하나인 호박琥珀으로 만든 좋은 베개. ※칠보七寶 : ①칠진七珍. 일곱 가지 주요 보배. 무량수경에서는

금·은·유리·파리·마노·거거·산호를 이른다. 법화경에서는 금·은·마노·유리·거거·진주·매괴를 이른다. ②금·은·구리 따위의 바탕에 갖가지 유리질의 유약을 녹여 붙여서 꽃, 새, 인물 따위의 무늬를 나타내는 공예. 또는 그 공예품. '칠보공예'라고도 함. ※호박琥珀 : 금·은·진주와 함께 칠보七寶 중의 하나로 지질시대에 진(송진 등)들이 땅 속에 묻히어 굳어진 물건. 황색 투명하며 파기 쉽고 잘 닦아 장식품으로 씀.

- 잇ㄱ지 : 잎과 가지.

- 一双(일쌍) 鴛鴦之遊(원앙지유) 綠水之波瀾(녹수지파란) : 한 쌍의 사이좋은 원앙이 푸른 물에서 물결을 이루며 사이좋게 노는 모양. 서로 뜻이 맞아 사이좋게 노는 남녀에 비유한 말.

- 楚襄王(초양왕)의 巫山仙女會(무산선녀회) : 초나라의 양왕이 고당高唐이란 누대에 놀러가서 고단하여 낮잠이 들었는데 꿈에 처녀로 죽은 무산巫山의 선녀와 정환情歡하였다는 고사故事.

- 부를줄이 : 부러워 할 줄이. 부러워할 까닭이.

해설

오나라의 왕 부차夫差가 월나라의 절색 미녀 서시西施에게 빠져 정사政事를 돌보지 아니하다가 망했다. 이처럼 임금이 혹惑하여 나라가 기울어지게 할 만큼 뛰어난 미색美色을 가진 미인을 경국지색傾國之色이라 한다. 이 시조 초장에서도 "傾國色에 佳人을 만"났다고 하고 있다. 이토록 아름다운 여인과, 아름답게 꾸며진 여인의 방에서 그 여인과 함께 비취 이불을 덮고, 호박으로 만들어진 진귀한 원앙 베개를 함께 베고, 원앙처럼 한 몸이 되어 놀거늘 부러운 것이 그 무엇이 있겠는가.

이제는 못보게도 ᄒᆞ얘 못볼시는 的實커다

萬里 가는 길헤 海口絕息ᄒᆞ고 銀河水 건너ᄶᅱ여 北海 ᄀᆞ리지고
風土ㅣ 切甚ᄒᆞᄃᆡ 深意山 굴가마귀 太白山 기슭으로 골각골각 우
닐며 ᄎᆞ돌도 바히 몯어더 먹고 굶어 죽는 ᄯᅡ희 내 어듸 가셔 님츳
자 보리

아히야 님이 오셔든 주려 죽단 말 싱심도 말고 ᄲᅡᆯᄲᅡᆯ이 그리다거
어즐病 어더서 갓고 ᄲᅧ만 나마 달바조 밋트로 아장 밧삭 건니다가
쟈근 쇼마 보신 後에 나마우희 손을 언쏘 ᄒᆞᆫ가레 추혀들고 쟛바져
죽다 ᄒᆞ여라

〈무명씨〉

• 진본 청구영언珍本 靑丘永言 579

이제는 못 보게 하는구나. 따라서 보지 못 할 게 틀림이 없다

만 리 머나먼 길 가는 길에 바다 갈매기도 먹을 것이 끊어져 없고, 은하수 건너
뛰어 북쪽 바다도 앞을 못 보게 가로 덮어 싸고, 기후와 토지가 험한데 심의산 갈
가마귀가 태백산 기슭으로 골각골각 시끄럽게 울며 차돌도 전혀 못 얻어 먹고 굶
어 죽는 땅에 내가 어디 가서 임을 찾아 보리

아이야! 굶주려 죽었다는 말을 할 생각일랑 조그만치도 마음 먹지 말고, 살뜰
히 그리다가 어지럼 병 얻어 갖고 뼈만 남아, 달풀로 엮어 만든 바자 밑으로 아장
거리며 가깝게 건너다가, 소변(오줌)을 보신 후에 라마교의 학덕 높은 중의 머리
위에서 손을 얹고 한쪽 가랑이 추켜들고 자빠져 죽었다고 말하여라

어구 풀이

- ᄒᆞ얘 : 하는구나. 감탄종지형.

- 못볼시는 : 보지 못 할 것은. '시'
  는 불완전명사 'ᄉᆞ'의 주격형.

- 的實(적실)커다 : 틀림이 없다. 분

명하다. 꼭 그러하다.

- 海口絕息(해구절식) : '海鷗絕息(해
  구절식)'의 잘못. 바다 갈매기가 먹
  을 것이 끊어져 없음.

- ᄀ리지고 : 가리어지고. 앞을 못
보게 가로 덮어 싸고.
- 風土(풍토)ㅣ 切甚(절심)흔듸 : 기
호와 토지가 험한데.
- 深意山(심의산) : 불가에서 말하는
수미산須彌山. 범어梵語로 SUM-
ERU. 불교의 세계설世界說에서 세
계의 한가운데에 솟아 있다는 높
은 산. 신비의 산. '범어梵語'는 산
스크리트 어(인도·유럽 어족 가운데
인도·이란 어파에 속한 인도·아리아어
계통으로 고대 인도의 표준 문장어).
- 골가마귀 : 까마귀의 종류. 그보
다 좀 작음. 늦가을부터 봄에 걸
쳐 우리나라에 옴.
- 太白山(태백산) : 경북 봉화군 소천
면과 강원도 삼척군 상장면 사이
에 있는 산. 태백산맥의 주봉主峰
으로 1,567m의 한국 제7위의 높
은 산임. 1978년, 부근 일대가 국
립공원으로 지정되었다.
- 골각골각 : 갈가마귀의 우짖는 소리.
- 우닐며 : 시끄럽게 울며. 울고 다
니며. 기본형은 '우닐다'.
- 츳돌 : 차돌. 석영石英. 규석硅石/
珪石. 차돌과 차돌끼리 서로 맞부
딪히면 불꽃이 튄다. 옛날에는 이

것으로 불을 붙이는데 사용했다.
1970년대까지도 아이들이 이것
으로 차돌끼리 서로 맞부딪히어
불꽃을 튀며 놀기도 했다. 이산화
규소로 이루어진 규산염 광물. 규
소를 주성분으로 하는 광물. 흰
색, 회색, 붉은색 따위를 띠며 유
리, 도자기, 내화 벽돌 따위를 만
드는 데 쓴다. 대개 화강암, 유문
암, 변성암, 퇴적암 따위에 들어
있다.
- 바히 : 바이. 전혀. ¶돈도 빽도 ~
없네.
- 싸히 : 땅에.
- 아히 : 아해兒孩. 아이.
- 주려 죽단 : 굶주려 죽었다는.
- 싱심 : 生心(생심). 하려는 마음을
냄. 마음 먹음.
- 빨빨이 : 살뜰히.
- 어즐病(병) : 어지럼 병.
- 달바조 : 달바자. 달풀로 엮어 만
든 바자. '바자'는 대, 갈대, 수수
깡 등으로 발처럼 엮은 것으로 울
타리를 만드는데 씀.
- 밧삭 : 바싹. 바투. 두 물체 사이가
썩 가깝게. 길이가 매우 짧게. 가
까이. ¶~ 앉아라. ~ 잡아라. 머리

를 너무 ~ 깍지 마라.

- 쟈근 : 작은.

- 쇼마 : 소변. 오줌.

- 나마 : 喇嘛(나마). 불교 용어로 라

　마Lama. 라마교의 고승. 티베트

　말로 무상자無上者란 뜻.

- 우희 : 우에.

- 흔가레 : 한쪽 가랑이.

- 추혀 : 추켜.

해설

불교 용어를 사용해 임에 대한 애타는 사모의 정情을 노래하고 있다.

天寒코 雪深흔 날에 님 츠즈라 天上으로 갈 제

　신 버서 손에 쥐고 보션 버서 품에 품고 곰븨님븨 님븨곰븨 천방

지방 지방쳔방 흔번도 쉬지 말고 허위허위 올라가니

　보션 버슨 발은 아니 스리되 념의온 가슴이 산득산득 ᄒ여라

〈무명씨〉

• 진본 청구영언珍本 靑丘永言 542

날씨가 춥고 눈이 많이 쌓인 날에 임 찾으러 하늘 위(태산)로 갈 적에

　신 벗어 손에 쥐고 버선 벗어 품에 품고, 자꾸자꾸 연거푸 앞뒤 계속하여 천방

지축 한 번도 쉬지 않고 허우적허우적 올라가니

　버선 벗은 발은 아니 시리되 옷깃을 여민 가슴이 산득산득 하여라

어구 풀이

- 天寒(천한)코 : 날씨가 춥고.

- 雪深(설심) : 눈이 많이 쌓임.

- 天上(천상) : 하늘 위. '태산泰山'으
　로 적힌 데도 있다.

- 곰븨님븨 : 자꾸자꾸 연거푸 앞뒤
　계속하여.

- 쳔방지방 : 천방지축.

- 허위허위 : 허우적거리는 모양. 허
　우적허우적.

- 념의온 : 여미운. 여민. 기본형은
　'여미다'. '여러 번 여민 가슴'으로
　적힌 데도 있다.
　¶옷깃을 여미다.

- 산득산득 : 몸에 갑자기 찬 느낌
　을 받거나, 마음이 갑자기 놀라는
　느낌을 받는 모양.

해설

'곰븨님븨', '천방지방', '허위허위' 등의 표현은 작자의 다급한 심정을 말해
주고 있다. 특히 '곰븨님븨 님븨곰븨', '천방지방 지방천방'이라고 반복하여
표현함으로써, 임으로 향한 발걸음(마음)이 한층 더 숨 가쁘게 고조되고 있

다. 또한 종장에서는 작자의 허전하고 쓸쓸한 마음을 읽을 수 있다. 하늘이 얼고 눈이 깊이 쌓인 쌀쌀한 날씨에 산에 올라가 보았으나 임이 없었기에 더욱 그러하다. 하여, '산득산득'하다고 한 것은 실제로 추운 날씨에 신을 벗고 버선을 벗어 눈을 밟아가며 높은 산꼭대기까지 올라갔기 때문에 그럴 수도 있겠으나, 그리던 임이 그곳에 없었기에 작자의 쓸쓸한 마음이, 마침 쌀쌀한 날씨로 하여금 더욱 산득산득하게 느껴진 것이다. 그리고 그리던 임이 그곳에 있었더라면 작자는 '산득산득'하다는 기분을 느끼지 않았을 것이다.

님이 오마 ᄒᆞ거늘 저녁밥을 일지어 먹고 中門 나서 大門 나가 地
方우희 치ᄃᆞ라 안자 以手로 加額ᄒᆞ고 오ᄂᆞᆫ가 가ᄂᆞᆫ가 건넌山 ᄇᆞ라
보니 거머흿들 셔잇거늘 져야 님이로다

보션 버서 품에 품고 신 버서 손에 쥐고 곰븨님븨 님븨곰븨 쳔방
지방 지방쳔방 즌듸 ᄆᆞ른듸ᄀᆞᆯ희지 말고 워렁충창 건너가셔 情엣말
ᄒᆞ려ᄒᆞ고 겻눈을 희긧보니 上年七月 사흔날 ᄀᆞᆯ가벅긴 주추리 삼
대 슬드리도 날소겨라

모쳐라 밤일싀만졍 힝혀 낫이런들 눔 우일번 ᄒᆞ괘라

〈무명씨〉

• 진본 청구영언珍本 靑丘永言 580

임께서 오신다고 하기에 저녁밥을 일찍 지어 먹고, 중문을 나서 대문을 나가 문
지방 위에 치올라 앉아, 손으로 이마를 가리고 오는가 가는가 건넌 산을 바라보
니, 검은 듯 흰 듯 가물가물한 물체가 서 있거늘 저것이 바로 임이로다

버선을 벗어 품에 품고 신을 벗어 손에 쥐고, 앞뒤로 덤벙거리며 진 데 마른 데
가리지 않고 와당탕 건너가서 情정이 있는 말을 하려 하고, 곁눈으로 흘끗 보니
지난 해 칠월 사흔날 갉아 벗겨진 삼대 줄기가 살뜰히도 날 속였구나

아서라! 마침 밤이었기에 망정이지 행여 낮이었더라면 남의 웃음거리가 될 뻔
하였도다

어구 풀이

- 일지어 : 일찍 지어. '일'은 '일찍'
  을 뜻함.
- 地方(지방)우희 : 문지방 우에.
- 치ᄃᆞ라 안자 : 치올라 앉아. '치올
  라'의 기본형은 '치오르다'. '치오
  르다'는 아래에서 위로 향하여 오

르다. 또는, 경사진 길이나 산 따
위를 오르거나, 북쪽 지방으로 올
라가다.
- 以手(이수)로 加額(가액)ᄒᆞ고 : 손
  으로 이마를 가리고.
- 거머흿들 : 검은 듯 흰 듯. 검은 빛

과 흰 빛이 뒤섞인 모양.

- 곰븨님븨 : 자꾸자꾸. 연거푸. 앞
뒤 계속하여.

- 쳔방지방 : 천방지방. 천방지축.
매우 급하여 방향을 분별하지 못
하고 함부로 날뜀. 또는, 철없이
덤벙거림.

- 즌듸 ᄆᆞ른듸 : 진 데 마른 데.

- ᄀᆞᆯ희지 : 가리지.

- 워렁충창 : 급히 달리는 발소리.

- 情(정)엣말 : 情(정)이 있는 말.

- 上年(상년) : 지난 해.

- ᄀᆞᆯ가벽긴 : 갉아 벗긴.

- 주추리 삼대 : 삼대의 줄기.

- 슬드리도 : 살뜰히도.

- 모쳐라 : 아서라. 그만두어라. 감
탄사.

- 밤일싀만졍 : 밤이었기에 망정이지.

- 우일번 : 웃길 뻔. 웃음거리가 될 뻔.

- ᄒᆞ괘라 : 하도다. 감탄종지형.

해설

임을 기다리는 여인의 마음이 다분히 한국적이다. 임이 오신다고 하기에 물
불을 가리지 않고 산에 올라가 보니, 임은 아니 오고 삼대 줄기가 서 있는 것
이다. 임인 줄 알고 이처럼 미친 듯이 뛰쳐나간 자신의 모습을, 밤이었기에 망
정이지 만약 낮에 누가 보았더라면 망신이었을 것이다, 라고 노래하고 있다.

長衫 쓰더 즁의젹삼 짓고 念珠 쓰더 당나귀 밀밀치ᄒ고

釋王世界 極樂世界 觀世音菩薩 南無阿彌陀佛 十年工夫도 너 갈듸로 니거

밤즁만 암居士의 품에 드니 念佛경이 업세라

<무명씨>

• 진본 청구영언珍本 靑丘永言 514

장삼 뜯어 중의 적삼 짓고, 염주 뜯어 당나귀의 띠를 하고

석가가 살고 있는 석왕세계, 극락정토의 극락세계, 관세음보살 나무아미타불 십 년 공부도 너 갈 데로 가거라

밤중쯤 여승의 품에 드니 염불할 경황이 없도다

어구 풀이

- 長衫(장삼) : 중이 입는 윗옷. 검은 베로 만들되, 길이가 길고 소매가 넓음.
- 젹삼 : 적삼. 윗도리에 입는 홑옷. 보통 여름에 입으며, 모양은 저고리와 똑같음. 단삼單衫.
- 짓고 : 기본형은 '짓다'. 무슨 거리나 감을 가지고 만들어 내다. 장만하여 이루다란 뜻. ¶옷을 ~. 밥을 ~. 집을 ~. 약을 지어오다.
- 念珠(염주) : 염불할 때에, 손으로 돌려 개수를 세거나 손목 또는 목에 거는 법구法具.
- 밀밀치 : 말안장에서 궁둥이에 돌

린 띠.
- 釋王世界(석왕세계) 極樂世界(극락세계) : 두 단어가 같은 뜻으로, 죽은 후의 가장 안락한 세계를 가리키는 불교 용어. 곧, 석가가 살고 있는 극락정토의 세계.
- 觀世音菩薩(관세음보살) : 중생의 고뇌를 풀어주는 부처. '관세음보살'을 쉬지 않고 계속 외우고 있으면 소원을 이룰 수 있다고 한다.
- 南無阿彌陀佛(남무아미타불) : 나무아미타불. 염불하는 소리. '아미타불'에 귀의한다는 뜻.
- 니거 : 가거라. '니거'는 '니거라'에

서 '라'가 탈락.

- 밤중만 : 밤중쯤. 밤중에만. '~만'
  은 정도程度와 한도限度를 가리키
  는 두 가지의 경우가 있는데, 정도
  程度의 경우는 '~쯤'으로 해석되
  고, 한도限度의 경우는 '~에만'으
  로 해석된다.

- 암居士(거사) : 여승女僧.

- 念佛(염불)경 : 염불할 경황. '경황'
  은 정신적·시간적인 여유나 형편
  을 뜻함.

- 업세라 : 업도다.

해설

다분히 호색적好色的인 이 노래는 성희性戱에 빠져 있는 타락된 중의 모습을 그리고 있다. 낮에는 염불을 외고 밤중만 되면 여승의 품에 들어 색色을 즐기고 있으니, 염불이고 뭐고 모든 것이 필요가 있겠는가. 여색女色에 빠지다 보면 나라도 망치는 법. 중국 오나라의 왕 부차夫差가 월나라의 미녀 서시西施에게 빠져 색色을 밝히다가 정사를 돌보지 아니하여 월나라에게 망하지 않았는가. 이렇듯 작품 속의 중도 밤마다 여승女僧과 성희性戱의 황홀경에 빠져 있으니 십 년 공부가 허사가 되어가고 있는 것이다. 이처럼 중과 여승과의 성희를 노래한 시조로는, 평시조로 "어흠아 긔 뉘옵신고 건너 佛堂에……"(192번 시조)가 있고, 사설시조로는 "窓밧게 긔 뉘 오신고 小僧이 올쇼이다……"(223번 시조)가 있다.

窓밧게 긔 뉘 오신고 小僧이 올쇼이다

어젠 계녁에 老媤 보라 왓든 즁이외런니 閣氏네 ᄌᄂ 房 簇道里

버셔거ᄂ 말 겻히 이ᄂ 松絡을 걸고 ᄀ쟈 왓ᄂ

뎌즁아 걸기ᄂ 걸고 갈ᄅ지라도 後ㄷ말 업시 ᄒ시쇼

〈무명씨〉

• 화원악보花源樂譜 519

창밖에 그 누가 오셨는고. 소승이 올시다

어제 저녁에 할멈 보러 왔던 중이 온데, 각시네 자는 방 족두리 걸어 두는 말코
지 곁에 이내 송낙을 걸고 가지러 왔네

저 중아! 걸기는 걸고 갈지라도(나와 함께 교합交合하고 갈지라도) 뒷말이 없게 하
소서

어구 풀이

- 小僧(소승) : 중이 남 앞에서 자기를 낮추어 이르는 말.

- 올쇼이다 : 올소이다. 올시다. 합쇼할 자리에 쓰여, 어떠한 사실을 평범하게 서술하는 종결 어미. 이 말은 보통 나이가 많은 사람들이 쓴다.

- 老媤(노시) : 할멈.

- 즁이외런니 : 중이 온데.

- 閣氏(각씨)네 : '각시'의 한자 표기. '각시'는 한자를 빌려 '閣氏(각씨)'로 적는다. 젊은 여자. 새악시(색시). 갓 결혼한 여자. '아내'를 달리 이르는 말. '~네'는 사람의 한 무리를 나타내는 접미사. '자네', '우리네', '순이네'가 이에 해당된다. ¶각시와 신랑.

- 簇道里(족도리) : 족두리. 부녀자들이 예복을 입을 때에 머리에 얹던 관의 하나.

- 버셔거ᄂ : 벗어 거는.

- 말 : 말코지. 물건을 걸기 위하여 벽 따위에 달아 두는 나무 갈고리. 흔히 가지가 여러 개 돋친 나무를 짤막하게 잘라 다듬어서 벽에 노끈으로 달아맨다.

- 松絡(송낙) : 소나무 겨우살이로
  만든 여승女僧의 모자. 예전에 여
  승이 쓰던 모자로, 송라를 우산
  모양으로 엮어 만들었다. 송라립
  松蘿笠. '송라松蘿'는 안개가 잘 끼

는 고산 지대에서 자라는 나무의
줄기이다.
- ᄀ쟈 왓ᄂᆡ : 가지러 왔네.
- 後(후)ᄃ말 : 뒷말. 뒷공론.

해설

역시 육감적肉感的인 노래이다. 문답 형식으로 이루어져 있다. 이미 어제 저녁
에 성교性交를 하고 다녀간 중이 다시 각시를 찾아왔다. 초장에서, 각시가 창
밖에 있는 당신은 누구냐, 라고 하니, 중이 소승이 올시다, 라고 대답하고 있
다. 그리고 중장에서 다시 말하기를, "각시네 자는 방 족두리 걸어 두는 말코
지 곁에 이내 송낙을 걸고"라고 하고 있는데, 이는 '교합交合을 하고 싶다'는
뜻이고, "가지러 왔네"라고 한 것은, 교합을 한 후 송낙을 가져가겠다는 말이
니 결국은 각시가 초장에서 물은 것에 대해 '교합하러 왔다'고 대답하는 것이
다. 각시에게 찾아온 이유를 말하고 승낙을 얻는 장면이다. 종장에서는 중의
이 말에 각시가 중에게 말하기를, "걸기는 걸고 갈지라도"라고 말하고 있다.
이 말은 '교합交合하고 갈지라도'란 뜻으로, 중의 성교性交 요청에 승낙을 하
고 있는 것이다. 그러면서 각시가 마지막으로 하는 말이, 성교를 하고 갈지라
도 뒷말이 없게, 즉 소문이 나지 않게 하라고 다짐을 하고 있다. 이 시조는 아
마도 중이 절에 잠시 묵고 있는 여자를 보고, 홀딱 반해서 마음이 혹惑하여
그 여자에게 성욕을 느꼈던 모양이다. 그러한 심정을 노래하고 있다.
이처럼 절寺을 배경으로 성희性戱를 노래한 시조로 "어흠아 긔 뉘옵신고 건너
佛堂에……"(192번 시조), "長衫 쓰더 중의젹삼 짓고……"(222번 시조)가 있다.

窓내고쟈 窓을 내고쟈 이내 가슴에 窓내고쟈

고모장지 셰살장지 들장지 열장지 암돌져귀 수돌져귀 비목 걸새

크나큰 쟝도리 내가슴에 窓내고쟈

잇다감 하 답답홀제면 여다져 볼가 ᄒᆞ노라

〈무명씨〉

• 진본 청구영언珍本 靑丘永言 541

창 내고 싶다. 창을 내고 싶다. 이내 가슴에 창을 내고 싶다

고모장지, 세살장지, 들장지, 열장지 모든 창을 열고 암톨쩌귀, 수톨쩌귀, 배목,

걸쇠 등으로 잠긴 문짝도 모두 열고, 장도리로 내 가슴을 깨부수어 창을 내고 싶다

임이 그리워 너무 답답할 때는 창을 열고 닫아 볼까 하노라

어구 풀이

- 고모장지 : 고무래 들창. '고무래'
  는 '丁(정)'자 모양으로 만들어 무
  엇을 긁어 모으는데 쓰는 연장.
  '장지障-'는 방과 방 사이, 또는 방
  과 마루 사이에 칸을 막아 끼우
  는 문을 말하나, 여기서는 내용상
  '창窓'이니 '고모장지'는 위로 들
  어 열고 고무래 같이 생긴 막대기
  로 받치는 들창을 말함.

- 셰살장지 : 세살장지細-障-. 세살창
  細-窓을 말함. 즉, 창살이 가는 창.

- 들장지 : 들어 올려서 매달아 놓
  게 된 장지. 들창문. 들창. 벽의 위
  쪽에 자그맣게 만든 창.

- 열장지 : 좌우로 열어젖히게 된 장지.

- 암돌져귀 : 암톨쩌귀. 문짝의 수
  톨쩌귀를 끼우는 구멍이 뚫린 돌
  쩌귀. '돌쩌귀'는 문짝을 여닫게
  하기 위하여, 암짝은 문설주에,
  수짝은 문짝에 박아 맞추어 꽂게
  된 쇠붙이로 만든 두 개의 물건.
  곧, 암쇠와 수쇠를 말함.

- 수돌져귀 : 수톨쩌귀. 수쇠 문짝
  에 박아서 문설주에 있는 암톨쩌
  귀에 꽂게 되어 있는 촉이 달린 돌
  쩌귀.

- 비목 : 문고리를 꿰는 쇠. 모양이
  못과 비슷하나 대강이에 구멍이

있어서 자물쇠를 꽂게 되어 있음.
'대강이'는 '대가리', '대갈빡'으로
'머리'를 속되게 이르는 말.

- 걸새 : 걸쇠. 대문이나 방의 여닫
이문을 잠그기 위하여 빗장으로
쓰는 'ㄱ' 자 모양의 쇠.

- 쟝도리 : 장도리. 망치. 한쪽은 뭉
뚝하여 못을 박는 데 쓰고, 다른
한쪽은 넓적하고 둘로 갈라져 있

어 못을 빼는 데 쓰는 연장.

- 잇다감 : 이따금. 가끔.

- 하 : 몹시. 매우. 너무. ¶음식이
~(도) 매워서 혼났다. '많이', '크
게' 따위의 뜻으로도 쓰임.

- 답답홀제면 : 답답할 때면.

- 여다져 : 열고 닫아.

해설

얼마나 그리워 속이 답답하면 모든 창을 열고 싶다고 했겠는가. 임에 대한 그
리움에 속이 타는 심정을 노래하고 있다.

江原道 開骨山 감도라 드러

鍮店寺 졀뒤혜 우둑 션 젼나모 굿헤 숭구루혀 안즌 白松骨이도

아므려나 자바 질드려 꿩山行 보내는듸

우리는 새님 거러두고 질 못드려 ᄒ노라

〈무명씨〉

• 진본 청구영언珍本 靑丘永言 456

강원도 개골산을 감돌아 들어

유점절 뒤에 우뚝 선 전나무 끝에 웅숭그리어 앉은 흰 송골매도 아무렇게나 잡아 길 들여 꿩 사냥을 보내는데

우리도 새로 만난 임을 잡아두고 길들이지 못해 하노라

어구 풀이

- 開骨山(개골산) : '皆骨山(개골산)'의 잘못. 금강산의 겨울철 이름.
- 감도라 드러 : 감돌아 들어. '감도라'는 '감다'와 '돌다'의 복합동사이니 '감아 돌아 들어가다'의 뜻. 곧, 이리저리 여러 번 길을 따라 산으로 돌아 들어가다.
- 鍮店寺(유점사) : '楡岾寺(유점사)'의 잘못. 강원도 간성군에 속해 있는, 금강산 산 속에 있는 절.
- 젼나모 : 전나무.
- 굿헤 : 끝에.
- 숭구루혀 : 웅숭그리어. 기본형은 '웅숭그리다'. 춥거나 두려워 궁상

맞게 웅크리는 모양. 비슷한 말로, '옹송그리다', '옹숭크리다', '움츠리다'가 있다.

- 白松骨(백송골) : 백송고리. 맷과의 하나. 송골매의 한 가지로 온 몸이 새하얗고 성질이 굳세고 날쌤.
- 아므려나 : 아무렇게나. 아무렇게든지.
- 질드려 : 길들여. 기본형은 '길들이다'. 부리기 좋게 가르치다. ¶그는 개를 길들여서 마약을 찾아내도록 가르쳤다. ¶사나운 말을 세 시간 만에 길들였다.
- 꿩山行(산행) : 여기서는 내용상

'꿩 사냥', '꿩을 사냥하러 가는   - 거러두고 : 걸어두고. 잡아두고.
일'을 뜻함.   한 몸이 되어.

- 새님 : 새로운 임. 새로 만난 임.   - 질 못드려 : 길 못 들여.
  새로 생긴 임.

해설

새로 만난 임과의 사랑이 잘 이루어지지 않고 있는 작자의 애달픈 심정을 노
래하고 있다.

江原道 雪花紙를 졔 長廣에 鳶을 지어 大絲 黃絲 白絲 줄을 通
어레에 슬이 업시 바름이 흔챵인 졔
　三間 토김 四間 근두 半空에 소스올나 구름에 걸쳐시니 風九도
잇거니와 줄脈이 업시 그러ㅎ랴
　먼듸님 줄脈을 길게 듸혀 낙고아 올가 ㅎ노라

〈무명씨〉

•육당본 청구영언六堂本 靑丘永言 643

강원도에서 나는 흰 한지韓紙를, 그 한지의 크기만한 연鳶을 만들어 띄워, 통얼
레에 감긴 대세, 황세, 백세 줄을 모두 풀어 연은 바람을 받아 한창 떠다니는 때에
세 번을 퇴김하고 네 번을 곤두박질하여 하늘에 솟아올라 구름에 걸쳐 있으니,
바람의 힘도 있겠지만 어찌 줄맥(지조) 없이 그렇게 왔다 갔다 하느냐
　먼 데 가 있는 임에게 줄맥(인연의 줄)을 길게 대어 낚아 올까 하노라

어구 풀이

- 雪花紙(설화지) : 흰 한지韓紙. 강
  원도 평강에서 남.
- 長廣(장광)에 : 길이와 넓이대로.
- 大絲(대세) 黃絲(황세) 白絲(백세) :
  연鳶 줄의 종류.
- 通(통)어레 : 통얼레. '얼레'는 실을
  감는 기구.
- 三間(삼간) : 여기서는 세 번을 뜻함.
- 토김 : 퇴김. 연을 날릴 때 얼레 자
  루를 잦히며 통줄을 주어서 연 머
  리를 그루박는 일.

- 근두 : 근두박질筋斗撲跌. 곤두박
  질. 곤두질. 몸이 뒤집혀 갑자기
  거꾸로 내리박히는 일. ¶비행기가
  곤두박질하여 추락하다.
- 半空(반공) : 반공중半空中. 하늘
  과 땅 사이에 그리 높지 않은 허
  공. 중천中天.
- 줄脈(맥) : 줄(연줄)의 힘. 내용상
  '인연'을 뜻 함.
- 듸혀 : 대어.
- 낙고아 : 낚아.

해설

이 시조는 하늘에서 바람에 따라 이리저리 옮겨 다니는 연을 소재로 사용하여, 지조 없이 이 남자(여자) 저 남자(여자)한테 왔다 갔다 하는 임을 꼬집고 있다. 그러면서 연줄 즉, 인연의 줄을 길게 대어 이리저리 왔다 갔다 하는 임을 낚아채어 오겠다고 노래하고 있다.

앞에서도 말했지만, 중장에서의 '줄맥'은 '지조 없음'을 상징하고 있으며, 이는 곧, 지조 없이 이리저리 옮겨 다니며 사랑을 나누고 있는 임을 책망하고 있다. 종장에서의 '줄맥'은 '인연의 줄'을 상징하고 있다.

기러기 외기러기 너 가는 길히로다
漢陽城臺에 가셔 져근덧 머므러 웨웨쳐 불러 부듸 흔말만 傳ᄒ
야 주렴
　우리도 밧비 가는 길히니 傳홀동말동 ᄒ여라

〈무명씨〉

• 진본 청구영언珍本 靑丘永言 496

기러기 외기러기 너 가는 길이니
한양 궁궐에 가서 잠깐 머물러 외쳐 불러 부디 한 말만 전하여 주오
우리도 바삐 가는 길이니 전할동말동 하여라

어구 풀이

- 길히로다 : 길이로다.
- 漢陽城臺(한양성대) : 서울 성 안.
　서울 장안.
- 져근덧 : 잠깐. 잠시. '덧'은 '때',
　'동안'의 뜻.
- 웨웨쳐 : 외쳐. '웨웨쳐'는 '웨'를 거
　듭한 것으로 '웨쳐'를 강조한 것임.

- 흔말만 : 한 가지 말만.
- 傳(전)홀동말동 : 전할지말지. '동'
　은 동사나 부정사의 어미에 붙는
　복합어미 '지'와 같은 뜻. 부정부
　사형.

해설

문답 형식으로 이뤄진 시조이다. 중장의 "흔말만 傳ᄒ야 주렴"에서 '흔말'이
란 '한 가지 말'이란 뜻으로, 이 구절은 '적막공규寂寞空閨'에 던져진 듯 홀로
앉아 임을 그려 차마 못 살겠다, 는 그 말을 전하여 달라는 뜻이다. 하지만 작
자 역시 짝을 잃고 임을 만나러 떠나는 길이라 그 부탁을 들어 줄 수 없노라
고 하고 있다. 하여, 작자는 종장에서 "傳홀동말동 ᄒ여라"고 답하고 있다.

靑天에 떳는 기러기 혼双 漢陽城臺에 잠간 들러 쉬여 갈다

　이리로셔 져리로 갈제 내 消息 들어다가 님의게 傳ᄒ고 저리로

셔 이리로 올제 님의 消息 드러 내손듸 부듸 들러 傳ᄒ여주렴

　우리도 님 보라 밧비 가는 길히니 傳ᄒ롤동말동 ᄒ여라

〈무명씨〉

• 진본 청구영언珍本 靑丘永言 555

푸른 하늘에 날아가는 기러기 한 쌍, 한양 궁궐에 잠깐 들러 쉬어갈 수 없겠는가

　이곳(작자가 있는 곳)에서 저곳(임이 있는 곳)으로 갈 제 내 소식일랑 잘 들어 두었

다가 임께 전하여 주고, 저곳에서 이곳으로 올 제는 임의 소식을 잘 들어 두었

다가 나에게 부디 전하여 주렴

　우리도 임 보러 바삐 가는 길이니 전할동말동 하여라

어구 풀이

- 靑天(청천) : 푸른 하늘.

- 漢陽城臺(한양성대) : 서울 성 안.
　서울 장안.

- 쉬여 갈다 : 쉬어 가겠는가. 쉬어
　갈 수 없겠는가. 의문종지형.

- 내손듸 : 나에게. '내손듸'는 '나+
　손듸'로 '~손듸'는 '~에게'란 뜻의

　여격조사.

- 주렴 : 주오. 다오. 청유종지.

- 傳(전)ᄒ롤동말동 : 전할지말지. '동'
　은 동사나 부정사의 어미에 붙는
　복합어미 '지'와 같은 뜻. 부정부
　사형.

해설

대화체로 구성된 시조이다. 앞 시조에서처럼 역시 소식을 전해 주는 것으로
전해 내려오고 있는 기러기를 끌어들여 임에 대한 그리움을 노래하고 있다.

青天에 쩌셔 울고가는 외기럭이 나지말고 닉말 드러

漢陽城內에 暫ㅁ間 들너 부듸 닉말 닛지말고 웨웨뎌 불너 니르

기를 月黃昏 계워갈제 寂寞空閨에 더진듯 홀로 안져 님 글여 춤

아 못 슬네라 ᄒ고 부듸 한 말을 傳ᄒ여 쥬렴

　우리도 님 보라 밧비 가옵ᄂ 길히오믹 傳ᄒᆞᆯᄯᆞᆼ말ᄯᆞᆼ ᄒ여라

〈무명씨〉

• 화원악보花源樂譜 489

　푸른 하늘에 떠서 짝을 잃고 홀로 울고 가는 외기러기야! 날지 말고 내 말 좀 들어 보소

　서울 장안에 잠깐 들러 부디 내 말을 잊지 말고 외쳐 불러 이르기를, 달이 깊어갈 적에(달이 넘어갈 적에. 밤이 깊어갈 적에) 오랫동안 임(남자) 없이 홀로 지내는 적막한 이 방안에 던져진 듯 홀로 앉아, 임이 그리워 차마 못 살겠도다, 라고 하는 나의 이 애타는 말을 부디 전하여 주렴

　우리도 임을 보러 바삐 가는 길이옵기에 전할동말동 하여라

어구 풀이

- 靑天(청천) : 푸른 하늘.
- 나지말고 : 날지 말고. '날지'의 기본형은 '날다'.
- 漢陽城內(한양성내) : 서울 성 안. 서울 장안.
- 暫ㅁ間(잠간) : '잠깐'의 한자 표기. '잠깐'은 한자를 빌려 '暫間(잠간)'으로 적는다.
- 웨웨뎌 : 외쳐. '웨웨뎌'는 '웨'를 거듭한 것으로 '웨뎌'를 강조한 것임.

- 月黃昏(월황혼) : 달이 뜬 저녁 무렵.
- 계워갈제 : 깊어갈 적에. '계워'는 '넘다', '지나가다'의 뜻.
- 寂寞空閨(적막공규) : 오랫동안 남자 없이 홀로 지내는 여인의 방.
- 더진듯 : 던져진 듯.
- 길히오믹 : 길이오매. 길이옵기에. 길이므로. 길이기에.
- 傳(전)ᄒᆞᆯᄯᆞᆼ말ᄯᆞᆼ : 전할동말동. 전할지말지. '동'은 동사나 부정사의

어미에 붙는 복합어미 '지'와 같은

뜻. 부정부사형.

해설

이 시조 역시 기러기를 소재로 삼아 대화체로 구성된 작품이다. 외롭게 홀로 임이 없는 방을 지키며, 임을 애타게 그리워하는 여인의 애끓는 정情이 잘 그려져 있다.

가슴에 궁글 둥시러케 뽈고

원슷기를 눈 길게 너슷너슷 쇼와 그 궁게 그 슷 너코 두놈이 두 긋 마조 자바 이리로 훌근 져리로 훌젹 훌근훌젹 훌져긔는 나남즉 늠대되 그는 아모死로나 견듸려니와

아마도 님 외오 살라면 그는 그리 못ᄒ리라

〈무명씨〉

• 진본 청구영언珍本 靑丘永言 549

가슴에 구멍을 둥그스름하게 뚫고

왼쪽으로 꼰 새끼를 틈이 촘촘하지 않게 느슨하게 꼬아, 가슴에 뚫은 그 구멍에 그 새끼 넣고, 두 놈이 양쪽 두 끝을 마주 잡아 이리저리로 가볍게 드나드는 것은, 나뿐만이 아니라 남까지도 모두 다 견딜 수 있지만

아마도 임 없이 홀로 살라고 한다면 그리는 못하리라

어구 풀이

- 궁글 : 구멍을. 기본형은 '굵'. '굵을'에서 '굼글'로 표기되고 다시 'ㅁ'이 아래에 있는 'ㄱ'의 영향으로 'ㅇ'이 되어 동화된 현상.
- 둥시러케 : 둥그스름하게.
- 왼슷기 : 왼쪽으로 꼰 새끼.
- 눈 길게 너슷너슷 : 틈이 촘촘하지 않고 느슨하게.
- 궁게 : 구멍에.
- 슷 : 새끼. '새끼'는 짚으로 꼬아 줄처럼 만든 것을 말함.

- 두 긋 : 두 끝. 양쪽 끝.
- 훌근훌젹 : 거침없이 가볍게 드나드는 모양.
- 훌져긔는 : 할 적에는.
- 나남즉 : 나뿐만 아니라. 남까지도 할 것 없이.
- 늠대되 : 남이 다 하는 대로.
- 아모死로나 : 아무쪼록이나. 될 수 있는대로. 어떻게 해서든지. 모쪼록이나. 기본형은 '아무쪼록'.
- 외오 : 홀로.

해설

시조의 특징은 현대시조에서도 종장에서 결론을 내리고 있다. 이 시조 역시 종장에서 작품의 결론을 내리고 있다. 초장과 중장에서 그 어떤 고통도 다 참을 수 있다고 하고는, 종장에서 하지만 임이 없이는 홀로 못 살겠다고 작자의 심정을 결론 내리고 있다.

병 중에서 상사병은 그 어떤 약으로도 고칠 수 없다. 그러하기에 그 어떤 육신의 병과 고통은 참을 수 있어도, 임 없이 홀로 살 수 없음을 노래하고 있다.

얼골 조코 뜻 다라온 년아 밋졍조차 不貞흔 년아

엇더흔 어린놈을 黃昏에 期約ᄒ고 거즛 믹바다 자고 가란 말이

입으로 ᄎ마 도와나는

두어라 娼條冶葉이 本無定主ᄒ고 蕩子之探春 好花情이 彼我

의 一般이라 허믈홀줄 이시랴

〈무명씨〉

• 진본 청구영언珍本 靑丘永言 550

얼굴이 예쁘고 생각이 더러운 년아! 음부陰部조차 부정한 년아!

어떠한 젊은 놈을 황혼에 만나자고 기약을 해 놓고, 거짓말로 꾸며 날 보고 자고 가란 말이 입으로 차마 되어 나오느냐(그런 말을 차마 입으로 할 수 있으냐)

그만두어라. 예쁜 얼굴과 행실이 바르지 못한 것이 창녀이거늘, 그러한 창녀는 본래 한 남자만을 섬기지 아니하고, 또한 방탕한 사내도 미색美色을 즐기니, 이는 저와 나와(창녀와 방탕한 사내) 일반적인 행실이라. 따라서 어찌 내가 너의 행실을 허물할 수 있겠는가

어구 풀이

- 뜻 : 뜻. 생각.

- 다라온 : 더러운.

- 밋졍 : 여자의 음부陰部.

- 거즛 믹바다 : 거짓말로 꾸며.

- 도와나는 : 되어 나오느냐.

- 娼條冶葉(창조야엽) : 창기娼妓의 행실과 예쁜 얼굴.

- 本無定主(본무정주) : 본래 주인을 정하지 않음. 여기서는 한 사람의 임만을 섬기지 아니한다는 뜻.

- 蕩子之探春(탕자지탐춘) 好花情(호화정) : 방탕한 사내가 봄을 찾아 꽃을 즐기는 정情. 곧, 남자가 미색美色을 찾는 정情.

- 彼我(피아) : 저와 나. 곧, 창녀와 탕자(방탕한 사내).

해설

작자는 초장에서 자기에게 아양을 떨며 자고 가라는 기녀에게, 더러운 년이
며 부정不貞한 년이라고 하고 있다. 몸을 파는, 한 남자만을 섬기지 아니하는
창기娼妓일진대 음부가 부정함은 물론이요, 생각하는 것 또한 추잡할 것임을
당연하다고 작자는 생각하고 있다. 따라서 자기에게 자고 가라는 창기를 더
럽고 부정한 년이라고 하고 있다. 그러면서도 작자는 창기와 탕자 또한 그러
하니 어찌 너를 허물할 수 있겠는가, 라고 하고 있다. 자기 자신 또한 탕자, 즉
방탕한 사내라 하여 창기를 허물할 수 없다고 하고 있는 것이다.

얽고 검고 킈 큰 구레나롯 그것조차 길고 넙다

쟘지 아닌 놈 밤마다 빅에 올라 죠고만 구멍에 큰 연장 너허 두
고 흘근할젹 홀 제는 愛情은 크니와 泰山이 덥누로는듯 즌 放氣
소릭에 졋먹던 힘이 다 쓰이노믜라

아므나 이놈을 두려다가 百年同住ᄒ고 永永 아니온들 어늬 개
쓸년이 싀앗새옴 ᄒ리오

〈무명씨〉

• 진본 청구영언珍本 靑丘永言 569

얽고 검고 길게 자란 남자의 음모陰毛가 길고 넓게 퍼져있다

발기 된 놈이 밤마다 배에 올라 내 조그만 구멍에 큰 성기를 넣고 거침없이 넣
었다 뺐다 할 적에(내 조그만 구멍에 큰 성기가 드나들 적에), 사랑하는 마음은 말할
것도 없고, 태산이 덮누르는 듯 흥분이 되어 숨이 턱 막히고, 잔방귀까지 나올 정
도로 젖 먹던 힘이 다 쓰이는도다

아무나 이놈을 데려다가 백년해로 하고 영영 아니온들 어느 개딸년이 시샘하
리오

어구 풀이

- 킈 큰 구레나롯 : 길게 자란 구레
  나롯. '구레나롯'은 귀밑에서 턱까
  지 잇따라 난 수염을 이르는 말.
  여기서는 남자의 성기에 난 길게
  자란 털을 가리킴.
- 그것 : 앞에서 말한 '킈 큰 구레나
  롯'을 가리킴.
- 쟘지 아닌 놈 : 잠기지沈 않은 놈.
  '쟘지'는 '잠기다沈', '가라앉다沈'

를 뜻함. '놈'은 '남자의 성기'를 뜻
하고, '아닌'은 '않은', '아니 한'의
뜻이니, 곧, 남자의 성기가 잠겨있
지 아니 하다라는 말로, '쟘지 아
닌 놈'은 남자의 성기가 발기되어
있는 상태를 말함.
- 죠고만 구멍 : 여자의 성기 구멍이
  좁은. 흥분하지 않아 벌어지지 않
  은 여자의 성기.

- 큰 연장 : 발기된 남자의 성기. 앞의 '쟘지 아닌 놈'과 같은 뜻.
- 흘근할적 : 넣었다 뺏다 하는 모양. 거침없이 가볍게 드나드는 모양.
- 킈니와 : 말할 것도 없거니와.
- 쓰이노미라 : 쓰이는구나.
- 百年同住(백년동주) : 부부가 늙어서 죽을 때까지 한평생 함께 화목하게 삶. 백년해로百年偕老. 백년동포百年同抱. 백년동락百年同樂.
- 개쏠년 : 딸년을 낮잡아 이르는 말. '개'는 '개살구', '개복숭아'처럼 참 것이나 좋은 것이 아닌, 함부로 된 것이라는 뜻의 접두사. '딸년'은 '딸'보다 욕된 말. '개잡년'과 같은 말. 여기서는 부모 자식 관계의 딸을 말한 것이 아니라, 자기 계집 외의 다른 계집 곧, 첩을 말함.
- 싀앗새옴 : '싀앗'은 '남편'을, '새옴'은 '샘', '시샘', '질투'를 말함. 곧, 남편에 대한 시샘을 뜻함.

해설

상당히 육정적肉情的인 시조이다. 성적性的 표현이 노골적이다. 초장은 발기된 남자의 성기를 그대로 표현하고 있고, 중장은 성교性交의 모습을 노골적이고 사실적으로 묘사하고 있다.

高臺廣室 나는 마다 錦衣玉食 더욱 마다

銀金寶貨 奴婢田宅 緋緞치마 六段쟝옷 密羅珠 겻칼 紫芝鄕職

져고리 쏜머리 石雄黃으로 다 쑴자리 궂고

眞實로 나의 平生 願ᄒ기는 말 잘ᄒ고 글 잘ᄒ고 얼골 기자ᄒ고

품자리 잘ᄒ는 져믄 書房이로다

〈무명씨〉

• 진본 청구영언珍本 靑丘永言 559

아주 크고 좋은 집도 나는 싫고, 비단옷과 흰 쌀밥도 나는 더욱 싫다

금·은·보석과 노비와 밭과 집과 비단 치마와 비단 장옷에, 밀화장도와 자줏빛

명주로 된 곱고 예쁜 저고리, 그리고 곱게 딴 머리에 천연석으로 노랗게 물들인 댕

기도 이 모두가 허황된 꿈이니

정말로 내가 평생 원하는 것은, 말 잘하고 글 잘하고 얼굴이 잘 생기고 잠자리

를 잘 하는 젊은 서방이로다

어구 풀이

- 高臺廣室(고대광실) : 아주 크고 좋은 집.
- 마다 : 싫다고 거절하다. ¶성의이니 ~하지 말고 받아라.
- 錦衣玉食(금의옥식) : 비단옷과 흰 쌀밥. 사치스러운 의복과 음식의 비유.
- 銀金寶貨(은금보화) : 은·금·보석.
- 奴婢田宅(노비전택) : 종과 밭과 집.
- 緋緞(비단)치마 : 비단으로 지은 치마.

- 六段(육단)쟝옷 : 비단으로 지은 장옷. '六段(육단)'은 '大段(대단)'의 잘못. '大段(대단)'은 '한단漢緞'이라고 하며, 중국에서 나는 비단의 하나. '장옷'은 여자가 나들이 할 때 머리에 써서 온몸을 가리던 옷.
- 密羅珠(밀라주) 겻칼 : 밀화密花로 된 장도粧刀. 곧, 밀화장도密花粧刀. '密羅(밀라)'는 '密花(밀화)'의 잘못. '밀화密花'는 호박琥珀의 일종.

- 紫芝鄕職(자지향직) : 자주빛깔의 명주비단. '紫芝(자지)'는 '자줏빛'을, '鄕職(향직)'은 명주의 일종.
- 쌴머리 : 따은 머리.
- 石雄黃(석웅황) : 천연석. 누른빛을 내는 물감으로 씀. 여기서는 천연석으로 노랗게 물들인 댕기를 말함.

- 숨자리 곳고 : 허황된 꿈속 같고.
- 眞實(진실)로 : 정말로. 참으로. 거짓 없이 참되게.
- 기자하고 : 깨끗하고. 잘생기고.
- 품자리 : 가슴에 품어주는 일과 잠자리를 같이 하는 일. 동침. 정사. 관계.
- 겨믄 : 젊은.

해설

돈 많은 남자, 돈 많은 여자를 싫어할 사람은 없을 것이다. 특히 도시에서는 잠시 움직이기만 해도 돈이 들어간다. 돈, 돈, 돈! 옛날과는 달리 돈이 아니면 힘든 세상이 되어 버렸다. 이 시조에서 작자는 이런 비단옷에 고대광실, 호의호식도 다 필요 없다고 하고 있다. 사랑하는 사람만 있으면 다 된다고 하고 있다.

고스리 닷 丹 쪠醬 직어먹고 물업슨 岡山에 올라

아무리 목말나 물 다구 흔들 어늬 歡陽의 쏠년이 날 물 쩌다 쥬리

아아 아아 아아아 아하 아아

밤ㅁ中만 閣氏네 품에 들면 冷水ㄱ景이 업세라

〈무명씨〉

• 화원악보花源樂譜 152

고사리나물 다섯 단을 된장에 찍어 먹고 물 없는 산마루에 올라

아무리 목이 마르다고 물을 달라고 한들 어느 화냥년이 나에게 물을 떠다 주리. 아아 아아 아아아 아하 아아

밤중쯤 각시의 품에 들면 냉수 찾을 경황이 없어라

어구 풀이

- 닷 丹(단) : 다섯 묶음. '단'은 푸성귀나 땔나무 따위의 묶음. 또는 그 단을 세는 말.
- 쪠醬(장) : 된장.
- 직어먹고 : 찍어 먹고.
- 물업슨 : 물 없는.
- 岡山(강산) : 산마루.
- 물 다구 : 물 다오.
- 歡陽(환양)의 쏠년 : '歡陽(환양)'은 '화냥'의 한자 표기. '화냥년', '화냥질'에서 온 말. 서방질을 하는 여자.
- 밤ㅁ中만 : 밤중쯤. 밤중에만. '~만'은 정도程度와 한도限度를 가

리키는 두 가지의 경우가 있는데, 정도程度의 경우는 '~쯤'으로 해석되고, 한도限度의 경우는 '~에만'으로 해석된다. 'ㅁ'은 된소리 부호.
- 閣氏(각씨)네 : '각시'의 한자 표기. '각시'는 한자를 빌려 '閣氏(각씨)'로 적는다. 젊은 여자. 새악시(색시). 갓 결혼한 여자. '아내'를 달리 이르는 말. '~네'는 사람의 한 무리를 나타내는 접미사. '자네', '우리네', '순이네'가 이에 해당된다. ¶각시와 신랑.
- 冷水(냉수)ㄱ景(경) : 냉수 찾을 경

황. '冷水 +ㄱ景'의 연철連綴. 'ㄱ'

은 사잇 소리.

해설

종장에서 작자는 성희性戱의 희열喜悅을 노래하고 있다.

閣氏네 더위들 스시오 일른 더위 느즌 더위 여러 히포 묵은 더위
五六月 伏더위에 情의 님 만나이셔 달 밝은 平床우희 츤츤 감계
누엇다가 무음 일 ᄒ엿던지五腸이 煩熱ᄒ고 구슬땀 흘니면서 헐
쩍이닌 그 더위와 冬至쌀 긴긴 밤의 고은님 다리고다스ᄒ 아름묵
과 돗가온 니불 속의 두 몸이 훈몸 되야 그리겨리 ᄒ니 手足이 답
답ᄒ며목궁이 타올젹의 웃묵의 찬 슉용을 벌쩍벌쩍 켜난 더위를
閣氏네 사려거든 소견딕로 스오시쇼

댱스야 네 더위 여럿中의 님 만나 는 두 더위야 뉘 아니 조아ᄒ
리 남의게 파지 말고 닉게 부딕 파로시쇼

〈무명씨〉

• 육당본 청구영언六堂本 靑丘永言 703

각시네 더위들 사시오. 이른 더위, 늦은 더위, 여러 해 동안 묵은 더위

오뉴월 복더위에 사랑하는 임을 만나서 달 밝은 평상 위에 칭칭 감겨 누었다가
(사랑하는 임과 한 몸이 되어 끌어안고 누웠다가), 무슨 일을 하였는지 오장이 번열하
고 구슬땀을 흘리면서 헐떡이는 그 더위와, 동짓달 긴긴 밤에 고운 임과 함께 따
스한 아랫목에서 두꺼운 이불 속의 두 몸이 한 몸이 되어 이리저리 하니(뒹구니, 성
교性交를 하니), 답답하며 목구멍이 탈 적에 윗목의 찬 숭늉을 벌떡벌떡 켜는(마시
는) 더위를 각시네 사려거든 생각대로 사옵소서

장사여, 네 더위 여럿 중에 임을 만나는 두 더위야 뉘 아니 좋아하리. 남에게 팔
지 말고 내게 부디 팔으소서

어구 풀이

- 閣氏(각씨)네 : '각시'의 한자 표기.
'각시'는 한자를 빌려 '閣氏(각씨)'
로 적는다. 젊은 여자. 새악시(색
시). 갓 결혼한 여자. '아내'를 달리

이르는 말. '~네'는 사람의 한 무
리를 나타내는 접미사. '자네', '우
리네', '순이네'가 이에 해당된다.
¶각시와 신랑.

- 여러 히포 : 여러 해 동안. '히포'
  는 '해歲月'를 말함.
- 만나이셔 : 만나서.
- 平床(평상) : 나무로 만든 침상의
  하나. 밖에다 내어 앉거나 드러누
  워 쉴 수 있도록 만든 것으로, 살
  평상과 널평상의 두 가지가 있다.
- 우희 : 우에. 위에.
- 츤츤 감계 : 칭칭 감겨.
- 무음 : 무슨.
- 五腸(오장) : 간장, 심장, 비장, 폐
  장, 신장의 다섯 가지 내장.
- 煩熱(번열)ᄒ고 : 신열이 몹시 나고
  가슴 속이 답답하며 괴롭고.
- 고은님 다리고 : 고운 임 데리고.
  고운 임과 함께.
- 다스흔 : 따스한. 따뜻한. 기본형
  은 '따스하다'.
- 아름묵 : 아랫목. 온돌방에서 아

궁이 가까운 쪽의 방바닥. 따라서
불길이 잘 닿아 매우 따뜻하다.
대부분 아궁이의 불길이 심하여
아랫목이 탄다.
- 돗가온 : 두꺼운.
- 목궁이 : 목구멍이.
- 웃묵 : 윗목. 온돌방에서 아궁이
  로부터 먼 쪽의 방바닥. 불길이 잘
  닿지 않아 아랫목보다 상대적으
  로 차가운 쪽이다.
- 숙융 : 숙늉.
- 켜난 : 켜는. 여기서는 물(숭늉)을 들
  이켜는. 기본형은 '켜다'. '켜다'는 갈
  증이 나서 물을 자꾸 마시다. 물이
  나 술 따위를 단숨에 들이 마시다.
- 소견 : '所見(소견)' 어떤 일이나 사
  물을 살펴보고 가지게 되는 생각
  이나 의견. 생각. 견해.
- 댱ᄉ야 : 장사여.

해설

대부분의 사설시조가 그러하듯, 이 시조 역시 매우 육감적肉感的인 작품이
다. 특히 중장의 내용이 그러하다. 삼복 더위에 하는 성교性交와, 동짓달 긴긴
밤에 따스한 아랫목에서 두꺼운 솜이불을 덮고 하는 성교와, 이 모두가 사랑
의 행위에서 나오는 사랑의 열기일진대, 어찌 이러한 사랑을 남에게 팔 수 있
겠는가. 이러한 더위(사랑)를 팔려거든 남에게 팔지 말고 부디 나에게 팔라는
내용의 시조이다.

각시님 믈러 눕소 내 품의 안기리

　이 아히놈 괘심ᄒ니 네 날을 안을소냐 각시님 그말 마소 됴고만
닷졋고리 크나큰 고양감긔 씽씽 도라가며 제 혼자 다 안거든 내 자
닉 못 안을가 이 아히놈 괘심하니 네 날을 휘울소냐 각시님 그말
마소 됴고만 도샤공이 크나큰 대듕선을 제 혼자 다 휘우거든 내
자닉 못 휘울가 이 아히놈 괘심ᄒ니 네 날을 붓흘소냐 각시님 그
말 마소 됴고만 벼록 블이 니러곳나게 되면 청계라 관악산을 제
혼자 다 붓거든 내 자닉 못 붓흘가 이 아히놈 괘심ᄒ니 네 날을 그
늘올소냐 각시님 그말 마소 됴고만 빅지댱이 관동 팔면을 제 혼자
다 그늘오거든 내 자닉 못 그늘올가

　진실노 네 말 곳틀쟉시면 빅년 동쥬 ᄒ리라

〈무명씨〉

• 고금가곡古今歌曲 280

　각시님 물러 누우시오. 내 품에 안기리

　이 아이놈 괘씸하니 네가 나를 안을 수 있느냐. 각시님 그 말 마소. 조고만 딱
따구리가 크나큰 회양나무를 뺑뺑 돌아가며 제 혼자 다 안거늘 내가 자네를 못
안을까. 이 아이놈 괘씸하니 네가 나를 휘어지게 할 수 있느냐. 각시님 그 말 마
소. 조그만 도사공이 크나큰 배를 제 혼자 다 휘어잡거늘 내 자네를 못 휘어잡을
까. 이 아이놈 괘씸하니 네가 나를 붙을 수 있느냐. 각시님 그 말 마소. 조그만 벼
룩의 뿔이 일어나게 되면 청계산과 관악산을 제 혼자 다 붙을 수 있거늘 내 자네
를 못 붙을까. 이 아이놈 괘씸하니 네가 나를 거느릴 수 있느냐. 각시님 그 말 마
소. 조그만 백지장이 대관령 동쪽의 여덟 고을을 제 혼자 다 거느리거늘 내가 자
네를 못 거느릴까

　진실로 네 말 같을 것 같으면 나와 함께 백년해로 하리라

어구 풀이

- 각시님 : '님'은 '각시'의 존칭. '각
  시'는 젊은 여자. 새악시(색시). 갓
  결혼한 여자. '아내'를 달리 이르
  는 말. ¶각시와 신랑.
- 믈러 눕소 : 물러 누우시오.
- 아히 : 아이.
- 안을소냐 : 안을 수 있느냐.
- 됴고만 : 조그만.
- 닷졋고리 : 딱따구리.
- 고양감긔 : '고양남긔'의 잘못. 고
  양나무에. 회양나무에.
- 휘울소냐 : 휘어지게 할 수 있느냐.
- 도샤공 : 도사공都沙工. 뱃사공의
  우두머리.
- 대듕선 : 대중선大重船. 큰 고기잡
  이 배.
- 붓흘소냐 : 붙을 수 있느냐.

- 블이 : 뿔이.
- 니러곳나게 되면 : 일어나게 되면.
  '곳'은 강세부사.
- 쳥계 : 청계산淸溪山. 경기도 과천
  에 있는 산.
- 관악산 : '관악산冠嶽山'. 서울과
  경기도 과천 사이에 있는 산.
- 그늘올소냐 : 거느릴 수 있겠느냐.
- 빅지댱 : 백지장.
- 관동 팔면 : 대관령 동쪽의 여덟 고을.
- 진실노 : 진실로. 정말로. 참으로.
  거짓 없이 참되게.
- ᄀᆞᆺ틀쟉시면 : 같을 것 같으면.
- 빅년 동쥬 : 백년동주百年同住. 늙
  어서 죽을 때까지 한평생 부부가
  함께 화목하게 삶. 백년해로百年
  偕老. 백년동락百年同樂.

해설

문답 형식의 시조이다. 초장에서 남자가 여자에게 내 품에 안기라고 하자, 중
장에서 여자가 남자의 능력을 떠 보는 물음을 계속하고 있다. 이게 남자가 비
유를 들어 답하고 있다. 남자의 대답이 마음에 들었는지, 종장에서 여자는,
그러면 자기와 함께 부부가 되어 백년해로하자고 하고 있다.

타향에 임을 두고 쥬야로 그리면셔

간장 셕은 물은 눈으로 소사 나고 쳡쳡헌 슈심은 여름 구름 되

여셰라

지금에 닉 나음 졀반을 임계 보닉여 셔로 그려볼가 허노라

〈무명씨〉

• 시가요곡詩歌謠曲 112

타향에 임을 두고 밤낮으로 그리워하면서

간장 썩은 물은 눈물로 솟아나고, 첩첩이 쌓인 수심은 여름의 구름처럼 부풀어

커졌구나

지금의 내 마음 절반을(임을 애타게 그리워하는 이 마음을) 임께 보내어 서로 그리

워해 볼까 하노라

어구 풀이

- 간장 : 간장肝腸. '애'나 '마음'을
  비유적으로 이르는 말.

- 셕은 : 썩은.

- 눈으로 소사 나고 : 눈물로 솟아
  나고.

- 쳡쳡헌 슈심 : 첩첩이 쌓인 수심愁心.

- 되여셰라 : 되었어라.

- 임계 : 임께.

해설

"閣氏네 츠오신 칼이……"(104번 시조)에서는, 그 그리움의 정도를 날이 예리
한 칼이 굽이굽이 깊이 든 마음속을 끊는다고 하고 있다. 그만큼 참기 힘들
정도로 애肝腸가 탄다는 것이다. 이 시조에서도 간장肝腸이 썩고, 그 썩은 물
이 눈물로 솟아난다고 하고 있다. 이 얼마나 절절한 아픔의 표현인가. 사랑하
는 임에 대한 그리움은 참으로 참기 힘든 것이다.

閣氏늬 玉貌花容 어슨체 마쇼

東國桃李 片時春이라도 秋風이 것듯 불면 霜落頭邊 恨奈何 쏜
이로다

아무리 므음이 驕昻ᄒ고 나히 어려신들 니르는 말을 아니 듯나니

〈무명씨〉

• 육당본 청구영언六堂本 靑丘永言 774

각시여! 곱고 아름다운 얼굴을 가졌다고 잘난 체하지 마소

여색女色이 유혹적으로 아름다운 때라도, 가을바람이 건듯 불면 백발이 되는
그 한恨을 어찌할 것인가

아무리 마음이 교만하고 나이가 어린들 내가 이르는 말을 아니 듣는가

어구 풀이

- 閣氏(각씨)늬 : '각시'의 한자 표기.
'각시'는 한자를 빌려 '閣氏(각씨)'
로 적는다. 젊은 여자. 새악시(색
시). 갓 결혼한 여자. '아내'를 달리
이르는 말. '~늬'는 사람의 한 무
리를 나타내는 접미사. '자네', '우
리네', '순이네'가 이에 해당된다.
¶각시와 신랑.
- 玉貌花容(옥모화용) : 여자의 아름
다운 얼굴.
- 어슨체 : 잘난 체. '체'는 불완전명
사로, 그럴 듯하게 꾸미는 거짓 태
도를 뜻함.
- 東國桃李 片時春(동국도리 편시춘)

: '東國(동국)'은 '東園(동원)'의 잘
못. 여기서 '東園(동원)'은 동쪽에
있는 '庭園(정원)'이란 뜻으로 쓰
임. '片時春(편시춘)'은 잠깐 지나
가는 봄을 뜻함. 이 구절(東國桃李
片時春(동국도리 편시춘))을 직역하
자면, 동쪽에 있는 정원의 복사꽃
이 잠시 봄빛을 띠다, 란 뜻. 하지
만 '春(춘)' 또는 '春色(춘색)' 등은
'색色'을 은유하는 말로써, 여기서
는 '여색女色'이 가장 유혹적인 때
를 뜻함.
- 것듯 : 건듯. 정신을 차릴 새 없이
지나가는 모양. ¶바람이 ~ 분다.

• 349 •

- 霜落頭邊(상락두변) 恨奈何(한내
  하) : 머리 주변에 서리가 내리면
  그 한恨을 어찌 할 것인가. 곧, 머
  리카락이 백발이 되면, 늙어지면
  그 한恨을 어찌 할 것인가.
- 驕昂(교앙)ᄒ고 : 마음이 아주 교
  만하고.

- 나히 : 나이.
- 니르ᄂᆞᆫ : 이르는. 말하는. 타이르는.
- 듯나니 : 듣나니. 듣는가. 기본형
  은 '듣다'.

해설

청춘의 아름다움이 잠깐이니 더 늙기 전에 정情을 나누자는 노래. 이처럼 청
춘의 덧없음을 노래한 시조들이 여럿 있다.

기름에 지진 꿀藥果도 아니먹는 날을 돌饅頭 먹으라 지근
平壤 女妓년들도 안니ᄒᆞᄂᆞ 날을 閣氏님이 ᄒᆞ자고 지근지근
아무리 지근지근흔들 품어 줄ㄹ쥴 이시라

〈무명씨〉

• 화원악보花源樂譜 578

기름에 지저 튀긴 맛있는 꿀약과도 먹지 않는 나인데, 맛도 없는 돌만두를 먹
으로고 자꾸 귀찮게 구는구나

조선 최고의 기생이라는 평양 기생년들과도 잠자리를 같이 하지 않는 나인데,
각시님이 자꾸만 품어달라고 귀찮게 하는구나

아무리 귀찮게 한들 내가 너를 품어 잘 줄 알았더냐

어구 풀이

- 藥果(약과) : 밀가루를 기름과 꿀
  로 반죽하여 네모지게 만든 것을
  기름에 지진 유과油果. 다식.
- 날을 : 나를.
- 돌饅頭(만두) : '돌만두'의 '돌'은
  '돌사과', '돌계집'처럼 품질이 낮
  은 것을 나타내는 접두사. '개살
  구' 등과 같은 '개'와 같은 뜻.
- 지근 : 지근지근. 기본형은 '지근거
  리다'. 여러 가지 뜻으로 사용되나,

여기서는 성가실 정도로 자꾸 귀
찮게 굴다. 남이 싫어하도록 굴다.
남이 귀찮아하도록 조르다, 의 뜻.
- 女妓(여기) : 기녀妓女.
- 閣氏(각씨)님 : '님'은 '각시'의 존칭.
'각시'는 한자를 빌려 '閣氏(각씨)'
로 적는다. '각시'는 젊은 여자. 새
악시(색시). 갓 결혼한 여자. '아내'
를 달리 이르는 말. ¶각시와 신랑.

해설

애교를 떨며 자꾸 지근덕거리는 각시에게 작자는 함께 품어 자지 않겠다는
마음을 전하고 있다.

각시님 엣샏든 얼골 져 건너 닉까에 홀노 웃쪽 션는 슈양버드나
무 고목 다 되야 셕어 스러진 광딕등거리 다 되단말가
　　졀머쇼자 졀머쇼자 셰다셧만 졀머쇼자
　　열흐고 다셧만 졀무랑이면 닉 원딕로

〈무명씨〉

• 남훈태평가南薰太平歌 69

각시님, 그 어여쁘던 얼굴이 어찌하여 저 건너 냇가에 홀로 우뚝 서 있는 수양
버드나무 고목이 다 되어, 스러진 광대등걸처럼 파리하고 뼈만 남아 앙상하게 되
었단 말인가
　　젊어지고 싶어라. 젊어지고 싶어라. 세 살이나 다섯 살만이라도 젊어지고 싶어라
　　열하고 다섯(곧, 열다섯 살)만 젊어진다면 내 원대로 사랑을 나누건만

어구 풀이

- 閣氏(각씨)님 : '님'은 '각시'의 존칭.
  '각시'는 한자를 빌려 '閣氏(각씨)'
  로 적는다. '각시'는 젊은 여자. 새
  악시(색시). 갓 결혼한 여자. '아내'
  를 달리 이르는 말. ¶각시와 신랑.
- 엣샏든 : 예쁘던. 어여쁘던.
- 션는 : 섰는. 서 있는.
- 슈양버드나무 : 수양버드나무. 수
  양버들. 가지가 길고 가늘어 땅에
  까지 축 늘어짐.
- 스러진 : 기본형은 '스러지다'. 모
  양이나 자취가 차차 희미해지면서
  없어지다. 슬다. 사라지다.

- 광딕등거리 : 광대등걸. 거칠고 보
  기 흉하게 생긴 나뭇등걸. 여기서
  는 몹시 파리해진 얼굴. 살이 빠져
  뼈만 남은 앙상한 얼굴에 비유.
- 졀머쇼자 : 젊고 싶어라.
- 셰다셧만 : 세 다섯만. 셋이나 다
  섯쯤 되는 수. 여기서는 셋이 다섯
  이니 곧, 열다섯을 말함.
- 졀무랑이면 : 젊어진다면.

해설

늙음으로 인해 작자가 각시와 사랑을 나눌 수 없음을 한탄한 노래. 작자는
자신의 늙어진 청춘을 한탄하고 있다.

白華山 上上頭에 落落長松 휘여진 柯枝우희

부헝 放氣 뛴 殊常흔 옹도라지 길쥭 넙쥭 어틀머틀 믜뭉슈로 ᄒ
거라 말고 님의 연장이 그러코라쟈

眞實로 그러곳 홀쟉시면 벗고 굴물진들 셩이 므슴 가싀리

〈무명씨〉

• 진본 청구영언珍本 靑丘永言 545

꽃이 만발하게 핀 백화산 봉우리에 서 있는 낙락장송 휘어진 가지 위에

부엉이 방귀 뀐 수상한 옹도리, 길죽 넙죽 우툴두툴 뭉글뭉글하지 말고, 우리
임의 연장(남자의 성기)이 그러했으면 좋겠다

정말로 그러할 것 같으면 헐벗고 굶더라도 무슨 성가실 일이 있겠는가

어구 풀이

- 白華山(백화산) : 산의 이름. '百花
  山(백화산)'으로 된 데도 있다. 곧,
  온갖 꽃이 피어 있는 산을 뜻함.
- 上上頭(상상두) : 상상봉上上峯. 온
  갖 봉우리 중에서 제일 높은 봉
  우리.
- 落落長松(낙락장송) : 가지가 길게
  축축 늘어진 키가 큰 소나무.
- 우희 : 우에.
- 부헝 : 부엉이.
- 放氣(방기) : 방귀.
- 옹도라지 : '옹두라지'의 옛말. 나
  무에 난 자그마한 옹두리. '옹이'
  또는 '그루터기'라고도 함.

- 어틀머틀 : 우툴두툴. 오톨도톨.
  물건의 거죽이나 바닥이 여기저
  기 굵게 부풀어 올라 고르지 못한
  모양.
- 믜뭉슈로 ᄒ거라 말고 : 뭉글뭉글
  하지 말고.
- 연장 : 여기서는 남자의 성기를 가
  리킴.
- 그러코라쟈 : 그러했으면 좋겠다.
- 眞實(진실)로 : 정말로. 참으로. 거
  짓 없이 참되게.
- 그러곳 홀쟉시면 : 그러할 것 같으
  면. '곳'은 강세조사. '쟉'은 강세보
  조어간.

- 벗고 굴물진들 : 헐벗고 굶을진들.
- 셩이 므슴 가싀리 : 무슨 성가실

  일이 있겠는가.

해설

중장의 표현이 매우 육감적肉感的이다. 이것이 종장으로 이어져 성희性戲의

희열喜悅이 무엇과도 비교할 바가 아니라고 노래하고 있다.

屛風에 압니 줏쓴동 불어진 괴 글이고 그 괴 알픠 죠고만 麝香
쥐를 그렷씬이
　애고 죠 괴 삿쌀은양ᄒ야 글임쥐를 잡으려 쏫니는고여
　울이도 새님 걸어두고 좃너러 볼까 ᄒ노라

〈무명씨〉

• 일석본 해동가요—石本 海東歌謠 59

　병풍에 앞 이빨이 자끈동 부러진 고양이, 그리고 그 고양이 앞에 조그만 사향
쥐를 그렸으니
　애고, 저 고양이 약삭빠르게 그림으로 그려져 있는 쥐를 잡으려 쫓아다니는구나
　우리도 새 임 걸어두고 쫓아다녀볼까 하노라

어구 풀이

- 줏쓴동 : 자끈동. 작고 단단한 물
건이 갑자기 세게 부러져 도막이
나는 모양. ¶옷을 꿰매다가 바늘
이 ~ 부러지고 말았다.
- 불어진 : 부러진. 기본형은 '부러
지다'.
- 괴 : 고양이.
- 글이고 : 그리고畵. 기본형은 '그
리다'. ¶그림을 ~.
- 알픠 : 앞에.
- 麝香(사향)쥐 : 사향麝香 냄새를
뿜는 쥐. 향내를 풍기는 쥐이니
곧, 유혹을 상징한 말. 작품이 호
색적好色的인 점으로 미루어, 작

자가 의도적으로 성적性的 표현을
돋우기 위해 끌어낸 말. '麝香(사
향)쥐'는 '생쥐'의 한자 표기.
- 애고 : 몹시 아플 때, 슬플 때, 놀
랐을 때, 힘들 때, 원통하여 기가
막힐 때 내는 소리. 또는 상喪을
당하여 곡할 때 내는 소리.
- 죠 : '저'의 작은 말.
- 삿쌀은양ᄒ야 : 약싹빠른 양하여.
- 글임쥐 : 실제의 쥐가 아닌 그림
으로 그려져 있는 쥐. '글임'은
'그림'.
- 쏫니는고여 : 쫓아다니는구나.
- 좃너러 : 쫓아다녀.

해설

이 시조는 우리 일상생활에서 쉽게 찾을 수 있는 고양이와 사향쥐(생쥐)를 소재로 삼아 쓰였다. 작품에서 '사향쥐'는 여자를, '고양이'는 남자를 상징하는 말이다. 사향쥐가 향기로운 냄새를 풍겨 유혹을 하고, 고양이가 그 사향쥐를 쫓고 있는 행동이, 남자가 여자를 쫓는 상징성으로 그려지고 있다.

思郎을 츤츤 얽동혀 뒤설머지고

泰山峻嶺을 허위허위 허위 올라간이 그 모를 벗님네는 그만ᄒ야

볼이고 갈아 ᄒ것만은

가다가 쟈즐려 죽을만졍 나는 안이 볼이고 갈까 ᄒ노라

〈무명씨〉

• 일석본 해동가요—石本 海東歌謠 41

사랑을 칭칭 얽어서 동여매어 뒤에 걸머지고

태산준령을 허우적허우적 올라가니, 내 마음을 모르는 벗님네(임)는 이제 그만

하고 사랑을 버리고 가라 하건마는

가다가 그 사랑에 짓눌려(작자가 자신의 등에 걸머진 사랑에 짓눌려) 죽을지언정

나는 아니 버리고 갈까 하노라

어구 풀이

- 思郎(사랑) : '사랑'의 한자 표기.
- 츤츤 : 칭칭.
- 얽동혀 :얽어서 동여매어. 기본형
  은 '얽동이다'.
- 뒤설머지고 : 뒤에 걸머지고.
- 泰山峻嶺(태산준령) : 큰 산과 험한
  고개.

- 허위허위 : 허우적허우적. 어려운
  지경에서 벗어나려고 몹시 자꾸
  애쓰는 모양.
- 볼이고 갈아 : 버리고 가라.
- 쟈즐려 : 짓눌려.

해설

초장에서의 작자의 간절한 사랑, 그리고 중장에서의 사랑을 이루기 위한 고
난, 그것이 종장에 가서 작자의 각오가 나타나 있다. 숱한 고난이 닥쳐와도
사랑을 버리지 않겠다고 하는 종장의 표현이 참으로 가상하다.

사벽달 셔리치고 지시는 밤에 짝를 닐코 울고 가는 기러기야

너 가는 길에 졍든 임 니별ᄒ고 참아 그리워 못살네라고 젼하여
쥬렴

쎠단니다 마음 나는듸로 젼ᄒ야 쥼세

〈무명씨〉

• 남훈태평가南薰太平歌 39

새벽달이 떠오르고 서리도 내리는 그런 날 지새는 밤에, 짝을 잃고 울고 가는
기러기야

너 가는 길에, 정든 임 이별하고 차마 그리워 못 살겠다고 하는 나의 이 애절한
심정을 내 임에게 전하여 주렴

알았소이다. 세상 여기저기 떠다니다가 자네 임을 만나면 마음이 내키는대로
전하여 줌세

어구 풀이

- 사벽달 : '새벽달'의 오식誤植.

- 셔리치고 : 서리 내리고.

- 못살네라고 : 못 살겠다고.

- 나는듸로 : 내키는대로. 마음이
  생기는대로.

해설

이 시조도 문답 형식으로 이루어져 있다. 그리고 소식을 전하는 기러기를 소
재로 작품이 쓰였다. 작자가 초장과 중장에서 기러기에게 부탁을 하고, 종장
에서 기러기가 답하는 형식이다. 임에 대한 그리움이 너무나 애절하니, 혹시
작자의 임을 만나거든 자신의 이 애타는 심정을 전하여 달라고 하고 있다.

草堂뒤헤 와 안져 우는 솟젹다시야

암솟젹다신다 수솟젹다 우는 신다 空山을 어듸 두고 客牕에 와

안져 우는다 져 솟젹다시야

空山이 흐고 만흐되 울듸 달나 우노라

<무명씨>

• 육당본 청구영언六堂本 靑丘永言 964

초당 뒤에 와 앉아 우는 소쩍새야

암소쩍새를 달라고 우느냐, 수소쩍새를 달라고 우느냐. 공산空山을 어디 두고
나그네가 거처하는 방(객창客窓)에 와 앉아 우느냐, 저 소쩍새야

공산이 많고 많은데 객창客窓에 와서 짝이 되어 서로 함께 우짖을 짝을 찾아
달라 우는구나

어구 풀이

- 草堂(초당) : 억새나 짚 따위로 지
붕을 인 조그마한 집채. 흔히 집
의 원채에서 따로 떨어진 곳에 지
었다.
- 뒤헤 : 뒤에.
- 솟젹다시 : 소쩍새. 접동새·두견
새·두견이·자규子規·촉백蜀魄·두
우杜宇·불여귀不如歸 등으로 불
림. ※중국 촉왕蜀王의 망제望帝
곧, 두우杜宇가 죽어서 두견새가
되었다는 전설이 있음. 우거진 숲
속에서 밤에 우는데 그 소리가 처
량함. 우리의 고시조와 중국의 시

詩에 자주 인용 됨. 이 새는 애상
哀傷을 상징하는 새로 표현되고
있음. 그 우는 소리가 '소쩍소쩍'
또는 '솥젹다솥젹다'로 들림. ※소
쩍다새(솥젹다 새) 곧, 소쩍새는 한
문의 '疏逖(소적)다'와 '疏遠(소원)
하다'는 말에서 왔음.
- 암솟젹다신다 : 암소쩍새냐. '신다'
는 '새냐'. '~ㄴ다'는 의문종지형.
- 수솟젹다 : 수소쩍새.
- 우는 신다 : 우는 새냐.
- 空山(공산) : 빈산.
- 客牕(객창) : '客窓(객창)'. 나그네가

거처하는 방. 여창旅窓.

- 우는다 : 우느냐. 우짖느냐. '는다'
  는 '느냐'. '~ㄴ다'는 의문종지형.

- 흐고 만흐되 : 하고 많은데. 많고
  많은데.

- 울듸 달나 : 짝이 되어 서로 우짖
  을 짝을 찾아 달라.

해설

소쩍새를 감정이입 시켜 짝이 없는 고적孤寂한 작자의 심정을 노래하고 있다.
고시조에는 이처럼 소쩍새 혹은 접동새를 끌어들여 작자의 심정을 표현한 작
품들이 많다.

어젯밤도 혼자 곱쏭글여 새오좀 자고 진안 밤도 혼자 곱쏭글여
새오좀 잔이
　　어인놈의 八字ㅣ가 晝夜長常에 곱쏭글여셔 새오좀만 잔다
　　오늘은 글이든 님 왓신이 발을 펴 불이고 싀호훤이 잘까 ᄒ노라

〈무명씨〉

• 일석본 해동가요—石本 海東歌謠 107

어젯밤도 혼자 곱송그려 웅크리고 새우잠을 자고, 지난밤도 혼자 곱송그려 새
우잠을 자니
　　어인 놈의 팔자가 밤낮으로 할 것 없이 이리 항상 곱송그려 새우잠만 자는가
　　오늘은 그리워하던 임이 왔으니 발을 펴 벌리고 시원하게 잘까 하노라

어구 풀이

- 곱쏭글여 : 곱송그려. 몸을 움추
　려. 기본형은 '곱송그리다'. 겁나거
　나 놀라서 몸을 잔뜩 오그리다.
- 새오좀 : 새우잠. 새우처럼 등을
　구부리고 자는 잠.
- 八字(팔자) : 사람의 한평생의 운
　수. 사주팔자에서 유래한 말로,
　사람이 태어난 해와 달과 날과 시
　간을 간지干支로 나타내면 여덟

글자가 되는데, 이 속에 일생의 운
명이 정해져 있다고 본다. 사주.
운수. 운명.
- 晝夜長常(주야장상) : 밤낮으로 쉬
　지 않고 잇달아. 주야장천晝夜長
　川. '長常(장상)'은 늘, 계속하여,
　언제나, 연달아, 잇달아의 뜻.
- 불이고 : 벌리고.
- 싀호훤이 : 시원히.

해설

늘 혼자 외롭고 쓸쓸하게 몸을 웅크리고 잠을 잤는데, 임이 온 오늘은 기쁜
마음으로 편히 자겠다는 노래.

엇던 남근 八字 有福ᄒ야 大明殿 大들ᄲ 되고

또 엇던 남근 八字 사오나와 난番宵鏡 다섯 든番宵鏡 다섯 掌

務公事員 合ᄒ야 열두 宵鏡의 都막대 되고

출하로 검온고 술재 되야 閣氏네 손에 쥐물려 볼까 ᄒ노라

〈무명씨〉

• 일석본 해동가요—石木 海東歌謠 65

어떤 나무는 팔자가 유복하여 대명전의 대들보가 되고

또 어떤 나무는 팔자가 사나워 당직을 마치고 나오는 사람(소경) 다섯과, 나왔다

가 다시 차례가 되어 들어가는 사람 다섯과, 사무를 관장하는 사람과 합하여 열

두 사람의 짧은 지팡이가 되었는고

차라리 거문고의 채가 되어 각시의 손에 주물려 볼까 하노라

어구 풀이

- 남근 : 나무는. 흔히 남자의 성기를 '남근'이라 상징하기도 한다.

- 大明殿(대명전) : 경기도 개성시에 있던 궁궐. 고려 인종 때에 순천관 順天館을 고친 것임. 여기서는 여자의 성기를 상징.

- 大(대)들ᄲ(복) : 대들보. 작은 들보의 하중을 받기 위하여 기둥과 기둥 사이에 건너지른 큰 들보. '들보'는 칸과 칸 사이의 기둥을 건너질르는 나무. 여기서는 남자의 성기를 상징.

- 八字(팔자) : 사람의 한평생의 운

수. 사주팔자에서 유래한 말로, 사람이 태어난 해와 달과 날과 시간을 간지干支로 나타내면 여덟 글자가 되는데, 이 속에 일생의 운명이 정해져 있다고 본다. 사주. 운수. 운명.

- 사오나와 : 사나워.

- 난番(번) : 당직을 마치고 쉬러 나가는 번番. '番(번)'은 차례로 숙직이나 당직을 하는 일.

- 宵鏡(소경) : 여기서는 '사람'을 일컬음. 번番을 번갈아 가며 서는 사람이란 뜻으로 쓰였음.

- 든番(번) : 당직을 마치고 나왔다가 다시 차례가 되어 들어가는 번番.
- 掌務公事員(장무공사원) : 사무를 관장하는 사람. 여기서는 '宵鏡(소경)'을 말함.
- 都(도)막대 : 짧은 지팡이. 여기서는 남자의 성기를 상징.
- 된고 : 되었는고. '~ㄴ고'는 의문 종지형.
- 출하로 : 차라리.
- 검온고 : 거문고.
- 술째 : 거문고를 타는 데 쓰는 단단한 대나무로 만든 채. 여기서는

남자의 성기를 상징.
- 閣氏(각씨)네 : '각시'의 한자 표기. '각시'는 한자를 빌려 '閣氏(각씨)'로 적는다. 젊은 여자. 새악시(색시). 갓 결혼한 여자. '아내'를 달리 이르는 말. '~네'는 사람의 한 무리를 나타내는 접미사. '자네', '우리네', '순이네'가 이에 해당된다. ¶각시와 신랑.
- 쥐물려 : 주물려. 기본형은 '주무르다'.

해설

성적性的인 각 소재들에 대한 묘사를 은유적인 수법을 빌려 표현하고 있다. '남근', '대들보', '도막대', '술대'가 각각 남자의 성기를 상징하고 있고, '대명전' 등이 여자의 성기를 상징하고 있다.

아마도 이 작자는 여자 복이 없었나 보다. 그래서 초장과 중장에서 신세 한탄을 하고 있다. 종장에서 그러하기에 차라리 거문고의 술대가 되어 여자(각시)의 손에 주물려 보고 싶다고 신세타령을 하고 있다. 상징과 은유가 돋보이는 작품이다.

참고

《육당본 청구영언六堂本 靑丘永言 832》에는 종장이 "우리도 남의 님 걸어두고 都莫大될가"로 되어 있다.

臺우희 웃득 션 소나모 ᄇ람 블젹마다 흔덕흔덕

기올의 션ᄂ 버드나모 무스일 조차 흔들흔들

님그려 우ᄂ 눈물은 올커이와 입ᄒ고 코ᄂ 어이 무슴일노 조차

셔 후로록 빗쥭 ᄒᄂ니

〈무명씨〉

• 고금가곡古今歌曲 266

대 위에 우뚝 선 소나무 바람 불 적마다 흔덕흔덕 흔들리고

개울에 서 있는 버드나무 무슨 조그만 일에도 흔들흔들 흔들리고

임 그리워 우는 눈물은 울컥울컥하여 입하고, 코는 어이 무슨 일로 쫓아서 후

루룩 비죽 하느냐

어구 풀이

- 臺(대) : 흙이나 돌 따위로 높이 쌓
  아 올려 사방을 바라볼 수 있게
  만든 곳.
- 우희 : 위에.
- 흔덕흔덕 : 박혀 있거나 끼인 물건
  이 이리저리 흔들리다. 기본형은
  '흔덕이다'.
- 기올 : 개울. 골짜기에서 흘러내리
  는 작은 물줄기.
- 버드나모 : 버드나무. 버들. 수양
  버들.

- 무스일 : 무슨 일.
- 그려 : 그리워. 그리워하여.
- 올커이와 : 울컥하여.
- 무슴일노 : 무슨 일로. '무슴'은
  '무슨'.
- 조차셔 : 쫓아서.
- 후로록 빗쥭 : 후루룩 비죽. 울려
  고 입을 실룩거리는 모양.

해설

임에 대한 그리움을 노래한 시조.

동방에 별이 낫쟈 ᄒ니 삼쳑동쟈야 네 나가 보아라

삼틱 뉵셩에 북두칠셩 됴무상이도 이이요 임의게셔 긔별이 왓
ᄂ보다

진실노 임의게셔 긔별이 왓쓰면 네 나가 보들 말고 닉 나가 보마

〈무명씨〉

• 남훈태평가南薰太平歌 155

동방에 별이 났다 하니 삼척동자야 네 나가 보아라

삼태육성에 북두칠성 됴무상이란 별들이 잇달아 연결되어 있어 그것을 다리
삼아 건너서 임에게서 기별이 왔나보다

정말로 임에게서 기별이 왔으면 네 나가 보지 말고 내가 나가 보마

어구 풀이

- 동방 : 동쪽. 동녘.
- 삼쳑동쟈 : 키가 석 자 정도밖에
  되지 않는 어린아이.
- 삼틱 뉵셩 : 삼태성三台星. 큰곰자
  리에 있는 자미성을 지키는 별. 각
  각 두 개의 별로 된 상태성上台星,
  중태성中台星, 하태성下台星으로
  이루어져 있다.
- 북두칠성 : 북두칠성. 큰곰자리에
  서 국자 모양을 이루며 가장 뚜렷
  하게 보이는 일곱 개의 별.

- 됴무상 : 육련성六連星. 묘성昴星
  의 속칭. 이십팔수二十八宿의 열여
  덟째 별자리의 별들. 육안으로 보
  이는 별의 수효는 가장 밝은 별로
  6~7개이지만 실은 120개가량의
  별로 이루어져 있다. 지구로부터
  의 거리는 약 450광년.
- 이이 : 邐迤(이이). 잇달아 연결되
  어 있음.
- 진실노 : 진실로. 정말로. 참으로.
  거짓 없이 참되게.

해설

견우 직녀가 칠월칠석이 되면 까치의 등을 밟고 은하수를 건너 서로 만나 못

다한 사랑을 나눈다는 전설이 있다. 이 시조도 그러한 소재에서 착상을 얻어 쓴 듯하다. 삼태육성이며 북두칠성이며, 묘무상이라는 별들이 서로 연결이 되어 임에게서 기별이 온다고 했으니 말이다.

달바즈는 정정 울고 잔쳑속에 속닙난다

三年묵은 물가족은 외용지용 우지닌듸 老處女의 擧動보소 함박

쪽박 드더지며 逆情닉여 니른 말이 바다에도 셤이 잇고 콩팟헤도

눈이 잇네 봄쑴즈리 스오나와 同牢宴 쳣스랑을 쑴마드 ᄒᆞ여 뵈네

글르스 月老繩 因緣인지 일낙敗락 ᄒᆞ여라

〈무명씨〉

• 육당본 청구영언六堂本 靑丘永言 642

달뿌리풀로 엮어 만든 울타리는 햇볕에 쨍쨍 울고, 잔디 속에는 속잎이 피어난다

삼 년 묵은 말가죽은 윙윙 소리를 내며 우짖는데, 노처녀의 거동을 보소. 함지

박, 쪽박 들어 던지며 역정을 내며 이르는 말이, 바다에도 섬이 있고, 콩과 팥에도

눈이 있거늘, 봄에 꾸는 꿈자리도 사나워 동뢰연의 첫사랑이 꿈마다 보이네

잘못되어 부부의 인연을 맺어준다는 월하노인의 인연인지 될락 말락 하여라

어구 풀이

- 달바즈 : 달뿌리풀로 엮어 만든 울타리용 바자. '달뿌리풀'은 볏과의 여러해살이풀. 갈대와 비슷하게 생겼음. '바자'는 대, 갈대, 수수깡, 싸리 따위로 발처럼 엮거나 결어서 만든 물건. 울타리를 만드는 데 쓰인다.
- 잔쳑 : 잔디.
- 외용지용 : 윙윙 우는 소리.
- 우지닌듸 : 우짖는데. 울며 부르짖는데. 기본형은 '우짖다'로, 주로 '새가 울며 지저귀다.'의 뜻으로 쓰임.

- 함박 : 함지박.
- 쪽박 : 쪽박.
- 드더지며 : 들어 던지며.
- 콩팟헤도 : 콩과 팥에도.
- 同牢宴(동뢰연) : 신랑 신부가 교배交拜를 마치고 서로 술잔을 나누는 잔치. '교배交拜'는 전통 결혼식에서, 신랑과 신부가 서로 절을 주고받는 예禮.
- 글르스 : 그르사. 그릇되어. 잘못되어.
- 月老繩(월로승) : 전설에서, 월하노

인月下老人이 지니고 있어, 이것으로 남녀의 인연을 맺어 준다는 붉은 끈. '월하노인月下老人'은 부부의 인연을 맺어 준다는 전설상의 늙은이. 중국 당나라의 위고韋固가 달밤에 어떤 노인을 만나 장래의 아내에 대한 예언을 들었다는 데서 유래한다.

- 일낙敗(패)락 : 일락배락. 될락 말락.

해설

시집 못 간 노처녀의 낙심과 시름을 현실감 있게 노래하고 있다. 우리말에 '짚신도 짝이 있다'는 말이 있다. 이 작품에서도 '바다와 섬', '콩과 팥에도 눈'이 있다 하여, 이처럼 모든 인연이 있기 마련인데 왜 작자 자신에게는 인연이 없는가 하고 있다. 그러면서 함지박과 쪽박 같은 물건을 집어 던지는 노처녀의 히스테리도 보여주고 있다. 처음 혼인했던 첫사랑도 꿈에 보인다 하여 첫사랑을 못 잊고 있음을 알 수 있다. 종장에서 '일낙敗락'이라 하여 부부의 연을 맺어 준다는 월하노인의 인연마저도 될락 말락하다 하여, 작자의 혼인에 대한 희망마저 잃어버린 심정을 함축성 있게 표현하고 있다.

바룸도 쉬여 넘는 고기 구룸이라도 쉬여 넘는 고기

山眞이 水眞이 海東青 보라미라도 다 쉬여 넘는 高峯 長城嶺고기

그넘어 님이 왓다ᄒ면 나는 아니 ᄒ番도 쉬여 넘으리라

〈무명씨〉

• 육당본 청구영언六堂本 靑丘永言 307

바람도 쉬어 넘는 고개. 구름도 쉬어 넘는 고개

산지니, 수지니, 해동청, 보라매도 모두 다 쉬어 넘는 높은 산봉우리의 장성령
고개

그 너머에 임이 왔다고 하면 나는 단 한 번도 쉬지 않고 넘으리라

어구 풀이

- 山眞(산진)이 : 산지니. 산에서 자
  라 여러 해를 묵은 매나 새매.
- 水眞(수진)이 : 수지니. 사람의 손
  으로 길들인 매나 새매.
- 海東青(해동청) : 송골매.

- 보라미 : 난 지 1년이 안 된 새끼를
  잡아 길들여서 사냥에 쓰는 매.
- 高峯(고봉) 長城嶺(장성령)고기 :
  산봉우리가 높은 장성령 고개.

해설

바람도 구름도 쉬어 넘는 고개이니 얼마나 높은 산인가. 또한 산지니, 수지니,
해동청, 보라매와 같은 사나운 날짐승도 쉬어 넘는 고개라고 하니 얼마나 높
은 산인가. 장성령 고개가 그렇게 높은 고개라고 하고 있다. 하지만 그렇게 높
은 고개 너머에 임이 왔다고 하면 단 한 번도 쉬지 않고 넘으리라고 하고 있
다. 임을 기다리는 애틋한 작자의 마음이 잘 그려져 있다.

브람은 地動치듯 불고 구즌비는 담아 붓듯 온다

눈경에 걸온 님이 오늘밤 서로 맛나쟈 ㅎ고 板 툭쳐 盟誓 밧앗

던이 이러흔 風雨에 제 어이 오리

眞實로 오기곳 오량이면 緣分인가 ㅎ리라

〈무명씨〉

• 일석본 해동가요─石本 海東歌謠 50

바람은 벼락 치듯 땅이 움직일 정도로 불고, 궂은비는 담아 붓듯 쏟아진다

눈짓을 걸어온(보내 온) 임이 오늘밤에 서로 만나자 하고 약속을 해서 맹세를

받았더니, 이러한 풍우에 제 어이 올 수 있겠는가

참으로 이러한 상황에도 올 것 같으면 연분인가 하노라

어구 풀이

- 地動(지동)치듯 : 땅이 움직이듯. 여 기서는 '벼락 치듯'의 뜻으로 쓰임.
- 眞實(진실)로 : 정말로. 참으로. 거 짓 없이 참되게.
- 눈경 : 눈짓.
- 오기곳 : '오기'는 '오다'이고, '곳' 은 강세보조어간.
- 걸온 : 걸어 온. 보낸. 보내 온.
- 板(판) 툭쳐 : 판 때려. 약속이나 또는 시비를 가리어 결정하는 일.
- 오량이면 : 올 것 같으면.
- 緣分(연분) : 부부가 되는 인연.

해설

미팅을 했는데 너무 마음에 들었다. 저쪽에서 살짝 눈짓을 보내왔다. 오늘밤에 따로 만나자고. 아, 얼마나 설레는가. 그렇게 하고 헤어졌다. 그런데 세상에 그날 밤에 폭풍우가 몰아치고, 땅이 요동칠 정도로 천둥 벼락을 치는 것이다. 어찌하나. 첫 약속인데 이러한 날 그 사람이 과연 나올려나. 걱정이 태산이다. 만약 그 사람이 이처럼 험상궂은 날씨에도 나온다면 연분이 아니겠는가.

陽德 孟山 鐵山 嘉山 ᄂ린 물이 浮碧樓로 감도라 들고
마ᄒ라기 공이소 斗尾月溪 ᄂ린 물은 濟川亭으로 도라든다
님그려 우ᄂ 눈물은 벼갯모흐로 도라든다

〈무명씨〉

• 진본 청구영언珍本 靑丘永言 498

양덕, 맹산, 철산, 가산으로 내린 물이 부벽루로 감아 돌아 들고
마흐라기, 공이소, 두미, 월계로 내린 물은 제천정으로 돌아든다
임 그리워 우는 눈물은 베갯모로 돌아든다

어구 풀이

- 陽德(양덕) : 평안남도의 한 군郡. 지명地名.
- 孟山(맹산) 鐵山(철산) 嘉山(가산) : 모두 평안북도의 한 군郡. 지명地名.
- ᄂ린 : 기본형은 'ᄂ리다'. '내리다'의 옛말.
- 浮碧樓(부벽루) : 평양 모란봉 꼭대기에 모란대가 있는데, 그 밑 절벽 위에 있는 누각.
- 감도라 들고 : 감아 돌아 들고.
- 마ᄒ라기 : 지명地名.
- 공이소 : 지명地名.
- 斗尾(두미) : 경기도 광주군의 한 지명地名.
- 月溪(월계) : 지명地名. 현재의 팔당八堂.
- 濟川亭(제천정) : 한강의 북안北岸에 있는데, 옛날 명나라의 사신을 맞던 정자.
- 그려 : 그리워.
- 벼갯모흐로 : 베갯모로. '베갯모'는 베개의 양 끝에 대는 모양새. 조그마한 널조각에 수를 놓은 형겊으로 덮어 끼우는데, 네모진 것과 둥근 것이 있음.

해설

임이 그리워 흘린 눈물이 베갯모로 돌아든다, 고 하여 임에 대한 그리움을 소박하면서도 꾸밈없이 표현하고 있다. 또한 여러 지명地名을 감정이입시킨 후 부벽루와 제천정으로 감아 돈다고 미리 설정함으로써, 임 그려 우는 눈물이 베갯모로 돌아든다는 종장의 표현이 자연스럽게 풀어지고 있다.

간밤의 자고 간 퓡초 언의 고개 넘어 어드믜나 머므는고
　主人님 暫間 더새와지 粮食 믈콩 내옵새 동홰 銅爐口 되박 斫刀
를 내옵소 ㅎ고 넛짓 나근에 되엿는고
　情이야 무엇시 重ㅎ리만은 내 못니저 ㅎ노라

〈무명씨〉

• 일석본 해동가요—石本 海東歌謠 71

간밤에 자고 간 선비 어느 고개 너머 어디에 머무는고
　주인님, 잠깐 들어가 밤을 지내야, 먹을거리, 말콩 내오십시오. 동이, 통노구, 되
박, 작두를 내오십시오 하고, 뉘 집 나그네 되었는고
　정情이야 무엇이 중하리오마는 내 못 잊어 하노라

어구 풀이

- 퓡초 : 풍초. 선비를 존대해서 일
컫는 말.
- 언의 : 어느.
- 어드믜나 : 어디에. 어느 곳에.
- 暫間(잠간) : '잠깐'의 한자 표기.
'잠깐'은 한자를 빌려 '暫間(잠간)'
으로 적는다.
- 더새와지 : 더새워야지. 기본형은
'더새다'. 길을 가다가 늦어서 정
한 곳 없이 들어가 밤을 지내다.
- 粮食(양식) : '糧食(양식)'의 잘못.
먹을거리.
- 믈콩 : 말을 먹일 콩.
- 내옵새 : 내오십시오. 내십시오.

기본형은 '내다'. '~옵새'는 '~옵
세'. '~옵'은 받침 없는 어간에 붙
어 공손을 나타내는 보조어간. '~
세'는 어떤 동사의 어간에 붙어서
자기와 동등하거나 손아래가 되
는 사람에게 함께 하자는 뜻을 나
타내는 어미.
- 동홰 : 동이. 질그릇의 하나. 흔히
물 긷는 데 쓰는 것으로, 보통 둥
글고 배가 부르고 아가리가 넓으
며 양옆으로 손잡이가 달려 있다.
¶~에는 물이 반쯤 차 있었다. 머
리 위에 똬리를 얹고 ~를 이었다.
- 銅爐口(동로구) : 통노구. 품질이

· 374 ·

낮은 놋쇠로 만든 작은 솥. 바닥이 평평하고 위아래의 모양과 크기가 비슷하다. 행상인들의 휴대용으로 흔히 쓰이고, 전쟁터에서나 산신제에도 쓰임.

- 되박 : 쌀이나 보리를 되는데 사용되는 그릇.

- 斫刀(작도) : 작두. 짚·풀·콩깍지 등 마소에게 먹일 거리를 써는 연장. ¶~로 여물을 썬다. 약재를 자르고 써는 ~. 겨우내 소먹이를 썰어 댈 ~가 퍼렇게 날이 서서.

- 뉫짓 : 뉘 집. 어느 집. ¶~ 개가 짖어대는 소리냐.

- 나근에 : 나그네.

해설

간밤에 자고 간 선비가 어느 고개 너머 어디에 머무르며, 주인한테 이것저것 내오라고 하는 어느 집(뉘 집)의 나그네가 되었는지 모르겠으나, 내 그 임을 못 잊겠노라고 노래하고 있다.

待人難 待人難호니 鷄 三呼호고 夜 五更이라

出門望 出門望호니 靑山은 萬重이오 綠水는 千回로다

이윽고 犬吠ㅅ소릐에 白馬遊冶郎이 넌지시 도라드니 반가온 ᄆ
음이 無窮탐탐호여 오늘밤 서로 즐거오미야 어늬 그지 이시리

〈무명씨〉

• 진본 청구영언珍本 靑丘永言 543

사람 기다리기가 어렵다 어렵다 하니 이렇게 어려우랴. 사람(임)은 아니 오고
닭이 세 번 울어 벌써 새벽이 되었구나

문밖에 나아가 임께서 오시는가 바라보고 또 바라보니, 청산은 겹겹으로 쌓이
고 푸른 물은 굽이굽이 감돌아 앞이 보이질 않는구나

이윽고 개 짖는 소리에 백마를 타고 오는 임이 넌지시 돌아드니 반가운 마음이
한이 없어라. 오늘밤 서로 즐거움이야 어느 끝이 있으리

어구 풀이

- 待人難(대인난) : 사람 기다리기가
  퍽 어려움.

- 鷄(계) 三呼(삼호) : 닭이 세 해 울음.

- 五更(오경) : 새벽 3시~5시까지.
  하룻밤을 다섯初更·二更·三更·四更·
  五更으로 나눈 시간 중 맨 마지막
  부분.

- 出門望(출문망) : 문밖에 나아가
  바라봄.

- 萬重(만중) : 겹겹이. 여러 겹.

- 綠水(녹수) : 푸른 물.

- 千回(천회) : 천 굽이.

- 犬吠(견폐)ㅅ소릐에 : 개가 짖는
  소릐에. 'ㅅ'은 사이시옷.

- 白馬遊冶郎(백마유야랑) : 백마를
  타고 오는 임.

- 無窮(무궁)탐탐 : 한이 없음. 끝이
  없음.

- 즐거오미야 : 즐거움이야. 즐거운
  것이야.

- 그지 : 끝이.

해설

임을 맞는 반가운 심정을 노래한 시조.

洞房華燭 三更인졔 窈窕傾城 玉人을 만나 이리보고 져리보고
곳쳐보고 다시보니 時年은 二八이오 顔色은 桃花ㅣ로다
　黃金釵 白苧衫에 明眸를 흘니쓰고 半開笑 ᄒᆞᆫ는양이 오로 다 닉
사랑이로다
　그밧긔 吟詠歌聲과 衾裡嬌態야 닐너 무슴 ᄒᆞ리오

〈무명씨〉

•육당본 청구영언六堂本 靑丘永言 698

　혼례를 치른 뒤 여자 방에서, 삼경인 때에 뛰어난 미인을 만나 이리 보고 저리
보고 고쳐 보고 다시 보니, 나이는 꽃다운 이팔청춘이오, 얼굴빛은 복숭아꽃처럼
아름답도다

　윤기나는 머릿결에 꽂은 황금비녀, 속에 드러나는 흰 모시치마에, 밝은 눈동자
를 흘겨 뜨고, 반쯤 입을 열고 드러나지 않게 살며시 웃는 모양은 오로지 다 내 사
랑이로다

　그밖에 시詩를 읊는 노랫소리며, 이불 속에서 아양을 부리는 아리따운 교태야
그 무슨 말을 해서 무엇 하리오

어구 풀이

- 洞房華燭(동방화촉) : 혼례를 치
  른 뒤에 신랑이 신부 방에서 자
  는 일.
- 三更(삼경)인졔 : 삼경인 제. '제'는
  '때'를 말함. 삼경인 때에. '三更(삼
  경)'은 밤 11시~새벽 1시까지. 하
  룻밤을 다섯初更·二更·三更·四更·五
  更으로 나눈 시간 중 셋째.
- 窈窕傾城(요조경성) : 품위가 있고

정숙하며, 나라가 망할 정도로 매
우 아름다운 여자. '窈窕(요조)'는
'窈窕淑女(요조숙녀)'를, '傾城(경
성)'은 '傾城之色(경성지색)' 또는
'傾國之色(경국지색)'을 말함. '요
조숙녀'는 말과 행동이 품위가 있
으며 얌전하고 정숙한 여자를 말
하고, '경성지색' 또는 '경국지색'
은 임금이 혹하여 나라가 망하여

도 모를 정도로 뛰어난 미인을 말
함. 곧, 나라가 망할 정도로 아름
다운 미인을 말함. '경국지색傾國
之色'은 주로 서시西施에 비유됨.
※중국 춘추시대 오나라의 왕 부
차夫差가 월나라의 절색의 미녀
서시西施에게 빠져 정사政事를 돌
보지 아니 하다가 월나라에 망하
였음.

- 玉人(옥인) : 아름다운 여인. 가인佳人.
- 時年(시년) : 나이.
- 二八(이팔) : 이팔청춘二八靑春. 이
  二가 여덟八이니 곧, 십육 세를 말
  함. 인생에서 가장 꽃다운 나이를
  일컬음.
- 顏色(안색) : 얼굴빛.

- 桃花(도화) : 복숭아꽃.
- 黃金釵(황금차) : 황금비녀. '釵
  (차)'는 두 갈래 진 비녀의 하나.
- 白苧衫(백저삼) : 흰 모시로 만든
  치마.
- 明眸(명모) : 밝은 눈동자.
- 흘니쓰고 : 흘겨 뜨고.
- 半開笑(반개소) : 반쯤 입을 열고
  웃는 웃음.
- 오로 다 : 오로지 다. 모두. 전부.
- 그밧긔 : 그밖에.
- 吟詠歌聲(음영가성) : 시詩를 읊는
  노랫소리.
- 衾裡嬌態(금리교태) : 이불 속에서
  아양을 떠는 자태.
- 무슴 : 무엇.

해설
혼례를 치르고 한밤중이 되어 잠자리에 드는 때에, 혼례를 치른 여자의 모습
을 보고, 그 뛰어난 아름다움과 교태에 황홀해 하는 작자의 모습이 눈에 선
하게 그려져 있다.

증경이 双双 綠潭中이오 晧月은 團團 暎窓櫳이라

　凄凉혼 羅帷 안헤 蟠蟀은 슬피 울고 人寂 夜深혼듸 玉漏潺潺

金爐에 香盡 參橫月落도록 有美故人은 뉘게 자펴 못오는고

　님이야 날 싱각ᄒ랴마는 님쌴이매 九回肝腸은 寸寸이 스로다가

스라져 주글만졍 나는 닛지 못ᄒ얘

〈무명씨〉

• 진본 청구영언珍本 靑丘永言 563

　원앙이 쌍쌍 짝을 지어 푸른 못 가운데서 정답게 놀고, 흰 달은 둥글고 둥글어

창 난간에 비치더라

　처량한 비단 휘장 안에 귀뚜라미도 슬피 울고, 인적 야심한데 물시계의 물은

졸졸 흐르고, 금으로 만든 향로에 향香은 다 타버려 새벽이 다 되도록 정든 옛 임

은 누구에게 잡혀 못 오는고

　임이야 나를 생각하지 않겠지만 나는 오직 임뿐이로다. 구회간장을 마디마디

사르다가 사라져 죽을망정 나는 잊지 못하겠도다

어구 풀이

- 증경이 双双(쌍쌍) 綠潭中(녹담중)
  이오 : 원앙이 짝을 지어 푸른 못
  가운데서 정답게 놀고.

- 晧月(호월)은 團團(단단) 暎窓櫳(영
  창롱)이라 : 흰 달은 둥글고 둥글
  어 창(미닫이 창) 난간에 비치더라.

- 凄凉(처량)혼 : 마음이 구슬퍼질
  정도로 외롭거나 쓸쓸한. 기본형
  은 '처량하다'.

- 羅帷(나유) : 비단 휘장.

- 안헤 : 안에.

- 蟠蟀(반솔) : '蟋蟀(실솔)'의 잘못.
  귀뚜라미.

- 人寂(인적) : 사람이 없는 고요함.

- 夜深(야심) : 밤이 깊음.

- 玉漏(옥루) : 옥으로 장식한 물시
  계. 옛날 중국 궁중의 물시계.

- 潺潺(잔잔) : 물이 졸졸 흐르는 모
  양. 또는 가는 비가 오는 모양. ¶~
  히 흐르는 시냇물.

- 金爐(금로)에 香盡(향진) : 금으로
  장식한 향로香爐에 꽃힌 향香이
  다함. 또는 다 타버림.
- 參橫月落(참회월락) : 별이 비끼고
  달이 짐. 곧, 새벽을 말함.
- 有美故人(유미고인) : 아름다운 옛
  임. 정든 옛 임. '有(유)'는 주로 뜻
  이 없이 아래 '美(미)'자의 뜻을 조

금 강하게 하는 작용을 가진 관사
로 쓰임.
- 九回肝腸(구회간장) : 구곡간장九
  曲肝腸. 굽이굽이 깊이 든 마음 속.
- 寸寸(촌촌)이 : 마디마디.
- 스로다가 : 쓸어다가. 사르다가.
  태우다가.
- 못ᄒᆞ얘 : 못하겠도다. 감탄종지형.

해설
임에 대한 사모思慕의 정情을 간절하게 노래한 시조.

나는 님혜기를 嚴冬雪寒에 孟嘗君의 狐白裘ヌ고

님은 날 너기기를 三角山 中興寺에 이 싸진 늘근 즁놈에 살 성
긘 어리이시로다

싹스랑의 즐김ᄒᄂᆞᆫ 뜻을 하늘이 아르셔 돌려ᄒᆞ게 ᄒᆞ쇼셔

〈무명씨〉

• 진본 청구영언珍本 靑丘永言 540

나는 임 헤아리기를 엄동설한에 맹상군의 호백구로 여기는데

임은 나를 여기기를 삼각산 중흥사의 이 빠진 늙은 중놈의 살 성긴 빗으로 여
기도다

짝사랑의 즐거워하는 뜻을 하늘이 아시어 거꾸로 저쪽에서 나를 사랑하게 하소서

어구 풀이

- 혜기를 : 헤아리기를. 생각하기를.
  기본형은 '헤다'.
- 嚴冬雪寒(엄동설한) : 눈 내리는 한
  겨울의 심한 추위.
- 孟嘗君(맹상군) : '孟嘗君(맹상군)'
  의 잘못. 중국 전국시대 제나라
  사람. 성은 전田, 이름은 문文. 정
  승을 지냄. 재상宰相이 되었을 때
  천하의 인재를 초빙하여 식객이
  삼천 명에 이르렀다고 함. 진秦나
  라에 사신으로 갔다가 죽을 뻔하
  였으나 식객 중에 남의 물건을 잘
  훔치는 사람과 닭의 울음소리를
  잘 흉내 내는 사람이 있어 그들의
  도움으로 죽음을 모면한 이야기
  로 유명하다. 초나라의 춘신군, 조
  나라의 평원군, 위나라의 신릉군
  과 함께 전국戰國 말기 사군四君
  의 한 사람으로 불린다.
- 狐白裘(호백구) : 여우의 겨드랑이
  아래 털의 흰 것만을 모아서 만든
  갖저고리. 맹상군孟嘗君이 이것
  한 벌을 가졌는데 값이 천금千金
  어치나 되고, 천하에 둘도 없는 보
  배라 여기었다고 함.
- 너기기를 : 여기기를.
- 三角山(삼각산) : 서울 북쪽에 있
  는 산.

- 中興寺(중흥사) : 삼각산에 있는 절. 다른 데는 '重興寺(중흥사)'로 되어 있는 곳도 있다.
- 성권 : 성긴. 기본형은 '성기다'. 물건 사이가 떠서 촘촘하지 못하고 빈 공간이 많다.
- 어리이시로다 : 얼레빗이로다. '얼레빗'은 빗살이 굵고 성긴 큰 빗.

- 즐김ᄒᆞᆫ : 즐거워하는.
- 돌려ᄒᆞ게 ᄒᆞ쇼셔 : 돌리어 하게 하소서. 여기서는, 이쪽에서 사랑하는 것을 반대로 돌려 저쪽에서 나를 사랑하게 하라, 는 뜻.

해설

중에게 빗이 무슨 필요가 있겠는가. 그러하듯 임은 작자를 필요없는 존재로 생각하고 있다. 그것도 중에게 있어 살 성긴 빗이니 더욱 필요가 없을 것이며, 더구나 늙은 중놈쯤으로 생각하고 있으니 이 얼마나 서럽겠는가. 자기를 하찮은 존재로 생각하고 있는 것이다. 반면, 작자는 임을 생각하기를 엄동설한에 맹상군의 호백구로 아주 귀하게 여기고 있다. 이 시조는 이처럼 서로 상반되는 상징을 대유代喩시키면서 짝사랑의 고달픈 심정을 노래하고 있다.

이와 같은 내용의 시조로는, 바로 뒤 작품의 "나는 님 녁이기를⋯⋯"(259번 시조)이 있다.

나는 님 녁이기를 無虎洞裡에 狸作虎만 넉이는듸

님을 날 혜기를 닙업쓴 갈강 가싀덤불 아래 알둔 새만 넉인다

〈무명씨〉

• 일석본 해동가요—石本 海東歌謠 189

나는 임 여기기를 호랑이처럼 여기는데

임은 나를 헤아리기를 잎이 없는 가랑나무의 가시덤불 아래 알을 둔 하찮은 새

로만 여긴다

어구 풀이

- 녁이기를 : 여기기를.

- 無虎洞裡(무호동리)에 狸作虎(리작
  호) : 호랑이가 없는 곳에선 너구
  리가 호랑이 노릇을 한다는 말.

- 님을 : '님은'의 오식誤植.

- 혜기를 : 헤아리기를. 생각하기를.
  기본형은 '혜다'.

- 닙업쓴 : 잎 없는.

- 갈강 : 가랑나무.

- 알둔 : 알卵을 둔.

해설

앞의 시조 "나는 님혜기를……"(258번 시조)에서처럼, 작자 자신은 임을 아주
높이 여기는데, 임은 자기를 하찮은 존재로 여긴다며, 임에 대한 섭섭함을 노
래하고 있다.

참고

이 시조는 마치 현대시조의 노산 이은상의 양장시조처럼 초장과 종장만 있
다. 고시조에서 이처럼 초장과 종장만 있는 시조를 발견하기란 힘들다.

기러기쎼 쎼만니 안진곳에 포슈야 총를 함부로 노치마라

싀북 강남 오구가는 길에 임의 소식을 뉘 젼ᄒ리

우리도 그런쥴 알기로 아니 노씀네

〈무명씨〉

• 남훈태평가南薰太平歌 27

기러기떼 많이 앉은 곳에 포수야 총을 함부로 쏘지마라

북쪽 끝에서 남쪽 끝까지 그 먼 길을 오고 가는 길에, 포수 네가 총을 쏘면 임
의 소식을 누가 전하리

우리도 그런 줄 알기에 총을 아니 쏜다네

어구 풀이

- 쎼 : 떼. 무리.

- 만니 : 많이.

- 안진곳에 : 앉은 곳에.

- 노치마라 : 놓지마라. 여기서는 내
  용상 '쏘지 마라'.

- 싀북 강남 : 塞北江南(새북강남).

'塞北(새북)'은 북쪽 변방. '江南(강
남)'은 중국 양자강의 남쪽 지역.
곧, 북쪽에서 남쪽까지를 말함이
니 그 거리의 멀음을 뜻함.

- 노씀네 : 쏜다네.

해설

기러기는 소식을 전해 주는 날짐승으로 알려져 있다. 그러하기에 작자는 포
수에게 총을 함부로 쏘지 말라고 한다. 포수가 총을 쏘아 기러기가 모두 죽으
면, 먼 곳에 있는 임에게 소식을 전하지 못하기 때문이다. 그래서 작자도 임의
소식을 기다리기 위해 총을 아니 쏜다고 하고 있다.

각시닉 玉굿튼 가슴을 어이 구러 다혀 볼고

綿紬紫芝 쟉져구리 속에 깁젹삼 안셥히 되여 죤득죤득 대히고 지고

잇다감 씀나 붓닐제 써힐 뉘를 모르리라

〈무명씨〉

• 진본 청구영언珍本 靑丘永言 480

새악시의 그 곱고 아름다운 가슴(젖무덤)을 어떻게 굴러다가 대어 볼고

자줏빛 비단 명주의 회장저고리 속에 안섶이 되어 존득존득 대고 싶구나

그러다가 이따금 땀이 나서 그 곱고 아름다운 가슴에 붙었을 때 새악시의 고운 가슴에서 떨어질 때를 모르리라

어구 풀이

- 각시닉 : 젊은 여자. 새악시(색시). 갓 결혼한 여자. '아내'를 달리 이르는 말. '~네'는 사람의 한 무리를 나타내는 접미사. '자네', '우리네', '순이네'가 이에 해당된다. ¶각시와 신랑.
- 어이 : 어떻게.
- 구러 : 굴러. '구르다轉'의 부사형.
- 다혀 볼고 : 대어 볼까. '다혀'는 '다히다'로 '대다·접하다·잇다接'의 뜻.
- 綿紬紫芝(면주쟈지) : '綿紬(면주)'는 '明紬(명주)'를, '紫芝(쟈지)'는 '자줏빛紫朱-'을 말함. 곧, 자주색

의 비단 명주. 여기서 명주의 빛깔을 자줏빛으로 한 것은 내용을 한층 더 색色적으로 고조시키기 위한 의도적 표현임.

- 쟉져구리 : 회장저고리.
- 깁젹삼 : 비단 바탕이 좀 거친 사沙 붙이와 견絹으로 짠 윗도리에 입는 홑옷. 모양은 저고리와 똑같다.
- 안셥히 : 안섶이. '섶'은 두루마기나 저고리 따위의 깃 아래에 달린 긴 헝겊. '안섶'은 그 속에 얇게 한 겹 더 댄 헝겊.
- 죤득죤득 : 존득존득. 음식물 따위가 검질겨서 매우 끈기 있고 졸

깃졸깃하게 씹히는 느낌.

- 대히고지고 : 대고 싶구나. '대히
다'는 앞의 단어 '다혀'와 같이 '다
히다'로 '대다·접하다·잇다接'의
뜻. '지고'는 조동사로 동사의 부
사형 어미 '~고' 아래에 붙어서 소
원하는 뜻을 가짐.

- 잇다감 : 이따금. 가끔.

- 쏩나 : 땀이 나서.

- 붓닐제 : 붙을 때. 어떤 물체가 서
로 나붙어 있는 상태.

- 써힐 뉘를 : 떨어질 때를. '써힐'은
'떨어질', '뉘'는 '때'.

해설

남자의 육정肉情의 욕망을 노래한 시조. 뒤의 작품 "새악시 書房 못마
자……"(262번 시조)와 그 표현 수법이 같다. 다만 이 시조는 여자의 육정肉情
을 노래하고 있다.

새악시 書房 못마자 애쓰다가 주근 靈魂

건삼밧 쑥삼되야 龍門山 開骨寺에 니쌔진 늘근 즁놈들 뵈나 되 얏다가

잇다감 쏨나 ᄀ려온제 슬쎠겨 볼가 ᄒ노라

〈무명씨〉

• 진본 청구영언珍本 靑丘永言 494

서방을 못 맞은 새악시가 애쓰다가 죽은 영혼

마른 삼밭의 수삼이 되어 용문산 개골사의 이가 빠진 늙은 중놈의 베나 되었 다가

이따금 땀이 나면 가려울 때 비벼 볼까 하노라

어구 풀이

- 건삼밧 : 마른 삼밭麻田.

- 쑥삼 : 수삼.

- 龍門山(용문산) : 경기도 양평군에 있는 산.

- 開骨寺(개골사) : 절의 이름.

- 니쌔진 : 이 빠진. 이가 빠진.

- 뵈 : 베. 삼베. 삼실, 무명실, 명주 실 따위로 짠 피륙.

- 잇다감 : 이따금. 가끔.

- ᄀ려온제 : 가려울 때. '제'는 '때'.

- 슬쎠겨 : 비벼.

해설

앞의 시조 "각시ᄂᆡ 玉ᄀᆺ튼 가슴을……"(261번 시조)은 남자의 육정肉情을 노래 하고 있는 반면, 이 시조는 시집을 못 간 노처녀의 육정肉情을 노래하고 있다. 새악시가 결혼을 못하고 죽은 모양이다. 그래서 남자가 몹시 그리운 모양이 다. 얼마나 불처럼 타오르는 육정이기에 늙은 중놈, 그것도 이가 빠진 늙은 중놈이 입고 있는 삼베옷이라도 되길 원하고 있겠는가. 참을 수 없는 육정이 작자로 하여금 어떻게라도 남자와 한몸이 되길 원하게 하고 있는 것이다.

즁놈도 사름이냥 ᄒ여 자고 가니 그립드고

즁의 숑낙 나 볘읍고 내 죡도리 즁놈 볘고 즁의 長衫 나 덥습고

내 치마란 즁놈 덥고 자다가 ᄭᅵ드르니 둘희 ᄉ랑이 숑낙으로 ᄒ나

죡도리로 ᄒ나

이튼날 ᄒ던일 싱각ᄒ니 흥글항글 ᄒ여라

〈무명씨〉

• 진본 청구영언珍本 靑丘永言 552

중놈도 사람인양 하여 자고 가니 그립구나

중의 송낙 내가 베고 내 족두리는 중놈이 베고 중의 장삼 나 덮어 쓰고 내 치마
는 중놈이 덮고 자다가 깨달으니(생각하여 보니) 둘의 사랑이 송낙으로 하나 족두
리로 하나

이튿날 하던 일(성교) 생각하니 흥뚱항뚱 하여라

어구 풀이

- 숑낙 : 송낙松蘿. 송라립松蘿笠. 옛날에 여승이 주로 쓰던 송라를 우산 모양으로 엮어 만든 모자.

- 죡도리 : 족두리. 부녀자가 예복을 입을 때 머리에 얹던 검은 관의 한 가지. 요즘은 구식 혼인 때에 씀.

- 長衫(장삼) : 승려의 윗옷. 길이가 길고, 품과 소매를 넓게 만든다.

- 덥습고 : 덮어 쓰고

- 둘희 : 둘의.

- 흥글항글 : 흥뚱항뚱. 일에 정신을 온전히 쓰지 않고 들떠 있는 모양.

해설

중(스님)과 성性의 유희遊戲를 즐긴 후 그 황홀함에 정신이 들떠 있는 작자의
모습을 눈에 보이듯 선하게 그려놓고 있다. 중은 세속 사람이 아니므로 남자
가 아닌 줄 알았더니 함께 자고 그 중이 떠나고 난 후 생각해 보니 중도 남자
더라. 하여, 그 중이 그립구나, 하고 중에 대한 그리움을 표현하고 있다. 이렇

게 시작한 작품은 중장에서 나(작자)는 중의 장삼을 덮어 쓰고, 중은 작자의 치마를 덮으니 둘이 하나가 되었다, 라며 성교하는 장면을 묘사하고 있다. 그 일(중과의 성교)을 생각하니 정신 줄을 놓은 듯하고 마음이 이상야릇 묘하더라고 종장에서 작자의 심정을 노래하고 있다.

니르랴 보쟈 니르랴 보쟈 내 아니 니르랴 네 남진ᄃ려

거즛거스로 믈깃는 체ᄒ고 통으란 ᄂ리와 우물젼에 노코 쏘아리
버서 통조지에 걸고 건넌집 쟈근 金書房을 눈기야 불러내여 두 손
목 마조 덤셕쥐고 슈근슈근 말하다가 삼밧트로 드러가셔 므스일
ᄒ던지 죤삼은 쓰러지고 굴근삼대 밋만 나마 우즑우즑 ᄒ더라 ᄒ
고 내 아니 니르랴 네 남진ᄃ려 져아희 입이 보도라와 거즛말 마
라스라

우리는 ᄆ을 지서미라 실삼 죠곰 키더니라

〈무명씨〉

• 진본 청구영언珍本 靑丘永言 576

일러나 보자. 일러나 보자. 내 아니 이를 줄 알았더냐. 네 남편한테

거짓으로 물 긷는 체하고, 물통일랑은 내려서 우물 앞에 놓고, 똬리 벗어 물통
의 손잡이에 걸고, 건넌 집 작은 김 서방을 눈짓하여 불러내어 두 손목 마주 덥석
쥐고 수군수군 말하다가, 삼밭으로 들어가서 무슨 일을 하는지 가느다란 삼은 쓰
러지고 굵은 삼의 줄기 끝만 남아 살랑살랑 움직이더라, 하고 내 아니 이를 줄 아
냐. 네 남편에게 저 아이 입이 부드러워 거짓말 말아라

우리는 마을 지어미라 실삼 조금 캐더니라

어구 풀이

- 니르랴 보쟈 : 일러나 보자.

- 남진ᄃ려 : 남편한테.

- 거즛거스로 : 거짓으로.

- 통으란 : 통桶일랑. 통은. '통桶'은
  무엇을 담기 위하여 나무나 쇠,
  플라스틱 따위로 깊게 만든 그릇.

- ᄂ리와 : 내려서.

- 쏘아리 : 똬리. 물건을 일 때 머리
  위에 얹어서 짐을 괴는 고리 모양
  의 물건. 짚, 죽순껍질, 헝겊 등으
  로 만듦.

- 통조지 : 통桶의 손잡이.

- 눈기야 : 눈짓하여.

- 덤셕쥐고 : 덥석 쥐고.

- 슈근슈근 : 수군수군.
- 삼밧트로 : 삼밭으로.
- 므스일 : 무슨 일. 여기서는 정사 情事를 벌이는 일.
- 즌삼 : 가늘은 삼. 가느다란 삼.
- 굴근삼대 : 굵은 삼의 줄기.
- 빗 : 끝.
- 우즑우즑 : '우줄우줄'의 옛말. 몸이 큰 사람이나 짐승이 자꾸 가볍게 율동적으로 움직이다

- 아희 : 아이.
- 보도라와 : 부드러워.
- 마라스라 : 말아라. 감탄적청유종지형.
- 지서미 : 지어미妻. '지어미'는 웃어른 앞에서 자기 아내를 낮추어 이르는 말. 또는, '아내'를 예스럽게 이르는 말.
- 실삼 : 잔삼. 가늘은 삼. 가느다란 삼.

해설

남편이 있는 마을 아녀자가, 같은 마을에 사는 남정네랑 바람피우는 것을 그 마을 아녀자들이 보고, 남편에게 이르겠다는 내용의 시조이다. 참으로 재미있는 내용의 작품이다. 바람을 피우는 아녀자는 삼밭에서 정사情事을 벌이고 있다.

ㅂㄹ른갑이라 ㅎㄴ늘로 눌며 두더쥐라 ㅼ흐로 들랴

금죵달이 鐵網에 걸려 플덕플덕 프드덕이니 눌다귈다 네 어드

로 갈다

우리도 새님 거러두고 플더겨 볼가 ㅎ노라

〈무명씨〉

• 진본 청구영언珍本 靑丘永言 479

쏙독새 하늘로 날며, 두더쥐라 땅으로 들랴

금종달새 철망에 걸려 풀떡풀떡 뛰며 푸드덕 날개를 치니, 난다고 한들 긴다고

한들 네 어디로 갈 것이냐

그렇듯 우리도 새 임과 한 몸이 되어 그들처럼 풀떡풀떡 뛰어 볼까 하노라(성교

性交를 해 볼까 하노라)

어구 풀이

- ㅂㄹ른갑이 : 바람개비. 여기서는
  '쏙독새'를 말함. 쏙독샛과의 새.

- ㅼ흐로 : 땅으로.

- 금죵달이 : 금종달새. 누런 종달새.

- 눌다귈다 : 난다고 한들 긴다고
  한들.

- 플덕플덕 : '풀떡풀떡'의 옛말. 힘
  을 모아 자꾸 가볍게 뛰는 모양

- 프드덕 : '푸드덕'의 옛말. 큰 새가
  힘 있게 날개를 치는 소리. 또는
  그 모양.

- 갈다 : 갈까. 갈 것인가. 갈 것이냐.

- 새님 : 새로운 임.

- 거러두고 : 걸어두고. 잡아두고.
  한 몸이 되어.

- 플더겨 : 풀떡풀떡 뛰어.

해설

성욕性慾의 욕망을 노래한 시조.

웃는 樣은 닛밧에도 죠코 흘긔는 樣은 눈씨도 더욱 곱다

안거라 셔거라 것거라 둣거라 온갓 嬌態를 다 히여라 허허허 내

思郞 되리로다

네 父母 너 상겨 내올쎄 날만 괴게 ᄒ로다

〈무명씨〉

• 일석본 해동가요—石本 海東歌謠 48

웃는 모양은 잇바디도 좋고, 흘기는 모양은 눈매도 더욱 곱다

안거라, 서거라, 걷거라, 달려 보거라, 온갖 교태를 다 하여라. 허허허. 내 사랑

되리로다

네 부모가 너를 생겨 낳을 적에 나만 사랑하게 한 것이로다

어구 풀이

- 닛밧에 : 잇바디. 치열齒列. 이가
  죽 박힌 줄의 생김새.
- 눈씨 : 눈매.
- 셔거라 : 서거라.
- 것거라 : 걷거라.
- 둣거라 : 닫거라. 달려 보거라.
- 상겨 내올쎄 : 생겨 낳을 적에. '상

겨'는 '삼기다'에서 온 말. '삼기다'
는 동사로 '생기다'의 뜻. '쎄'는
'적에' 또는 '때'란 뜻으로 '제'의
된소리.
- 괴게 : 사랑하게.
- ᄒ로다 : 한 것이로다.

해설

이 시조는 마치 춘향전의 일부를 읽는 듯한 느낌이다. 임이 얼마나 사랑스러
우면, 웃는 모습도 예쁘고, 웃을 때 보이는 이도 예쁘고, 눈을 흘기는 모습
의 눈매가 곱게 느껴질까. 앉거나, 서거나, 걷거나, 달리거나 그 어떤 행동도
다 예쁜 것이다. 사랑하는 임이니 그 어느 모습인들 안 예쁘랴. 그래서 작자
는 중장에서 사랑하는 임에게 온갖 교태를 다 부려보라고 하고 있다. 너무너

· 394 ·

무 사랑스러운 것이다. 중장에서 '허허허'라고 웃는 그 호탕한 웃음 속에, 임에 대한 사랑스러움이 담겨있다고 할 수 있다. 그래서 종장에서 네 부모가 너를 낳았을 때 나만 사랑하라고 낳았나보다, 고 하고 있다.

눈섭은 수나뷔 안즌듯 닛바대는 박시싯셰온듯

날보고 당싯 웃는양은 三色桃花未開峰이 ᄒ롯밤 빗氣運 半만 절로 픤 形狀이로다

네父母 너 삼겨 낼적의 날만 괴라 삼기도다

〈무명씨〉

• 진본 청구영언珍本 靑丘永言 518

눈썹은 그린 듯 곱고 아름답고, 이는 박씨를 까서 세운 듯 희고 곱구나

나를 보고 방실 웃는 양은 세 가지 색의 복사꽃이 미처 피지 못한 봉우리가 하룻밤 비 기운에 반만 절로 핀 형상이로다

네 부모가 너를 생겨 낳을 적에 나만 사랑하라고 태어났도다

어구 풀이

- 수나뷔 : 수나비. 나비의 수컷. 여기서는 미인이 그린 것같이 곱고 아름다운 눈썹을 형용한 말. 아미蛾眉 또는 청아靑蛾라고도 함. '아미蛾眉', '청아靑蛾' 모두 누에나비의 푸른 촉수와 같이 푸르고 아름다운 눈썹이라는 뜻으로, '미인美人'을 비유적으로 이르는 말.

- 닛바대 : 잇바디. 치열齒列. 이가 죽 박힌 줄의 생김새.

- 박시싯셰온듯 : 박씨를 까서 세운 듯. 미인의 희고 고운 이를 형용함. '싯'는 '까다'의 부사형이고, '셰온'은 '세우다'로 '서다'의 사동형.

- 당싯 : 방실. 방긋. 입을 예쁘게 살짝 벌리고 소리 없이 밝고 보드랍게 한번 웃는 모양.

- 三色桃花未開峰(삼색도화미개봉) : 한 나무에 세 가지 색의 복사꽃이 미처 피지 못한 봉우리.

- 形狀(형상) : '形象(형상)', '形像(형상)'과 같은 말. 사물의 생긴 모양이나 상태.

- 삼겨 낼적의 : 생겨 낳을 적에. '삼겨'의 기본형은 동사 '삼기다'. '삼기다'는 '생기다'의 뜻.

- 괴라 : 사랑하라.

- 삼기도다 : 생겼도다. 만들어 냈도

다. 태어났도다.

해설

우리말에 "제 눈이 안경"이라는 말이 있다. 사랑하는 사람이라면 그 얼마나 아름답게 보이겠는가. 실제로 그 미모가 뛰어나다면 더욱 아름답게 보일 것이다. 이토록 아름다운 여인과 함께 있으니 황홀할 것이다. 이렇게 예쁜 여인과 함께 있으니 이는 분명 자기를 위해 태어났으리라는 생각이 들 것이다.

물네는 줄노 돌고 수릐는 박회로 돈다

　山陳이 水陳이 海東蒼 보라미 두죽지 녑희 끼고 太白山 허리를
안고 도는고나

　우리도 그러던 任만나 안고 돌싸 ᄒ노라

〈무명씨〉

• 육당본 청구영언六堂本 靑丘永言 737

물레는 줄로 돌고, 수레는 바퀴로 돈다

산지니, 수지니, 해동청, 보라매 두 날개 옆에 끼고 태백산 허리를 안고 도는구나

우리도 그처럼 그리워하던 임을 만나 안고 돌까 하노라

어구 풀이

- 물네 : 물레.

- 수릐 : 수레.

- 박회 : 바퀴. 고어古語에서는 '바
회'로 많이 표기되었음.

- 山陳(산진)이 : 산지니. 산에서 자
라 여러 해를 묵은 매나 새매.

- 水眞(수진)이 : 수지니. 사람의 손

으로 길들인 매나 새매.

- 海東蒼(해동창) : 海東靑(해동청).
송골매.

- 보라미 : 난 지 1년이 안 된 새끼를
잡아 길들여서 사냥에 쓰는 매.

- 그러던 : 그리던. 그리워하던.

해설

남녀가 서로 부둥켜 앉고 춤을 추는 모습을, 여러 가지 비유를 끌어들여 아주
시원스럽게 노래하고 있다. 애정에 대한 비유가 노골적이지만 천박하지 아니
하고 재미있게 비유하여 노래하고 있다. 줄을 감아 돌리는 물레, 바퀴가 있는
수레 그리고 매라는 새가 태백산 허리를 안고 도는 모습을 비유하여, 작자도
사랑하는 임과 함께 그렇게 얼싸안고 돌고 싶다는 작자의 활기찬 사랑 고백
을 느낄 수 있다. 마치 임과의 사랑 놀음을 실상實像을 보는 듯 그리고 있다.

나모도 바히 돌도 업슨 뫼헤 매게 또친 가토리 안과

大川바다 한가온대 一千石 시른 빅에 노도 일코 닷도 일코 농총도 근코 돗대도 것고 치도 싸지고 브람부러 물결치고 안개 뒤섯계 주자진 날에 갈길은 千里萬里나 믄듸 四面이 거머어득 져믓 天地寂寞 가치노을 썻눈듸 水賊 만난 都沙工의 안과

엇그제 님여흰 내 안히야 엇다가 구을호리오

〈무명씨〉

• 진본 청구영언珍本 靑丘永言 572

나무도 바윗돌도 없는 산에 매에게 쫓긴 암꿩의 마음과

넓은 바다 한가운데 일천석이나 되는 많은 짐을 실은 배가 노도 잃고, 닻도 잃고, 돛대에 매어 놓은 줄도 끊어지고, 돛대도 꺾어지고, 안개 뒤섞여 자욱한 날에 갈 길은 천리만리나 먼데, 사면이 어둑어둑 저물어 천지가 적막하고 까치놀이 떴는데, 해적 만난 도사공의 마음과

엇그제 임을 이별한 내 속마음이야 어디다가 비교하겠는가

어구 풀이

- 나모 : 나무.

- 바히 : 바위.

- 업슨 : 없는.

- 뫼헤 : 산에.

- 매게 : 매에게.

- 또친 : 쫓긴.

- 가토리 : 까토리. 암꿩.

- 안 : 마음. 속마음.

- 일코 : 잃고.

- 농총 : '용총'의 옛말. 돛대에 매어 놓은 줄.

- 근코 : 끊어지고.

- 것고 : 꺾어지고.

- 치 : 키. 선박의 방향을 정하는 기구로써 배 뒤에 달려 있음.

- 뒤섯계 : 뒤섞여.

- 주자진 : 자욱한. '녹아서 사라지다', '사라져 조금 남아 있다'의 뜻으로도 사용됨.

- 믄듸 : 먼데.

- 四面(사면) : 주위. 주변. 전후좌우
  의 모든 방면.
- 거머어득 : 어둑어둑.
- 져믓 : 저물어.
- 天地寂寞(천지적막) : 세상이 모두
  고요하고 쓸쓸함. 하늘과 땅이 모
  두 고요하고 쓸쓸함.
- 가치노을 : 까치노을. 까치놀. 석양
  을 받은 먼바다의 수평선에서 번
  득거리는 노을. 울긋불긋한 노을.
- 水賊(수적) : 해적.
- 都沙工(도사공) : 뱃사공의 우두
  머리.
- 여흰 : 여읜. 이별한. 죽은. 기본형
  은 '여의다'.
- 안히야 : 속마음이야.
- ᄀ을ᄒ리오 : 가를 두겠는가. 비
  교하겠는가.

해설

급박한 상황에 처해 있는 암꿩과, 도사공의 위급함을 사설辭說하여 고조高
潮시킨 다음, 작자는 그것이 엊그제 임을 이별한 자기의 마음과는 비교할 바
가 못 된다고 하여, 임을 이별한 찢어지는 자신의 심정을 노래하고 있다.

님그려 기피 든 病을 어이ᄒ여 곤쳐낼고

醫員 請ᄒ여 名藥ᄒ며 쇼경의게 푸닥거리ᄒ고 무당 불러 당츔글기 ᄒᆫ들 이 모진 病이 ᄒᆞ릴소냐

眞實로 님ᄒᆞᆫ듸 이시면 곳에 죠흘가 ᄒ노라

〈무명씨〉

• 진본 청구영언珍本 靑丘永言 515

임을 그리워하여 깊이 든 병을 어이하여 고쳐 낼고

의원을 청하여 진찰을 하게 한 다음 약을 먹을 것이며, 소경에게 푸닥거리 하고, 무당을 불러 당츔글기 한들 이 모진 병이 낫겠느냐

참으로 임과 함께 있으면 금방 좋아질까 하노라

어구 풀이

- 곤쳐 : 고쳐.

- 名藥(명약)ᄒ며 : 진찰한 결과에 따라 약을 일러 주며.

- 쇼경의게 : 소경에게. '소경'은 시각 장애인을 말함. 맹인. 장님. 봉사.

- 푸닥거리 : 무당이 하는 굿의 하나. 간단하게 음식을 차려 놓고 부정이나 살 따위를 푼다.

- 당츔글기 : 미상未詳.

- ᄒᆞ릴소냐 : 낫겠느냐. 기본형은 'ᄒᆞ리다'.

- 眞實(진실)로 : 정말로. 참으로. 거짓 없이 참되게.

- 곳에 : 고대. 금방. 즉시.

해설

상사병엔 그 어떤 약도 효험이 없다. 오직 사랑하는 임을 만나는 것만이 약이 되고 치료가 될 뿐이다. 이 시조에서도 그 어떤 것을 해도 소용없다고 하며, 임과 함께 있으면 금방 병이 나을 거라고 하고 있다.

참고

《병와가곡집瓶窩歌曲集》에는 종장이 "아마도 그리던님 만ᄂ면 고딕 됴흘가
ᄒ노라"로 되어 있다.

色ᄀᆞ치 됴흔거슬 긔 뉘라셔 말리ᄂᆞᆫ고

穆王은 天子ㅣ로되 瑤臺에 宴樂ᄒᆞ고 項羽ᄂᆞᆫ 天下壯士ㅣ로되 滿營秋月에 悲歌慷慨ᄒᆞ고 明皇은 英主ㅣ로되 解語花 離別에 馬嵬驛에 우럿ᄂᆞ니

ᄒᆞ믈며 놀ᄀᆞ튼 小丈夫로 몃百年 살리라 ᄒᆡ올 일 아니ᄒᆞ고 쇽졀업시 늘그랴

〈무명씨〉

• 진본 청구영언珍本 靑丘永言 557

여자와 육체적 관계를 갖는 것처럼 좋은 것을 그 누구라서 말리겠는가

목왕은 하늘의 아들神이로되, 요대에서 선녀 서왕모와 함께 즐기고, 항우는 천하장사이로되 진영陣營에 가득한 달빛에 비가를 부르며 탄식하고, 당나라의 현종은 훌륭한 임금이로되 해어화라 일컫는 어여쁜 양귀비를 이별하고(죽고) 마외역에서 울었나니

하물며 나 같은 변변찮은 소장부야 몇백 년을 살 것도 아닌데, 어찌 여색女色을 하지 아니하고 속절없이 늙을 수 있으랴

어구 풀이

- 色(색) : 여색女色. 미색美色. 여자와의 육체적 관계. 남성의 눈에 비치는 여성의 아름다운 자태.
- 穆王(목왕)은 天子(천자)ㅣ로되 : 목천자穆天子. BC 10세기 경 중국 주나라 제5대 왕. 목왕은 하늘의 아들神이로되.
- 瑤臺(요대) : 옥玉으로 만든 집. 훌륭한 궁전. 신선이 노니는 정자.

목왕穆王이 곤륜산의 선녀 서왕모와 잔치를 베풀고 즐기던 곳. 요지瑤池.

- 宴樂(연락) : 잔치를 벌여 즐김.
- 項羽(항우) : 중국 초나라의 왕(B.C.232~B.C.202). 진나라 말기의 무장으로, 기원전 209년에 진나라를 멸망하게 하고, 초나라를 세워 왕이 되었으며 스스로 서초

西楚의 패왕霸王이라 하여 초패
왕楚霸王이라 하였다. 이름은 적
籍. 우는 자字이다. 한나라를 세
운 왕 유방과 패권을 다투다가
해하垓下에서 패하여 오강烏江에
서 그의 애첩 우미인虞美人과 함
께 자결 하였다.

- 滿營秋月(만영추월) : 진영陣營 에
  가을달이 가득히 비치는데. '진영
  陣營'은 군대가 진을 치고 있는 곳.
- 悲歌慷慨(비가강개) : 슬픈 노래
  를 부르며 탄식하고. 항우項羽가
  우미인虞美人을 이별할 때 부른
  노래.

- 明皇(명황) : 당나라 제6대 임금.
  현종玄宗을 말함.
- 英主(영주) : 훌륭한 임금.
- 解語花(해어화) : 말을 알아듣는
  꽃이라는 뜻으로, '미인'美人을
  이르는 말. 중국 당나라 때에, 현
  종이 양귀비를 가리켜 말하였다
  는 데서 유래한다.
- 馬嵬驛(마외역) : 양귀비가 죽은 곳.
- 늘 곳튼 : 나 같은.
- 히올 일 : 할 일. 해야 할 일. 'ㅎ
  이올 일'.
- 쇽졀업시 : 속절없이. 덧없이. 어
  찌할 도리 없이.

해설
여색女色의 즐거움을 노래한 시조.

귓도리 져귓도리 에엿부다 져귓도리

어인 귓도리 지는 달 새는 밤의 긴소릭 쟈른소릭 節節이 슬픈

소릭제 혼자 우러녜어 紗窓 여윈 줌을 슬드리도 씨오는고야

두어라 제 비록 微物이나 無人洞房에 내 뜻 알리는 저쑨인가 ㅎ

노라

〈무명씨〉

• 진본 청구영언珍本 靑丘永言 548

귀뚜리 저 귀뚜리 가련하다 저 귀뚜리

어인 귀뚜리이기에, 지는 달 새는 밤의 긴 소리 짧은 소리 마디마디 슬픈 소리, 저

혼자 울어 예어 사창가에서 살포시 잠이 든 여인네의 잠을 이리 살뜰히도 깨우느냐

두어라, 저렇게 우는 귀뚜리가 제 비록 미물이나, 무인동방의 고적한 내 심정을

아는 이는 저(귀뚜리)뿐인가 하노라

어구 풀이

- 귓도리 : 귀뚜리. 귀뚜라미.

- 에엿부다 : 가련하다.

- 어인 : 어찌 된.

- 쟈른소릭 : 짧은 소리.

- 節節(절절)이 : 마디마디.

- 우러녜어 : 울어 예어.

- 紗窓(사창) : 비단으로 바른 창.

- 여윈 줌 : 여윈 잠. 풋잠. 살포시

든 잠. 깊이 들지 않은 잠.

- 슬드리 : 살뜰히. 여기서는, 사랑

하고 위하는 마음이 자상하고 지

극하게, 란 뜻으로 쓰임.

- 微物(미물) : 작고 변변치 못한 물

건 또는 벌레나 사람.

- 無人洞房(무인동방) : 여기서는, 임이

없는 외롭고 적막한 여인네의 방.

해설

독숙공방獨宿空房하는 조선 여인의 애끓는 그리움의 심정을 섬세하게 노래

하고 있다. 가녀린 여인의 부드러운 필치가 돋보이는 시조이다.

콩밧틔 드러 콩닙 뜨더 먹는 감은 암쇼 아므리 이라타 또츤들 제 어듸로 가며

니블 아레 든 님을 발로 툭 박츳 미젹미젹 ᄒ며셔 어셔 가라흔들 날 ᄇ리고 제 어드로 가리

아마도 ᄲ호고 못마를슨 님이신가 ᄒ노라

〈무명씨〉

• 진본 청구영언珍本 靑丘永言 503

콩밭에 들어가서 콩잎 뜯어 먹는 검은 암소, 아무리 '이랴'하고 소리 내어 쫓은들 제 어디로 가며

이불 속에 든 임을 발로 툭 박차 미적미적하면서 어서 가라고 한들 나를 버리고 제 어디로 가리

아마도 싸우고도 이별을 못 할 것은 임이신가 하노라

어구 풀이

- 이라타 : '이랴'하고 소牛를 몰 때 내는 소리.

- 니블 : 이불.

- 박츳 : 박차. 기본형은 '박차다'. 발길로 냅다 차다.

- ᄒ며셔 : 하면서.

- ᄲ호고 : 싸우고. 기본형은 '싸우다'.

- 못마를슨 : 못 할 것은.

해설

우리말에 "부부 싸움은 칼로 물 베기"란 말이 있다. 사랑하는 임 또한 그러할 것이다. 임과 싸우고 한 이불 속에 들었는데, 싸운 그 임이 어찌 밉지 않겠는가. 하여, 발로 툭 차고 미적미적 밀어 본다. 하지만 그 임이 자신을 두고 어디를 갈 것인가. 아무리 싸운 미운 임이지만 이별은 못 할 것이다. 한 이불을 덮은 두 사람은 그 속에서 싸움을 잊고 다시 사랑을 불태우리라.

졋건너 흰옷 닙은 사룸 준뮙고도 양믜왜라

쟈근 돌ᄃ리 건너 큰 돌ᄃ리 너머 밥쒸여 간다 ᄀ라쒸여 가는고

애고애고 내書房 삼고라쟈

眞實로 내書房 못될진대 벗의 님이나 되고라쟈

〈무명씨〉

• 진본 청구영언珍本 靑丘永言 517

저 건너 흰옷 입은 사람 몹시 밉고도 얄미워라

작은 돌다리 큰 돌다리 너머 바쁘게 뛰어 간다 가로 뛰어 가는고. 애고애고 저 멋진 남자를 내 서방 삼고 싶도다

정말로 내 서방이 못 된다면 벗의 임이라도 되었으면 좋겠구나

어구 풀이

- 졋건너 : 저 건너.
- 준뮙고 : 몹시 밉고. '잔'은 '잘다 細'의 관형사형.
- 양믜왜라 : 얄밉도다. '왜라'는 감 탄종지형.
- 밥쒸여 : 바삐 뛰어. 바쁘게 뛰어.
- ᄀ라 : 가로.
- 애고애고 : 소리를 마구 지르며 슬 프게 우는 모양.
- 삼고라쟈 : 삼고 싶도다.
- 眞實(진실)로 : 정말로. 참으로. 거 짓 없이 참되게.
- 되고라쟈 : 되고 싶도다.

해설

작자는 아마 길에서 본 남자가 마음에 들었는가 보다. 그래서 서방으로 삼고 싶었으나 용기가 없었다. 참으로 애걸 복통할 노릇이다. 그래서 작자는 기왕 에 자기의 서방이 못 되는 거라면, 벗의 서방이라도 되어 먼발치에서라도 그 잘난 남자를 바라볼 수 있었으면 하고 있다.

오늘도 져무러지게 져믈면은 새리로다

　새면 이님 가리로다 가면 못보려니 못보면 그리려니 그리면 病들
려니 病곳 들면 못살리로다

　病드러 못살줄 알면 자고간들 엇더리

〈무명씨〉

• 진본 청구영언珍本 靑丘永言 506

오늘도 날이 저물었도다. 저물면 다시 날이 샐 것이로다

　날이 새면 이 임 갈 것이로다. 가면 못 볼 것이니, 못 보면 그리워하려니, 그리워
하면 병이 들려니, 병이 들면 살지 못하리로다

　병이 들어 내가(작자) 못 살 것 같으면 나와 자고가면 어떻겠는가

어구 풀이

- 져무러지게 : 저물었도다.

- 새리로다 : 샐 것이로다. 날日이 새
　다. 동이 트다.

- 그리려니 : 그리워하려니.

- 그리면 : 그리워하면.

- 곳 : 곧.

해설

점층법의 형식을 빌어, 임을 간절히 원하는 작자의 심정을 노래하고 있다.

덧붙이는
자료

가집歌集 인용 편수 및
수록작품 번호

※ 평시조는 일반체로, 사설시조는 굵은체로 구별하였다. ( )는 무명씨 시조이다. '-'는 작품이 없다는 표시.

※ '평양인무명씨여인平壤人無名氏女人'은 가집이 아닌 무명씨 시조이므로 '수록 가집歌集'에서 뺐다.

가집출전	인용 작품 수			수록작품 번호
	평시조	사설시조	총 합계	
가람본 청구영언 (가람本 靑丘永言)	1	–	1	(192).
고금가곡 (古今歌曲)	14	2	16	(89, 110, 111, 112, 143, 149, 153, 158, 159, 167, 171, 179, 182, 184), **(236, 248)**.
교주가곡집 (校注 歌曲集)	1	–	1	(165).
교주 해동가요 (校注 海東歌謠)	17	6	22	13, 15, 18, 21, 23, 31, 33, 41, 59, 60, 61, 62, 63, 64, 65, 66, 67, **201, 202, 203, 205, 206, 207**.
근화악부 (槿花樂府)	9	–	9	28, 29, (125, 137, 138, 139, 140, 155, 174).

가집출전	인용 작품 수			수록작품 번호
	평시조	사설시조	총 합계	
금옥총부 (金玉叢部)	7	1	8	1, 2, 3, 4, 5, 6, 7, **195**.
남훈태평가 (南薰太平歌)	7	4	11	(93, 108, 109, 160, 161, 177, 189), **(240, 244, 249, 260)**.
대동풍아 (大東風雅)	2	–	2	10, (154).
병와가곡집 (甁窩歌曲集)	5	–	5	34, 42, 49, 58, (144).
부북일기 (赴北日記)	3	–	3	19, 20, 22.
시가요곡 (詩歌謠曲)	5	1	6	(83, 100, 150, 168, 181), **(237)**.
아악부본 여창유취 (雅樂部本 女唱類聚)	4	–	4	74, (94, 141, 175).
악부 (樂府)	1	–	1	(116).
연민본 청구영언 (淵民本 靑丘永言)	1	–	1	(162).
육당본 청구영언 (六堂本 靑丘永言)	26	9	35	44, 68, 70, (79, 80, 82, 91, 99, 103, 105. 118, 127, 133, 134, 135, 142, 163, 164, 169, 173, 176, 180, 183, 185,

가집출전	인용 작품 수			수록작품 번호
	평시조	사설시조	총 합계	
육당본 청구영언 (六堂本 靑丘永言)	앞과 동일	앞과 동일	앞과 동일	186, 188), **(215, 226, 235, 238, 245, 250, 251, 256, 268)**.
일석본 청구영언 (一石本 靑丘永言)	16	–	16	36, 37, 38, 39, 50, 51, 55, 57, (78, 84, 90, 117, 129, 151, 170, 172).
일석본 해동가요 (一石本 海東歌謠)	18	9	27	(75, 85, 86, 106, 123, 124, 128, 130, 131, 132, 136, 152, 157, 166, 178, 187, 191, 194), **(217, 242, 243, 246, 247, 252, 254, 259, 266)**.
전사본 (傳寫本)	2	–	2	27, 43.
진본 청구영언 (珍本 靑丘永言)	24	39	63	8, 9, 11, 12, 14, 16, 17, 30, 32, 35, 52, 53, 54, 71, 72, 73, 87, 92, 96, 97, 98, 101, 102, 156, **(208, 209, 210, 211, 212, 213, 214, 216, 218, 219, 220, 221, 222, 224, 225, 227, 228, 230, 231, 232, 233, 241, 253, 255, 257, 258, 261, 262, 263, 264, 265, 267, 269, 270, 271, 272, 273, 274, 275)**.

가집출전	인용 작품 수			수록작품 번호
	평시조	사설시조	총 합계	
청구가요 (靑丘歌謠)	1	5	6	69. **196, 197, 198, 199, 200.**
화원악보 (花源樂譜)	29	5	34	24, 25, 26, 40, 45, 46, 47, 48, 56, (76, 77, 81, 88, 95, 104, 107, 113, 114, 115, 119, 120, 121, 122, 145, 146, 147, 148, 190, 193), **204, (223, 229, 234, 239).**
※평양인무명씨여인 (平壤人無名氏女人)	1	–	1	(126).
수록 작품	275수+참고4수, 총 279수			
수록 가집 **歌集**	21권			

평시조와 사설시조의
수록 편수 비교

평시조	194수	유명씨 시조	74수	**275수** (참고 4수는 뺀 자료임).
		무명씨 시조	120수	
사설시조	81수	유명씨 시조	13	
		무명씨 시조	68	

수록작가 소개 및
작가 찾아보기

※ '수록 작품'에서 2수, 5수 등 이라고 한 것은 이 책에 수록된 그
작가의 총 작품 수를 말하며, 그 뒤의 숫자는 작품 번호이다.

- 강강월康江月(?~?) : 18세기 중후반의 평안남도 맹산孟山의 기생.
  • 수록 작품 : 1수 58

- 구지求之(?~?) : 18세기 중반의 평양 기생.
  • 수록 작품 : 1수 31

- 금춘今春(?~?) : 17세기 초반의 함경도 기생. 자는 월아月娥,《부
  북일기》에 박계숙과 주고받은 시조 두 수가 전한다.
  • 수록 작품 : 2수 21, 22

- 김두성金斗性(?~?) : 일명 두성斗星. 조선 중기의 가객. 숙종 때
  김천택, 김수장 등과 함께 '경정산가단'에 들었다. 그의 시조 작
  품이 1769년(영조 45)에 추가된《해동가요》에 전한다.
  • 수록 작품 : 5수 196, 197, 198, 199, 200

- 김묵수金默壽(?~?) : 시인. 자는 시경始慶. 김천택, 김수장 등의
  후배로 '경정산가단'의 한 사람이며, 작품으로《해동가요》의 추
  가분에 2수, 기타에 6수, 합계 8수의 시조가 전한다.
  • 수록 작품 : 1수 204

- 김민순金敏淳(?~?) : 조선 순조 때의 문신, 가객. 자는 신여愼汝,
  호는 매월송풍梅月松風. 벼슬은 현감을 지냈다. 비교적 다양한
  작품 경향에 다작多作의 작가로서《청구영언》에 사설시조 3수
  를 포함한 42수의 시조가 전한다.
  • 수록 작품 : 1수 68

- 김상용金尙容(1561~1637) : 문신. 자는 경택景擇, 호는 선원仙
  源, 시호는 문충文忠. 선조 15년 진사가 된 이후 인조 때 우의정
  에 이름. 병자호란 때 강화성이 함락되자 화약고에 불을 지르고
  자폭을 했다. 작품으로는〈오륜가〉5수와,〈훈계자손가〉9수
  를 남겼다. 그밖에《가곡원류》등에 여러 수가 전한다. 저서로는
  《선원유고》,《독례수초》등이 있다.
  • 수록 작품 : 2수 53, 54

- 김수장金壽長(1690~?) : 숙종과 영조 때 활약했던 가객, 시조작
  가. 자는 자평子平, 호는 십주十洲, 十州 또는 노가재老歌齋. 숙
  종조에 기성騎省의 서리書吏를 지냈다. 1690년(숙종 16년)에 태
  어났으나 죽은 날은 미상이다. 김천택과 불과 두세 살 내지는 서
  너 살 적은 것으로 알려져 있다. 같은 시기에 김천택과 쌍벽을
  이룬 가객이다. 한국 국문학사에 길이 남을 조선시대 3대 가집
  (시조집)의 하나인《해동가요》를 편찬했다. 1769년(영조 45)까지
  《해동가요》를 보충해가며 편찬했다. 시기상으로 그의 나이 80
  세가 넘는 나이이다. 1775년(영조 31)에 처음 1차적으로 편찬한
  것으로 보아, 1차 편찬 이후 14년간을 계속 보완 작업을 했다는
  것이다. 그만큼 완벽을 기하기 위해 애썼다는 것이다. 1775년(영
  조 36)부터 서울에서 노가재를 짓고 김천택과 함께 '노가재가
  단' 즉, '경정산가단'을 이끌었다. 전해지고 있는 작품은 총 129

수가 된다. 김천택과는 달리 평시조와 사설시조 모두를 지었다. 《해동가요》는 《청구영언》, 《가곡원류》와 더불어 3대 가집의 하나이다.

• 수록 작품 : 5수 60, 61, 201, 202, 203

- 김우규金友奎(1691~?) : 영조 때의 가객, 풍류객. 자는 성백聖伯, 호는 백도伯道. 김수장과 교분이 두터웠던 김우규는 '경정산가단'에서 활동했다. 어려서부터 가곡에 재능이 있어 박상건朴尙健에게 사사師事했다. 《해동가요》에 비교적 평이한 소재의 시조 11수가 전한다. 그 외에 《가람본 청구영언》에 4수, 《병와가곡집》에 2수가 실려 있어, 모두 17수가 전한다.

• 수록 작품 : 1수 69

- 김천택金天澤(?~?) : 숙종과 영조 때 활약했던 가객, 풍류객. 연대 미상. 출생 시기는 《해동가요》를 편찬한 김수장(1690년)보다 몇 살 많은 것으로 보아 1680년대 말로 추정되며 사망은 모름. 자는 백함伯涵 또는 이숙履叔, 호는 남파南坡. 김장생金長生의 손자. 1728(영조 4년)에 조선 3대 가집 중의 하나인 《청구영언》을 편찬하여 후대 국문학사에 큰 업적을 남겼다. 《청구영언》은 편찬 연대가 가장 오래된 가집이다. 김수장과 함께 쌍벽을 이루었으며 그와 함께 '경정산가단'을 조직하였다. 평민 출신으로 보이며 젊은 시절 잠깐 포교를 했다는 설이 있다. 그 이후로는 가객으로서 평생을 보냈다. 시조로는 김수장이 편찬한 《해동가요》에 57수를 남겼으며, 모두 대략 80여 수가 전한다. 김수장과는 달리 사설시조는 없고 모두 평시조(단시조)이다. 《해동가요》와 《가곡원류》와 더불어 조선 3대 가집의 하나이다.

• 수록 작품 : 1수 59

- 다복多福(?~?) : 18세기 중반에 활동했던 기생. 가객이자 《해동가요》를 편찬한 김수장(1690~?)과 교유했다. 《해동가요》에 시조 1수가 전한다.
  • 수록 작품 : 1수 41

- 매화梅花(?~?) : 평양 기생. 황해도 곡산 태생. 영조 때의 인물. 《청구영언》에 시조 여러 수가 전한다.
  • 수록 작품 : 5수 35, 36, 37, 38, 39

- 명옥明玉(?~?) : 수원 기생.
  • 수록 작품 : 1수 44

- 문향文香(?~?) : 성천 기생. 선조 때 인물.
  • 수록 작품 : 1수 43

- 박계숙朴繼叔(1569~1646) : 조선 중기의 무관·시인. 자는 비윤丕胤, 호는 반오헌伴鰲軒. 임진왜란 때 원종공신原從功臣이 됨. 그의 아버지 박홍춘朴弘春 역시 임진왜란 때 1등 공신이 됨.
  • 수록 작품 : 2수 19, 20

- 박준한朴俊漢(?~?) : 선조 때의 해주 유생. 《병와가곡집》에 시조 1수가 전한다.
  • 수록 작품 : 1수 34

- 박효관朴孝寬(?~?) : 조선 말기 고종 때의 가객, 풍류객. 가곡歌曲을 계승한 명인. 자는 자는 경화景華, 호는 운애雲崖. 1876년 (고종 13) 제자 안민영과 함께 3대 가집의 하나인 《가곡원류》를

편찬하여 후대 국문학사에 큰 업적을 남겼다.《청구영언》,《해동가요》와 더불어 3대 가집의 하나이다.《가곡원류》에 자작 시조 15수가 전한다. 그를 중심으로 풍류객들이 '승평계'를 모아 굉장한 성사를 이루었다. 당대 최고 권력자인 흥선대원군과 교유할 정도로 가객으로 유명했으며, '운애'라는 호 또한 흥선대원군이 내려준 것이다. 시조문학과 창唱, 음악이론 등 모두에서 시조의 발전을 이루었으며 큰 공헌을 했다.

• 수록 작품 : 4수 45, 46, 47, 48

- 서경덕徐敬德(1489~1546) : 자는 가구可久, 호는 화담花潭 또는 복재復齋, 시호는 문강文康. 조선 중기의 철학자, 문인. 과거에 응시하지 않았으며, 송도(개성)의 동문東門 밖 화담이란 곳에 초막을 지어 은거하면서, 도학, 역학, 수학을 비롯한 진리탐구에 힘썼다. 오직 학문과 깨달음에만 정진하였다. 43세 때에 어머니의 요청에 따라 식년시 생원과에 응시해 합격하기도 했으나 대과大科에 응시하거나 벼슬길에 나가지는 않았다. 신분을 가리지 않고 제자들을 받아들였고, 제자들 또한 그의 영향으로 서너 명 정도만 벼슬에 올랐고 나머지 제자들은 벼슬에 오르지 않았다. 제자로는 토정비결을 쓴 이지함, 허균의 아버지인 허엽, 영의정을 지낸 박순 등 수많은 문인들이 있다. 박연폭포, 황진이와 더불어 송도삼절로 불린다. 문집으로는《화담집》이 있다. 이 안에 〈태허설〉, 〈원리기〉, 〈사생귀신론〉 등의 내용이 있다.

• 수록 작품 : 2수 16, 17

- 소백주小栢舟(?~?) : 광해군 때의 평양 기생. 시조 1수가 전한다.

• 수록 작품 : 1수 32

- 송이松伊(?~?) : 18세기 중반의 강화 기생. 《해동가요》에 "솔이 솔이라 흔이……"가 전한다. 그 외 《병와가곡집》, 《청구영언》 《화원악보》 등 여러 가집에 '송이松伊'로 된 작품들이 여럿 보인다. 만약 이 작품들이 모두 송이의 시조라면, 시조문헌에 나타난 기녀가 총 27명인데, 그 중 가장 많은 작품을 남긴 여류 시인이라 할 수 있다. 이 책에서는 일단 무명씨로 처리했으나, 참고란에 주主를 달아 독자가 참고하도록 했다. 따라서 각 시조의 작가를 송이로 해도 무방한 작품들이다. 그 작품들의 작가가 송이라면 박준한朴俊漢과의 사랑을 노래한 시조들이다.
  • 수록 작품 : 1수 33

- 송춘대松春臺(?~?) : 맹산 기생.
  • 수록 작품 : 1수 42

- 신흠申欽(1566~1628) : 조선 중기의 문신. 자 경숙敬叔, 호는 상촌象村, 시호는 문정文貞. 글씨를 잘 썼으며 문장력이 뛰어났다. 벼슬은 1585년(선조 18)에 진사가 되고, 이듬해 별시문과에 병과로 급제했다. 인조 때에는 영의정에까지 올랐다. 광해군 때 영창대군 사건에 연류되어 춘천으로 유배를 떠나기도 했다. 주요 저서에 《상촌집》, 《야언》 등이 있으며 그 외 많은 저서를 남겼다. 시조도 31수가 전해지고 있다.
  • 수록 작품 : 3수 71, 72, 73

- 신희문申喜文(?~?) : 자는 명유明裕. 조선 정조 때의 사람으로 추정한다. 《청구영언》, 《가곡원류》 등에 시조 14수가 전한다.
  • 수록 작품 : 1수 70

- 안민영(安玟英 ; ?~?) : 고종 때의 가객. 자는 성무聖武, 호는 주
  옹周翁. 1876년(고종 13)에 스승인 박효관朴孝寬과 함께 3대 가
  집의 하나인 《가곡원류》를 편찬하여 후대 국문학사에 큰 업적
  을 남겼다. 《청구영언》, 《해동가요》와 더불어 3대 가집의 하나
  이다. 각 지역마다 기녀를 두었으며, 그때마다 아끼는 기녀에게
  시조를 읊어 많은 작품을 남겼다. 화초를 좋아했고 항시 즉흥적
  인 시를 읊었다. 저서로는 《금옥총부》, 《주옹만필》이 있다.
  • 수록 작품 : 8수 1, 2, 3, 4, 5, 6, 7, 195

- 안연보安烟甫(?~?) : 시조 4수가 《청구영언》에 전한다.
  • 수록 작품 : 2수 50, 51

- 유세신庾世信 : 영조 때의 가객. 호는 묵애당默騃堂. 《악부》에 2
  수, 《병와가곡집》에 4수, 모두 6수의 시조가 전한다.
  • 수록 작품 : 1수 49

- 이매창李梅窓(1573~1610) : 전라도 부안의 명기名妓. 부안 현리
  이양종의 서녀로 태어났다. 천재 여류 시인. 본명은 향금香今.
  호는 매창梅窓, 또는 계유년에 태어나서 계랑桂娘·계생桂生이라
  고도 한다. 시조와 한시에 능했으며, 거문고, 가무에도 능했다.
  황진이와 쌍벽을 이룬 조선 중기의 명기이다. 작품집으로는 그
  녀가 죽은 뒤 1668년(현종 9), 입에서 입으로 전해지던 것을 부
  안의 아전들이 외워 만든, 한시 58수로 묶은 《매창집》이 있다.
  그 외에 《청구영언》과 《가곡원류》 등에 유희경과의 이별을 슬
  퍼하며 지은 시조가 전해지고 있으며, 《조선해어화사》에도 시조
  10이 전해지고 있다. 가사, 시조, 한시 등 수백 수를 지었으나 현
  재 모두 전해지고 있지는 않다. 허균, 이귀와도 시를 나누며 교

유하였다. 특히 허균은 이매창의 죽음을 애통해 하는 시를 남기
기도 했다. 부안 '매창 공원'에 그녀의 시비가 있다.

• 수록 작품 : 1수 30

- 이명한李明漢(1595~1645) : 시인. 문신. 자는 천장天章, 호는 백
  주白洲, 시호는 문정文靖. 좌의정 정귀廷龜의 아들. 1616년(광해
  군 8) 문과에 급제. 인조 때 이조판서와 예조판서를 지냄. 병자호
  란 때에는 척화파라 하여 중국 심양으로 잡혀가 억류되었다. 성
  리학에 조예가 깊고, 시와 글씨에 뛰어났다. 심양에 잡혀 갔을
  때의 의분을 노래한 시조 6수가 전한다. 저서로는 《백주집》이
  있다.

• 수록 작품 : 3수 24, 25, 26

- 이정귀李廷龜(1564~1635) : 문신. 문인. 자는 성징聖徵, 호는 월
  사月沙, 시호는 문충文忠. 명한明漢의 부父. 선조 때 문과에 급제
  하여 인조 때에는 우의정과 좌의정에 이름. 한문학의 대가로 글
  씨에도 뛰어났으며, 신흠申欽, 장유張維, 이식李植과 함께 조선
  중기의 4대 문장가로 일컬어진다. 저서로는 《월사집》, 《서연강
  의》, 《대학강의》가 전한다.

• 수록 작품 : 1수 52

- 이정보李鼎輔(1693~1766) : 문신. 자는 사수士受, 호는 삼주三洲
  또는 보객정報客亭. 영조 때 정시문과에 급제하여 벼슬길에 올
  랐다. 한 때 탕평책을 반대하여 파직 또는 인천 부사로 좌천되
  기도 했다. 예조판서, 판중추부를 지냈다. 글씨와 한시漢詩에 능
  하고 시조의 대가로 《해동가요》에 시조 78수가 전한다.

• 수록 작품 : 9수 62, 63, 64, 65, 66, 67, 205, 206, 207

- 이정신李廷藎 : 영조 때의 가객. 자는 집중集仲, 호는 백회재百悔齋. 벼슬은 영조 때 현감을 지냈다. 창唱에 뛰어났고 사설시조辭說時調 2수를 포함한 13수의 시조가 전한다.
  • 수록 작품 : 1수 74

- 임제林悌(1549~1587) : 시인, 소설가, 문신. 자는 자순子順, 호는 백호白湖. 예조정랑을 지냈으며 당대의 명문장가로 이름을 떨쳤던 조선 중기의 시인이며 문신. 39세에 요절한 천재 시인. 병마절도사 진晉의 아들. 문무를 겸비한 집안이었다. 성품이 자유분방하고 스승인 면앙정 송순을 닮아 호탕한 한량이었다. 시가詩歌와 풍류를 즐길 줄 아는 사람이었다. 한 마디로 호남아였다. 그리고 방랑객이었다. 어디에 구속됨을 싫어했던 인물이었다. 당쟁과 권력 다툼에 급급해 하는 소인배들에게 진절머리를 느낀 그는 벼슬에도 별 뜻이 없어 전국을 돌아다니며 숱한 일화를 남겼다. 그의 성격처럼 시풍詩風 역시 호방하고 쾌활하다. 술과 의기가 서로 통하는 기녀를 찾아 함께 풍류를 즐기기를 좋아했다. 황진이의 무덤을 찾아 시를 읊은 것이며, 기녀 한우寒雨와의 일화도 유명하다. 한우寒雨와 화답한 시조 〈한우가寒雨歌〉가 유명하다. 문집으로는 《임백호집》 4권이 있으며, 한문 소설로 《화사》, 《수성지》, 《부벽루상영록》 3권이 있다.
  • 수록 작품 : 2수 14, 15

- 정철鄭澈(1536~1593) : 자는 계함季涵, 호는 송강松江, 시호는 문청文淸. 서인의 거두. 가사문학의 대가이다. 윤선도의 시조와 더불어 조선 시가의 쌍벽을 이룬다. 스승인 면앙정 송순의 영향으로 성격이 호탕하였고 풍류를 즐길 줄 알았다. 또한 그는 송순의 친구인 임억령의 제자이기도 하며, 그 인연으로 임억령의 집

에 드나들다가 그의 딸과 결혼하였다. 이 책에 소개한 작품 〈장진주사〉로 보아 술을 좋아하고 풍류를 즐겼던 것으로 짐작된다. 그의 나이 45세 때, 강원도 관찰사로 재임할 당시 딱딱한 삼강오륜보다 백성들을 계몽하기 위해 16수로 된 〈훈민가〉를 지어 백성들이 스스로 느끼고 따르게 하였다. 그의 저서 및 문집, 작품으로는 《관동별곡》, 《성산별곡》, 《사미인곡》, 《속미인곡》, 《송강가사》 등 수많은 가사문학과 70여 수의 시조를 남겼다.

• 수록 작품 : 1수 28

- 진옥眞玉(?~?) : 강계江界 기생. "鐵이 鐵이라커늘……"이라며 송강 정철의 시에 화답가를 불러 둘이 사랑을 나눈 일화가 유명하다. 기록에 '정철의 첩'으로 남아 있다.

• 수록 작품 : 1수 29

- 천금千錦(?~?) : 기생.

• 수록 작품 : 1수 40

- 최직태崔直台(?~?) : 신원미상.

• 수록 작품 : 1수 55

- 한우寒雨(?~?) : 선조 때의 평양 기생. 백호 임제에게 "어이 얼어 잘이 므스 일 얼어 잘이……"라고 화답가를 불러 그와 사랑을 나눈 것으로 유명하다. 《해동가요》에 임제와 사랑을 나눈 시조 1수가 전한다.

• 수록 작품 : 1수 18

- 호석균扈錫均(?~?) : 신원미상
  • 수록 작품 : 2수 56, 57

- 홍랑紅娘(?~?) : 선조 때의 경성鏡城의 명기名妓. 지극한 효녀였
  다고 함.
  • 수록 작품 : 1수 27

- 홍장紅粧(?~?) : 강릉 기생. 《해동가요》에 "寒松亭 둘 붉은 밤
  의……"라는 시조 1수가 전한다.
  • 수록 작품 : 1수 23

- 황진이黃眞伊(?~?) : 조선 중종 때의 명기名妓. 개성(송도) 출신.
  본명은 진眞, 일명 진랑眞娘. 기명妓名은 명월明月. 황진이의 출
  생에 관하여는 황진사의 서녀로 태어났다고도 하고, 맹인의 딸
  이었다고도 전한다. 이사종과 계약 동거를 했다. 매우 아름다운
  미모와 시적詩的 재능, 가창, 거문고, 서예 등 시서음률詩書音律
  이 당대의 으뜸이었으며 매우 총명하였다. 시조 6수와 한시 8수
  가 전한다. 벽계수 등 여러 남자들을 유혹하여 망신을 주기도
  했다. 천마산 지족암에서 10년 동안 면벽 수도하여 생불生佛이
  라 불리던 지족선사를 유혹하여 파계시켰으며, 화담 서경덕도
  유혹하였으나 넘어오지 않았다. 그 이후 서경덕과는 사제관계
  로 지냈다. 박연폭포, 서경덕, 황진이를 '송도삼절松都三絶'이라
  한다.
  • 수록 작품 : 6수 8, 9, 10, 11, 12, 13

초장 찾아보기

※ 숫자는 작품 번호이다.

金起東外 4명, 《完解 時調文學》, 瑞音出版社, 1983.

(김기동(외) 4명, 《완해 시조문학》, 서음출판사, 1983.)

金東俊, 《時調文學論》, 進明文化社, 1974.

(김동준, 《시조문학론》, 진명문화사, 1974.)

南廣祐, 《古語辭典》, 一潮閣, 1960.

(남광우, 《고어사전》, 일조각, 1960.)

文德守, 《世界文藝大事典》, 成文閣, 1975.

(문덕수, 《세계문예대사전》, 성문각, 1975.)

朴乙洙, 《韓國古時調史》, 瑞文堂, 1975.

(박을수, 《한국고시조사》, 서문당, 1975.)

朴乙洙, 《時調詩話》 成文閣, 1977.

(박을수, 《시조시화》, 성문각, 1977.)

朴乙洙, 《韓國時調文學全史》, 成文閣, 1978.

(박을수, 《한국시조문학전사》, 성문각, 1978.)

朴乙洙, 《현대시조》, 1982년 봄호~1982년 여름호, 현대시조사, 1982.

(박을수, 《현대시조》, 1982년 봄호~1982년 여름호, 현대시조사, 1982.)

朴乙洙, 《현대시조》, 변경 제2호(가을호)~변경 제12호(봄호), 현대시조사, 1983~1986.

(박을수, 《현대시조》, 변경 제2호(가을호)~변경 제12호(봄호), 현대시조사, 1983~ 1986.)

沈載完,《校本 歷代詩調全書》, 世宗文化社, 1972.
(심재완,《교본 역대시조전서》, 세종문화사, 1972.)

沈載完,《詩調의 文獻的 硏究》, 世宗文化社, 1972.
(심재완,《시조의 문헌적 연구》, 세종문화사, 1972.)

沈載完,《定本 詩調大全》, 一潮閣, 1984.
(심재완,《정본 시조대전》, 일조각, 1984.)

《우리말 큰사전》, 어문각, 1992.

劉昌惇,《李朝語辭典》, 延世大學敎 出版部, 1985.
(유창돈,《이조어사전》, 연세대학교 출판부, 1985.)

李基文,《歷代詩調選》, 三星美術文化財團 出版部, 1973.
(이기문,《역대시조선》, 삼성미술문화재단 출판부, 1973.)

李泰極,《詩調의 史的 硏究》, 宣明文化社, 1974.
(이태극,《시조의 사적 연구》, 선명문화사, 1974.)

林仙默,《時調詩學敍說》, 靑宇閣, 1974.
(임선묵,《시조시학서설》, 청우각, 1974.)

張德順,《韓國古典文學의 理解》, 一志社, 1982.
(장덕순,《한국고전문학의 이해》, 일지사, 1982.)

鄭炳昱,《韓國古典詩歌論》, 新丘文化社, 1979.
(정병욱,《한국고전시가론》, 신구문화사, 1979.)

鄭炳昱,《時調文學事典》, 新丘文化社, 1982.

(정병욱, 《시조문학사전》, 신구문화사, 1982.)

鄭炳昱·李御寧, 《古典의 바다》, 玄岩社, 1978.
(정병욱·이어령, 《고전의 바다》, 현암사, 1978.)

鄭鉒東·兪昌均校註, 《珍本靑丘永言》, 圖書出版 大城, 1987.
(정주동·유창균(교주), 《진본청구영언》, 도서출판 대성, 1987.)

趙潤濟, 《國文學史槪說》, 乙酉文化社, 1967.
(조윤제, 《국문학사개설》, 을유문화사, 1967.)

崔長壽, 《古時調解說》, 世運文化社, 1977.
(최장수, 《고시조해설》, 세운문화사, 1977.)

《한국고전용어사전》, 사단법인 세종대왕기념사업회, 2001.

韓國人名大事典編纂室(李熙昇外 5명), 《韓國人名大事典》, 新丘文化社, 1986.
(한국인명대사전편찬실(이희승(외) 5명), 《한국인명대사전》, 신구문화사, 1986.)

韓春燮, 《古時調解說》, 弘新文化社, 1982.
(한춘섭, 《고시조해설》, 홍신문화사, 1982.)

저자 임형선

경기도 안성에서 태어나, 1987년 『현대시조』를 통해 등단한 이후, 『월간문학』과 〈부산 MBC〉에서 주최한 문학상에 당선되었다.

1988년부터 1989년까지 덕성여대 평생교육원에 출강하여 문학을 가르치기도 했다.

저서로는 1991년 소설집 『소설 황진이』, 1992년 한국 최초로, 컴퓨터 바이러스를 소재로 한 동화집 『컴퓨터 귀신』, 『컴퓨터 유령』(전3권)이 있다. 16년간의 절필 후 2014년 『시조의 이해』, 2016년 『이야기로 읽는 고시조』, 2017년 동시집 『햇살 줍기』를 세상에 내놓았다. 그리고 2018년 『아름다운 사랑이 굽이굽이 맺혔어라』를 출간하게 되었다. 이 외 50여 권을 집필 출간했다.

합동 시집으로 『분이네 살구나무』, 『손톱을 자르며』, 『고학년을 위한 동요 동시집』, 『어린 달과 어울리러』, 『앞서거니 뒤서거니』 등이 있다.

한국문학 장르에 없는 '동시조'를 정식 장르로 정착시키는 일에 일조했다. 동시조 동인 〈쪽배〉 창립 멤버이다.

현재, 한국동시문학회 이사이며, 국제PEN한국본부 회원이다.

poem60@hanmail.net

사랑의 고시조 원문으로 읽기

아름다운 사랑이 굽이굽이 맺혔어라

1판 1쇄 펴낸날 2018년 10월 30일

지은이 임형선

펴낸이 서채윤 펴낸곳 채륜
책만듦이 김미정 책꾸밈이 이한희

등록 2007년 6월 25일(제2009-11호)
주소 서울시 광진구 자양로 214, 2층(구의동)
대표전화 02-465-4650 팩스 02-6080-0707
E-mail book@chaeryun.com Homepage www.chaeryun.com

ⓒ 임형선. 2018
ⓒ 채륜. 2018. published in Korea

책값은 뒤표지에 있습니다.
ISBN 979-11-86096-87-1 93800

이 도서의 국립중앙도서관 출판예정도서목록(CIP)은 서지정보유통지원시스템 홈페이지(http://seoji.nl.go.
kr)와 국가자료공동목록시스템(http://www.nl.go.kr/kolisnet)에서 이용하실 수 있습니다. (CIP제어번호 :
CIP2018031494)

채륜서(인문), 앤길(사회), 띠움(예술)은 채륜(학술)에 뿌리를 두고 자란 가지입니다.
물과 햇빛이 되어주시면 편하게 쉴 수 있는 그늘을 만들어 드리겠습니다.